Panini BOOKS

AUSSERDEM VON PANINI ERHÄLTLICH:

***Star Wars:* Bewegliches Ziel – Ein Prinzessin Leia-Abenteuer**
(Journey to *Star Wars:* Das Erwachen der Macht)
Cecil Castellucci, Jason Fry – ISBN 978-3-8332-3197-1

***Star Wars:* Die Waffe eines Jedi – Ein Luke Skywalker-Abenteuer**
(Journey to *Star Wars:* Das Erwachen der Macht)
Jason Fry – ISBN 978-3-8332-3196-4

***Star Wars:* Im Auftrag der Rebellion – Ein Han Solo & Chewbacca-Abenteuer**
(Journey to *Star Wars:* Das Erwachen der Macht)
Greg Rucka – ISBN 978-3-8332-3195-7

***Star Wars:* Verlorene Welten**
(Journey to *Star Wars:* Das Erwachen der Macht)
Claudia Gray – ISBN 978-3-8332-3194-0

***Star Wars:* Shadow Games – Im Schatten**
Michael Reaves – ISBN 978-3-8332-3158-2

***Star Wars:* CORUSCANT NIGHTS Band 1 – Im Zwielicht**
Michael Reaves – ISBN 978-3-8332-2906-0

***Star Wars:* CORUSCANT NIGHTS Band 2 – Straße der Schatten**
Michael Reaves – ISBN 978-3-8332-2983-1

***Star Wars:* CORUSCANT NIGHTS Band 3 – Schablonen der Macht**
Michael Reaves – ISBN 978-3-8332-2984-8

***William Shakespeares Star Wars:* Fürwahr eine neue Hoffnung**
Ian Doescher – ISBN 978-3-8332-2866-7

***William Shakespeares Star Wars:* Das Imperium schlägt zurück**
Ian Doescher – ISBN 978-3-8332-3017-2

Nähere Infos und weitere Bände unter:
www.paninicomics.de

STAR WARS™

REPUBLIC COMMANDO
FEINDKONTAKT

Ein Klonkriegsroman

Karen Traviss

PANINI BOOKS

Bibliografische Information der Deutschen Nationalbibliothek
Die Deutsche Nationalbibliothek verzeichnet diese Publikation in der Deutschen Nationalbibliografie; detaillierte bibliografische Daten sind im Internet über http://dnb.d-nb.de abrufbar.

MIX
Papier | Fördert gute Waldnutzung
FSC® C083411
FSC
www.fsc.org

Titel der Amerikanischen Originalausgabe:
„*Star Wars:* Republic Commando: Hard Contact“ by Karen Traviss,
A Del Rey® Book, published by The Random House Publishing Group.

Geschäftsführer: Hermann Paul
Head of Editorial: Jo Löffler
Head of Marketing: Holger Wiest (E-Mail: marketing@panini.de)
Presse & PR: Steffen Volkmer

Übersetzung: Jan Dinter
Lektorat: Carmen Jonas
Umschlaggestaltung: tab indivisuell, Stuttgart
Satz und E-Book: Greiner & Reichel, Köln
Druck: CPI Books GmbH, Ulm
Printed in Germany

YDSWRR001V

1. Auflage, September 2025, ISBN 978-3-8332-4705-7

Auch als E-Book erhältlich: ISBN 978-3-8332-9985-1

Findet uns im Netz:
www.paninibooks.de

PaniniComicsDE

DANKSAGUNG

Vor langer Zeit, in einem weit entfernten Kino, sah sich eine Filmkritikerin einen brandneuen Film namens *Star Wars* an, um ihn zu rezensieren. Hätte sie gewusst, dass sie einmal dieses Buch schreiben würde, hätte sie sich mehr Notizen gemacht … mein Dank geht daher an die Redakteure Shelly Shapiro (Del Rey), Keith Clayton (Del Rey) und Sue Rostoni (Lucasfilm), für ihren klugen Rat; an die vielen *Star Wars* Fans, die mich in ihrer Welt willkommen hießen; und besonders an Ryan Kaufman von LucasArts – dem *Star Wars* Orakel, alleswissende Geistesblitz und rundherum gutem Kerl, der mir großzügig seine Zeit und sein Wissen zur Verfügung stellte und der niemals die Geduld verlor, wenn ich zum unzähligen Mal fragte: „Ja, aber muss die Rüstung unbedingt weiß sein?“ Es war die schönste Zeit, Leute. Danke.

STAR WARS

Die Klonkriege im Überblick

Die Schlacht um Geonosis stellte den Auftakt des legendären intergalaktischen Konflikts dar, der als „Die Klonkriege" in die Geschichte eingehen sollte und das Schicksal der Republik entscheidend veränderte.
Auf der einen Seite stand die Konföderation der unabhängigen Systeme mit dem charismatischen Count Dooku als Führer, unterstützt von mächtigen Gilden und Handelsorganisationen und deren Droiden-Armeen. Auf der anderen Seite die treuen Anhänger der Republik und ihre Klonarmee unter der Führung der Jedi-Ritter. Dieser Krieg wurde an vielen Fronten gekämpft – mit großem Heldenmut und zahlreichen Opfern auf beiden Seiten.
Hier eine Übersicht der wesentlichen Ereignisse dieses Krieges und deren chronologische Einordnung …

Monate (nach Episode II)	**Ereignis**	**Dokument**
0	**Die Schlacht um Geonosis** *Star Wars:* Episode II – Angriff der Klonkrieger	Film (Lucasfilm Ltd., Mai '02)
0	**Republic Commando** *Star Wars*: Republic Commando	Videogame (ActiVision, März '05)
0	**Die Suche nach Count Dooku** Boba Fett 1: Der Kampf ums Überleben	Roman (Panini-Dino, Mai '03)
+1	**Die Schlacht um Raxus Prime** Boba Fett 2: Im Kreuzfeuer	Roman (Panini-Dino, Mai '03)
+1	**Das Dark Reaper Projekt** The Clone Wars	Videogame (Electronic Arts, Nov. '02)
+1,5	**Verschwörung auf Aargau** Boba Fett 3: Das Labyrinth	Roman (Panini-Dino, Aug. '03)
+2	**Die Schlacht um Kamino** Klonkriege I: Die Verteidigung von Kamino	Comic (Panini-Dino, Aug. '03)
+2	**Durge vs. Boba Fett** Boba Fett 4: Gejagt	Roman (Panini-Dino, Nov. '03)

Monate (nach Episode II)	Ereignis	Dokument
+2,5	**Die Verteidigung von Naboo** Klonkriege II: Im Visier des Bösen	Comic (Panini-Dino, Feb. '04)
+3	**Mission nach Qiilura** Republic Commando: Feindkontakt	Roman (Panini-Dino, Feb. '05)
+6	**Die Haarun Kal-Krise** Mace Windu und die Armee der Klone	Roman (Blanvalet, März '04)
+6	**Attentat auf Null** Das Vermächtnis der Jedi #1	Roman (Panini-Dino, März '04)
+6	**Die Devaron-List** Klonkriege IV – Licht und Schatten	Comic (Panini-Dino, Aug. '04)
+12	**Hinterhalt auf Ord Cestus** Obi-Wan Kenobi und die Biodroiden	Roman (Blanvalet, Okt. '04)
+15	**Die Schlacht um Jabiim** Klonkriege III – Das letzte Gefecht von Jabiim	Comic (Panini-Dino, April '04)
+16	**Die Flucht von Rattatak** Klonkriege V – Auf Messers Schneide	Comic (Panini-Dino, Okt. '04)
+30	**Die Eroberung von Praesitlyn** Die Feuertaufe	Roman (Blanvalet, Nov. '04)
+31	**Die Zitadelle auf Xagobah** Boba Fett 5: Eine neue Bedrohung Boba Fett 6: Auf der Spur	Roman (Panini-Dino, Juli '04) (Panini-Dino, Nov. '04)
+33	**Die Jagd nach Darth Sidious** Labyrinth des Bösen	Roman (Blanvalet, April '05)
+36	**Anakin verfällt der Dunklen Seite** *Star Wars:* Episode III – Die Rache der Sith	Film (Lucasfilm Ltd., Mai '05)

PROLOG

Okay, es ist folgendermaßen passiert:

Tief unten in der Spalte ist es stockdunkel und wir seilen uns schnell ab, *zu* schnell: Ich kann die Wucht der Landung in meinen Backenzähnen spüren. Ich bin zuerst unten und flute die Kammer mit dem Scheinwerfer meines Helmes.

Es gibt hier eine dreifach versiegelte Panzertür zwischen uns und den Geonosianern und ich habe nicht genug Zeit auszurechnen, welche Sprengmasse es braucht, um sie hochzujagen. Dann eben eine Menge. *R wie reichlich*, wie ich's gelernt habe. Das Thermal-Tape um den Rahmen kleben und den Zünder hinein drücken. Leichter gesagt, als getan: Die Legierungstür ist mit einer Dreckkruste überzogen.

Der kommandierende Offizier der Delta Squad kommt ans Helm-Komlink. „Schmeißt du da unten eine Party, Theta?"

„Künstler soll man nicht drängen ..."

„Willst du das den Spinnendroiden erzählen?"

„Geduld, Delta." *Komm schon, komm schon. Willst du wohl am Metall kleben bleiben?* „Bin fast fertig."

„Einer *Menge* Spinnendroiden ..."

„Ich höre, Delta."

„Nimm dir ruhig Zeit. Es eilt nicht. Überhaupt nicht ..."

„Bereit!"

Wir drücken uns an die Wände der Höhle. Für den Bruchteil einer Sekunde besteht alles nur aus weißem Licht, schmerzhaftem Lärm und herum wirbelndem Staub. Als wir wieder sehen können, sind die Türen zertrümmert und nach innen gedrückt. Rauch steigt auf. „Delta Squad – bereit zum Eindringen. *Einnehmen, einnehmen.*"

„Ich dachte schon, du würdest nie mehr fragen." Delta Squad landet am Boden und geht sofort rein. Feuernd, während wir zurück bleiben und ihnen Deckung geben. Hier unten liegt ein verzweigtes Tunnelsystem. Wenn wir nicht aufpassen, könnte uns aus jeder Richtung etwas anfallen.

Eigentlich sollte mein Helm vor hohen Dezibelwerten schützen, aber Krieg ist laut. *Wirklich* laut. Über das *Umf-umf-umf* der geonosianischen Schallsalven und unser eigenes Blasterfeuer kann ich mein Helm-Komlink nicht hören. Dafür höre ich schweres Panzerabwehrfeuer. *Fierfek*, ich kann es durch meine Stiefel spüren.

Eine Bewegung vor mir lenkt meine Aufmerksamkeit auf sich, dann ist sie verschwunden. Ich spähe durch das Visier meines DC-17 und hake es als Einbildung ab, dann deutet Taler in Richtung einen der fünf weiteren Tunnel vor uns.

„Darman, schnapp dir den E-Netz und halte diese Position." Er winkt Vin und Jay zu sich und zusammen rücken sie, Rücken an Rücken alle Seiten im Auge behaltend, an den Eingang des Tunnels vor.

Und jetzt blicke ich hinauf zur Decke.

Hier sind mehr Geonosianer, als wir gedacht haben. *Viel* mehr. Ich knalle zwei über mir ab und schon kommen noch mehr aus dem Tunnel zu meiner Linken. Also eröffne ich das Feuer mit dem Repetierblaster, flott und früh, denn wenn ich sie zu nahe herankommen lasse, wird mich der Schuss ebenfalls braten.

Auch so wirft er mich schon zurück wie ein Vorschlaghammer.

„Taler, hier Darman, over." Ich kann ihn nicht sehen. Ich kann keinen von ihnen sehen, aber ich kann schnell aufeinander folgende Salven hören. „Taler, hier Darman, hörst du mich, over?"

Es ist weniger die Stille, eher das Ausbleiben einer vertrauten Stimme. Dann zerstückelte, knisternde Rufe: „... erwischt! Hier hat's einen erwischt!"

„Wer? Wen hat es erwischt? Taler? Vin? Jay? Hört ihr mich, over?"

Ich habe den Kontakt zu meiner Schwadron verloren.

Es ist das letzte Mal, dass ich sie sehe.

1.

VERSCHLÜSSELTE ÜBERTRAGUNG

BLEIBEN SIE AUF EMPFANG

GEONOSIS ANGRIFFSLEITUNG AN FLOTTENUNTERSTÜTZUNG, ORD MANTELL.

VORBEREITEN AUF EMPFANG EVAKUIERTER VERLUSTE. MEDIZINISCHES KOORDINATIONSTEAM SCHÄTZT ZAHL DER SCHWERVERLETZTEN AUF ZWÖLFTAUSEND, WIEDERHOLE, ZWÖLFTAUSEND. GEHFÄHIGE VERWUNDETE ACHTTAUSEND, WIEDERHOLE, ACHTTAUSEND. GESCHÄTZTE ANKUNFTSZEIT IN ZEHN STUNDEN. LOGISTISCHE PRIORITÄT FÜR BACTA-TANK-TEAMS.

VORBEREITEN AUF ZWEIUNDSIEBZIGTAUSEND, WIEDERHOLE, ZWEIUNDSIEBZIGTAUSEND KAMPFBEREITE TRUPPEN IN ERWARTUNG ANSTEHENDER UMGRUPPIERUNG. WAFFENBEREITSTELLUNG VORRANGIG FÜR COMMANDO-EINHEITEN.

DAS WÄRE ALLES. OVER UND OUT.

Angriffsschiff der Republik *Implacable:* Eintreffen zum Abzug von Geonosis. Bereithalten.

Republik Commando 1136 studierte jedes der Gesichter, die in Reihe und Glied darauf warteten, die Kanonenboote zu besteigen.

Manche waren behelmt, manche nicht, aber alle hatten sie – auf die eine oder andere Art – *sein* Gesicht. Und alle waren sie Fremde.

„Bewegung“, schrie der Lademeister und zeigte mit ausgestrecktem Arm von einer Seite zur anderen. „Kommt schon, bewegt euch

Leute – so schnell ihr könnt." Die Kanonenboote wühlten dabei dichte Staubwolken auf und die Soldaten gingen an Bord, wobei sich manche umdrehten, um Kameraden hineinzuziehen, damit die Boote schnell wieder abheben konnten. Es gab keinen Grund zu drängeln. Sie hatten es schon Tausende Male trainiert: Der Abzug aus einem echten Gefecht war das, worauf sie vorbereitet worden waren. Das hier war kein Rückzug. Sie hatten ihren ersten Sieg errungen.

Der Fallstrom des Kanonenbootes wirbelte den roten geonosianischen Boden auf. RC-1136 – Darman – nahm seinen Helm ab und fuhr mit seinem Handschuh über die blassgraue Kuppel. Er wischte den Staub ab und bemerkte ein paar Kratzer und Brandspuren.

Der Lademeister wandte sich ihm zu. Er gehörte zu den sehr, sehr wenigen Außenseitern, die Darman in der Großen Armee hatte arbeiten sehen. Ein kleiner, runzeliger Duros mit einem explosiven Gemüt. „Kommst du noch an Bord, oder was?"

Darman wischte weiter seinen Helm ab. „Ich warte auf meine Kumpels", sagte er.

„Du wirst deinen glänzenden, silbernen Hintern *sofort* bewegen", sagte der Lademeister verärgert. „Ich habe einen Zeitplan einzuhalten."

Darman hob vorsichtig seine Knöchelpanzerung unter das Kinn des Lademeisters und hielt sie dort. Er musste die Vibroklinge nicht ausfahren und er musste auch kein Wort sagen. Er hatte seinen Standpunkt klar gemacht.

„Nun, wann immer Sie bereit sind, Sir", sagte der Duros und trat zurück, um stattdessen Klontrooper anzuschnauzen. Einen Commando zu reizen, war keine gute Idee, insbesondere dann nicht, wenn es sich um einen handelte, der gerade den Adrenalinschub eines Gefechts verarbeitete.

Es gab immer noch kein Zeichen vom Rest seiner Schwadron. Darman wusste, dass es keinen Sinn machte noch länger zu warten. Sie hatten sich nicht zurück gemeldet. Vielleicht waren ihre Komlinks ausgefallen. Vielleicht hatten sie es auf eines der anderen Kanonenboote geschafft.

Es war das erste Mal in seinem künstlich kurz gehaltenen Leben, dass Darman nicht in der Lage war, seine Hand auszustrecken und die Männer zu berühren, mit denen er aufgezogen worden war.

Er wartete trotzdem noch eine weitere halbe Standardstunde, bis die Kanonenboote weniger und die Reihen der Trooper kürzer wurden. Schließlich stand niemand auf der Wüstenebene außer ihm, dem Durosladmeister und einem halben Dutzend Klonkrieger. Es war der letzte Abflug des Tages.

„Sie sollten jetzt besser kommen, Sir", sagte der Lademeister. „Es wird niemand vermisst. Jedenfalls niemand, der noch am Leben ist."

Darman ließ seinen Blick ein letztes Mal über den Horizont wandern. Er fühlte sich noch immer, als würde er jemandem den Rücken zuwenden, der die Hand nach ihm ausstreckte.

„Ich komme", sagte er und kam als Letzter in der Reihe hinauf. Während das Kanonenboot abhob, betrachtete er den aufwirbelnden Staub, die kleiner werdenden Felsformationen und die schrumpfenden, versprenkelten Gebüschflecken, bis Geonosis ein verschwommener, mattroter Schemen war.

Er konnte immer noch auf der *Implacable* suchen. Es war noch nicht vorbei.

Das Kanonenboot schwebte in den riesigen Landehangar der *Implacable* und Darman sah hinunter in die Halle, auf ein Meer weißer Rüstungen in geordneter Bewegung. Das Erste, das ihm auffiel als das Kanonenboot seine Triebwerke absterben ließ und auf der Landerampe fest machte, war, wie *ruhig* alle schienen.

Die Luft in dem mit Soldaten überfüllten Hangar stank nach Schweiß, schaler Angst und dem in der Kehle kratzenden Geruch abgefeuerter Blastergewehre. Aber es war so still, dass Darman, hätte er nicht die erschöpften und verletzten Männer vor sich gesehen, geglaubt hätte, in den letzten dreißig Stunden wäre nichts Besonderes passiert.

Das Deck vibrierte unter den Sohlen seiner Stiefel. Er starrte auf sie hinunter und betrachtete die zufälligen Muster des geonosianischen Staubs, der an ihnen klebte, als ein identisches Stiefelpaar in sein Blickfeld trat.

„Nummer?“, fragte eine Stimme, die sich wie seine eigene anhörte. Der Commander fuhr mit einem Inventursensor über ihn: Darman musste ihm seine Nummer gar nicht nennen und auch sonst nichts, denn die Sensoren in der verstärkten Katarnrüstung gaben seinen Status lautlos weiter. Elektronisch. *Keine bedeutsamen Verletzungen*. Das Koordinationsteam auf Geonosis hatte ihn durchgewunken. Sie konzentrierten sich auf die Verletzten und ignorierten diejenigen, denen nicht mehr zu helfen war oder die sich selbst helfen konnten. „Hörst du mir zu? Komm schon, Sohn, sprich mit mir.“

„Mit geht's gut, Sir“, sagte er. „Sir, RC-eins-eins-drei-sechs. Ich stehe nicht unter Schock. Mir geht es gut.“ Er machte eine Pause. Niemand würde ihn wieder mit seinem Truppenspitznamen – Darman – anreden. Sie waren alle tot. Er wusste es. Jay, Vin, Taler. *Er wusste es einfach*. „Sir, gibt es Neuigkeiten von RC-eins-eins-drei-fünf …“

„Nein“, sagte der Commander, der offensichtlich ähnliche Fragen hörte, jedes Mal, wenn er zum Check Halt machte. Er machte eine Geste mit dem schmalen Stab in seiner Hand. „Wenn sie nicht bei den evakuierten Verletzten, oder in diesem Sammler gelistet sind, dann haben sie es nicht geschafft.“

Es war dumm gewesen, zu fragen. Darman hätte es besser wissen sollen. Klonkrieger – und ganz besonders Republik Commandos – machten einfach weiter ihren Job. Darin bestand ihr einziger Zweck. Und das war ihr *Glück*, hatte ihnen ihr Ausbildungssergeant erzählt; draußen, in der gewöhnlichen Welt, sorgte sich jedes Wesen einer jeden Spezies um ihren Zweck im Leben und suchte nach einem Sinn. Klone brauchten das nicht. Klone *wussten*. Sie waren für ihre Rolle perfektioniert und Zweifel plagten sie niemals.

Bis jetzt hatte Darman nicht gewusst, was Zweifel waren. Kein noch so hartes Training hatte ihn auf *das hier* vorbereitet. Er fand einen Platz an einem Schott und setzte sich hin.

Ein Klontrooper ließ sich neben ihm nieder, quetschte sich in die Ecke und für einen Augenblick schepperte der Schulterpanzer an seinem. Sie blickten sich an. Darman hatte nur selten Kontakt mit den anderen Klonen: Commandos trainierten abgesondert von allen anderen, einschließlich den ARC-Troopern. Die Rüstung des Troopers war weiß, leichter und weniger widerstandsfähig; Commandos erfreuten sich verbesserten Schutzes. Und Darman trug keine Rangfarben.

Aber Beide wussten genau, wer und was der andere war.

„Hübscher Deze", sagte der Soldat neidisch. Er schaute auf den DC-17: An die Klontruppen wurde das schwerere DC-15-Gewehr mit niedrigerem Spektrum ausgeteilt. „Ionenimpulsblaster, RPG Panzerschreck *und* Scharfschützenfunktion?"

„Yeah." Jedes Teil seiner Ausrüstung war in Hinblick auf ein erweitertes Spektrum hergestellt worden. Das Leben eines Troopers war weniger wert, als das eines Commandos. So standen die Dinge nun einmal und Darman hatte es nie in Frage gestellt – jedenfalls nicht für lange. „Full House."

„Sauber." Der Trooper nickte zustimmend. „Job erledigt, was?"

„Yeah", sagte Darman leise. „Job erledigt."

Ansonsten sagte der Trooper nichts. Vielleicht nahm er sich vor Gesprächen mit Commandos in Acht. Darman wusste, was Trooper über ihn und die seinen dachten. *Sie trainieren nicht wie wir und sie kämpfen nicht wie wir. Sie reden nicht einmal wie wir*. Ein Haufen Primadonnen.

Darman hielt sich nicht für arrogant. Es war nur so, dass er jeden Job erledigen konnte, zu dem ein Soldat berufen werden konnte und dann noch eine ganze Menge mehr: Belagerungsangriffe, Aufstandsbekämpfung, Geiselbefreiung, Sprengungen, Attentate, Überwachung und alle möglichen Infanterieaktivitäten in jedem Gelände, in jeder Umgebung und zu jeder Zeit. Er *wusste*, dass er es konnte, weil er es *getan* hatte. Er hatte es in der Ausbildung getan; zuerst mit Trainingsmunition, dann mit echten Magazinen. Er hatte es mit seiner Schwadron getan, den drei Brüdern, mit denen er jeden Moment seines bewussten Lebens verbracht hatte. Sie waren gegen andere Trupps angetreten, Tausende genau wie sie, aber auch wieder nicht wie sie, denn sie waren Schwadrons-Brüder und das war etwas *Besonderes*.

Er hatte allerdings nie gelernt, getrennt von seinem Trupp zu leben. Jetzt sollte er es auf dem härtesten aller Wege lernen.

Darman hatte absolutes Vertrauen darauf, einer der besten Sondereinsatzsoldaten zu sein, die je erschaffen wurden. Er wurde nicht von den Alltagssorgen geplagt, eine Familie aufzuziehen und für den Lebensunterhalt zu sorgen. Dinge, von denen sein Ausbilder sagte, er solle sich glücklich schätzen, sie nicht zu kennen.

Aber jetzt war er allein. Sehr, sehr allein. Und das war tatsächlich ziemlich beunruhigend.

Er dachte eine ganze Weile in aller Stille darüber nach. Zu überleben, wenn der Rest deines Trupps getötet wurde, war kein Grund stolz zu sein. Stattdessen fühlte es sich an wie etwas, das sein Ausbildungssergeant als *Schande* beschrieben hatte. So etwas fühlte man anscheinend, wenn man einen Kampf verloren hatte.

Aber sie hatten gewonnen. Es war ihre erste Schlacht und sie hatten *gewonnen*.

Die Landerampe der *Implacable* senkte sich und das grelle Sonnenlicht von Ord Mantell strömte hinein. Ohne weiter nachzudenken setzte Darman seinen Helm wieder auf, reihte sich in eine geordnete Linie ein und wartete darauf, von Bord zu gehen und neue Befehle zu erhalten. Er würde eingekühlt werden, in vorübergehender Leblosigkeit gehalten werden, bis die Pflicht wieder rufen würde.

Das war es also, was auf einen Sieg folgte. Er fragte sich, wie viel schlimmer sich wohl eine Niederlage anfühlen mochte.

Imbraani, Qiilura: 40 Lichtjahre entfernt von Ord Mantell, Tingel Arm

Das Barqfeld verfärbte sich von silber zu rubinrot, während der Wind aus Südwest das heranreifende Getreide in Wellenbewegungen nieder drückte. Es hätte ein perfekter Spätsommertag sein können, aber stattdessen verwandelte er sich in einen der schlimmsten in Etain Tur-Mukans Leben.

Etain war gerannt und gerannt und war am Ende ihrer Kräfte. Sie warf sich geradewegs zwischen die Ackerfurchen, ohne darauf zu achten, wohin sie fiel. Etain hielt die Luft an, während etwas Stinkendes, Feuchtes unter ihr platschte.

Sie wusste, dass der Weequay, der sie verfolgte, sie wegen des Windes nicht hören konnte, aber trotzdem hielt sie den Atem an.

„Hey, Mädel!“ Seine Stiefel stampften näher. Er schnappte nach Luft. „Wohin du gegangen? Nicht schüchtern sein.“

Nicht atmen.

„Habe ich Flasche Urrqal. Willst du machen Party?“ Für einen Weequay hatte er einen bemerkenswert großen Wortschatz, bei dem sich alles um seine niederen Bedürfnisse drehte. „Ich *lustig*, wenn du mich kennen lernen.“

Ich hätte darauf warten sollen, dass es dunkel wird. Ich könnte seinen Verstand beeinflussen, versuchen ihn dazu zu bringen, zu verschwinden.

Aber das hatte sie nicht. Und sie konnte es auch nicht, so sehr sie auch versuchte sich zu konzentrieren. Sie war zu adrenalingeladen und erfüllt von unkontrollierter Panik.

„Komm, Knackarsch, wo du sein? Ich dich finden …“

Es hörte sich an, als ob er sich seinen Weg durch das Korn stampfen und näher kommen würde. Wenn sie aufspringen und losrennen würde, wäre sie tot. Wenn sie bleiben würde wo sie war, würde er sie schließlich finden. Er würde nicht anfangen, sich zu langweilen und er würde nicht aufgeben.

„Mädel …“

Die Stimme des Weequay war nahe; zu ihrer Rechten, etwa zwanzig Meter entfernt. Sie schnappte kurz nach Luft und presste die Lippen wieder aufeinander. Ihre Lungen schmerzten und die Anstrengung ließ ihre Augen tränen.

„Mädel …“ Immer näher. Er würde genau auf sie drauf treten. „Mää-delllll …“

Sie wusste was er tun würde, wenn er sie fand. Wenn sie Glück hatte, würde er sie hinterher töten.

„Mä-“

Der Weequay wurde von einem lauten, feuchten *Batsch* unterbrochen. Er stieß ein Grunzen aus und dann folgte ein zweites *Batsch* – kürzer, schärfer und härter. Etain hörte einen Schmerzensschrei.

„Wie oft muss ich es dir noch sagen, *di'kut?*" Es war eine andere Stimme. Menschlich, mit scharfem, autoritärem Ton. *Batsch.* „Verschwende – nicht – meine – Zeit." Noch ein *Batsch:* ein weiterer Schrei. Etain hielt ihr Gesicht in den Schmutz gedrückt. „Wenn du dich noch *einmal* besäufst, wenn du noch *einmal* Frauen nachjagst, schlitz' ich dich auf, von hier bis – *hier.*"

Der Weequay kreischte. Es war diese Art unzusammenhängender, tierischer Laut, den Wesen von sich geben, wenn der Schmerz sie überwältigt. In ihrer kurzen Zeit auf Qiilura hatte Etain zu viele dieser Laute gehört. Dann war es still.

Sie hatte die Stimme vorher noch nie vernommen, aber das brauchte sie auch nicht. Sie wusste genau, zu wem sie gehörte.

Etain lauschte angestrengt und erwartete schon, dass ihr plötzlich ein schwerer Stiefel in den Rücken trat, aber alles was sie hörte, war das Rascheln und Knacken zweier Paar Füße, die durch das Korn streiften. Weg von ihr. Sie hörte Fetzen eines Gesprächs, das sich, vom Wind davon getragen, entfernte. Der Weequay wurde noch immer ausgeschimpft.

„... viel wichtiger ..."

War was?

„... später *di'kut*, aber vorerst, brauche ich dich, damit ... okay? Oder ich schlitze ..."

Etain wartete. Schließlich konnte sie nur noch das Rauschen des Windes hören, das raschelnde Getreide und den gelegentlichen flötenden Ruf eines Bodenaals auf der Suche nach einem Weibchen. Sie erlaubte sich wieder normal zu atmen, trotzdem wartete sie, das Gesicht in fauligen Dung gedrückt, bis die Dämmerung hereinbrach. *Jetzt* musste sie sich bewegen. Die Gdans würden sich auf die Jagd machen und in Rotten die Felder durchkämmen. Obendrein begann der Geruch, der ihr nichts ausgemacht hatte, während sie von der Angst gepackt war, sie jetzt wirklich zu stören.

Sie stützte sich auf ihre Ellbogen, rutschte dann auf ihre Knie und sah sich um.

Warum mussten die auch so spät in dieser Jahreszeit Barq düngen? Sie wühlte in den Taschen ihres Mantels nach einem Tuch.

Wenn sie jetzt nur einen Bach finden würde, dann könnte sie sich waschen. Sie rupfte eine Hand voll Halme, drückte sie zu einem Ballen zusammen und versuchte das Gröbste des Dungs und Schmutzes, der an ihr klebte, abzuschrubben.

„Das ist ziemlich teures Getreide, wenn man es dafür benutzt", sagte eine Stimme.

Etain stockte der Atem. Sie fuhr herum und fand einen Einheimischen in einem schmuddeligen Kittel vor, der sie böse ansah. Er sah dünn, ausgemergelt und verärgert aus und hielt ein Dreschwerkzeug in seiner Hand. „Wisst Ihr, was das Zeug wert ist?"

„Es tut mir leid", sagte sie. Sie ließ ihre Hand vorsichtig in ihren Mantel gleiten und tastete nach dem vertrauten Zylinder. Sie hatte den Weequay nicht wissen lassen wollen, dass sie ein Jedi war, aber wenn dieser Bauer vorhatte, sie für ein paar Laib Brot oder eine Flasche Urrqal auszuliefern, musste sie ihr Lichtschwert parat haben. „Es galt Ihr Barq oder mein Leben, fürchte ich."

Der Bauer starrte mit zusammengepressten Lippen auf die zerdrückten Halme und auf das verstreut liegende, perlenartige Getreide. Es stimmte, Barq erzielte einen hohen Preis in den Restaurants von Coruscant: Es war ein Luxusgut, das sich die Leute, die es für den Export anbauten selbst nicht leisten konnten. Das schien aber die Neimoidianer, die den Handel damit kontrollierten, nicht zu kümmern. Das tat es niemals.

„Ich werde für den Schaden aufkommen", sagte Etain, ihre Hand immer noch in ihrem Mantel.

„Warum waren die hinter Euch her?" fragte der Bauer, ohne auf ihr Angebot einzugehen.

„Das Übliche", sagte sie.

„Oh-ah, so gut seht Ihr gar nicht aus."

„Reizend."

„Ich weiß, wer Ihr seid."

Oh nein. Ihr Griff wurde fester. „Tun Sie das?"

„Ich glaube schon."

Ein bisschen mehr zu essen für seine Familie. Ein paar Stunden trunkenen Vergessens, dank des Urrqal. Das war alles, was sie für ihn war. Er bewegte sich, als wolle er einen Schritt nach vorn machen und sie zog ihren Arm aus dem Mantel, weil sie es satt hatte zu rennen und weil ihr der Anblick dieses Dreschwerkzeugs nicht gefiel.

Wzzzzzmmmm.

„Oh, toll", sagte der Bauer seufzend, als er die Klinge aus purem, blauem Licht erblickte. „Eine von Eurem Haufen. Das hat uns noch gefehlt."

„Ja", sagte sie und hielt das Lichtschwert fest vor ihr Gesicht. Ihr Magen hatte sich zusammengezogen, aber sie behielt ihre Stimme unter Kontrolle. „Ich bin Padawan Etain Tur-Mukan. Ihr könnt ja versuchen mich ans Messer zu liefern, wenn Ihr meine Fähigkeiten testen wollt. Aber ich würde es bevorzugen, wenn Ihr mir helft. Euer Zug, Sir."

Der Bauer starrte auf das Lichtschwert, als würde er versuchen einen Preis dafür auszurechnen. „Hat Eurem Meister nicht viel geholfen, das Ding, oder?"

„Meister Fulier hatte kein Glück. *Und* er wurde betrogen." Sie senkte das Lichtschwert, ließ den Strahl aber nicht erlöschen. „Werdet Ihr mir helfen?"

„Ghez Hokans Schläger werden überall hinter uns her sein, wenn ich ..."

„Ich glaube, die sind beschäftigt", vermutete Etain.

„Was wollt Ihr von uns?"

„Einen Unterschlupf, nur für den Moment."

Der Bauer saugte nachdenklich Luft durch seine Zähne. „Okay, kommt, Padawan ..."

„Nennt mich bitte Etain." Sie schaltete das Lichtschwert ab: Das Licht erstarb mit einem *Ffmmm* und sie steckte den Griff wieder in ihren Mantel. „Nur um sicher zu gehen."

Etain folgte ihm und versuchte sich nicht selbst zu riechen, aber das war mühsam, übel erregend mühsam. Selbst ein Gdan, der mit seinem Geruchssinn jagt, hätte sie nicht als Mensch erkannt. Es wurde jetzt dunkel und der Bauer blickte sie immer wieder über die Schulter an.

„Oh-ah." Er schüttelte den Kopf, als wäre er in ein Selbstgespräch vertieft. „Ich bin Birhan und das ist mein Land. Und ich dachte ihr Typen wärt in der Lage, irgendwelche Geistestricks anzuwenden."

„Woher wollt Ihr wissen, dass ich's nicht getan habe?", log Etain.

„Oh-ah", sagte er und nichts weiter.

Wenn er das Offensichtliche nicht selbst erkannt hatte, so wollte sie es ihm auch nicht von sich aus sagen. Sie war eine Enttäuschung für ihren Meister gewesen und war mit Sicherheit nicht die Beste der Rotte. Sie rang mit der Macht und kämpfte mit ihrer Selbstdisziplin und sie war nur hier, weil sie und Meister Fulier gerade in der Nähe waren, als ein Job erledigt werden musste. Fulier konnte nie einer Herausforderung oder längeren Gelegenheitseinsätzen widerstehen und es sah so aus, als hätte er den Preis dafür bezahlt. Noch hatten sie seine Leiche nicht gefunden, aber man hatte auch nichts von ihm gehört.

Ja, Etain war ein Padawan. Technisch gesehen.

Nur war sie eben einer, der gerade mal einen Hauch davon entfernt war, Dauerkuppeln in einem Flüchtlingslager zu bauen. Sie war der Meinung, dass ein Teil der Fähigkeiten eines Jedi die simple Anwendung von Psychologie ausmachte. Und wenn Birhan glauben wollte, dass die Macht stark in ihr war und, dass sich eine Menge mehr hinter der Fassade des linkischen, unscheinbaren Mädchens verbarg, das mit stinkendem Dung verschmiert war, dann war das für sie in Ordnung. Es würde ihr Überleben noch eine Weile länger sichern, während sie darüber nachsann, was sie als Nächstes tun würde.

Flottenunterstützung, Ord Mantell, Kasernenblock 5 Ypsilon

Es war Verschwendung, eine einzige Verschwendung.

RC-1309 beschäftigte sich damit, seine Stiefel zu reinigen. Er säuberte die Klammern und blies den roten Staub mit einer Druckluftpistole fort. Er spülte das Futter aus und schüttelte es trocken. Es gab keinen Grund untätig zu sein, während er darauf wartete eingekühlt zu werden.

„Sergeant?"

Er blickte auf. Der Commando, der herein gekommen war, legte seinen Ausrüstungsgürtel, seine Rüstung und den schwarzen Druckanzug auf das Etagenbett gegenüber und starrte zurück. Seine Identifikationsmarke wies ihn als RC-8015 aus.

„Ich bin Fi", sagte er und streckte ihm die Hand hin. „Du hast deine Schwadron also auch verloren?"

„Niner", sagte RC-1309 ohne die angebotene Hand zu schütteln. „Also, dann *ner vod* – mein Bruder – bist du der einzige Überlebende?"

„Ja."

„Hast du dich zurückgehalten, während die anderen vorgestürmt sind? Oder hattest du einfach nur Glück?"

Fi stand da, die Hände in die Hüften gestützt und war in jeder Hinsicht identisch mit Niner, außer dass er ... *anders* war. Er sprach ein bisschen anders. Er roch eine Nuance anders. Und er bewegte seine Hände ... nicht so wie Niners Schwadron, absolut nicht.

„Ich habe meine Arbeit gemacht", sagte Fi vorsichtig. „Und ich wäre jetzt lieber bei ihnen, als hier ... *ner vod*."

Niner sinnierte eine Weile über ihn, dann wandte er sich wieder dem Säubern seiner Stiefel zu. Fi verstaute seine Montur im Spind neben dem Etagenbett und schwang sich dann mit einer geschmeidigen Bewegung auf die obere Matratze. Bedächtig verschränkte er die Arme hinter dem Kopf und starrte hoch auf das Querspant, als würde er meditieren.

Wäre es Sev gewesen hätte Niner genau gewusst, was er da jetzt tat, sogar ohne hinzusehen. Aber Sev war fort.

Klontrooper verloren Brüder in der Ausbildung. Ebenso Commandos. Aber Trooper verkehrten mit ganzen Abteilungen, Zügen, Kompanien, sogar Regimentern und das bedeutete, dass man nach den unvermeidlichen Todesfällen und Ausschlüssen während der Manöver noch genug Leute um sich hatte, die man gut kannte. Commandos arbeiteten ausschließlich untereinander.

Niner hatte alle verloren, mit denen er aufgewachsen war und so war es auch Fi ergangen.

Er hatte schon zuvor einen Bruder – Zwei-Acht – im Manöver verloren. Die drei Überlebenden hatten den Ersatzmann willkommen geheißen, obwohl sie immer gespürt hatten, dass er eine Spur *anders* war – ein wenig distanziert – als ob er sich nie wirklich akzeptiert gefühlt hätte.

Aber sie hatten immer dem erwarteten Leistungsniveau entsprochen. Und solange sie das taten, schien es ihren kaminoanischen Technikern und dem bunt zusammengewürfelten Haufen aus Ausbildern von allerlei Lebensformen egal zu sein, wie sie sich dabei fühlten.

Aber die Commandos machten sich ihre Gedanken. Sie behielten sie nur für sich.

„Es war eine Verschwendung", sagte Niner.

„War was?", fragte Fi.

„Uns in einer Operation wie Geonosis einzusetzen. Das war ein Infanteriejob. Nichts für Sonderkommandos."

„Das hört sich an, wie Befehls–"

„Ich sage lediglich, dass wir uns nicht zu maximaler Effizienz steigern konnten."

„Verstanden. Vielleicht können wir ja das tun, wozu wir wirklich ausgebildet wurden, wenn wir wiederbelebt werden."

Niner wollte erzählen, dass er seine Schwadron vermisste, aber das war nichts, das man einem Fremden anvertraut. Er prüfte seine Stiefel und war zufrieden. Dann stand er auf, legte seinen Druckanzug ausgebreitet auf die Matratze und überprüfte ihn mit dem Abtastsensor in seinem Handschuh auf Vakuumvollständigkeit. Es war ein Ritual, das so tief in ihm verwurzelt war, dass er kaum darüber nachdachte: Stiefel, Anzug und Panzerung warten, Helmsysteme neu kalibrieren und das Heads-Up-Display für die Informationsanzeige prüfen, den DC-17 auseinander nehmen und wieder zusammensetzen, die Überlebensausrüstung leeren und neu packen. *Fertig*. Dazu brauchte er sechsundzwanzig Minuten und zwanzig Sekunden, plus minus zwei Sekunden. Eine gut gepflegte Ausrüstung machte oft den Unterschied zwischen Leben und Tod aus. Ebenso zwei Sekunden.

Er schloss die Klappe seines Tornisters mit einem *Klack* und sicherte den Verschluss. Dann überprüfte er die Haken, die die separaten Munitionsmagazine hielten, um zu sehen, ob sie sich auch frei bewegen konnten. Das war wichtig für den Fall, dass er sich schnell aller explosiven Stoffe entledigen musste. Als er wieder aufblickte, hatte sich Fi auf einen Ellbogen gestützt und sah von dem Etagenbett auf ihn hinunter.

„Trockenrationen gehören in die *fünfte* Lage", sagte er.

Niner packte sie immer etwas tiefer zwischen die Ersatzabseilleine und seinen Hygienebeutel. „In *deiner* Schwadron vielleicht", sagte er und machte weiter.

Fi verstand den Wink und rollte sich wieder auf den Rücken. Zweifellos reflektierte er darüber, wie anders die Dinge in der Zukunft ablaufen würden.

Nach einer Weile begann er ganz leise, fast flüsternd zu singen: *Kom'rk tsad droten troch nyn ures adenn, Dha Werda Verda a'den tratu*. Sie waren der Zorn des Kriegers Schatten und der Fehdehandschuh der Republik; Niner kannte das Lied. Es war ein traditioneller mandalorianischer Kriegsgesang, der die Moral normaler Leute heben sollte, die vor einem Kampf ein wenig geistigen Aufputsch gebrauchen konnten. Der Text war ein bisschen abgeändert worden, um einen Sinn für die Armee der Klonkrieger zu ergeben.

Wir brauchen das alles nicht, dachte Niner. *Wir wurden geboren, um zu kämpfen, sonst nichts.*

Trotzdem ertappte er sich dabei, einzustimmen. Es war tröstend. Er verstaute seine Ausrüstung im Spind, legte sich auf sein Bett und traf perfekt den Tonfall und Rhythmus von Fi. Zwei identische Stimmen in einem verlassenen Kasernenzimmer.

Niner hätte jeden Augenblick seines verbleibenden Lebens dafür getauscht, den gestrigen Einsatz wiederholen zu können. Er hätte Sev und DD zurückgehalten; er hätte 0-Vier mit dem E-Netz-Blaster nach Westen geschickt.

Aber das hatte er nicht.

Gra'tua cuun hett su dralshy'a. Unsere Rache brennt noch immer strahlend.

Fis Stimme verebbte zu Schweigen, nur einen winzigen Bruchteil vor Niners. Er hörte ihn schwer schlucken.

„Ich war bei ihnen, Sergeant", sagte er leise. „Ich habe nicht gezögert. Überhaupt nicht."

Niner schloss die Augen. Er bedauerte angedeutet zu haben, dass Fi Geringeres geleistet haben könnte.

„Ich weiß, Bruder", sagte er. „Ich weiß."

2.

Kloneinheiten haben einen freien Willen, auch wenn sie Befehle befolgen. Wenn sie nicht für sich selbst denken könnten, wären wir mit Droiden besser bedient – und sie sind auch viel billiger. Sie müssen in der Lage sein, auf Situationen zu reagieren, die wir uns nicht vorstellen können. Wird sie das auf eine Art und Weise verändern, die wir nicht vorhersehen können? Vielleicht. Aber sie müssen mental dafür gerüstet sein, Kriege zu gewinnen. Und jetzt taut diese Männer auf. Sie haben eine Arbeit zu erledigen.

– Jedi-Meister Arligan Zey, Offizier des Geheimdienstes

Gesicherter Besprechungsraum, Flottenunterstützung, Ord Mantell, drei Standardmonate nach Geonosis

Die Basis der Flottenunterstützung war nicht darauf ausgelegt, zehntausende Truppen zu beherbergen und das sah man ihr an. Der Besprechungsraum war ein altes Kühlhaus, indem es noch immer nach Nahrungsmitteln und Gewürzen roch. Darman konnte die Ladeschienen sehen, die sich über die Decke erstreckten, aber er konzentrierte sich auf den Holoschirm vor sich.

Es fühlte sich gar nicht so schlimm an, nach der Starre wiederbelebt zu sein. Er war immer noch ein Commando. Sie hatten ihn nicht generalüberholt. Das bedeutete – das bedeutete, dass er auf Geonosis den erwarteten Standards entsprochen hatte. *Er hatte sich gut geschlagen.* Er hatte ein positives Gefühl.

Aber sein Helm fühlte sich anders an. Es waren viel größere Datenmengen auf dem HUD, dem Heads-Up-Display für die Informationsanzeige. Er schaltete eine Weile zwischen den Modi hin und her, wobei er jeden Befehl mit raschem Zwinkern kontrollierte, und nahm die Extrasysteme und die neue Hardware zur Kenntnis, die seit Geonosis installiert worden waren.

Zu seiner Linken saß sein neuer Sergeant, der es bevorzugte, Niner genannt zu werden wenn keine vorgesetzten Offiziere anwesend waren und RC-8015, mit dem Spitznamen Fi. Auch sie waren die einzigen Überlebenden ihrer Schwadronen. Wenigstens sie wussten, was er durchmachte.

Es gab einen vierten behelfsmäßigen Platz in der Reihe – Packkisten aus einer blauen Legierung – und er war unbesetzt. Jedi-Meister Arligan Zey hatte die Hände hinter dem Rücken verschränkt und schritt vor dem Schirm auf und ab. Sein Mantel flatterte und unterbrach dabei jedes Mal die Holoprojektion. Ein weiterer Jedi, der sich bisher noch nicht zu erkennen gegeben hatte, schenkte seine Aufmerksamkeit sowohl Zey als auch den behelmten Commandos, die absolut still auf den aufgereihten Kisten saßen.

Die spiegelnde Oberfläche der blank polierten Legierungswände erlaubten Darman insgeheim ein sehr ungewöhnliches Fremdwesen zu beobachten – eines, das er noch nie gesehen hatte. Er war darauf trainiert worden jedes Detail in seiner Umgebung wahrzunehmen, aber es wäre ohnedies schwer genug gewesen, diese Kreatur nicht zu bemerken.

Das Fremdwesen war ungefähr anderthalb Meter groß und schlich schnüffelnd an den Wänden entlang. Es hatte einen glänzenden, schwarzen Pelz und streifte auf langen, zierlichen Beinen umher, wobei es seine schmale Schnauze immer wieder in Spalten steckte und dabei jedes Mal heftig schnaubte. Zuvor hatte Darman gehört, wie Zey es Valaquil genannt hatte. Er hatte auch gesagt, es wäre ein Gurlanin, ein Formwandler.

Darman hatte in der Ausbildung von Formwandlern gehört, aber das hier war kein Clawdite. Er sah sich die Reflexion der Kreatur im rechten Blickfeld seines Visors an, als die Tür aufschwang und ein weiterer Commando eintrat, den Helm fest unter seinen rechten Arm geklemmt und zackig salutierend.

„RC-drei-zwei-zwei-zwei, Sir", sagte er. „Entschuldigen Sie, dass ich Sie warten ließ, Sir. Die Ärzte wollten mich nicht entlassen."

Kein Wunder: Sein Gesicht zeichnete ein Streifen aufgerissener Haut, der knapp unter seinem rechten Auge begann, geradewegs über seinen Mund lief und schließlich an der linken Seite seines Kiefers endete. So sah er ganz bestimmt nicht wie einer der anderen Klone aus. Darman fragte sich, welche Überredungskünste wohl von Nöten gewesen waren, um den medizinischen Stab dazu zu bringen, eine Runde Bacta einzusparen.

„Sind Sie diensttauglich, Soldat?", fragte Zey.

„Kampfbereit, Sir." Er setzte sich neben Darman und nahm die gleiche kerzengerade Haltung an wie er, nachdem er ihn kurz anerkennend angesehen hatte. Das war also ihr vierter Mann. Sie waren wieder eine Schwadron – zumindest zahlenmäßig. *Omega Squad*.

Der andere Jedi starrte mit einem Ausdruck unverhohlener Verwunderung auf den Neuankömmling. Zey schien es zu bemerken und stupste seinen Kollegen an. „Padawan Jusik ist noch nicht mit den Klontruppen vertraut. So geht es uns allen." Das war verständlich: Darman hatte vor der Schlacht von Geonosis auch noch keinen Jedi gesehen und war gleichermaßen fasziniert. „Entschuldigen Sie seine Neugier."

Zey deutete auf den Holoschirm.

„Dies ist Ihr Ziel, Gentlemen: Qiilura." Er blickte auf seinen Datenblock und las aufmerksam ab. „Diese Daten wurden bei einem Aufklärungsflug aus großer Höhe aufgenommen. Sie sind also entsprechend beschränkt."

Zey fuhr fort: „Technisch gesehen ist Qiilura neutral. Leider wird sein neutraler Status aller Wahrscheinlichkeit nach bald enden."

Er hatte sie als *Gentlemen* angeredet. Vielleicht wusste Zey nicht, wie man Commandos nannte. Sie standen alle noch am Anfang.

Das Bild auf dem Schirm zeigte zunächst eine blauweiße Scheibe und zoomte dann an Inselketten, tiefe Flussarme und weitläufige Ebenen heran, die mit Flecken von Waldland und schachbrettartig angeordneten Feldern gespickt waren. Es sah behaglich und friedlich aus und doch völlig fremd für Darman, der sein gesamtes Leben außerhalb von Tipoca City nur auf reellen und virtuellen Schlachtfeldern verbracht hatte.

„Was Sie hier sehen sind Landwirtschaftskommunen, von denen beinahe alle *hier* in dieser Region liegen, da sie die Fruchtbarste ist", erläuterte Zey. „Sie produzieren Barq, Kushayan und fünfzig Prozent der Luxuslebensmittel und -getränke der Galaxis. Des Weiteren wird auch nach Edelsteinen geschürft. Nichtsdestotrotz lebt die Bevölkerung am Existenzminimum und es gibt keine Regierung, außer dem Gesetz von Handel und Profit. Neimoidianische Händler besitzen praktisch den Planeten, oder zumindest die produktiven Gebiete, die ihnen von Nutzen sind. Sie stärken ihre Führungsrolle durch eine Miliz, die von Ghez Hokan kontrolliert wird – einem Mandalorianer, der so ungewöhnlich brutal vorgeht, dass er tatsächlich gebeten wurde, die Todesschwadron zu verlassen, weil er zu viel Freude an seiner Arbeit hatte."

Jusik sah von seinem Datenblock auf. Er schien die Präsentation mit zu verfolgen.

„Abschaum", sagte er. „Eine unserer Quellen nennt ihn Abschaum, als Ausdruck für ... eine sehr unangenehme Gruppe von Leuten."

Zey machte eine Pause um Luft zu holen, als wolle er sicher gehen, dass der letzte Informationshappen seine Wirkung erzielt hatte. „In Anbetracht der Tatsache wie dünn unsere Quellen gesät sind, sind wir zu diesem Zeitpunkt unglücklicherweise nicht in der Lage, eine Intervention zu rechtfertigen, die sich der Ungerechtigkeiten auf Qiilura annehmen könnte. Aber wir besitzen hervorragende nachrichtendienstliche Informationen, die darauf hindeuten, dass dort bedeutsame Militärverbände stationiert sind."

Darman hörte zu und beobachtete am Rande weiterhin das Gurlanin. Es war durch den Raum geschlichen und hatte sich aufrecht neben Jusik gesetzt. Der Padawan schien noch immer von den Commandos gefesselt zu sein. Darman bemühte sich, ihn nicht anzustarren – obwohl jede seiner Augenbewegungen hinter seinem Helm versteckt blieb – denn Jedi wussten Dinge, ohne sie zu sehen.

Seine Ausbilder hatten ihm das gesagt. Jedi waren allwissend, allmächtig und ihnen war jederzeit Folge zu leisten.

Darman folgte jedem von Zeys Worten.

„Qiilura liegt sozusagen nicht an der Hauptstraße“, sagte Zey. „Der ideale Ort, um sich zu verstecken, sollte man das vorhaben. Und es *gibt* dort versteckte Ziele. Wir brauchen Sie, um eines davon zu erfassen und ein Weiteres zu zerstören: Eine Wissenschaftlerin der Separatisten, Ovolot Qail Uthan und ihr allerneustes Projekt, einen Nanovirus. Wir haben Grund zu der Annahme, dass sich beide Ziele in einer Forschungseinrichtung auf Qiilura befinden.“

Zey machte eine Pause und Jusik sprang ein. „Wir haben einen Jedi vor Ort, Meister Kast Fulier, aber wir haben in den letzten Wochen weder von ihm noch von seinem Padawan gehört.“

Zey nahm den Faden wieder auf. „Und lassen Sie mich Ihnen versichern, dass wir sorgfältig nach ihnen gesucht haben. Wir kennen die Position unserer Ziele, haben aber keine Baupläne der Gebäude. Das Fehlen dieser Pläne wird ihren Rückhol- und Sabotage-Auftrag erschweren, ebenso wie die Kommunikationslage. Fragen?“

Niner hob seine mit Handschuh und Rüstung gepanzerte Hand aus seinem Schoß. „Sir, was genau hat es mit der Kommunikationslage auf sich?“

„Neimoidianer.“

„Ich verstehe Sie nicht ganz, Sir.“

Für einen Moment sah Zeys Gesicht ausdruckslos aus, dann leuchtete es eine Enthüllung bekundend auf. „Die Neimoidianer besitzen und kontrollieren die gesamte Infrastruktur. Die einheimische Bevölkerung besitzt kaum ein Wasserloch, aber ihre Herren erfreuen sich des feinsten Komlink-Netzwerks und der besten Flugverkehrskontrolle, die man für Credits kaufen kann. Sie wollen sicher gehen, dass niemand ohne ihr Wissen ein Geschäft abschließt. Deswegen wird alles überwacht und nur sehr wenige Informationen dringen nach außen – Sie werden es also vermeiden müssen, Langstrecken-Komlinks zu gebrauchen. Haben Sie das verstanden, Soldat?“

„Sir, ja *Sir*, General Zey.“

Es entstand eine Pause, eine lange Pause und Zey sah auf die Reihe aus drei Helmen und einem zerschlagenen Gesicht, als würde er auf etwas warten. Der Jedi hatte gesagt, dass er vorher noch nie mit Klonen gearbeitet hatte. Vielleicht erwartete er einen Dialog. Er blieb vor Darman stehen. Um den Meister nicht in Verlegenheit zu bringen, beendete Darman die Stille.

Es war auch eine wirklich einleuchtende Frage.

„Wie ist dieses Nanovirus beschaffen, Sir?"

Zey zog den Kopf ein Stück zurück. „Eine intelligente und bedeutsame Frage", lobte er.

„Danke, Sir."

„Die Antwort sollte Sie daher auch besonders interessieren. Denn, wie es aussieht, zielt der Virus speziell auf Klone ab."

Das geschmeidige, schwarze Gurlanin machte sich etwas länger. „Sie fürchten Euch und das mit gutem Grund", sagte es mit einer tiefen, fließenden Stimme. „Darum verspüren sie den Wunsch zu töten wie alle unwissenden Wesen es tun, die auf etwas treffen, das sie nicht verstehen und deshalb fürchten."

Es zog sich noch ein Stück in die Länge und schien jetzt zu stehen. Es hatte seine Form verändert.

„Genau", sagte Zey langsam und betonte dabei sorgfältig beide Silben und wandte dann den Blick von dem Schauspiel molekularer Neuanordnung ab. „Momentan haben Sie noch einen Vorteil: Die Separatisten sind sich mit ziemlicher Sicherheit Ihres Potenzials als Klon-Commandos nicht bewusst. Sie haben keine Ahnung, was Sie erreichen können und wir vielleicht ebenso wenig. Aber Sie wurden geschaffen, um Höchstleistungen zu vollbringen und von den erfahrensten Ausbildern der Galaxis dazu ausgebildet, dieses Potenzial zu verinnerlichen. Wir haben sehr hohe Erwartungen an Sie." Zey steckte seine Hände in seinen Mantel und senkte den Kopf ein wenig. „Wenn Sie Meister Fulier wohlbehalten auffinden würden, wären wir erleichtert. Aber Uthan und die Einrichtung haben für Sie oberste Priorität. Haben Sie alles verstanden, was ich Ihnen gesagt habe?"

„Ja, Sir." Darman nickte kurz und die anderen ebenso, aber es war keine wirklich synchrone Bewegung. *Wir werden's richtig machen,* dachte er. *Ein paar Tage Training, dann läuft die Sache. Hartes Training, leichter Kampf.*

„Dann werde ich Sie jetzt meinem Padawan überlassen", sagte Zey und schritt hinaus, wobei er kurz in der Tür stehen blieb und noch einmal auf die Commandos blickte. Dabei neigte er den Kopf, als wäre er entweder erstaunt oder amüsiert.

Jusik schluckte schwer. Das Gurlanin zerfloss von einer Säule zu einem vierbeinigen Etwas und bewegte sich, um neben RC-3222 Platz zu nehmen und an ihm hinauf zu sehen. Der Commando reagierte nicht.

„Ahhh", seufzte es und seine Stimme klang wie fließendes Wasser. „Jaja, das ist tatsächlich Fetts Gesicht. Faszinierend."

Jusik deutete zum Ausgang. „Ich bin Ihr Waffenmeister", sagte er. „Waffen und Daten. Folgen Sie mir und ich zeige Ihnen, was wir Ihnen zur Verfügung stellen können."

Die Commandos standen auf wie ein Mann – mehr oder weniger – und folgten ihm durch die Tür und einen Korridor entlang, der noch immer mit Lebensmittelcontainern gesäumt war. Selbst durch Darmans Filtermaske roch dieser Ort noch nach geschmortem Nerf. Das Gurlanin waberte vor ihnen her, mal ein schlängelndes Raubtier, mal ein trabender Vielfüßler, ständig die Form wechselnd.

Jusik blieb vor einer Tür am Ende des Korridors stehen und wandte sich ihnen zu. „Ob ich Sie wohl bitten dürfte, Ihre Helme abzunehmen?"

Keiner fragte warum, aber sie gehorchten alle, obwohl es nicht als eindeutiger Befehl ausgesprochen wurde, wie sie es erwartet hätten. Die versiegelten Helme gaben ein schwaches *Ssss* von sich, als sie sich öffneten.

„Oh", sagte Jusik und starrte sie eine Sekunde an. Dann öffnete er die Tür und sie traten in die behelfsmäßige Waffenkammer.

Sie glich einer versteckten Schatztruhe. Überall Verbesserungen und Erweiterungen, von denen Darman wusste sie würden seine jetzige Ausrüstung hervorragend ergänzen. Er bemerkte auch Munition, die er nicht erkannte, der er aber ansah, dass sie zum Republikbestand gehörte und es gab allerlei ... *Exotisches*. Waffen, die er aus seiner Datenbank kannte und die einem Dutzend unterschiedlicher Spezies' gehörten und eine ganze Menge, die er überhaupt nicht einordnen konnte. Alles fein säuberlich auf Klapptischen ausgelegt. Es sah einladend aus, beinahe wie ein gedeckter Esstisch.

„Das sieht alles ziemlich *nützlich* aus, Sir", sagte Niner.

„Delta Squad hat hier und da ein paar Dinge eingesammelt", sagte Jusik. Die Commandos waren mit den Waffen beschäftigt, aber Darman achtete auch mit wachsendem Interesse auf Jusiks Verhalten. Der Padawan war zurückgetreten, damit die Männer einen besseren Blick auf das Rüstzeug werfen konnten, aber er behielt sie sorgfältig im Auge. „Ihr seid ganz und gar nicht wie Droiden, nicht wahr?"

„Nein, Sir", sagte Fi. „Wir sind aus Fleisch und Blut. Gezüchtet, um die Besten zu sein."

„So wie Advanced Recon Commandos?"

„Nicht wie ARCs, Sir. Auch nicht wie Klontrooper. Wir arbeiten nicht allein und wir arbeiten auch nicht in Formation. Wir sehen nur gleich aus."

„Dann ist dies Ihre Viererεinheit? Eine Schwadron?" Er schien sich an eine hastig gelernte Unterweisung zu erinnern. „Etwa so wie eine Familie?"

Niner mischte sich in das Gespräch ein. „Jetzt ist sie es, Sir." Er hob einen tragbaren Raketenwerfer hoch, der sich etwas vom Standard-Plex unterschied. „Leicht. *Sehr* leicht."

„Ein Merr-Sonn Prototyp", erklärte Jusik. „Neuartige Legierung, schwerere Sprengköpfe, erweiterte Reichweite. Er besitzt eine Mikrorepulsorlift-Stabilisierungseinheit, aber die komplizierteren praktischen Aspekte wurden noch nicht ausreichend gelöst. Feuern Sie ihn also lieber über die Schulter ab." Er starrte auf RC-3222s Gesicht. „Schmerzt es?"

„Nicht allzu sehr, Sir", antwortete der Commando. Aber die Wunde musste brennen wie Feuer. Die abgeschürfte Haut nässte noch immer. „Ich werde mich später darum kümmern."

Nach dem *ach* zu urteilen, das er von sich gab, schien das nicht ganz die Antwort zu sein, die Jusik erwartet hatte. Vielleicht dachte er, Klone würden keinen Schmerz spüren, wie Droiden. „Haben Sie Namen? Ich meine keine Nummern. *Namen*."

Das war nun wirklich Privatsache. Man behielt seinen Namen für sich, teilte ihn nur mit seiner Schwadron und seinem Ausbildungssergeant. Darman schämte sich für ihn.

„Meine Schwadron nannte mich Atin", sagte der verwundete Commando. Niner schielte zu Fi hinüber, sagte aber kein Wort. *Atin* war das mandalorianische Wort für „stur".

Jusik hielt zwei Spulen in die Höhe mit Schnüren, die aussahen wie Druckbänder, eines schwarz, das andere weiß. Er nahm von jeder Farbe ein Band, flocht zwei kurze Stücke zusammen und hielt die so entstandene Kordel mit einer Hand hoch. In der Anderen hielt er einen knopfgroßen Detonator. „Ein Meter entspricht in etwa der Wirkung eines Thermal-Detonators, allerdings richtungswirkend. Ideal zur Sprengung von Einfassungen. Aber seien Sie vorsichtig mit der Menge, wenn Sie sich nur Zugang zu einem Gebäude verschaffen und es nicht gleich völlig zerstören wollen. Für diesen Zweck erhalten Sie spezielle Implosionsladungen."

„Gibt's auch was Nützliches zum Werfen?", fragte Darman. „Betäubungsgranaten?"

„Wir haben ein paar geonosianische Schall-Detonatoren und eine Kiste EMPs zur Droidenabwehr."

„Das passt mir gut. Ich nehme den ganzen Packen."

Niner sah Darman aufmerksam an. „Du bist dann ja wohl unser Sprengmeister", stellte er fest. Dann wandte sich der Sergeant wieder dem Padawan zu. „Wir wurden sorgfältig ausgebildet, Sir. Sie können vollstes Vertrauen in uns haben."

Das stimmte, dachte Darman. Sie waren *sehr* sorgfältig ausgebildet worden. Zehn Jahre lang tagein, tagaus und die einzige Zeit, in der sie nicht trainierten, schliefen sie. Auch wenn sie sich als Spezialeinheit noch nicht bewährt hatten – außer, als sie vor drei Monaten Infanterie gespielt hatten – zweifelte Darman nicht daran, dass sie den erwarteten Standards entsprechen würden. Er war froh, die Rolle des Sprengmeisters inne zu haben. Er war stolz auf sein

Geschick in dem, was beschönigend als *rascher Zutritt* bekannt war.

„Was glauben Sie, ist Meister Fulier zugestoßen?“, fragte Darman. Normalerweise hätte er keine unnötigen Fragen gestellt, aber Arligan Zey schien seine Neugier begrüßt zu haben und Darman war darauf geschult alles zu tun, was Jedi-Generäle wünschten.

Jusik öffnete eine Schachtel mit Kamino-Säbelpfeilen und hielt sie hin, als würde er ein Tablett mit Uj-Kuchen anbieten. „Valaqil glaubt, er wurde von Einheimischen verraten“, sagte er. „Sie sind dafür bekannt alles zu tun, um sich etwas zu essen, oder ein paar Credits zu verdienen.“

Darman fragte sich wie ein Jedi von etwas Geringerem, als einer ganzen Armee zu Fall gebracht werden konnte. Auf Geonosis hatte er sie kämpfen sehen. Seine eigene Art der Kriegsführung war eine Wissenschaft; ihre schien eine Kunst zu sein. „Hatte er sein Lichtschwert nicht bei sich?“

„Das hatte er“, sagte das Gurlanin. „Aber Meister Fulier hat, oder hatte, ein Problem mit der Disziplin.“

Darman – ein Soldat, der im Feld jeder Entbehrung standhielt und dessen größte Angst darin bestand, an Altersschwäche zu sterben statt auf dem Schlachtfeld zu fallen – fühlte sich bei dem Gedanken, ein Jedi könne Schwächen haben, auf rätselhafte Weise unwohl.

„Meister Fulier war – ist, ein tapferer Jedi“, sagte Jusik und verlor für einen Moment beinahe seine gefasste Haltung. „Nur packt ihn in Sachen Gerechtigkeit gerne auch die Leidenschaft.“

Niner entschärfte die Situation. Darman fühlte sich von seiner mühelosen Autorität beruhigt. „Sir, wie viel Zeit haben wir, um die Mission zu planen und ein paar Trockenversuche durchzuführen?“, fragte er.

„Acht Standardstunden“, antwortete Jusik fast schon entschuldigend. „Denn so lange wird Ihre Reise nach Qiilura dauern. Sie werden sich jetzt einschiffen.“

Etain leerte ihren Beutel auf die Strohmatratze in der Trockenscheune.

Trotz der primitiven äußeren Erscheinung, war dies die Gästesuite. Das Vieh durfte sich zu dieser Jahreszeit nicht in der Scheune aufhalten, denn die Tiere neigten dazu, das Barqgetreide zu fressen und das wäre eine ziemlich teure Methode gewesen, Merlies für den Tisch zu mästen. Die Tiere durften im Haupthaus leben und im Winter durften sie dort sogar schlafen. Zum einen, um das Heim warm zu halten, zum anderen, um die Bewohner vor den umher streifenden Gdans zu schützen.

Das Haus hatte auch so gerochen. Nichts von den Merlies – nicht einmal ihre Körpertemperatur oder ihr beißender Geruch – wurde jemals verschwendet. „Hält's Ungeziefer fern", hatte Birhan ihr erzählt. „Ist ein *guter* Gestank."

Etain kniete neben der Matratze und dachte über einen Ausweg aus ihrer misslichen Lage nach. Meister Fulier war wahrscheinlich tot: Wäre er es nicht, wäre er ihr zu Hilfe geeilt. Er war brillant und meisterhaft geschickt – gewesen – wenn er sich nur darauf konzentrierte. Aber er war auch ungeduldig und neigte dazu, sich Dingen zu stellen, die ihn nichts angingen und das waren zwei Eigenschaften, die sich nicht gut mit einer verdeckten Mission vertrugen.

Er hatte beschlossen, dass einer von Hokans Schlägern eine Lektion in Sachen Respekt gegenüber der einheimischen Bevölkerung zu lernen hätte. Alles, was einer der mandalorianischen Lieutenants daraufhin zu tun hatte, war, denselben Einheimischen etwas mehr als den Preis einer Flasche Urrqal anzubieten und ihnen zu sagen, wann Fulier in der Stadt war.

Stadt! Was für ein Witz!

Imbraani war nicht Coruscant, ganz und gar nicht. Die einzige Infrastruktur dieser unzusammenhängenden Ansammlung von Bauernhöfen beschränkte sich auf ein paar unbefestigte Straßen, die es brauchte, um die Agrarprodukte anzupflanzen, zu ernten und zu exportieren und den Herren des Handels Bequemlichkeit zu bieten. Etain war in einer Welt aufgewachsen, in der man nach Belieben reisen konnte und jederzeit mit Leichtigkeit Nachrichten versenden konnte und keine dieser als gegeben betrachteten Einrichtungen war hier verfügbar.

Im Moment konnten Etain nur zwei Dinge weiterhelfen: Entweder ein Flug, der sie von Qiilura fort brachte, oder eine Datenübertragung, die in ihrem Namen abgeschickt wurde. Sie hatte immer noch eine Mission zu erfüllen, wenn auch nur, um Meister Fuliers Opfer zu rechtfertigen. Sie nahm eine kleine Kugel von den Habseligkeiten, die auf der Matratze verteilt waren und öffnete sie in zwei Hälften, wie eine Shef'Na-Frucht.

In ihren hohlen Händen erblühte eine dreidimensionale Holokarte, dann noch eine und noch eine. Sie besaß die Baupläne eines halben Dutzends Gebäude der Neimoidianer und der Separatisten in der Umgebung. Nicht nur Meister Fulier war unachtsam gewesen. Nach ein paar Flaschen Urrqal waren die einheimischen Bauarbeiter redselig geworden. Etain war weder eine geborene Kämpferin noch eine großartige Charmeurin, aber sie wusste um ihr Talent, Gelegenheiten wahrzunehmen. Das machte vieles wieder wett.

Sie war sich nicht sicher, ob Meister Fuliers Schicksal direkt mit den Holoplänen verbunden, oder ob er als direkte Bedrohung für Uthan betrachtet worden war. Sie konnte sich auch vorstellen, dass Ghez Hokan vielleicht einfach etwas angestellt hatte, weil er nichts für Jedi übrig hatte. *Spielzeugkrieger* nannte er sie. Er verachtete jeden, der nicht mit hartem Metall, oder seinen Fäusten kämpfte. Mandalorianer waren hart, aber Hokan bewegte sich auf einem völlig anderen Niveau der Brutalität. Etain hatte das in dem Moment erkannt als sie und Fulier durch die Trümmer eines Dorfes, das aus vier Häusern bestand, gegangen waren, das Hokan in irgendeiner Weise nicht gepasst hatte.

Sie würde diese Bilder nie wieder aus ihrem Gedächtnis löschen können. Konsequent meditierte sie zwei Mal am Tag. Es half alles nichts. Sie ließ sich wieder auf die Knie und versuchte es erneut, verlangsamte ihren Atem, beruhigte ihr Herz.

Der Kies vor der Scheune knirschte.

Etain nahm ihr Lichtschwert von der Matratze, während sie die Kugel mit den Holokarten in ihre Tunika steckte. Ihr Daumen schwebte über den Schaltern am Griff. Sie hätte spüren müssen, dass jemand kam, aber sie hatte sich von ihrer Müdigkeit und ihrer

Verzweiflung übermannen lassen. *Ich habe nicht nach einem anderen Ausgang gesehen,* dachte sie. *Dumm, dumm, dumm. Vielleicht werde ich …*

Als die Brettertür aufschwang betätigte sie den Schalter und das blaue Licht zerschnitt die staubige Luft. Das Merlie, das herein gewackelt kam, schien nicht sonderlich beeindruckt. Ebenso wenig die ältere Frau, die ihm folgte.

„Du bist schreckhaft", sagte sie. Sie trug ein abgedecktes Tablett in den Händen und irgendein Bündel unter dem Arm. Das Merlie schnüffelte, auf der Suche nach Aufmerksamkeit, an Etains Knie. Es waren erschreckend intelligente Tiere von fast einem Meter Schulterhöhe. Ihre Wolle hing in langen, braunen Ringellocken herunter und ihre runden, grünen Augen schauten für Etains Geschmack verstörend menschlich. „Hier ist dein Abendessen."

„Danke", sagte Etain und sah zu wie die Frau das Tablett auf der Matratze abstellte und das Bündel aus braunem Stoff daneben legte.

„Eine ganz schöne Arbeit, den Dung von deinem Mantel zu bekommen", sagte die Frau und beäugte dabei das Lichtschwert auf die gleiche Weise, wie Birhan es getan hatte. „Ist noch ein bisschen feucht. Aber sauber."

„Danke", wiederholte Etain. Sie schaltete die Klinge ab und zog das Tuch von dem Tablett. Zwei grobe Tonteller boten ein paar dünne Scheiben Brot und einen sämigen Eintopf, auf dem Barqkörner schwammen. Sie konnte ihr widerlich rezentes Aroma riechen.

Die Menge des Barq stellte für diese Leute einen Wochenlohn dar. „Ihr hättet Euch für mich nicht solche Umstände machen müssen", sagte Etain verlegen.

„Du bist ein Gast", erwiderte die Frau. „Außerdem wäre es doch Verschwendung gewesen, wenn ich die Körner weggeworfen hätte, nachdem ich sie von deinem Mantel geschrubbt hatte, nicht? Oh-ah."

Etain drehte sich der Magen, aber sie behielt die Fassung. Coruscants Vorschriften für Lebensmittelhygiene schienen hier keine Anwendung zu finden.

„Sehr liebenswürdig von Euch“, sagte sie und zwang sich zu einem Lächeln.

„Sie kommen, weißt du“, sagte die Frau.

„Ich werde bereit sein“, log Etain und deutete auf ihr Lichtschwert.

„Nein, nicht diese Hokan-Schläger. Die nicht.“

Etain fragte sich, ob sie sie zu einer deutlicheren Antwort drängen sollte, entschied sich aber erst einmal dagegen. Sie hatte keine Ahnung, wen sie um Antworten angehen konnte.

Die Frau seufzte und scheuchte das Merlie mit ungeduldigen Bewegungen hinaus. „Sie kommen, oh ja“, nickte sie, lächelte und schloss die Tür hinter sich.

3.

HÖCHSTE VERSCHLUSSSACHE:
NUR CHIFFRIERTE WEITERGABE

Ihr seid die Besten auf euren Gebieten – die besten Soldaten, Strategen, Minenleger, Kommunikationsspezialisten, Überlebensexperten. Ich habe euch persönlich ausgewählt, weil ich will, dass ihr die besten Commandos der Galaxis ausbildet. Ihr werdet alles haben, was ihr braucht, was immer ihr auch wünscht, bis auf eines: ein Zuhause. Dies ist ein streng geheimes Projekt. Ihr werdet niemandem sagen, wohin ihr geht und ihr werdet Kamino nicht verlassen. Nie mehr. Was eure Freunde und Familien betrifft, so seid ihr bereits tot.

– Jango Fett, bei der Rekrutierung seiner handverlesenen Commando-Ausbilder, den Cuy'vul Dar – im Mandolorianischen: „Die nicht länger existieren"

Die Neimoidianer hatten eine Vorliebe für kunstvoll gearbeiteten, jedoch völlig unangebrachten Prunk und Ghez Hokan hasste sie dafür.

Lik Ankkits riesige Villa lag hoch oben auf einem Hügel über einer Kushayanplantage. Eine törichte Wahl in Anbetracht der vorherrschenden Windverhältnisse, aber es schien das Geltungsbedürfnis des Neimoidianers, sich als Boss darzustellen, zu befriedigen. Aus militärischer Sicht hätte der Standort vielleicht Sinn gemacht, wurde aber dadurch absurd, dass Ankkit ein feiger Erbsenzähler war und deshalb über keinerlei Verteidigungseinrichtungen verfügte.

Nein, der Neimoidianer war ein *di'kut*. Ein völliger *di'kut*.

Hokan rannte die von Hecken gesäumten Stufen der Veranda empor, die sich über die gesamte Vorderfront der Villa erstreckte. Er hatte seinen Helm unter den Arm geklemmt und an seinem Gürtel baumelten provokativ seine Splitterpistole, Messer und die dornenbewehrte Würgeschlinge.

Er hatte es nicht eilig damit, seinen Brotherren zu sehen, o nein. Er wollte die Besprechung nur so schnell wie möglich hinter sich bringen. Er schenkte den Dienern und Gefolgsleuten keine Beachtung und stürmte direkt in Ankkits geräumiges Büro mit Panoramablick über die weite Landschaft. Der kommerzielle Herrscher von Qiilura war gerade dabei, Topfpflanzen auf dem Fenstersims zu gießen. Er hielt einen Moment inne, um eine der Blumen mit der Fingerspitze anzuschnipsen, woraufhin sie ein kräftiges, übelriechendes Aroma in die Luft sprühte. Dann atmete er mit geteilten Lippen tief ein.

„Ich wünschte wahrlich, Ihr würdet anklopfen, Hokan", sagte Ankkit ohne sich umzudrehen. „Es ist wirklich sehr unhöflich."

„Ihr habt mich rufen lassen", erwiderte Hokan kurz angebunden.

„Ich wollte mich lediglich nach Euren Fortschritten der Gespräche mit dem Jedi erkundigen."

„Wenn es welche gäbe, hätte ich Euch Bescheid gegeben."

„Ihr habt ihn doch nicht etwa umgebracht? Sagt mir, dass Ihr das nicht getan habt. Ich muss wissen, ob seine Aktivitäten die Marktpreise beeinflussen werden."

„Ich bin kein Anfänger."

„Aber man muss nun mal das Beste aus seiner Belegschaft herausholen, nicht wahr?"

„Ich mache meine eigene Drecksarbeit, danke. Und nein, er spricht nicht. Er ist ziemlich ... widerstandsfähig für einen Jedi."

Hätte Ankkit eine Nase gehabt, hätte er sie hoch über Hokan getragen. Hokan unterdrückte den plötzlichen Drang, diesen aufgemotzten Ladenbesitzer, diesen *Gemüsehändler*, zurechtzustutzen. Trotz seiner Größe, war der Neimoidianer verweichlicht und schwach. Seine einzige Stärke bestand aus seinem Bankkonto. Er blinzelte mit seinen leidenschaftslosen, wässrigen Augen und Hokan hätte beinahe – *beinahe* – nach seiner Würgeschlinge gegriffen.

„Jedi besuchen Welten wie diese nicht wegen der Heilquellen, Hokan. Konntet Ihr bestätigen, dass er einen Gefährten hat?"

„Er ist ein Jedi-Meister. Er wurde mit einem Padawan gesehen."

„Kein besonders umsichtiger Jedi-Meister, wie es scheint."

Fulier war wohl nicht sehr gut darin gewesen sich seine Chancen auszurechnen, sonst wäre er das Ganze nie von der Taverne auf Gar-Ul aus angegangen. Aber wenigstens war er bereit für sich selbst einzutreten, trotz all des verweichlichten, mystischen Unsinns, der aus ihm herausquoll. Hokan wusste diese Art Mumm zu schätzen, auch wenn er ihn selten tolerierte. Dafür war zu wenig davon im Angebot.

„Wir werden den Padawan finden und wir werden herausfinden über welche Informationen Fulier verfügt, wenn er überhaupt welche hat."

„Sorgt dafür. Ich stehe vor einem profitablen Geschäft, das davon abhängt."

Hokan war geübt darin, dem Verlangen zu widerstehen um sich zu schlagen, aber er sah keinen Grund dafür, dass sich sein Mund denselben Regeln unterwerfen musste. „Wenn ich erfolgreich bin, dann nur, weil ich stolz auf meine Arbeit bin."

„Ihr braucht die Credits."

„Vorläufig. Aber der Tag wird kommen Ankkit, an dem ich Euch überhaupt nicht mehr brauchen werde."

Ankkit rückte seine Robe zurecht und richtete sich zu voller Größe auf, was allerdings überhaupt keine Wirkung auf Hokan zeigte.

„Ihr müsst lernen, Eure geringere Stellung in der galaktischen Ordnung zu akzeptieren, Hokan", spöttelte Ankkit. „Dies ist nicht mehr die Hierarchie der brutalen Gewalt, in der sich Eure Kriegervorfahren erhoben. Heute müssen wir Soldaten des Intellekts und des Handels sein. Auch wenn Ihr noch so oft in diesem Museumsstück einer Uniform herum stolziert, es wird Eure … *ruhmreiche* Vergangenheit nicht wieder zum Leben erwecken. Ach! Selbst der große Jango Fett erlag am Ende einem Jedi."

Neuigkeiten verbreiteten sich schnell. Fett war eine Quelle des Stolzes für die verbleibende Handvoll in der Galaxie verstreuter Mandalorianer. Selbst wenn er nur für Geld gekämpft hatte: Er war der *Beste* gewesen. Ankkit musste sehr wohl gewusst haben, wie sehr diese Bemerkung schmerzen würde.

Hokan war entschlossen sich gegenüber dem Neimoidianer nicht das Geringste anmerken zu lassen. Und natürlich versuchte er besonders dann nicht an diese Sache zu denken, wenn er Fulier verhörte, obwohl er die Schuld an der Demütigung eines Kulturhelden nur zu gern den ganzen Jedi zuschieben wollte. Er musste sich ganz genau darüber im Klaren sein, warum er die Knochen dieses Jedi zerbrechen würde. Rache war unprofessionell.

Er gönnte sich einen tiefen Atemzug. „Haltet Ihr Gdans als Haustiere, Ankkit? Manche Außenweltler tun das, wie ich höre."

„Gdans? Nein. Garstige kleine Kreaturen. Viel zu wild."

„Aber wenn Ihr eines halten würdet und Ihr würdet es nicht gut genug füttern, wärt Ihr dann überrascht, wenn es Euch beißen würde?"

„Ich denke nicht."

„Dann füttert mich gut."

Hokan drehte sich um und ging hinaus, ohne entlassen worden zu sein. Er ging bewusst, ohne dass man ihn gebeten hätte und absichtlich schnell, damit Ankkit nicht das letzte Wort haben würde. Er setzte sich seinen Helm wieder auf und rannte die Stufen dieser absurd verschwenderisch gebauten Villa hinab.

Es war ihm egal, ob Ankkit den ganzen Planeten an die Wissenschaftler der Separatisten vermieten würde. Die waren ja nicht einmal ehrenhaft genug, um mit richtigen Waffen zu kämpfen: Sie ließen irgendwelches Ungeziefer ihre Arbeit verrichten. Es war eine Schande. Es war *unnatürlich*.

Hokan tastete in seiner blutroten Jacke nach der Waffe des Jedi. Sie sah eigentlich nach nichts Besonderem aus. Und sie war erstaunlich leicht zu aktivieren, obwohl er doch annahm, dass es eine ganz andere Sache wäre, sie hundertprozentig zu beherrschen. Ein summender, blauer Schaft aus Licht, leuchtend wie der Tag schoss aus dem Griff. Hokan ließ ihn wie eine Sense über die fein säuberlich getrimmte Tarmulhecke sausen und schnitt sie auf halber Höhe entzwei.

Für eine verweichlichte Jedi-Waffe war dieses Lichtschwert gar nicht so schlecht. Hokan fand zwar, dass das Lichtschwert nicht zu seinem traditionellen mandalorianischen Helm mit dem typischen T-Visor passte, aber ein Krieger musste sich eben anpassen.

Und Fulier hatte Fragen zu beantworten.

Landehangar D-768, Flugstation Flottenunterstützung, Ord Mantell

Der Nar Shaddaa-Agrar-Sprühflieger auf der Rampe machte den Anschein, als würde ihn einzig sein Rost zusammenhalten. Er war, um Jusiks ungewöhnlich farbenfrohe Beschreibung zu verwenden, eine alte Klapperkiste.

Und die sollte sie – irgendwie – nach Qiilura bringen. Sie würde nicht viel Aufsehen erregen, wenn sie über das Farmland fliegen würde. Es sei denn, die Maschine würde mitten im Flug auseinander brechen. Und das schien nicht ganz außer Frage zu stehen.

„Tja, so was bauen sie heute gar nicht mehr", bemerkte Fi.

„Das liegt daran, dass nicht einmal die Hutten-Flugaufsicht diese Narsh-Schrottmühle als flugtauglich deklarieren würde", sagte Niner, der sich dagegen wehrte, dass ihn sein Tornister rücklings zu Boden zog. Er war beinahe mit dem Doppelten der fünfundzwanzig Kilo Last beladen, die er sonst zu tragen gewohnt war und dazu kam noch der Rettungsschirm. Niner hatte noch nie wirklich mit der HFB zu tun gehabt, aber er hatte sich jedes noch so kleine Stückchen Information, das er gelesen, gesehen oder gehört hatte, eingeprägt. „Jedenfalls muss uns das Ding nur da runter bringen."

„Sie wird sich edelmütig opfern", sagte Jusik, der plötzlich hinter ihnen stand. Er lächelte und murmelte das Wort *Schrottmühle* vor sich hin, als ob es ihn belustigen würde. Niner fragte sich für einen Moment, ob er mit seiner Bemerkung wohl gegen das Protokoll verstoßen hatte, in dem er den Satz benutzt hatte. „Sind Sie sicher, dass Sie das schaffen können? Ich könnte Meister Zey fragen, ob er mir gestattet, Sie zu begleiten."

Niner wollte loslachen, aber einen Jedi lachte man nicht aus, besonders keinen, der sich darum kümmerte, was mit einem geschah. „Wir haben auf Geonosis zu viele Offiziere verloren, Sir. Und auf Bestellung wachsen die nicht nach."

Der Padawan senkte für eine Sekunde seinen Blick. „Es ist sehr aufmerksam von Ihnen, mich als Offizier anzusehen, Sergeant."

„Sie sind jetzt ein Commander, Sir. Wir werden Sie nicht enttäuschen. Niemand ist für diese Sache besser vorbereitet, als wir."

„Das ist Ihr erster Sondereinsatz, nicht wahr?"

„Ja, Sir."

„Bereitet Ihnen das überhaupt kein Kopfzerbrechen?"

„Nein, Sir. Die sechs Vs, Sir. Vollendete Vorsorge Verhütet Verf... *unangemessene* Verluste, Sir"

Jusik schien zu zählen und hob dann eine Braue. „Das hier ist *echt*, Sergeant."

Ah. Trotz all ihrer Weisheit und Fähigkeiten, gab es also immer noch ein paar Dinge, die nicht einmal die Jedi wussten. Niner zögerte, Jusik zu belehren.

‚*Echt*'. O ja, Niner wusste schon, was *echt* war.

Padawan Bardan Jusik hatte offenbar noch nie das Todeshaus auf Kamino gesehen. Er hatte nie das Gebäude mit seinen verschlungenen Korridoren und unzähligen Treppen gestürmt, er wusste nicht, wie viele Commandos bei der Ausbildung starben, wenn die Magazine mit echter Munition bestückt waren und die Terroristen – oder was immer die leitenden Schleifer darstellten – zielten, um zu töten und das auch sehr häufig erfolgreich taten.

Er hatte auch keine Ahnung davon wie es war, auf Beobachtung vier Tage lang bäuchlings in einem Graben im Unterholz zu liegen, mit bereitliegendem Gewehr da zu urinieren, wo man lag, damit man sich nicht bewegte und seine Position verriet. Er hatte keine Ahnung, wie man lernte die Sprengmenge abzuschätzen, die es benötigte, um sich auf die harte Tour raschen Zutritt zu einem Gebäude zu verschaffen. Wenn man sie in der Eile, oder unter Beschuss nicht richtig dosierte, konnte man sich nämlich glatt den Kopf weg sprengen. Zwei-Acht hatte es auf diese Art gelernt.

Jusik wusste nicht, wie weit und wie lange man einen verwundeten Kameraden tragen konnte, wenn es darauf ankam. Er wusste wahrscheinlich nicht einmal, wie man im Notfall mit einer Vibroklinge und einem Stück Tankleitung einen Luftröhrenschnitt im Feld durchführte.

Es war nicht Jusiks Schuld. Er hatte sich um sehr viel wichtigere Aufgaben zu kümmern. Für einen Jedi-Commander gab es keinen Grund, sich mit den Einzelheiten im Leben eines Klon-Commandos zu beschäftigen. Aber Niner hatte das Gefühl, dass Jusik es trotzdem tat und dafür bewunderte er den Padawan nur umso mehr.

„Wir werden das schon schaukeln, Sir", versicherte Niner. „Die Ausbildung ist ziemlich realistisch."

Aus dem heruntergekommenen Narsh-Flieger hatte man mehrere Tanks entfernt und an den Schotten waren Sicherungsriemen mit Tarnabdeckungen angebracht worden, die die Ladung des Schiffes vor Sonden und Scans verbargen.

Niner fiel auf, dass es für vier Männer mit Ausrüstung und Waffen ziemlich eng werden würde. Ein paar BlasTech E-Netz-Repetierblaster waren bereits verstaut sowie, auf Atins Anfrage hin, zwei trandoshanische LJ-50 Erschütterungsgewehre.

Atins fahle Gesichtswunde sah jetzt nicht mehr ganz so besorgniserregend aus, aber er würde für immer eine Narbe davontragen: Das Bacta-Spray konnte eine Menge wieder richten wenn man es früh genug einsetzte, aber es konnte die Narbenbildung nicht umkehren. Er zog sich durch die offene Luke, einen APC-Phalanxblaster in einer Hand und seinen DC-17 über die Brust gespannt und versuchte unter dem Gewicht seines Tornisters das Gleichgewicht zu halten. Darman, der den Lademeister gab, machte ihm mit den Händen eine Leiter und blickte auf den Blaster.

„Hast was für trandoshanische Technologie übrig, was?", fragte Darman.

„Dieses Baby wird mit den Schilden besser fertig, als unser E-Netz", entgegnete Atin. „Und der LJ-Fünfzig ist 'ne nette Unterstützung, wenn wir die Einrichtung platt machen. Nur für den Fall. Die Republik macht halt nicht die beste Ausrüstung."

Niner fragte sich, ob Atin jemals über etwas anderes als seine Ausrüstung redete. Seine Schwadron musste ein erbärmlicher Haufen mit einem erbärmlichen Ausbilder gewesen sein. Für Außenstehende müssen Klone völlig genormt ausgesehen haben, aber jede Schwadron veränderte sich ein wenig durch die kumulativen Effekte ihrer Erfahrungen, einschließlich der Einflüsse durch die jeweiligen Ausbilder. Jedes Commando-Bataillon hatte seinen eigenen Nichtklon-Ausbilder und schien einige von dessen einzigartigen Eigenschaften und Redewendungen zu übernehmen.

Wir lernen, dachte Niner. *Wir lernen schnell und leider lernen wir alles. So wie* Schrottmühle.

Jede Schwadron entwickelte auch ihre eigene Dynamik. Es war Teil ihrer fest verdrahteten, menschlichen Biologie. Man stecke vier Männer in eine Gruppe und schon bald hat man eine Hackordnung, die sich aus den Rollen und Schwächen der Einzelnen ergibt. Niner kannte seine und meinte auch Fis zu kennen und er war sich ziemlich sicher in welche Richtung es Darman trieb. Aber Atin hatte seinen Platz noch nicht so ganz gefunden.

Fi hatte eine geonosianische Energiepike. Er wiegte sie in der Hand und lächelte.

„Wo hast du denn das Ding her?", fragte Atin, auf einmal interessiert.

„Ein Souvenir von Geonosis", lächelte Fi und zwinkerte. „Wär eine Schande gewesen, sie zurückzulassen." Er wirbelte sie einmal in seiner Hand herum und ließ sie dann mit ausgestrecktem Arm herumsausen, wobei er Atin nur um eine wohl berechnete Handbreit verfehlte. Atin reagierte nicht. „Du müsstest wahrscheinlich nicht mal den Energieregler betätigen, was? Das Ding ist *heftig*." Fi ließ die Pike in einer schneidenden Bewegung hinunterrauschen. „*Voll drauf!* Das wird ihnen das Wasser in die Augen treiben."

„Ich glaube nicht, dass ich irgendein Souvenir von Geonosis brauche", sagte Atin. Seine Stimme klang betont frostig. „Unauslöschlich eingebrannt, könnte man sagen."

„Hey –"

Niner unterbrach sie. „Unterhaltet euch später", befahl er. „Jetzt macht erst mal hin, Leute."

Niner wusste schon längst, dass er Atin früher oder später ins Gebet nehmen musste, und fragte sich, ob irgendetwas dessen natürlichen Drang, Teil der Schwadron zu sein, auf Trab bringen könnte. Außerdem dachte er über Atins augenscheinlich negative Einstellung nach. *Früher oder später wird er sich eingewöhnen. Er muss.*

Niner lehnte sich gegen ein praktisches Bord am Backbordschott und löste die Klammern seines Tornisters. Fünfundvierzig Kilo leichter schlüpfte er an Fi und Atin vorbei und sah ins Cockpit.

Ein Droide saß an der Steuerung. Die R5-Einheit war noch dabei das Schiff über einen Versorgungsdroiden aufzutanken und trillerte und pfiff vor sich hin. Niner beugte sich vor und steckte seinen Datenblock in die Konsole, um den Flugplan zu bestätigen und mit dem Kurs des Schiffes abzustimmen.

Der R5 nahm keine Notiz davon. Er würde einfach die Route fliegen, die man ihm zuwies.

Improvisieren, aus dem Stegreif heraus handeln, das Beste aus dem machen, das man zur Hand hat, all das war Teil davon, als Commando zu operieren. Dazu gehörte auch, die nötigen Informationen zu sammeln. Was sie bis jetzt hatten, reichte nicht aus, um eine Mission zu planen und das bedeutete, sie würden alles Weitere im Feld zusammentragen müssen – oder scheitern. Niner wollte Padawan Jusik nicht enttäuschen. Er zog seinen Datenblock wieder aus der Konsole und zwängte sich zurück zur Luke, wobei er darauf achtete, Fi und Atin nicht anzurempeln.

„Komlink-Stille ab Abflug", sagte Jusik, der sich durch die offene Luke lehnte. „Das Angriffsschiff *Majestic* steuert auf Qiilura zu und wird eine Parsec vom Planeten entfernt auf Position bleiben, bis sie euer Signal für den Abzug erhält. Die Kanonenboote werden dann binnen einer Stunde an dem von euch übertragenen Standort sein."

Niner hätte beinahe gefragt, wie lange die *Majestic* wohl warten würde, aber er fürchtete es könne so aussehen, als zweifle er an der Kompetenz seiner Schwadron. Er kannte die Antwort sowieso: Das

Schiff würde so lange warten, bis Uthan in Gewahrsam war, auch wenn dazu mehrere Commando-Missionen nötig wären. Es wartete nicht auf *sie*.

„Wir werden die *Majestic* nicht warten lassen", beruhigte ihn Niner.

„Brauchen Sie sonst noch irgendetwas?"

Niner schüttelte den Kopf. „Nein, Commander."

Darman stand wie ein Ehrengardist an der Seite der Einstiegsrampe und wartete darauf, dass der Jedi gehen würde.

„Also dann", sagte Jusik. Er wirkte zögerlich, so als wolle er davongehen, es sich aber noch einmal überlegen. „Ich hoffe, bei Ihrer Rückkehr genauestens von Ihnen unterrichtet zu werden."

Niner nahm das wörtlich, obwohl Jusik so aussah, als würde er etwas anderes meinen. Es machte Sinn, dass der Padawan-Commander jedwede Info bearbeitete, die sie einsammeln würden. Jusik wandte sich um und ging davon und Darman sprang an Bord. Die Luke schloss sich mit einem leichten Rütteln, das feine Körnchen rostenden Metalls herabrieseln ließ.

Es muss nur landen, dachte Niner.

Er schaltete den Holoprojektor in seinem Datenblock ein und studierte die dreidimensionale Flugroute über Felder, Seen und Wälder. Zum Teil waren es echte Bilder, zum Teil aber auch Simulationen. Auf eine bereits bestehende Karte projiziert, sah man ein Gebiet, das dreißig Klicks nördlich von einer kleinen Stadt namens Imbraani lag.

Ein einstöckiges Gebäude mit einem schäbigen Dach aus Metallblechen – umgeben von einer unterschiedlich hoch geschnittenen Grasfläche – schmiegte sich in eine Plantage von Kuvarabäumen. Teile des Bildes waren verzerrt, aber es war die beste Auflösung, die die Fernüberwachung aus dieser Höhe über dem Planeten erzielen konnte. Kleine Punkte – Leute – wanderten auf einem umgebenden Pfad umher.

„Es ist der Teil der *lebendigen Gefangennahme*, der die Sache kompliziert macht", bemerkte Darman, der über Niners Schulter das Bild betrachtete. „Sonst könnten wir den ganzen Komplex in den Huttenraum bomben."

„Deswegen haben sie uns erschaffen", belehrte ihn Niner. „Für die komplizierten Jobs."

Er schloss für einen Moment die Augen, um sich ihren Einsatz auszumalen: Er sah ihn vom Start bis zur Landung, reibungslos und gut geplant, jedes Detail, oder zumindest alle Details, die ihre unvollständigen Infos bereithielten und die seine Erfahrung aus hunderten Manövern bestätigte.

In diesem losgelösten Zustand kam ihm ein Gedanke: Er sah Jusiks Bild vor sich und dessen unbeholfenes, nervöses Achselzucken. Er begriff, was der Padawan gemeint hatte, als er sagte, er hoffe bei ihrer Rückkehr genauestens von ihnen unterrichtet zu werden.

Er meinte *Viel Glück*. Er wollte, dass sie überleben.

Niner, der, seit er denken konnte wusste, dass er als Soldat dazu gezüchtet war, zu sterben, fand diesen Gedanken faszinierend.

Ausgewachsene Gdans waren etwa dreißig Zentimeter groß und es brauchte schon ein ganzes Rudel, um auch nur ein Merliekalb zu erlegen. Aber in der Nacht – wenn sie aus ihrem Bau kamen und jagten – verschlossen die Bauern ihre Türen und hielten sich von den Feldern fern.

Es waren weniger ihre Zähne, vor denen sich die Einheimischen fürchteten. Es waren die tödlichen Bakterien, die diese Tiere trugen; bereits ein kleiner Kratzer, oder Biss führte fast immer zum Tod. Meister Fulier hatte beinahe ihren gesamten Vorrat an Bactaspray verbraucht, um bei den Dorfleuten erste Hilfe zu leisten und so saß Etain bei Nacht im Haus fest, ebenso wie ihre Gastgeber.

Sie konnte hören, wie die kleinen Raubtiere draußen herum balgten und wühlten. Im Schneidersitz saß sie auf der Matratze und kaute auf dem dünnen Brot, beinahe hungrig genug, um auch den Eintopf hinunter zu würgen. Ganz *so* hungrig aber doch nicht. *Ein paar Bakterien sind ganz gut für das Immunsystem,* dachte sie. *Wahrscheinlich hast du schon Schlimmeres gegessen, ohne es zu wissen.*

Nur *wusste* sie es diesmal.

Sie rührte die Schale nicht an, sondern nahm die Holokugel, rollte sie in ihren Handflächen hin und her und überdachte ihre Möglichkeiten, die Informationen dem Jedi-Rat zu übermitteln: Als blinder Passagier auf einem Transporter – möglich. Die Daten vom Boden aus übertragen? Nein, alle Übertragungen wurden von den Neimoidianern gründlich kontrolliert; jeder andere Nachrichtenverkehr würde sofort auffallen. Dann gab es immer noch die Möglichkeit einen passenden Kurierdroiden zu finden. Aber das funktionierte nur auf lange Sicht und konnte viel zu lange dauern, um überhaupt Sinn zu machen.

Vielleicht musste sie diesen Job selbst erledigen.

Lichtschwerter waren exzellente Waffen, aber im Moment brauchte sie eine Armee. Die Erkenntnis, dass sie zwar entgegen aller Chancen die wertvollen Informationen an sich gebracht hatte, jetzt aber unfähig war diese Informationen an diejenigen weiterzuleiten, die sie brauchten, war niederschmetternd.

„Ich bin noch nicht fertig", sagte sie laut. Dennoch fürchtete sie, dass sie es wäre, zumindest für die Nacht. Ihre Augenlider wurden schwer und sie stützte die Ellbogen auf ihre Knie und legte den Kopf in ihre Hände.

Eine Nacht durchschlafen. Vielleicht hätte sie am Morgen eine bessere Idee. Die Augen fielen ihr zu. Bilder von Coruscant, ihr Clan beim Üben, eine Kugel nur mit den Gedanken zu bewegen, ein schönes, heißes Bad, verlässliches, sauberes Essen ...

Dann schreckte plötzlich jede Faser in ihrem Körper auf. Ihr Herz klopfte und zuerst dachte Etain, sie hätte einen dieser Träume vom Fallen, die sie manchmal überkamen, wenn sie im Halbschlaf dahin döste. Jetzt aber war sie völlig wach und wusste, dass dem nicht so war.

Etwas war anders. Etwas in der Macht hatte sich verändert und zwar für immer. Sie sprang auf die Füße und war sich auf einmal klar darüber, was es war. Keinerlei Ausbildung oder Unterricht waren nötig, um es zu verstehen. Jeder Instinkt, der in ihren Genen verwurzelt war, schrie auf.

Etwas – *jemand* – war aus der Macht geschieden.

„Meister", entfuhr es ihr.

Sie hatte *angenommen*, dass er tot war. Jetzt wusste sie es und sie wusste, dass es gerade eben geschehen war. Natürlich fragte sie sich, wo und wann, aber sie wusste genug über die angeheuerten Schläger der Neimoidianer und deren Vorgehensweise, um es sich auszumalen.

Sie ignorierte die überall herumstreunenden Gdans, ging zur Stalltür und stieß sie auf. Es war ein Akt der Hilflosigkeit. Es gab nichts, das sie tun konnte. Weder jetzt, noch sonst irgendwann.

Im Gras raschelte es. Ein einzelnes Etwas und es hörte sich größer an, als ein Gdan. Jetzt bemerkte sie zum ersten Mal, dass das ständige Schnüffeln und Rangeln der Gdanrudel aufgehört hatte. Sie waren fort.

Etain griff nach ihrem Lichtschwert, nur für den Fall.

Lautes Kreischen und das Geflatter unzähliger Flügel ließ sie zusammenfahren. Ein aufgescheuchter Schwarm von Lederrücken stieg in die Luft auf und versprengte sich in der Dunkelheit, während ihre Schuppen eine Funkenspur hinterließen. Durch die Macht nahm sie nur kleine Kreaturen mit niederen Gelüsten wahr und ein männliches Merlie, das an einem Zaun entlang wanderte und mit so furchteinflößenden Stoßzähne bewaffnet war, dass sich ihm nicht einmal die Gdans nähern wollten.

Sie blickte hinauf in den Nachthimmel. Er schien unverändert beständig, aber sie wusste, dass das nie der Fall war.

Sie kommen.

Sie glaubte, die Stimme der alten Frau zu hören. Etain schob es auf ihren Kummer und den Mangel an Schlaf, stolperte wieder hinein und verriegelte die Tür.

Es war nur ein gewöhnlicher Sprühflieger. Angefordert, um die Felder nach der Barqernte zu bestellen. Beladen mit Insektiziden und Dünger und von einem Droiden gesteuert. Das war es zumindest, was der Transponder dieser Narsh-Mühle der Verkehrskontrolle von Qiilura mitgeteilt hatte und dem Ausbleiben etwaiger Raketen am Auspuff nach zu urteilen, hatten sie es geschluckt.

Darman untersuchte noch immer die Verbesserungen an Helm

und Anzug. „Ich habe immer geglaubt, ich würde diese Rüstung tragen", sinnierte er. „Jetzt glaube ich, sie trägt mich."

„Yeah, die haben sich's ein paar Credits kosten lassen, die Dinger seit dem letzten Mal nachzurüsten", bestätigte Fi. „Wow, Marschierende Waffensysteme, was?"

„Zweihundert Klicks", sagte Atin, ohne von seinem Datenblock aufzusehen. Er hatte seinen Helm so neben sich zurecht gelegt, dass der Suchscheinwerfer nach oben gerichtet war und für etwas Licht in der geschlossenen Kabine sorgte. Darman konnte ihn über den Lärm der Atmosphärentriebwerke des Schiffes nicht hören, aber er konnte leicht von seinen Lippen ablesen. „Hoffen wir, dass alles läuft."

Noch hundert Klicks, dann hieß es Helme auf. Die Schwadron war sowohl auf eine Landung vorbereitet, als auch auf einen vorzeitigen Absprung und freien Fall, sollten die Bodeneinheiten der Separatisten sie aufschnappen. Darman hoffte, ihr Glück würde anhalten. Sie würden schwer beladen landen, mit mehr Ausrüstung, als sie jemals in der Ausbildung benutzt hatten und sie mussten die Landezone gezielt treffen, um einen unmöglichen Gewaltmarsch durchs Gelände zu vermeiden. Gezielt bedeutete im Falle eines Absprungs, ein Manöver nach hoher Absetzhöhe und niedriger Öffnungshöhe. Sollten sie sich für die sicherere und langsamere Option entscheiden und die Schirme bereits in großer Höhe öffnen, könnten sie um die fünfzig Klicks abdriften.

Darman fand keinen Geschmack daran, so lange schutzlos in der Luft zu baumeln.

Niner studierte seinen Datenblock, den er auf seinem rechten Oberschenkel balancierte. Eine dreidimensionale Holografie ihrer Flugbahn schimmerte eine Handbreit darüber. Er blickte zu Darman hoch und gab ihm ein stilles Daumen-hoch-Zeichen: *Zielgenau auf Kurs*. Darman erwiderte die Geste.

Wenn man die Feuerkraft einer kleinen Armee auf vier Männer verteilte, hatte das Zusammenpacken etwas Künstlerisches an sich. Darman hatte seinen Tornister bis zum Maximum voll gepackt. Den Rest seiner Waffen und Munition trug er in einem separaten, stoßfesten Container, der bis zu seinen Knien reichte. Der Blitzwerfer – er liebte diese Waffe – war mit provisorischen Riemen über seine Brustplatte geschnallt, um seine Hände für den DC-17 frei zu halten. Er hatte ein Sortiment an Detonatoren, die er in sicherem Abstand zu den anderen Sprengsätzen und Munitionsposten im unteren Teil trug. Selbst ohne die Sonderausrüstung war er jetzt so schwer, dass er Schwung holen musste, um aus dem Sitzen aufzustehen. Er übte ein paar Mal zu stehen. Es war hart. Zum Glück würde das Team nahe dem Zielgebiet abgesetzt werden. Er musste das Zeug nicht allzu weit schleppen.

„Einhundert Klicks", sagte Atin an. Er schaltete den Suchscheinwerfer aus. „Helme."

Das Abteil war plötzlich dunkel und ein kollektives Zischen war zu hören, als sich die Helmverschlüsse säuberten und einrasteten. Jetzt konnten sie sich nur noch auf kurze Distanz unterhalten: Auf Qiilura würde alles über zehn Meter Entfernung Aufmerksamkeit auf sich ziehen. Die einzig sichtbare Lichtquelle war das schwache, blaue Leuchten der Heads-Up-Displays in ihren Visoren, eine Gruppe gespenstisch körperloser T-Formen in der Finsternis und die schimmernde Landschaft, die Niners Datenblock projizierte. Sein Kopf war leicht zur Seite geneigt, während er die aktuelle Position des Nutzfahrzeugs in der simulierten Umgebung betrachtete.

Der Sprühflieger begann Höhe zu verlieren, genau auf Kurs. Nur noch ein paar Minuten, dann würden sie –

BAMM.

Ein Beben lief durch den Rumpf und dann war von den Triebwerken plötzlich nichts mehr zu hören.

Für eine Sekunde dachte Darman, sie wären von Flugabwehrfeuer getroffen worden. Niner war sofort auf den Beinen und drängte nach vorn zum Cockpit, wobei er Atin aus Versehen einen Schlag mit seinem Tornister verpasste. Ohne darüber nachzudenken, griff Darman zum Notausstiegsschalter und machte sich bereit, ihn für den Absprung zu aktivieren.

Darman sah, wie der Droide blinkte und pfiff, offenbar in irgendeinen Dialog mit dem Schiff vertieft. Aber das Schiff hörte nicht zu.

„FLAK, Sergeant?"

„Vogelschlag", sagte Niner, trügerisch gelassen. „Den Atmosphärenschub hat's gebraten."

„Kann der R5 die Schüssel im Gleitflug runterbringen?"

„Er versucht's."

Das Deck neigte sich zur Seite und Darman packte das Schott, um sich aufrecht zu halten. „Nein, das ist nicht gleiten, das ist abstürzen."

„Raus jetzt", drängte Niner. „Sofort raus."

Die Narsh-Schrottmühle hatte sie nicht im Stich gelassen. Sie war nur für einen Augenblick zur falschen Zeit am falschen Ort gewesen und hatte somit die lokalen Flugspezies auf die harte Tour kennen gelernt. Jetzt trudelten sie jener Art von Landung entgegen, bei der sie nicht einmal die neueste Katarnrüstung retten konnte.

Darman sprengte die Luke auf und die eindringende Luft wirbelte Dreck und Trümmerteile im Laderaum herum. Die Tür wurde durch die Öffnung gezogen. Draußen war es stockdunkel, selbst mit Nachtsicht wäre der freie Fall eine Herausforderung gewesen. Zum zweiten Mal in seinem Leben begann Darman ernste Zweifel zu spüren. Er fragte sich, ob er zu einer dieser verabscheuungswürdigen Kreaturen wurde, die sein Ausbildungssergeant immer *Feiglinge* genannt hatte.

„Los, los, *los*", rief Niner. Fi und Atin zwängten sich durch die Luke und traten hinaus. *Versuch nicht zu springen. Lass dich einfach fallen*. Darman ging ein Stück zurück, um Niner Platz zu machen: Er wollte soviel von der Ausrüstung retten, wie er konnte. Sie brauchten die Repetierblaster. Er schnappte sich ein paar der Einzelteile.

„*Jetzt*", rief Niner. „Du zuerst."

„Wir brauchen die Ausrüstung." Darman warf ihm zwei Einzelteile zu.

„Nimm die. Ich werde –"

„Ich sagte, *spring!*"

Darman war kein voreiliger Typ. Das war keiner von ihnen. Allerdings nahmen sie kalkulierte Risiken auf sich und er rechnete damit, dass Niner ihn nicht allein lassen würde. Sein Sergeant stand in der offenen Luke, den Arm gebieterisch ausgestreckt; ein deutliches Zeichen, dass er sich beeilen und *springen* solle. Aber Darman hatte sich bereits entschieden. Er stürzte vor, rammte Niner mit der Schulter aus der Luke und hielt sich gerade noch rechtzeitig am Türrahmen fest, um nicht hinterher zu stürzen. Niners Fluchtirade machte deutlich, dass er damit nicht gerechnet hatte und auch nicht darüber erfreut war. Sein Extrapack wurde an seiner Leine hinterher gerissen. Darman hörte eine letzte Obszönität, dann war Niner außer Hörweite.

Darman griff nach einem Riemen und spähte hinab, aber er konnte seinen Sergeant nicht fallen sehen und das bedeutete, dass ihn wahrscheinlich auch sonst niemand sehen konnte. Jetzt hatte er eine Minute oder weniger, um zu retten was er konnte und abzuspringen, bevor die Kiste aufschlug.

Er schaltete seine Helmlampe an. Er hatte nicht die Zeit, auf den rauschenden Wind und das Ausbleiben des beruhigenden Triebwerkslärm zu achten, dennoch hörte er es. Er ließ den Blitzwerfer fallen und fing an die Einzelteile des Blasters auf eine Leine aufzuziehen. Es war eine Schande. Er liebte den Blitzwerfer, aber diese Kanonen waren wichtiger.

Leinen zusammenzuknoten war mit Handschuhen schon schwierig genug, aber wenn man nur Sekunden vor einem Absturz stand, war es noch härter. Darman vermasselte einen Knoten. Er fluchte. Dann schlug er die Leine noch einmal übereinander und diesmal hielt sie. Er seufzte erleichtert auf, ließ die Waffe fallen und zerrte die Ausrüstung zur Luke. Hier konnte ihn jetzt keiner hören, und was der Droide dachte, war ihm egal.

Er trat hinaus in die Leere und der Wind nahm ihn mit sich.

Noch schoss unter ihm keine Landschaft auf ihn zu, die ihn von seinem HUD ablenken konnte. Er befand sich im freien Fall, mit beinahe zweihundert Stundenkilometern und zog eine Girlande aus schweren, schweren Blasterteilen hinter sich her. Er brachte sich in Landehaltung, sein Ausrüstungspack auf dem Rücken, das Gewehr direkt an der Seite und den Rest der Ausrüstung in dem Container, der hinter seinen Beinen hing. Wenn er in achthundert Metern Höhe den Schirm aufzog, würde er den Container lösen. Und er würde die energiegestützte Falloption benutzen, um sich vor dem trägerlosen, möglicherweise tödlichen Gewicht der Kanone zu schützen, die mit ihm zu Boden fiel.

Ja, er wusste genau, was er tat. Und ja, er hatte Angst.

Im Training war er noch nie mit so viel ungesicherter Ladung abgesprungen.

Der Schirm ging auf und es fühlte sich an, als würde er in eine Mauer krachen. Das Energiekit sprang an und erhitzte die Luft um ihn herum. Jetzt konnte er lenken. Er zählte fünfzehn Sekunden ab.

Rechts unter ihm flammte etwas in einem grellen, weißen Feuerball auf – das Narsh-Schiff knallte dreißig Klicks vom Ziel entfernt auf die Oberfläche.

Darman fiel auf, dass er überhaupt nicht an den R5 an Bord des angeschlagenen Fliegers gedacht hatte. Er war entbehrlich.

Er nahm an, dass er selbst genauso eingestuft wurde. Es war erstaunlich einfach, so zu denken.

Jetzt konnte er den Boden sehen. Mithilfe der Nachtsicht konnte er direkt unter sich Baumwipfel ausmachen.

Nein, nein, nein.

Er versuchte auszuweichen. Nichts zu machen.

Mitten in der Luft prallte er gegen etwas sehr, sehr Hartes. Dann schlug er auf dem Boden auf und spürte überhaupt nichts mehr.

4.

Hier liegt die wahre Kunst der genetischen Auslese und Manipulation. Der Mensch ist von Natur aus eine lernfähige Kreatur, aber er ist auch gewalttätig, selbstsüchtig, lüstern und undiszipliniert. Wir befinden uns also auf einem schmalen Grat, zwischen der Unterdrückung jener Faktoren, die zu Ungehorsam führen und der Nutzung der so frei gewordenen Kapazität für das Einbringen von Intelligenz und Aggressivität.

– Hali Ke, Leitender Genforscher von Kamino

Niner war gerade dabei seinen Schirm zusammenzuraffen, als ihn die Explosion aufschreckte. Eine Säule weiß lodernder Flammen schoss über den Baumwipfeln in den Nachthimmel empor. Dass sie heiß und grell war, erkannte er daran, dass sich der Filter seines Visors sofort einschaltete, um die Nachtsichtfunktion nicht zu überlasten.

Obwohl er gewusst hatte, dass es passieren würde, machte es ihm das Herz schwer. Darman hatte es wahrscheinlich nicht geschafft. Er hatte seinen Befehl missachtet. Er war nicht gesprungen, als er es ihm gesagt hatte.

Du hast also vielleicht einen Bruder verloren. Vielleicht auch nicht. So oder so, du wirst noch zwei mehr verlieren, wenn du die Sache nicht schnell geregelt kriegst.

Niner berechnete die Position der Explosion und fuhr dann damit fort, seinen Fallschirm zusammenzuknüllen, wobei er die Halteleinen abschnitt und ihn dann vergrub. Bei einer Belastbarkeit von fünfhundert Kilo, würden die Leinen noch nützlich sein. Er wickelte jede einzelne Leine zwischen Daumen und kleinem Finger zu einer Acht auf und steckte die Stränge dann in eine seiner Gürteltaschen. Anschließend machte er sich auf die Suche nach seinem Extrapack.

Es war nicht weit von ihm entfernt herunter gekommen. Den Schirm in niedriger Höhe zu öffnen erhöhte die Zielgenauigkeit. Niner fand das Pack am Rand eines Feldes, übersät mit kleinen, pelzigen Tieren, die davon fasziniert schienen und an den weichen Polsterriemen an der Seite nagten. Er ließ seinen Suchscheinwerfer aufleuchten, um sie zu verjagen, aber sie starrten nur in den Lichtstrahl, brachen daraufhin in wütendes Geschnatter aus und drehten sich zu ihm.

Es war nur ein bisschen nervig, weiter nichts. Ihre kleinen Zähne schnappten hilflos nach seiner Rüstung. Er stand still da und versuchte sie einzuschätzen. Vor seinen Augen scrollte seine Datenbank und verriet ihm, dass es Gdans waren und dass sie nicht als feindselige Fremdspezies eingestuft wurden. Die einzigen nichtmenschlichen Lebensformen denen Niner, abgesehen von den Kaminoanern und verschiedenen Ausbildern, je begegnet war, hatte er auf Geonosis gesehen und dort auch nur durch sein Blastervisier. Er war ausnahmslos auf die Informationen in seiner Datenbank angewiesen. Alles andere musste er selbst herausfinden.

Nach einer Minute merkten die Gdans, dass er ungenießbar war und verschwanden, bis auf eines, im hüfthohen Korn. Das verbleibende Tier machte sich weiter an seinem linken Stiefel zu schaffen. Eher ein Zeichen für seine Hartnäckigkeit als für seine Intelligenz. Diese Stiefel waren darauf ausgelegt, allen Widrigkeiten zu widerstehen, vom absoluten Vakuum bis zu Säure und geschmolzenem Metall. Das Tierchen wollte offenbar hoch hinaus.

Darman wäre davon sicher fasziniert gewesen, da war er sich sicher. Es war ein Jammer, ihn zu verlieren. Er hatte das Zeug zu einem guten Kameraden.

„Los doch“, sagte Niner und stubste das Tier mit dem Kolben seines Blastergewehrs an. „Ich hab zu tun. Schieb ab.“

Das Gdan, mit den Zähnen in eine Klammer verbissen, blickte auf und starrte ihm in die Augen. So sah es jedenfalls aus. In Wirklichkeit konnte es nur ein schwaches blaues Licht gesehen haben. Dann ließ es los und trottete zurück zu dem Feld, wo es noch einmal kurz Halt machte, um zu ihm zurückzuschauen, bevor es mit der Geschmeidigkeit eines Tauchers in einem Erdloch verschwand.

Niner zog seinen Datenblock hervor und berechnete seine Position. Es gab kein GPS, das er anzapfen konnte, ohne dass die Neimoidianer ihm auf die Schliche gekommen wären, aber wenigstens konnte er anhand der letzten Position des Sprühfliegers mittels Loggerechnung einzelne Merkmale der Landschaft mit seiner Karte in Übereinstimmung bringen. Alte Soldatenschule. Das gefiel ihm. Er musste in der Lage sein, seine Aufgabe auch ohne technische Hilfsmittel zu erledigen, selbst wenn das bedeutete, mit nichts weiter, als einer trandoshanischen Klinge zurechtzukommen.

Wenn man jemandem ins Herz sticht, kann er immer noch laufen. Ich hab mal einen Mann gesehen, der so hundert Meter gerannt ist und auch noch geschrien hat. Immer in den Hals ... so. Sergeant Skirata hatte ihnen eine Menge über Messer beigebracht. *Leg ein bisschen Gewicht mit rein, Sohn.*

Trotzdem war Technologie Teil der Sache. Ein Düsenschlitten wäre jetzt hilfreich gewesen, aber sie hatten nicht gedacht, dass sie welche brauchen würden. Es war geplant gewesen, nur fünf Klicks vom Ziel entfernt einzurücken.

Auch egal, dachte er. *Hier draußen würde ich damit sowieso nur auffallen.* Die Ausrüstung würde ihn auf dem Weg zum vereinbarten Rendezvouspunkt aufhalten, aber er würde es dorthin schaffen. Wenn Fi und Atin sicher gelandet waren, würden sie sich ebenfalls zum RV-Alpha aufmachen.

Zeit für TaVo. Er versuchte zehn Klicks in der Stunde zu schaffen, wobei er keine Spuren hinterlassen durfte und offenes Gelände mied. Am Ende musste er sein Extrapack wie einen Schlitten an Riemen hinter sich her ziehen. Taktisches Vorrücken – *tavo*, wie Skirata es nannte – bedeutete zu Fuß und mit fünfundzwanzig Kilo Last sechs bis zehn Klicks in der Stunde zurückzulegen. „Aber das gilt für *gewöhnliche Männer*", hatte der Ausbilder gesagt, so als ob Nichtklone Untermenschen wären. „Ihr seid Klon-Commandos. Ihr *werdet* Besseres leisten, weil ihr besser *seid*."

Niner zog jetzt beinahe das dreifache dieser Last hinter sich her und er fühlte sich dadurch ganz und gar nicht besser. Er beschloss, bei seiner Rückkehr der nächsten Anforderungsliste für Ausrüstung einen tragbaren Repulsorlift hinzuzufügen.

Eine Neumondnacht lag über Qiilura und dafür war er dankbar. In seiner hellgrauen Rüstung wäre er sonst wie ein Leuchtturm hervor gestochen. *Ob die Chefs darüber nicht nachgedacht haben?* Er verdrängte diese ungewöhnlich kritischen Gedanken über seine Vorgesetzten und entschied, dass es etwas geben musste, das sie wussten und er nicht. Er hatte seine Befehle.

Trotzdem machte er einen kleinen Umweg zu einem Wasserlauf, der auf der Holokarte verzeichnet war und pausierte kurz, um Rüstung und Material mit Schlamm einzuschmieren. Es machte keinen Sinn sich auf sein Glück zu verlassen.

Vierhundert Meter vor RV-Punkt Alpha verlangsamte er sein Tempo. Nicht etwa wegen des Gewichts. Jetzt war ein stilles Vorgehen erforderlich. Er versteckte die Ausrüstung, die er hinter sich her schleppte tief im Unterholz und vermerkte die Position, um sie später wieder einzusammeln. Fi und Atin waren vielleicht entdeckt worden. Vielleicht hatten sie es auch überhaupt nicht geschafft. Ein Hinterhalt war jederzeit möglich. Nein, er wollte definitiv nichts riskieren.

Auf den letzten zweihundert Metern legte er sich ins Gras und kroch.

Aber sie waren da. Allein.

Niner starrte hinauf in den Strahl von Fis Helm und wusste, dass die Infrarotzieleinrichtung genau auf den Punkt zwischen seinen Atemfilter und den oberen Brustpanzer gerichtet war. Ein verwundbarer Punkt, vorausgesetzt natürlich, man war nahe genug und hatte die richtige Munition.

„Sie haben mir einen Vorsprung gelassen, Sarge", sagte Fi. Er hatte den Blaster im Anschlag und sah ihn kurz an. Dann schaltete er das Licht aus und deutete auf seine Brustplatte. „Zwei Köpfe, ein Gedanke, was?"

Fis Rüstung war auch nicht mehr taufrisch. Niner war sich nicht sicher, was er drauf geschmiert hatte, aber es verbarg seine Konturen ausreichend. Anscheinend war ihnen allen dieser Gedanke gekommen. Atin war ebenfalls mit etwas Mattem, Dunklem eingeschmiert.

„Gestalt, Geruch, Geräusch, Glanz, Gliederung, Gefüge und ... Bewegung", sagte Niner und wiederholte so die Grundregeln der Tarnung. Wäre da nicht Darmans Abwesenheit gewesen, hätte er der Situation durchaus etwas Komisches abringen können. Er versuchte es trotzdem. „Zu schade, dass sie nicht noch was finden konnten, das mit G anfängt, um die Sache rund zu machen."

„Ich könnt's", sagte Atin. „Irgendein Kontakt zu Darman?"

Sie waren vierzig Kilometer von dem Punkt entfernt, an dem Darman gelandet war. „Ich habe die Explosion gesehen. Er ist als Letzter raus."

„Dann hast du gesehen, wie er abgesprungen ist."

„Nein. Er hat sich so viel Ausrüstung und Munition geschnappt, wie er nur konnte." Niner fand, es sei eine Erklärung nötig: „Er hat mich zuerst aus der Luke gestoßen. Ich hätte das nicht zulassen dürfen. Aber ich habe ihn nicht im Stich gelassen."

Atin zuckte mit den Schultern. „Also, was haben wir?"

„Wir haben einen vermissten Bruder."

„Ich meinte das in Bezug auf unsere Ausrüstung. Er hatte den Großteil unserer Sprengsätze."

„Ich weiß, was du gemeint hast und ich will es nicht hören." Wenn er wegen Darman Sorge – ja sogar Kummer – verspürte, wieso konnte Atin das dann nicht auch? Aber es blieb keine Zeit einen Streit anzufangen. Sie mussten jetzt zusammenhalten. Eine Vier-Mann-Mission mit nur drei Männern: Ihre Erfolgschancen waren bereits rapide gesunken. „Wir sind jetzt eine Schwadron. Gewöhn dich dran."

Fi unterbrach sie. Er schien ein Geschick dafür zu haben, gespannte Situationen zu entschärfen. „Unsere Ausrüstung ist jedenfalls in Ordnung. Wenn's drauf ankommt, können wir immer noch ein paar ganz schöne Löcher reißen."

Und wo rein genau sollten sie diese Löcher reißen? Sie hatten die Aufzeichnungen von der Höhenaufklärung des Zielgebäudes, aber keine Ahnung, ob die Wände aus simplem Mauerwerk bestanden, oder mit panzerfesten Legierungsplatten ausgeschlagen waren. Dort könnten die circa dreißig Wachen sein, die sie in der Umgebung hatten herumgehen sehen, oder auch Hunderte mehr, die sich unter den Kasernen eingebunkert hatten. Ohne genauere Info, konnten sie nicht wissen, wie viel Ausrüstung genug für diesen Job wäre.

Ein Fall für R wie reichlich, nur um auf Nummer sicher zu gehen. Niner ging gerne auf Nummer sicher.

„Wie viel Zeit wollen wir dafür opfern, ihn zu suchen?", fragte Atin. „Sie wissen jetzt, dass sie Besuch haben. Das war ja nicht gerade ein stilles Einrücken."

„SOP", sagte Niner. *Standard Operations-Prozedere:* Das war es, wie die Dinge erledigt werden sollten; so hatten es die Commandos gelernt. „Wir werden innerhalb der vereinbarten Zeit zu jedem RV-Punkt gehen und wenn er nicht auftaucht, gehen wir zur Absturzstelle und sehen nach, was übrig ist. *Dann* werden wir entscheiden, ob wir ihn als vermisst einstufen, oder nicht."

„Du würdest auch wollen, dass wir dich suchen, wenn du vermisst wärst", sagte Fi zu Atin. „Er kann sich nicht melden. Nicht auf diese Entfernung. Zu riskant."

„Ich würde nicht von euch erwarten, die Mission für mich aufs Spiel zu setzen", erwiderte Atin bissig.

„Er ist allein, Fierfek noch mal. *Allein.*"

„Hört schon auf, okay?", sagte Niner. Das Gute an Ultra-Kurzstrecken-Komlinks war, dass man herumstehen und unter den Helmen ein heftiges Streitgespräch führen konnte, ohne dass einen draußen jemand hörte. „Ihn zu finden ist nicht nur das Richtige, es ist auch vernünftig. Wenn wir ihn finden, finden wir auch die Ausrüstung. Okay?"

„Jawohl, Sarge", antwortete Fi.

„Verstanden", sagte Atin. „Aber es muss einen Punkt geben, ab dem wir ihn als tot einstufen."

„Solange wir keine Leiche haben wird das erst sein, wenn Geonosis gefriert", sagte Niner, der immer noch verärgert war, ohne genau zu wissen warum. „Bis dahin werden wir Blut und Wasser schwitzen um ihn zu finden, vorausgesetzt die Mission wird dadurch nicht gefährdet. Und jetzt lasst uns sehen, ob wir die Ausrüstung irgendwie an Stangen oder so, aufhängen können. Wir werden das Tempo nie über zig Kilometer halten können, wenn wir keine bessere Transportmöglichkeit finden."

Niner stellte sein Komlink schon mal auf Langstreckenempfang. Lauschen machte ja nichts. Wenn Darman da draußen war, dann hatte Niner nicht vor, ihn im Stich zu lassen.

Die Lichtung war am Tag zuvor noch nicht da gewesen.

Etain ging vorsichtig durch die abgeknickten Kuvaraschößlinge und folgte Birhans Schritten in einen Kreis aus angeschwärzten Stoppeln. Die Luft roch nach Rauch und verbranntem Barq.

Er fluchte in einem fort. Sie verstand zwar nicht viel Qiilura, aber sie erkannte einen Fluch, wenn sie ihn hörte.

„Das ist wieder euer Haufen", sagte Birhan. Er überblickte das Feld, die Hand an der Stirn, um die Sonne abzuschirmen, die über den Horizont kroch. Jetzt, bei Tageslicht, konnten sie das Ausmaß der Explosion der vorigen Nacht erkennen. „Was soll ich nur machen? Was wird aus unserem Vertrag?"

Das sollte keine Frage sein. Die Neimoidianer waren nicht dafür bekannt, Mitgefühl wegen der Naturkatastrophen zu zeigen, die ständig die unsichere Existenz der Bauerngemeinschaft bedrohten. Aber das hier war auch keine Naturkatastrophe.

Das Explosionsgebiet maß ungefähr fünfhundert Meter im Durchmesser und der Krater in der Mitte war zwölf, vielleicht fünfzehn Meter breit. Etain wusste nicht, wie tief er war, aber ein Trandoshaner und ein Ubeser standen am Rand und spähten hinab, Blaster in den Händen, als würden sie das freigelegte Erdreich absuchen. Von ihr und Birhan nahmen sie keinerlei Notiz. Sie musste ziemlich ausgezehrt und zerzaust ausgesehen haben, verwahrlost genug, um als Bauernmädel durchzugehen.

Wahrscheinlich war es zu spät die Beiden davon zu überzeugen, dass der Krater durch einen Meteor verursacht worden war. Aber zu diesem Zeitpunkt wusste Etain auch nicht mehr, als sie.

„Warum denkt Ihr, es wäre *mein* Haufen?", fragte sie.

„Ist klar", sagte Birhan säuerlich. „Ich sah Gleiter und Frachter und Sprüher runterkommen. Machen aber keine Krater. Auseinander fallen's und verbrennen's, schon, aber die halbe Landschaft wegblasen tun's *nicht*. Das ist Außenwelt. Das sind *Soldaten*." Er trat nach ein paar verkohlten und geschwärzten Halmen. „Könnt ihr euren Kampf nicht auf jemand anderen Planeten führen? Meint ihr nicht, ich hab schon genug Probleme?"

Für einen Moment überlegte sie, ob er wohl daran dachte, sie für ein paar Credits an Hokans Männer auszuliefern, um den Verlust des kostbaren Barqs wieder gut zu machen. Sie bedeutete nun schon ein weiterer Mund, der gefüttert werden musste und das zu einem Zeitpunkt an dem das Geld, mit dem er gerechnet hatte, zusammen mit dem Großteil seines Feldes in Flammen aufgegangen war. Es war Zeit, ein anderes Versteck zu finden und einen Plan, um diese Informationen von Qiilura fortzubringen.

Etain betrachtete noch immer das versengte Land, als der Ubese und der Trandoshaner hochfuhren und sich umdrehten, um zu einem Trampelpfad neben dem Feld zu laufen. Der Ubese hielt eine Hand an die Seite seines Helmes gepresst, als ob er horchen würde: Wahrscheinlich ein Komlink. Was für eine Aufforderung es auch gewesen sein mag, sie war dringend genug gewesen, um sie los rennen zu lassen. Außerdem bestätigte ihre Aktion, dass es sich nicht nur um einen Narsh-Sprüher gehandelt hatte, der eine der häufigen Bruchlandungen hingelegt hatte.

Etain wartete noch einen Augenblick, ging dann nach vorn und spähte in die Grube, um zu sehen was die Aufmerksamkeit der Beiden so beansprucht hatte.

Es musste eine gewaltige Explosion gewesen sein. Die Kraterwände hatte es glatt gefegt und überall lagen Trümmer herum. Ein enormes Ausmaß für so einen kleinen Flieger.

Sie ließ Birhan stehen, ging um den Krater herum und inspizierte den Boden, so wie Hokans Männer es getan hatten, ohne zu wissen, wonach sie suchte. Sie hatte beinahe schon die Kuvaraanpflanzung erreicht, als sie es sah.

Das frühe Morgenlicht spiegelte sich an der zerkratzten Metallkante von etwas, das die Explosion tief in den Boden getrieben hatte. Etain kauerte sich so beiläufig wie möglich hin und lockerte mit den Fingern die Erde darum herum. Sie brauchte ein paar Minuten, bis sie genug freigelegt hatte, um die Form zu erkennen und dann noch einen Moment, um herauszufinden, warum ihr die angesengten Farben so bekannt vorkamen. Es war verbogen, das Metall in dem Moment geschmolzen, in dem es mit gewaltiger Wucht auseinander gerissen wurde, aber sie war sich ziemlich sicher, es schon mal intakt gesehen zu haben.

Es war eine Chassisplatte eines R5 Astromech-Droiden – eine Platte mit der Kennzeichnung der Republik.

Sie kommen.

Wer immer sie auch waren. Sie hoffte, dass sie es lebendig geschafft hatten.

Darman wusste, dass es riskant war, sich bei Tag zu bewegen und die Tatsache, dass sein rechtes Bein jedes Mal vor Schmerzen aufzuschreien schien, wenn er sein Gewicht darauf verlagerte, war der Sache auch nicht gerade zuträglich.

Er hatte zwei endlose Stunden damit verbracht, im Dickicht eine schmale Kuhle auszuheben, ungefähr hundert Meter entfernt von dem holprigen Weg, der eine Straße darstellen sollte. Wurzeln und Steine hatten ihn ebenso aufgehalten wie die Prellungen, die er sich zugezogen hatte, als er bei seiner Landung durch das Blätterdach der Bäume gestürzt war. Aber jetzt hatte er sich eingegraben, lag auf dem Bauch unter einer Decke aus Zweigen und Blättern. Durch sein Zielfernrohr beobachtete er die Straße, gelegentlich auch durch die Elektrofernglasfunktion seines Visors.

Wenigstens waren die kleinen Viecher verschwunden, die in der Nacht über ihn hergefallen waren. Er hatte es aufgegeben, sich gegen sie zu wehren. Sie hatten eine Weile lang seine Rüstung erforscht und waren dann weitergezogen, um ihn aus der Ferne zu beobachten. Jetzt bei Tageslicht, waren die funkelnden Augen im Unterholz verschwunden.

Er war sich immer noch nicht über seine genaue Position im Klaren. Es gab kein GPS-Netz, das er benutzen konnte, ohne aufgespürt zu werden. Um die Landschaftsmerkmale auch nur ansatzweise mit der Holokarte in Übereinstimmung zu bringen, hätte er zur Aufklärung aufstehen und sich umsehen müssen.

Er wusste, dass er in Richtung Norden lag: Der Bogen aus kleinen Steinen in dessen Mitte er einen dünnen Ast in den Boden gesteckt hatte, gab ihm eine Ost-West-Linie, mit der er den Sonnenlauf bestimmen konnte. Wenn sein Datenblock Geschwindigkeit und Distanz korrekt berechnet hatte, befand er sich ungefähr vierzig oder fünfzig Klicks nordöstlich des ersten RV-Punktes. Diese Entfernung würde er nie rechtzeitig zu Fuß zurücklegen können. Nicht mit der Extraausrüstung und dem verletzten Bein. Und wenn er sein Pack hinter sich her zog, würde er eine schöne *Bitte Folgen!* – Spur hinterlassen.

Darman rollte sich auf den Rücken, legte seine Beinplatten ab und entsiegelte seinen Druckanzug unterhalb des Knies. Es fühlte sich an, als hätte er sich oberhalb des Knöchels einen Muskel oder eine Sehne gezerrt. Er tränkte die behelfsmäßige Bandage erneut in Bacta und legte Legging und Beinpanzer wieder an, bevor er sich in die ursprüngliche Position begab.

Es war höchste Zeit etwas zu essen, dennoch beschloss er noch ein wenig länger zu warten.

Er inspizierte den Feldweg durch das Fadenkreuz seines elektromagnetischen DC-17-Visiers. Als er den Helm mit dem eingebauten Display, das vor seinen Augen schimmerte, zum ersten Mal getragen hatte, war er von dem Gewirr aus Symbolen in seinem Sichtfeld überwältigt und desorientiert gewesen. Das Visier des Gewehrs ließ alles noch chaotischer wirken. Lichter, Lichter, Lichter: Es war, als sähe man bei Nacht durch die Fenster von Tipoca City, mit den Leuchten und reflektierenden Oberflächen der Mensa im Rücken – so viele miteinander konkurrierende Bilder, dass man nicht sagen konnte, was hinter dem sturmfesten Glas lag und was davor.

Aber mit der Zeit – und diese Zeit war der kurze, verzweifelte Morgen, an dem die gesamten Kilo und Delta Squads zum ersten Mal die HUDs im Helm trugen, während mit echter Munition geübt wurde – gewöhnte er sich daran. Diejenigen, die sich nicht schnell daran gewöhnten, kehrten von der Übung nicht zurück. Er lernte zu sehen, und auch wieder nicht zu sehen. Er war sich ständig der Statusdisplays bewusst, die ihm sagten, wann sich seine Waffen aufluden, ob sein Anzug beschädigt war und was um ihn herum passierte.

Jetzt war er nur darauf konzentriert durch einen Tunnel zu sehen, der von überlappenden Segmenten beruhigenden Blaus umrahmt war, mit einem extra markierten Bereich, der anzeigte, wann er die optimale Schussmöglichkeit hatte. Die Informationen über Entfernung, Umgebung und der Stand aller anderen Optionen waren immer noch vorhanden. Er nahm sie auf, ohne sie bewusst zu sehen. Er sah nur sein Ziel.

Ein schwaches Knurren ließ ihn erstarren. Stimmen: Sie näherten sich von rechts. Dann verstummten sie.

Er wartete. Schließlich waren die Stimmen wieder zu hören und zwei Weequays traten in sein Sichtfeld. Zu langsam für seinen Geschmack. Mit ungewöhnlicher Sorgfalt inspizierten sie den Straßenrand. Plötzlich hielt Einer an und starrte zu Boden. Wenn man den Gesten nach urteilte, die er mit seinen Armen vollführte, war er ziemlich aufgeregt.

Dann blickte er auf und begann direkt in Darmans Richtung zu gehen. Und er zog eine Blasterpistole.

Er kann mich unmöglich sehen, dachte Darman. *Ich hab das streng nach Buch durchgezogen. Keine Reflexion, keine Bewegung, kein Geruch, Nichts.*

Aber der Weequay kam weiter auf ihn zu, direkt zu den Büschen. Ungefähr zehn Meter vor Darman blieb er stehen und sah sich um, so als hätte er etwas verfolgt und nun die Spur verloren. Dann bewegte er sich wieder vorwärts.

Darman hätte fast aufgehört zu atmen. Sein Helm schluckte zwar jedes Geräusch, aber es kam ihm keinesfalls so vor. Der Weequay war jetzt so nahe, dass Darman seinen typischen Schweißgeruch riechen und die Metallverarbeitung seiner Pistole – eine KYD-21 mit einem Hadriumlauf – sehen konnte. Außerdem, dass er in der anderen Hand eine Vibroklinge trug. In diesem Augenblick vermochte Darman nicht einmal mehr zu schlucken.

Es ist okay, Angst zu haben.

Der Weequay trat zur Seite und starrte leicht gebückt nach vorn, so als würde er in einem Bibliotheksregal zwischen Disketten blättern.

Es ist okay, Angst zu haben, solange du ...

Der Weequay war jetzt genau bei ihm und ging über ihm in die Hocke. Darman spürte, wie Stiefel die Zweige auf seinem Rücken niederdrückten und dann blickte die Kreatur hinunter und sagte etwas, das wie *‚gah‘* klang.

... solange du sie einsetzt.

Darman ließ seine Faust mit aller Wucht unter den Kiefer des Weequay schnellen, stieß seine Vibroklinge tief in dessen Kehle und zog die Faust seitwärts, um die Blutgefäße zu durchtrennen. Dann verlagerte er das gesamte Gewicht des so gepfählten Weequays auf einen Arm, bis dieser aufhörte sich zu bewegen. Unter dem Gewicht zitternd, senkte Darman den Arm und ließ den Körper so leise wie möglich zu Boden rollen.

„Was gefunden?“, brüllte der andere Weequay. „Gar-Ul? Gar?“ Keine Antwort. *Okay, los geht’s.* Darman legte seinen DC-17 an und wartete.

Der zweite Weequay begann schnurstracks auf die Büsche zu zu rennen, was ziemlich dumm von ihm war, da er nicht wusste was mit seinem Kameraden passiert war. Sie hatten bereits zu lange die Herren der Bauern gespielt; sie waren schlampig geworden. Außerdem machte er den Fehler, seinen Blaster zu ziehen.

Darman landete einen sauberen Kopfschuss, ohne groß darüber nachdenken zu müssen. Der Weequay fiel lautlos zu Boden und lag zusammengebrochen da. Nur ein dünner Rauchfaden stieg noch aus seiner Stirn.

„O, clever", seufzte Darman, wobei es ihm nur um die beruhigende Wirkung seiner eigenen Stimme ging. Jetzt musste er seine Deckung aufgeben, um die Leiche zu holen. Er konnte sie schlecht liegen lassen wie eine Visitenkarte. Er wartete ein paar Minuten und lauschte, dann stellte er sich auf sein verletztes Bein und humpelte ins Freie.

Er schleifte den toten Weequay in die Büsche, wobei ihm der Geruch verbrannten Fleisches auffiel. Jetzt sah er auch, was der andere Weequay verfolgt hatte: Eine breite Spur winziger Pfotenabdrücke. Die neugierigen Gdans hatten ihn verraten. Er humpelte erneut ins Freie, untersuchte den Boden sorgfältig und verwischte die Schleifspuren mit einem Ast.

Nur nichts verschwenden. Die Weequays würden ihre Blaster und Vibroklingen jetzt nicht mehr brauchen. Darmans Puls beruhigte sich wieder und er durchsuchte die Körper nach allem, was nützlich sein könnte, Datenkarten und Wertsachen. Er fühlte sich nicht wie ein Dieb; er hatte keinen persönlichen Besitz, der nicht der Großen Armee gehörte und er hatte auch nicht das Bedürfnis, sich welchen zuzulegen. Aber es bestand die Möglichkeit, dass die Karten Informationen enthielten, die ihm halfen, sein Ziel zu erreichen und die Perlen und Münzen könnten sich als nützlich erweisen, wenn er etwas kaufen oder jemanden bestechen musste.

Er fand einen passenden Ort, um die Leichen zu verstecken. Er hatte keine Zeit, sie zu vergraben, aber plötzlich bemerkte er Bewegungen im Unterholz, tierische Bewegungen, als nach und nach kleine Köpfe auftauchten und herumschnüffelten.

„Ihr schon wieder", grummelte Darman, obwohl ihn die Gdans unmöglich durch seinen Helm hören konnten. „Solltet ihr nicht schon lange schlafen?" Sie drängten nach vorn und fielen dann über den Weequay mit dem zertrümmerten Schädel her. Einer nach dem anderen verbissen sie sich in ihm, bis er in eine pelzige Decke aus schnappenden Bewegungen gehüllt war.

Jetzt musste sich Darman nicht mehr darum kümmern, sie zu vergraben.

Ein kaum wahrnehmbares Schmatzgeräusch ließ ihn zu dem anderen Weequay herumfahren. Augenblicklich legte Darman seinen Blaster an. Der Weequay war nicht tot, nicht ganz. Aus irgendeinem Grund, brachte Darman das mehr aus der Fassung, als er es für möglich gehalten hätte.

Auf Geonosis hatte er im Übermaß getötet, hatte mit Granatwerfern Droiden zerfetzt und aus der Ferne Kanonenstellungen ausgelöscht, angestachelt von Angst und dem Instinkt zu Überleben. *Überleben, um zu kämpfen.*

Aber das hier war anders. Es war unmittelbar und die Reste des Opfers bestanden nicht aus Metall. Das Blut des Weequays war in einem kleinen Rinnsal getrocknet, das über seinen Handschuh und den rechten Unterarmpanzer lief. Er hatte keinen sauberen Kill erzielt. Das war *falsch*.

Sie hatten ihn darauf gedrillt, zu töten und zu töten und zu töten, aber niemand hatte ihn gelehrt, wie er sich danach fühlen sollte. Er fühlte etwas, aber er war sich nicht sicher, was.

Er würde später darüber nachdenken.

Er legte sein Gewehr an und korrigierte den Fehler, bevor die kleine Armee aus Fleischfressern sich ihrem nächsten Mahl zuwenden konnte.

5.

Stellt euch vor, ihr wärt Hände. Jeder von euch ist ein Finger und ohne die anderen seid ihr hilflos. Ein Finger allein kann nicht greifen, oder hantieren, oder eine Faust bilden. Alleine seid ihr nichts, aber zusammen, seid ihr alles.

– Commando-Ausbilder Sergeant Kal Skirata

Darman schritt rasch voran und erklomm einen Kilometer weiter südlich einen mit Bäumen bewachsenen Hang. Er hatte vor, die letzten Stunden Tageslicht in einem sorgfältig bereiteten Versteck zu verbringen, am höchsten Aussichtspunkt den er knapp unter der Kuppe finden konnte.

Er konzentrierte sich darauf, aus den Leinen des Fallschirms ein grobes Netz zu fertigen. So blieb er beschäftigt und wachsam. Er hatte seit beinahe vierzig Standardstunden nicht mehr geschlafen und Erschöpfung machte einen nachlässiger und unkonzentrierter als Alkohol. Als er damit fertig war, die Leinen zu kleinen Quadraten zusammenzuknoten, flocht er Gras, Blätter und Zweige zwischen die Knoten. Nach kurzer Inspektion, kam er zu dem Schluss, dass es ein ziemlich gutes Tarnnetz abgab.

Und natürlich observierte er weiterhin die Umgebung. Qiilura war *umwerfend*. Es war so lebendig und anders, eine Sinfonie aus Gerüchen und Farben, Formen und Geräuschen. Jetzt, da seine ursprüngliche, hämmernde Furcht einer allgemeinen Nervosität gewichen war, begann er, das alles in sich aufzunehmen.

Es waren die steten Geräusche der Natur, die ihm am meisten Sorge bereiteten. Um ihn herum krochen, flogen und summten allerlei Kreaturen. Gelegentlich kreischte irgendwo ein Tier auf und verstummte wieder. Inzwischen hatte er bereits zweimal etwas Größeres in den Büschen herumstreifen gehört.

Abgesehen von der intensiven Erfahrung von Geonosis, bestanden Darmans einzige Umwelteindrücke aus den eleganten, aber isolierten Pfahlstädten von Kamino und den endlosen, aufgepeitschten Ozeanen um sie herum. Die sauberen, rationellen Klassenzimmer und Kasernen, in denen er die zehn Jahre vom Fertigkind bis zum perfekten Soldaten verbracht hatte, waren reizlos und nur auf Effizienz ausgelegt gewesen. Sein Training in der Wüste, den Bergen und dem Dschungel war ausschließlich künstlich gewesen, Holoprojektionen, Simulatoren.

Die weiten, roten Wüsten von Geonosis waren viel trockener und um so vieles prächtiger gewesen, als die Vorstellungskraft seiner Ausbilder und jetzt boten Qiiluras Felder und Wälder eine Vielfalt, die keine dreidimensionale Holoprojektion hätte darstellen können.

Dennoch war es offenes Gelände – ein Terrain, das es ihm erschwerte, sich unbemerkt zu bewegen.

Konzentrier dich, sagte er sich. *Sammle Infos. Mach das Beste aus diesem auferzwungenen Stillstand.*

Mittagessen wäre jetzt genau das Richtige gewesen. Ein *anständiges* Mittagessen. Er kaute auf einem Würfel konzentrierter Trockenration und erinnerte sich daran, dass sein ständiger Hunger nicht echt war. Er war nur *müde*. Er hatte die korrekte Menge Nährstoffe zu sich genommen, um seinen Bedarf zu decken und wenn er jetzt dem Drang noch mehr zu essen nachgab, würde ihm der Vorrat ausgehen. Die Menge in seinem Pack reichte genau eine Woche. Dazu hatte er noch eine Notration für zwei Tage in seinem Gürtel. Der Gürtel war das Einzige, das er neben seinem Gewehr mit sich nehmen würde, falls er einen allerletzten Fluchtversuch ohne sein vierzig Kilo Pack starten müsste.

Unter ihm zogen Farmtransporter über einen schmalen Weg, alle in dieselbe Richtung und mit viereckigen Tanks beladen, die Sicherheitssiegel trugen. *Barq*. Darman hatte noch nie davon gekostet, aber er konnte es sogar von hier oben riechen. Der abscheuliche, rezente, beinahe pilzartige Geruch raubte ihm für eine Weile den Appetit. Wenn er seine Holokarte richtig ausgerichtet hatte, zogen die Transporter alle in die Richtung des ortsansässigen Lagers in Teklet. Er drehte das Bild in diese Richtung und hielt die Karte vor die Landschaft.

Ja, jetzt war er sich ziemlich sicher, wo er war. Er befand sich zehn Klicks östlich von einer kleinen Stadt namens Ibraani, circa vierzig Klicks nordöstlich von RV-Punkt Beta und ziemlich genau vierzig Klicks östlich von RV-Punkt Gamma. Sie hatten RV- Punkte entlang der Flugroute gewählt. Denn die Separatisten würden wohl annehmen, dass sie sich verteilen und nicht zurückgehen würden. Zwischen den RV- Punkten Alpha und Beta lag ein Streifen Waldland. Ideal, um sich bei Tag unbemerkt zu bewegen. Wenn der Rest seiner Schwadron sicher gelandet und nicht in Verzug war, würden sie sich auf den Weg zum Betapunkt machen.

Die Sache wurde wieder übersichtlich. Er musste es nur bis zum RV-Gamma schaffen und auf seine Schwadron warten. Und wenn sie es nicht geschafft hatten, musste er die Mission neu überdenken.

Dieser Gedanke rief ein Gefühl der Einsamkeit in ihm hervor. *Alleine seid ihr nichts, aber zusammen, seid ihr alles.* Er war dazu erzogen worden, als Teil einer Vierergruppe zu denken, zu handeln, ja sogar zu atmen. Alles andere war ihm fremd.

Aber ARCs operieren doch immer allein, oder?

Er dachte eine Weile darüber nach und kämpfte gegen die Schläfrigkeit an. Dann raschelte plötzlich das Laub hinter ihm und er drehte sich um und scannte mit seinem Infrarotfilter die Umgebung. Ganz kurz sah er die verschwommene Bewegung eines Tieres, aber es flüchtete gleich wieder. Seine Datenbank verriet ihm, dass es auf Qiilura keine größeren Raubtiere gab. Was immer es also war, es konnte kaum lästiger sein, als die Gdans – jedenfalls solange er seine Rüstung trug.

Darman verharrte einen Moment regungslos, dann war das Tier verschwunden. Er drehte sich wieder um und konzentrierte sich erneut auf die Straße und die umgebenden Felder. Ständig im Kampf gegen die Müdigkeit. *Finger weg von den Aufputschern.* Nein, er würde sein Medipack jetzt nicht für einen schnellen Kick hervorholen. Noch nicht. Er würde sich den begrenzten Vorrat aufheben. Für später, wenn es richtig heiß werden würde. Und das würde es garantiert.

Dann änderte sich etwas in seinem Blickfeld. Das eingefrorene Bild war zu Leben erwacht. Er ließ den Zoomfilter hinunter, um einen genaueren Blick darauf zu werfen und was er sah, ließ ihn sofort wieder auf normale Sicht schalten und durch das Zielfernrohr seines Gewehrs starren.

Eine dünne Rauchfahne stieg über einer Ansammlung von Holzhütten empor und verdichtete sich schnell zu einer Dunstglocke. Das war nicht der Rauch von Kamin- oder Ofenfeuern; er sah Flammen, feurige Zungen aus Gelb und Rot. Die Gebäude – von der Bauart her Scheunen – brannten. Eine Gruppe von Leuten in schäbigen Klamotten wimmelte umher und versuchte planlos und in Panik Gegenstände vor den Flammen zu retten. Eine andere Gruppe – Ubeser, Trandoshaner aber größtenteils Weequays – stand in einem Kreis um den Brandherd und hielt sie davon ab.

Einer der Bauern durchbrach den Kreis und verschwand in einem der Gebäude. Er kam nicht wieder heraus. Nicht solange Darman zusah.

Kein Teil seiner Ausbildung entsprach dem, dessen Zeuge er gerade wurde. In seinem Verstand war keine Erinnerung, kein Muster, kein Manöver und keine Lektion abrufbar, die ihm sagte, wie er dieser Sache begegnen sollte. Zivilvorfälle lagen außerhalb seiner Erfahrung. Außerdem waren das hier keine Bürger der Republik; sie waren *niemandes* Bürger.

Seine Ausbildung hatte ihn gelehrt, sich nicht von externen Angelegenheiten ablenken zu lassen, egal wie zwingend sie auch erscheinen mochten.

Aber trotzdem verspürte er diesen Drang, der ihm zurief: *Tu etwas!* Aber was? Seine Mission, seine Daseinsberechtigung, bestand darin, sich wieder seiner Schwadron anzuschließen und das Nanovirusprojekt zu vereiteln. Die Deckung aufzugeben, um Zivilisten zu helfen, stand im krassen Gegensatz dazu.

Die Separatisten – oder wer immer diese Horde zusammengewürfelter Schläger befehligte – wussten, dass er hier war.

Man musste kein Genie sein, um das herauszufinden. Der Sprühflieger war bei der Landung explodiert und dabei war die ganze Sprengmunition hochgegangen, die Darman nicht mehr hatte zusammenpacken können. Die Weequay-Patrouille hatte sich nicht zurückgemeldet, wie es ihre Vorgesetzten wohl erwartet hatten. Jetzt wurden diese Menschen – diese Bauern – bestraft und bedroht und das hatte alles mit ihm zu tun. Die Separatisten suchten nach ihm.

Vermeidungs- und Rückzugsprozedere.

Nein, noch nicht. Darman holte tief Luft, legte sein Gewehr an und nahm einen Ubeser ins Visier. Dann nahm er den Rest der Gruppe aufs Korn, einen nach dem anderen. Acht Feinde, vierzig Schuss, er wusste, er konnte jeden einzelnen ausknipsen, gleich beim ersten Mal.

Er hielt den Atem an, den Zeigefinger am Abzug.

Nur eine Berührung.

Wie viele Ziele, die er nicht sehen konnte, mochten noch da unten sein? Er würde seine Position preisgeben.

Das geht dich nichts an.

Er atmete aus, lockerte den Griff um sein Gewehr und nahm den Finger vom Abzug. Was würde aus seiner Mission werden, wenn sie ihn gefangen nähmen?

In den nächsten zwei Minuten zielte er mehrere Male unentschlossen auf jeden Ubeser, Trandoshaner und Weequay, drückte aber nicht ab. Er wollte es mehr, als er sich hätte träumen lassen. Es war nicht die einstudierte, antrainierte Reaktion eines Scharfschützen, sondern eine machtlose Wut, deren Ursprung er nicht einmal ansatzweise benennen konnte.

Gib deine Position nicht preis. Schieß nur, wenn du das Ziel auch ausschalten kannst. Schieß, bis das Ziel am Boden ist und bleibt.

Aber es gab Zeiten, in denen es ein Soldat darauf ankommen lassen musste.

Es könnten Bürger der Republik sein, eines Tages.

Es könnten Verbündete sein … heute.

Darman war jetzt weder müde, noch hungrig. Sein Puls hämmerte ihm laut in den Ohren und er konnte fühlen, wie sich die Muskeln in seiner Kehle zusammenzogen. Der tief verwurzelte, menschliche Reflex zu flüchten oder zu kämpfen. Flucht kam nicht in Frage. Er konnte nur kämpfen.

Er zielte auf den ersten Weequay, ein sauberer Kopfschuss, und drückte ab. Die Kreatur sank zu Boden und einen Moment lang starrten seine Kameraden auf den Körper, unsicher, was gerade geschehen war. Darman hatte nichts gegen Weequays. Es war purer Zufall, dass dies schon der Dritte war, den er innerhalb weniger Stunden getötet hatte.

Plötzlich kam Leben in die Schlägerbande und sie drehten sich alle in die Richtung des Schusses und zogen ihre Waffen.

Der erste Blitz traf die Büsche zu Darmans Linken, der zweite schoss drei Meter über seinen Kopf hinweg. Sie hatten sich bereits zusammengereimt, wo er steckte. Darman aktivierte seinen Granatwerfer und schaute durch das Visier, während die Zivilisten in alle Richtungen davon liefen. Die Granate ließ einen Schauer aus Erde und zersplittertem Holz in die Luft fliegen, zusammen mit vier der acht Milizionäre.

Jetzt hatte er seine Position mit Sicherheit exakt aufgezeigt.

Als er aufsprang und den Abhang hinunter rannte, standen die übrigen vier Gegner zunächst nur da und starrten ihn verwundert an. Er hatte keine Ahnung warum, aber sie standen lange genug wie angewurzelt da, um ihm einen Vorteil zu verschaffen. Ein paar Plasmablitze trafen ihn, aber seine Rüstung schluckte sie einfach, wie einen Schlag gegen die Brust und er rannte weiter und feuerte eine Partikelsalve nach der anderen ab. Blitze feuerten ihm entgegen wie ein leuchtender, horizontaler Sprühregen. Ein Trandoshaner drehte sich um und rannte davon. Darman erwischte ihn mit einem Schuss in den Rücken, der ihn noch im Fallen mehrere Meter weiter schleuderte.

Dann hörte der gleißend weiße Regen auf und er rannte über Leichen. Darman wurde langsamer und hielt an. Plötzlich taub vom Geräusch seines eigenen, keuchenden Atems.

Vielleicht hatten sie es noch rechtzeitig geschafft, über Komlink seine Anwesenheit durchzugeben, vielleicht auch nicht. Die Information als solche wäre sowieso nicht besonders nützlich gewesen. Er rannte von Scheune zu Scheune, um zu prüfen, ob noch weitere Gegner da waren. Dass er dabei das Flammenmeer durchquerte, beachtete er gar nicht. Schließlich konnten seine Rüstung und sein Anzug sogar der Hitze eines Waldbrandes widerstehen. Trotz seines Visors hatte er Schwierigkeiten, durch den dichten Qualm etwas zu erkennen und er bewegte sich schnell wieder ins Freie. Als er auf seinen Arm blickte, dampften seine rußgeschwärzten Panzerplatten.

Beinahe hätte er einen Jungen in einem Bauernkittel umgestoßen, der ihn anstarrte. Der Junge schoss davon wie der Blitz.

Von Hokans Truppen war nichts mehr zu sehen. Darman ging zur letzten Scheune und trat die Tür auf. Sein Suchscheinwerfer erhellte das schwach erleuchtete Innere und traf auf vier verängstigte menschliche Gesichter – zwei Männer, eine Frau und der Junge, den er eben gesehen hatte – die in einer Ecke, neben einer Dreschmaschine kauerten. Seine automatische Reaktion war, seinen Blaster auf sie zu richten, bis er sich sicher war, dass es sich nicht um Feinde handelte. *Nicht jeder Soldat trägt eine Uniform.* Aber sein Instinkt sagte ihm, dass es nur verängstigte Zivilisten waren.

Seine Rüstung dampfte noch immer und ihm wurde bewusst, wie furchteinflößend er aussehen musste.

Ein dünnes, zitterndes Wimmern war zu hören. Er dachte, es wäre die Frau, aber es schien von einem der Männer zu kommen. Ein Mann, der gerade mal so alt war wie Sergeant Skirata und ihn in blankem Entsetzen anstarrte. Darman hatte noch nie einen Zivilisten aus nächster Nähe gesehen und auch noch niemanden, der so verängstigt war.

„Ich werde euch nichts tun", sagte er. „Ist das eure Farm?"

Stille, bis auf die Geräusche, die von dem Mann kamen und die er nicht verstand. Hatte er sie etwa nicht gerade vor ihren Angreifern gerettet? Wovor hatten sie solche Angst?

„Wie viele Truppen hat Hokan? Könnt ihr mir das sagen?"

Die Frau fand ihre Stimme wieder, aber sie klang zitterig. „Was bist du?"

„Ich bin ein Soldat der Republik. Ich brauche Informationen, Ma'am."

„Du bist nicht er?"

„Wer?"

„Hokan?"

„Nein. Wisst ihr, wo er ist?"

Sie zeigte nach Süden, in Richtung Imbraani. „Da unten sind sie. Am Hof, der dem Kirmayclan gehört hat, bevor Hokan ihn an die Trandoshaner verkauft hat. Sind fünfzig, vielleicht sechzig von ihnen. Was werdet Ihr mit uns tun?"

„Nichts, Ma'am. Gar nichts."

Das schien nicht die Antwort zu sein, die sie erwartet hatten. Die Frau bewegte sich nicht.

„Er hat sie hergebracht. Sie suchen ihn", sagte der Mann, der nicht wimmerte und zeigte dabei auf Darman. „Wir müssen ihm für nix danken. Sag ihm ...."

„Sei still", sagte die Frau und starrte den Mann an. Dann wandte sie sich wieder zu Darman. „Wir werden kein Wort sagen. Wir werden nicht sagen, dass wir dich gesehen haben. Geh einfach. Raus. Deine Hilfe wollen wir nicht."

Darman war auf diese Reaktion völlig unvorbereitet. Man hatte ihm vieles beigebracht, aber während des beschleunigten Lernens war kein einziges Mal die Rede von *undankbaren Zivilisten und deren Rettung.* Er drehte sich um, überprüfte an der Scheunentür noch einmal die Lage und rannte los: Von der Scheune zum Gebüsch, zum Zaun und den Hang hinauf, dorthin, wo er seine Ausrüstung gelassen hatte. Es war Zeit weiterzuziehen. Er zog jetzt eine Spur hinter sich her. Eine Einsatzspur aus Leichen. Er fragte sich, ob er *Zivis*, wie Skirata sie nannte, zukünftig auf die gleiche unvoreingenommene Art sehen würde.

Er checkte die Chronoanzeige in seinem Visor. Es waren nur Minuten vergangen, seit er aus allen Rohren feuernd den Abhang hinunter gerannt war. Es fühlte sich immer an, wie Stunden. Endlose

Stunden, in denen man nichts sah, als das Ziel vor Augen. *Keine Sorge,* hatte Skirata gesagt. *Das sind die Stirnlappen, die dicht machen. Ist nur ein Reflex. Du bist aus einer soziopathischen Masse heraus gezüchtet worden, du machst das schon. Du wirst noch weiter kämpfen, wenn normale Männer längst ein Fall für die Klapse sind.*

Darman war sich nie sicher, ob das etwas Gutes war oder nicht. Aber so war er nun mal und er konnte damit leben. Er lud sein Extrapack auf den Rücken und machte sich auf den Weg zum RV-Punkt. Vielleicht hätte er nicht so viele Magazine verbrauchen sollen. Vielleicht hätte er die Bauern einfach ihrem Schicksal überlassen sollen. Er würde es niemals erfahren.

Und plötzlich durchfuhr es ihn wie ein Blitz – warum die Miliz und die Zivilisten wie angewurzelt stehen geblieben waren, als sie ihn sahen. Der Helm. Die Rüstung. *Er sah aus wie ein mandalorianischer Krieger.*

Jeder fürchtete sich vor Ghez Hokan. Diese Ähnlichkeit würde sich entweder zu seinem Vorteil auswirken, oder ihn das Leben kosten.

„Runter!", schrie Atin.

Niner warf sich flach auf den Boden und hörte wie Fi keuchte, als es ihm den Atem aus den Lungen drückte.

Ein Luftgleiter zog trügerisch ruhig summend über sie hinweg. Atin, der in der Deckung eines umgestürzten Baumes kauerte, verfolgte ihn durch das Visier seines Blasters.

„Zwei Mann. Tarnung und Sonderbewaffnung", stellte er fest. „Irgendwie kann ich mir nicht vorstellen, dass die hiesige Bevölkerung sowas fliegt. Jedenfalls nicht mit montierten Kanonen."

Das Summen der Triebwerke verstummte. Niner rappelte sich auf und versuchte dabei, das Gleichgewicht zu halten. Was hätte er nicht für einen Düsenschlitten gegeben, oder dafür, die Rüstung ablegen zu können. Die ganze Schwadron war zu schwer beladen und ihre Rüstungen waren einfach nicht dafür geschaffen, mit der Landschaft zu verschmelzen, auch wenn sie auf feindlichem Gebiet den Unterschied zwischen Leben und Tod ausmachten: Schutz gegen Blasterbeschuss, Nervengas und sogar völliges Vakuum. Wenn sie ihr Ziel erreicht hatten, würden sie ihren Zweck erfüllen. Die Rüstungen waren für KiBeG-Einsätze gemacht. Kampf in bebautem Gelände. Häuser- und Straßenkampf von der Art, wie ihn die Galaxie zurzeit überall anzubieten hatte. Aber fürs Erste mussten sie das Beste aus diesem malerischen Ausflugteil ihrer Mission machen.

Er war müde. Das waren sie alle. Nicht einmal die tierische Panik, die durch das Risiko des Entdecktwerdens aufkommt, konnte das verhindern. Sie mussten schlafen.

Niner zog seinen Datenblock zu Rate. Sie waren immer noch zehn Klicks von RV- Beta entfernt und es war Mittag. Es war wesentlich einfacher, sich bei Nacht zu bewegen. Deshalb wollte er weitermachen und es bis zum Nachmittag zum RV-Punkt schaffen; dann erst einmal hinhauen bis es Nacht wurde. Wenn Darman es geschafft hatte – und vielleicht hatte er das ja gar nicht, aber Niner war zu allem entschlossen – würden sie auf ihn warten.

„Er kommt zurück", sagte Atin. „Alle Mann runter."

Das ruhige Dröhnen unterbrach Niners Berechnungen. Der Luftgleiter flog aus nördlicher Richtung auf sie zu. Sie erstarrten. Schlammverschmiert, wie sie waren, konnte man sie aus dieser Höhe nicht sehen – hofften sie zumindest.

Diese Reaktion war keine bloße Verhaltensweise, die man ihnen in der Ausbildung beigebracht hatte.

Luftüberwachung war besonders bedrohlich. Niner erinnerte sich an einen kaminoanischen KE-8 Vollstrecker. Das Schiff war über dem Ausbildungsgelände von Tipoca City geschwebt, allzeit bereit, jeden mangelhaften Klon, der sich nicht einordnete, herauszupicken und zu disziplinieren. Sie waren mit Elektroschock-Vorrichtungen ausgestattet gewesen.

Nur einmal hatte er einen KE-8 in Aktion gesehen. Danach hatte er besonders hart daran gearbeitet, sich anzupassen.

„Die suchen alle Planquadrate ab", vermutete Atin. Er entwickelte sich zu einem hervorragenden Späher; aus irgendeinem Grund war er mit seiner Umgebung stärker verbunden, als Fi, oder sogar Niner selbst. „Sie arbeiten sich vom Zentrum aus vor."

„Dem Zentrum von was?", fragte Fi.

Niner dachte nicht mehr an Erschöpfung. *Man lässt keinen seiner Kameraden zurück.* „Wenn er uns nicht gesehen hat, hat er Darman gesehen."

„Oder das, was von ihm übrig ist."

„Klappe, Atin. Was hast du für ein Problem?"

„Ich bin Darman gewesen", sagte Atin.

Mehr sagte er nicht. Niner fand, dass jetzt nicht die Zeit war, nach einer Erklärung zu fragen. Die Triebwerke waren über ihnen. Dann wurde das Dröhnen etwas dumpfer und leiser, schwoll aber schnell wieder zu voller Lautstärke an.

„Er kreist", registrierte Atin.

„Fierfek", fluchte Niner leise, und alle Drei griffen gleichzeitig nach ihren Panzergranaten. „Was hat er gesehen?"

„Vielleicht gar nichts", schätzte Fi. „Vielleicht aber auch uns."

Sie schwiegen. Der Luftgleiter kreiste tatsächlich. Außerdem flog er jetzt tiefer und bewegte sich in Höhe der Baumwipfel. Niner konnte seine Zwillingskanonen sehen. Sein Helm registrierte keine Zielerfassung, die ihn ins Visier genommen hatte, aber das bedeutete nicht, dass dem nicht so war. Man konnte sich nicht auf die Technik verlassen.

Die beste Ausrüstung ist das Auge. Das war der erste Rat gewesen, den Skirata ihm gegeben hatte. Beschleunigtes Lernen war schön und gut, aber jedes Wort aus dem Mund eines Mannes, der bereits in echten Einsätzen gekämpft hatte, hinterließ einen stärkeren Eindruck.

Niner legte seinen Blaster an und spähte durch das Visier, wobei er sich darauf verließ, dass man bei BlasTech Industries auch wirklich dafür gesorgt hatte, dass die Linsen nicht reflektierten. Wäre dem nicht so, würde er es auf die harte Tour erfahren.

Er konnte sehen, wie sich die Sonne auf der Schutzbrille des Piloten spiegelte. Der Kanonier war ein Droide. Er fragte sich, ob sie sich wohl verwundbar fühlten, so ganz ohne Panzerschilde, während ihre Köpfe als erstklassiges Ziel vom Sonnenlicht umrissen wurden. Er kam zu dem Schluss, dass sich wahrscheinlich niemand verwundbar fühlte, der mit ein oder zwei Kanonen aus solcher Höhe herab blickte.

Der Rumpf neigte sich über ihm und drehte sich langsam. Daraufhin zog er wieder ein ganzes Stück über die Bäume, als wollte der Pilot einen bestimmten Punkt in seinem Blickfeld fixieren. Das war kein Zufall. Niner hielt seinen DC-17 auf das Hauptantriebssystem gerichtet.

Dann leuchtete ein rotes Symbol in seinem Visor auf.

Das Ding hatte ihn im Visier.

Er drückte ab. Die gleißend weiße Explosion war so hell, dass sein Visor komplett abdunkelte und die Druckwelle traf ihn wie ein Vorschlaghammer.

Er rappelte sich auf und rannte los. Wie er es schaffte, mit fünfzig Kilo Gewicht auf seinem Rücken zu rennen, würde er nie erfahren, aber Adrenalin wirkte eben manchmal Wunder. Sein Instinkt befahl ihm, abzuhauen, bevor die Trümmerteile auf ihn herab regneten. Rüstung und Anzug konnten zwar viel aushalten, aber sein tief verwurzelter, menschlicher Instinkt schrie einfach: *Hau ab!*

Als er anhielt, hatte er trotz des kniehohen Gestrüpps im Unterholz hundert Meter geschafft. Er keuchte wie ein Mott und der Anzug lief auf Hochtouren, um ihn abzukühlen.

Hinter ihm loderte ein Feuer mit kleineren Flammen, die darum verteilt waren wie Schößlinge um einen Baum. Er drehte sich um und hielt Ausschau nach Fi und Atin. Sein erster Gedanke war, er hätte den Gleiter auf sie stürzen lassen.

„Musste das sein?"

Fi stand direkt neben ihm. Er hatte ihn über das Geräusch seines eigenen Atems nicht gehört.

„Er hatte mich im Visier", verteidigte Niner sich. Er war erleichtert, fühlte sich aber auch schuldig, ohne genau zu wissen warum.

„Ich weiß. Ich hab deinen Deze losgehen sehen und dachte, ich mach mich besser aus dem Staub, bevor ich einen Gleiter als Hut trage."

„Atin?“

„Kann ihn nicht hören.“

Das hatte nichts zu bedeuten. Das Kurzstrecken-Kom war nur auf zehn Meter eingestellt; Atin konnte überall sein. Niner kannte ihn noch nicht gut genug, um seine Bewegungen einzuschätzen, obwohl er schon eine ganze Weile über dieses Thema nachgedacht hatte. Jetzt sorgte er sich, dass er – der Sergeant, der Mann, dem sie sich als Anführer anvertrauten – losgelaufen war, ohne an sie zu denken und darüber, dass sie es wussten.

„Das wird ein schönes Positionszeichen abgeben“, sagte Fi und sah sich dabei die Rauchsäule an. Sie war über eine weite, weite Strecke sichtbar.

„Was hätte ich denn machen sollen? Rumliegen und mir eine Kanonensalve einfangen?“

„Nein, Sarge. Aber ich hätte trotzdem gedacht, dass Sie einen Doppeltreffer landen.“ Er lachte. „Schauen wir besser nach, ob jemand überlebt hat.“

Dafür bestanden nur geringe Chancen, aber Gleiter konnten manchmal erstaunlich robust sein. Niner und Fi gingen durch den Rauch zurück. Die Blaster in Vorhalte. Über dem Ort der Verwüstung lagen Droidenteile verstreut und es sah so aus, als würde ein Teil der Gesichtspartie erstaunt auf die Rauchwolke starren.

„Die können anscheinend nicht viel einstecken“, sagte Fi und trat mit seinem Stiefel dagegen. „Atin – Fi hier. Bist du da, over?“

Stille. Fi hielt sich den linken Handschuh ans Ohr. Niner fragte sich, ob er jetzt zwei Männer in ebenso vielen Tagen verloren hatte.

„Atin hier, over.“

Atin trat aus dem Rauch. Er schleppte sein Extrapack sowie einen Metallklotz, aus dem Kabel und Stecker heraushingen. Es sah aus, wie der Bordcomputer des Gleiters. „Der Pilot konnte auch nicht viel einstecken“, lästerte er. „Kommt, helft mir das wieder fest zu machen.“

Fi und Niner mussten das Pack zusammen anheben, um es wieder an seiner Rüstung zu befestigen. Noch ein paar Tage zuvor, hätte das einer von ihnen mit links geschafft. *Erschöpft wie wir sind,*

sind wir nicht sicher, dachte Niner. *Es wird Zeit, hier weg zu kommen und auszuruhen.*

„Vielleicht kann ich aus diesem Ding etwas heraus bekommen", sagte Atin und deutete auf die verkohlte Metallbox in seiner Hand. Niner bemerkte, dass zum ersten Mal so etwas wie Vergnügen in seiner Stimme lag. Atin schien mit Ausrüstung besser zurechtzukommen als mit Menschen. „Einen Versuch ist es wert."

Niner übernahm die Führung und sie kämpften sich ins Unterholz vor. Er blickte zurück in der Hoffnung, die Flammen würden langsam verlöschen; sie hatten keine Chance einem ausgewachsenen Waldbrand zu entkommen. Aber vielleicht war das ja ihr geringstes Problem. Und wenn Darman am Leben und in der Nähe war, würde er das Ergebnis ihrer Arbeit sehen. Niner hoffte, er würde darin ihre Handschrift erkennen.

Die Schwadron hatte jetzt eine ganze Reihe verräterischer Zeichen des Gefechts in der verschlafenen, ländlichen Gegend hinterlassen. Gewollt, oder ungewollt, Qiilura war jetzt in einen Krieg verstrickt.

„Du bist ein *di'kut*", sagte Hokan.

Er nahm seinen Helm ab. Sein Gesicht war nur wenige Zentimeter von dem des Ubesers entfernt und er wollte ihm in die Augen schauen. Als Spezies neigten sie nicht dazu, vor Angst zu zittern, aber dieser hier gab sich alle Mühe, eine Ausnahme zu machen.

„*Was* bist du?", flüsterte er.

„Ein *di'kut,* Sir."

„Und du hast mich auch wie einen *di'kut* aussehen lassen. So was gefällt mir gar nicht."

Hokan hatte seine gesamte Führungsriege in einem Raum versammelt. Er rief sich ins Gedächtnis, dass der Raum eigentlich ein nicht mehr benutzter Schuppen für die Merlieschur war. Und seine Lieutenants waren die zwanzig am wenigsten verblödeten Typen, die er aus dem kriminellen Auswurf, der von der Kloake der Gesellschaft nach Qiilura gespült worden war, noch hatte auswählen können. Es enttäuschte ihn, dass die Neimoidianer so viel für die Kommunikationssicherung ausgaben und so wenig für gutes Personal. Ein paar Credits mehr, und er hätte sich genau die kleine Armee kaufen können, die er brauchte.

Der Ubese – Cailshh – stand regungslos in der Mitte des Raumes, während Hokan um ihn herumging. Vielleicht war es auch eine Frau. Bei diesen Ubesern konnte man das ja nie genau sagen, aber Hokan vermutete, dass es ein Mann war. Eigentlich hatte er keine Ubeser anstellen wollen. Sie waren unberechenbar und manchmal sehr gerissen. Aber nur wenige Söldner wollten überhaupt auf Qiilura arbeiten und diejenigen, die es taten, fanden schlichtweg nirgends sonst einen Job. Meistens, weil sie ein Vorstrafenregister hatten, vor dem sogar ein Hutt zurückgeschreckt wäre. So stand er also hier und zahlte ihnen so viel er konnte, nur weil Ankkit nicht genug locker machen wollte.

Hokan war am Verzweifeln. Und wenn er über die beruflichen Anforderungen ins Verzweifeln geriet, griff er gerne zu extremen Nachhilfemethoden, um das Team wieder auf Trab zu bringen.

„Du hast also wieder eine Farm angesteckt?“, fragte er.

„Es war eine Warnung, Sir. Für den Fall, dass sie auf dumme Gedanken kommen. Sie wissen schon, Leute verstecken und so.“

„So funktioniert das aber nicht.“ Hokan lehnte sich an eine Tischkante und starrte mit verschränkten Armen in das anonyme, maskierte Gesicht. Er mochte keine Leute leiden, deren Augen er nicht sehen konnte. „Zuerst warnt man sie. Wenn sie gegen die Regeln verstoßen – d*ann* bestraft man sie. Wenn man sie bestraft, bevor sie die Regeln brechen, haben sie nichts mehr zu verlieren und dann hassen sie dich und sie wollen sich rächen und ihre gesamte Brut ebenso.“

„Ja, Sir.“

„Habt ihr das verstanden?“ Hokan sah sich unter der versammelten Mannschaft um und breitete die Arme aus, als wolle er zu einer Lehrstunde einladen. „Hat das jeder verstanden?“

Ein leichtes Murren ging durch die Gruppe.

„Hat das jeder *verstanden*?“, knurrte Hokan. „Was sagen wir, wenn uns ein Offizier eine Frage stellt?“

„Ja ... Sir!“ ertönte es fast im Chor.

„Gut", sagte Hokan leise.

Er stand wieder auf. Dann nahm er Fuliers Lichtschwert, schaltete es ein und ließ die Klinge durch den Hals des Ubesers gleiten, sodass der Kopf abfiel – unblutig, lautlos und sauber.

Plötzlich herrschte absolute Stille. Die Mannschaft war schon vorher leise gewesen, aber man konnte immer noch die beiläufigen Geräusche hören, die Leute nun mal machen, wenn sie eine eintönige Lehrstunde ertragen müssen. Jetzt war nicht einmal mehr das leiseste Schlucken, Räuspern oder Seufzen zu hören. Sie wagten nicht einmal zu atmen.

Er blickte hinab auf den Leichnam und dann auf seine dunkelgraue Uniformhose. Völlig sauber: Kein Blut. Dieses Lichtschwert gefiel ihm immer besser. Er setzte sich wieder auf die Tischkante.

„Das", sagte Hokan, „war die *Strafe* für Cailshh. Und für den Rest von euch ist es eine *Warnung*. Ist der Unterschied jetzt klar? Das ist sehr wichtig, wisst ihr?"

„Ja, Sir." Diesmal waren deutlich weniger Stimmen zu hören und sie zitterten.

„Dann geht und findet unsere Besucher. Und du, Mukit. Räum diese Sauerei weg. Du bist Ubese. Du weißt am besten, wie man die Überreste beseitigt."

Die Gruppe begann, der Reihe nach hinauszugehen und Mukit beugte sich über den säuberlich zerteilten Körper von Cailshh. Als sein Weequay-Oberlieutenant durch die Tür schlüpfen wollte, packte Hokan ihn am Arm.

„Guta-Nay, wo stecken dein Bruder und sein Freund?", fragte er. „Sie sind bei den letzten beiden Mahlzeiten nicht aufgetaucht und haben sich nicht von der Schicht abgemeldet."

„Ich nicht wissen, Sir."

„Verdienen sie sich zusammen mit diesem Trandoshaner ein paar Credits? Ein bisschen freiberufliche Sklavenarbeit?"

„Sir –"

„Ich muss das wissen, um herauszufinden, ob ihnen vielleicht etwas … Ungewöhnliches zugestoßen ist."

Guta-Nay, der sich zweifellos daran erinnerte, was Hokan mit ihm gemacht hatte, als er das Bauernmädchen gejagt hatte, bewegte lautlos die Lippen. Dann triumphierte seine Stimme über seine Furcht. „Nicht gesehen, Sir. Gar nicht, nicht seit gestern. Ich schwören."

„Ich habe dich als meine rechte ... *Hand* ausgewählt, weil du es annähernd schaffst, dich in wenigen Silben auszudrücken."

„Sir."

„Das macht dich zu einem Intellektuellen unter deinesgleichen. Lass mich nicht an meinem Urteil zweifeln."

„Hab ihn nix gesehen, Sir. Ehrlich. Nix."

„Dann geh die Route ab, auf der sie patrouilliert sind und sieh zu, was du herausfinden kannst." Hokan griff über den Tisch und zog den Elektroschocker hervor. Es war nur ein Landwirtschaftswerkzeug um Herden zu treiben, aber es funktionierte auch bei den meisten nichttierischen Spezies. Guta-Nay beäugte ihn ängstlich. „Genau deswegen dulde ich kein ungebührliches Verhalten wie Diebstahl und Trinken. Wenn ich mir über den Verbleib von jemandem im Klaren sein muss, kann ich es nicht. Brauche ich Geldmittel, sind sie bereits ausgegeben. Wenn es um Kompetenz geht, ist meine Mannschaft ... abgelenkt." Er drückte dem Weequay den Schocker in die Achselhöhle. „Die Republik hat sich hier eingenistet. Wir wissen nichts über die Größe ihrer Streitmacht, aber wir haben einen Gleiter verloren und bei Imbraani klafft ein Riesenkrater. Je mehr Info ich kriege, desto besser kann ich die Bedrohung einschätzen und damit umgehen. Verstanden?"

„Ja, Sir."

Hokan senkte den Schocker und der Weequay stürmte mit neu entflammter Begeisterung für seine Karriere zur Tür hinaus. Hokan war stolz auf seine Motivationskünste.

Es hat begonnen, dachte er. Er schloss sich in seinem Zimmer ein und schaltete die Komlink-Schirme an. *Sie kommen, um Qiilura einzunehmen.*

Hokan hatte eine gewisse Vorstellung davon, welche Art Geschäft Ankkit mit den Separatisten ausgehandelt hatte. Aufwändige Bauarbeiten waren ausgeführt worden, um einen Getreidesilo in eines dieser Gebäude zu verwandeln, in denen die Türen dreifach gesichert waren und die Wände durch extreme Hitze sterilisiert werden konnten. Dann hatte er sich darum kümmern müssen, aus dem Pöbel, den er beschäftigte annehmbare Leibwächter zu machen, weil ständig wichtige Wissenschaftler der Separatisten ein- und ausgingen und die Neimoidianer an jeder Ecke eine Verschwörung witterten. Und damit lagen sie nicht immer falsch.

Dann kam der Jedi nach Imbraani und auf einmal passte alles zusammen. Genauso, wie die Ankunft der Republiktruppen auf dem Planeten. Hier gab es ein militärisches Ziel.

Aber ich bin meines Vaters Sohn. Ich bin ein Krieger. Hokan fragte sich, ob alle zerrissenen Kulturen unfähig waren, voranzukommen. Dazu verdammt, nur den vergangenen Ruhm zu durchleben? *Ich kämpfe lieber gegen einen würdigen Gegner, als Bauern einzuschüchtern, die nicht den Mumm haben, für sich selbst einzustehen.*

Ordentlich kämpfende Soldaten verlangten natürlich auch einen höheren Sold. Und je höher der Sold, desto schneller wäre er weg von diesem Planeten und auf dem Weg nach ... irgendwo hin.

Für ihn gab es keine Heimat mehr und es waren nur noch wenige seiner Art übrig. Aber die Dinge konnten sich ändern. Ja, eines Tages konnten sie das sehr wohl.

Hokan lehnte sich in seinem Stuhl zurück und ließ sich von dem Geschnatter der Komlinks berieseln.

6.

Ihr wollt wissen, wie sich Klone in der Gruppe auseinanderhalten können? Wen interessiert das? Sie sind für den Kampf geschaffen, nicht für Geselligkeit.

– Sergeant Kal Skirata

„Raus hier", schrie Birhan. „Hau ab und lass dich nicht wieder blicken! Du hast uns das eingebrockt. Mach schon, hau ab!"

Der Bauer warf einen Dreckklumpen nach Etain und sie sprang zur Seite. Der Brocken zerfiel hinter ihr zu Staub. Die alte Frau – die nicht mit Birhan verheiratet war, wie sie herausgefunden hatte – erschien hinter ihm und packte ihn am Arm.

„Sei kein Narr", beschwichtigte sie ihn. „Wenn wir uns um die Jedi kümmern, werden sie sich um uns kümmern, wenn die Republik kommt."

Birhan starrte Etain immer noch an, als würde er überlegen, ob er seine Heugabel holen sollte. „Die Republik kann mich mal", grunzte er. „Wenn's drauf ankommt, sind die auch nicht besser, als Neimies. Wir sind sowieso die Dummen, egal, wer den Laden schmeißt."

Etain stand mit verschränkten Armen da und fragte sich, wie die alte Frau, Jinart, es wohl fertig gebracht hatte, ein Teil von Birhans Großfamilie zu werden. Sie war eine miserable Köchin und bei der schweren Farmarbeit konnte sie auch keine große Hilfe sein. Etain nahm an, dass sie ihren Teil dazu beitrug, indem sie Merliewolle spann, wie der Rest der älteren Qiiluranerinnen, denen sie begegnet war.

Im Moment jedenfalls zweifelte sie selbst an Jinarts Überredungskünsten. Also beschloss sie, es mit ihren eigenen zu versuchen.

„Birhan, Ihr wollt, dass ich bleibe", sagte sie bedächtig und konzentrierte sich, wie Meister Fulier es sie gelehrt hatte. „Ihr wollt mit mir zusammenarbeiten."

„Ich will verdammt nochmal *nicht* mit dir zusammenarbeiten, Kleine", erwiderte er. „Und es heißt *bitte*."

Unter Stress hatte sie die Jedi-Überredungskunst noch nie richtig beherrscht. Unglücklicherweise war das immer dann der Fall, wenn sie sie am meisten brauchte.

Jinart knuffte Birhan kräftig in die Seite. Nicht schlecht für so eine kleine Frau. „Wenn die Jedi gelandet sind, wird sie sie herbringen und sie braten dir eins über, Narr", warnte sie ihn. „Ist jetzt nicht die Zeit, sich neue Feinde zu machen. Und wenn sie nicht kommen, wird Gras drüber wachsen und du hast jemanden, der die Pflanzen wachsen lassen kann. Ist doch so, gell, Mädchen? Jedi können Getreide wachsen lassen?"

Etain stand dieser Demonstration von Bauernlogik mit wachsendem Respekt gegenüber. „Wir können die Macht zu Hilfe ziehen, um Pflanzen zu nähren, ja."

Das war nur allzu wahr: Sie hatte die Geschichten über die Padawane gehört, die in der Landwirtschaft gelandet waren, nachdem sie im Training nicht erwartungsgemäß abgeschnitten hatten. Das hätte ihr gerade noch gefehlt – ihr Dasein auf einem rückständigen Planeten zu fristen und mit Kornfeldern zu reden. Es waren nicht nur die Geheiminformationen, die sie unter ihrem Mantel versteckt hielt, weswegen sie so schnell wie möglich von diesem Planeten fort wollte. Landwirtschaft bedeutete für sie Versagen. Sie brauchte keine weitere Erinnerung an ihre eigene Unzulänglichkeit.

„Jaaa", spuckte Birhan aus und trottete vor sich hin fluchend davon.

„Wir werden alle nervös, wenn Hokans Bande anfängt Höfe anzustecken", sagte Jinart. Sie nahm Etain am Arm und führte sie zurück in die Scheune, die ihr Zuhause geworden war. Nein, es war kein Zuhause. Für sie konnte es kein *Zuhause* mehr geben. *Kei-*

ne Liebe, keine Abhängigkeiten, keine Verpflichtungen außer der Macht. Nun ja, wenigstens würde es ihr nicht schwer fallen, sich von hier loszureißen. „Und natürlich auch Bauern umzubringen", unterbrach Jinart ihre Gedanken.

„Wie kommt es dann, dass du nicht nervös bist?", fragte Etain.

„Du bist sehr achtsam, Kind. Ich sehe das Leben universeller", sagte Jinart und hörte sich überhaupt nicht wie eine alte Wollspinnerin an. „Jetzt bleibst du schön hier, wo's sicher ist und gehst nicht rumspazieren."

Etain entwickelte eine geradezu neimoidianische Paranoia und fragte sich, ob ihre eigenen Instinkte sie täuschten. Wenigstens war sie bisher immer in der Lage gewesen, die Gefühle und das Befinden anderer zu spüren. „Also wissen sie, wo sie mich finden?", fragte sie bohrend.

Jinart versteifte sich merklich. „Hängt davon ab, wer *sie* sein könnten", sagte sie, während ihr im Gehen eine penetrante Merliefahne folgte. „Ich habe nicht viel für Urrqal übrig und in meinem Alter gibt es kaum noch etwas, das man sich wünscht."

„Du hast gesagt, sie würden kommen."

„Ja, das tat ich."

„Ich habe nicht die Geduld für Rätsel."

„Dann solltest du sie erlernen. Und du solltest beruhigt sein, denn sie sind hier und sie werden dir helfen. Aber du musst auch ihnen helfen."

Etains Verstand raste. Ihr Magen zog sich zusammen. Nein, auf irgendwelche Wahrsagertricks würde sie nicht hereinfallen. Sie stütze ihr Wissen und ihr Gespür auf vage Verallgemeinerungen und begann einen Sinn zu sehen, wo keiner war. Natürlich wusste Jinart, dass Fremde eingetroffen waren. Ganz Imbraani hatte von Meister Fulier gewusst und es war ziemlich schwierig, *nicht* zu wissen, dass etwas geschehen war, wenn einem Flieger aufs Feld krachten und jedes Schlupfloch in der Umgebung von Hokans Miliz durchsucht wurde. Aus irgendeinem Grund spielte Jinart hier Ratespielchen.

„Wenn du etwas genauer werden könntest, würde ich dich ernst nehmen", sagte Etain.

„Du solltest weniger argwöhnisch sein“, erwiderte Jinart gemächlich. „Und du solltest sorgfältiger betrachten, was du zu sehen glaubst.“

Etain öffnete das Scheunentor und der Geruch von Stroh und Barq schlug ihr wie eine feste Masse entgegen. Sie fühlte sich plötzlich ruhiger, fast schon hoffnungsvoll, auch wenn sie nicht wusste, warum. Vielleicht hatte Jinart eine natürlich beruhigende Wirkung, tröstend wie eine Großmutter. Trotz ihres wirren Geredes.

Etain konnte sich nicht wirklich an eine Großmutter erinnern, oder an irgendjemanden ihrer biologischen Familie. So etwas wie *Familie* war ihr nicht vertraut und konnte ihr auch keinen Trost spenden, war sie doch in einer Kommune von Jedi-Novizen aufgewachsen. Aufgezogen, unterrichtet und umsorgt von den ihren. Und damit waren keine *Menschen* gemeint.

Aber auf einmal schien Familie, selbst das, was sie in Kürze davon unter den zerstrittenen Bauernclans kennen gelernt hatte, wünschenswert. Im Augenblick war es einfach schwer, allein zu sein.

„Ich wünschte, ich hätte die Zeit, dich im Überleben zu unterweisen“, sagte Jinart. „Diese Aufgabe wird jemand anderem zufallen. Halte dich bereit, mir zu folgen, wenn es dunkel wird.“

Jinart wurde sehr viel deutlicher. In ihr steckte mehr, als es der Anschein vermuten ließ. Etain beschloss, der alten Frau zu vertrauen. Schließlich kam sie einem Verbündeten am nächsten.

Und außerdem hatte sie ja noch ihr Lichtschwert.

Darman gelangte an den Waldrand und fand sich vor einem offenen Feld von der Größe eines kaminoanischen Ozeans wieder.

Das war zumindest sein Eindruck. Weder links noch rechts konnte er ein Ende erkennen, lediglich auf der gegenüberliegenden Seite, wo der Wald wieder begann. Das Korn – stahlgrau, sich schimmernd im Wind wiegend – war nur hüfthoch. Er befand sich dreißig Klicks von RV-Gamma entfernt, den er jetzt unbedingt erreichen wollte, um etwas zu schlafen und auf den Rest der Schwadron zu warten.

Der Deckung der Hecke zu folgen würde ihn eine Menge Zeit

kosten. Außerdem wusste er nicht genau, wohin sie ihn führen würde. Also entschied er sich für den direkten Weg. Er nahm einen der drei Mikrosucher aus seinem Gürtel und aktivierte ihn. Das kleine Spähgerät hatte ungefähr die Größe eines Zwergsummers, klein genug, um in seiner Hand Platz zu finden und er stellte es auf die Erkundung eines Umkreises von fünf Kilometern ein. Er verwendete sie nur ungern, wenn es nicht unbedingt nötig war. Auf einem Planeten wie diesem war ihre glänzende Metallhülle alles andere als tarnend. Außerdem gingen sie leicht verloren. Und da sie nicht nur übertrugen, sondern auch aufzeichneten, gehörten sie zu den letzten Dingen, die er in Feindeshand sehen wollte.

Er selbst war auch nicht gerade unsichtbar. Er blickte an seiner schmutzigen, mit getrocknetem Schlamm verschmierten Rüstung hinab, an der feuchtes, grünes Moos und Schlimmeres klebte, im Bewusstsein nach wie vor als großes, industrielles Objekt aus einer Kunststofflegierung, aus dieser anmutigen, organischen Umgebung hervorzustechen.

Er ließ sich auf alle Viere hinunter und achtete darauf, trotz der Last auf seinem Rücken das Gleichgewicht zu halten. Sein Knie tat noch immer weh. Durch ein Feld zu krabbeln, würde die Sache nicht besser machen. *Je eher du da bist, desto eher kannst du dich ausruhen.*

Der Sucher stieg senkrecht in die Luft und übertrug ein schnell kleiner werdendes Bild des Feldes und dann eines von der umgebenden Landschaft, mit dem Farmland und den Wäldern. Alles erschien auf dem Display von Darmans Visor. Soweit er sehen konnte gab es hier keine Gebäude, aber das bedeutete nicht, dass das Gebiet verlassen war.

Mit seinen Packs auf dem Rücken zu krabbeln, erzeugte jede Menge Wärme, aber sein Anzug regulierte folgsam seine Körpertemperatur. Das System seiner Rüstung barg mehr Vor- als Nachteile. Er musste sich nicht um wilde Tiere sorgen, die ihn beißen, stechen, vergiften, infizieren oder ihm anderweitig den Tag verderben wollten.

Es ging nur mühsam voran. Wenn er die kleine Stadt Imbraani

umgehen wollte, musste er einen großen Bogen schlagen. Der ganze Tag war bereits eine einzige Trödelei gewesen. Selbst wenn er sich lediglich am Zeitplan seiner Kameraden orientieren konnte und davon abhing, wie lange sie brauchten, um RV-Gamma zu erreichen. Danach würden sie sich weiterbewegen. Und danach – tja, danach würde er buchstäblich auf verlorenem Posten stehen. Sie würden sich umgruppieren und genügend Info sammeln müssen, um das Ziel in Angriff zu nehmen.

Darman schätzte, dass es länger als ein paar Tage dauern würde. *Viel* länger. Er hatte damit begonnen, sich Notizen darüber zu machen, welche Pflanzen und Tiere der Gegend essbar sein könnten und wo Quellen und Wasserläufe lagen, die von der Höhenaufklärung nicht erfasst worden waren. Er fragte sich, ob die Gdans wohl eine anständige Mahlzeit abgeben würden, bezweifelte aber, dass es einen Versuch wert war.

Hin und wieder machte er eine Pause, um sich hinzuknien und einen Schluck Wasser aus seiner Flasche zu nehmen. Sein Magen träumte inzwischen nicht mehr von brutzelnden Nerfstreifen, sondern von süßem, sättigendem, klebrigem, sonnengelbem Ujkuchen. Ein seltener Leckerbissen. Sein Ausbildungssergeant hatte seiner Schwadron – seiner ursprünglichen Schwadron – einmal gestattet, davon zu kosten, entgegen den kaminoanischen Regeln, die Klonen nur eine sorgfältig ausgewogene Diät gestatteten. „Ihr seid ja noch Jungs", hatte er zu ihnen gesagt. „Haut euch voll." Und das hatten sie getan. *Der gute, alte Kal.*

Darman hatte den Geschmack noch lebhaft in Erinnerung und er fragte sich, an welchen anderen, für normale Zivilisten alltäglichen Genüssen er sich erfreuen könnte, hätte er Zugang dazu gehabt.

Er versuchte den Gedanken zu verwerfen. Disziplin stellte die Grundlage seiner Selbstachtung dar. Er war ein Profi.

Aber er musste trotzdem an Ujkuchen denken.

„Komm schon, auf", sagte er zu sich selbst. Die Abwesenheit der Stimmen seiner Kameraden machte ihn mürbe und er suchte Trost in seiner eigenen. Er würde sein eigener Kommandant sein, nur um auf Zack zu bleiben. „Beweg dich."

Der Sucher übertrug weiterhin vorhersagbare Bilder ländlicher Idylle, hübsche Flickenteppiche aus Feldern, unterbrochen von wilden, dichten Wäldern, die an eine unbesiedelte und ungezähmte Welt mahnten. Hier gab es noch keine riesigen Erntedroiden. Einmal dachte er, irgendwo zu seiner Linken eine dunkle Gestalt zu sehen, die sich durch das Feld bewegte, aber als er genauer hinsah war da nur eine Lücke, die der Wind geschlagen hatte.

Dann erschien plötzlich ein schwarzer Fleck auf seinem Visor.

Darman erstarrte. Das Ding musste eine Fehlfunktion haben. Aber dann kehrte das Bild zurück, finster, rot und feucht und er erkannte, dass er in den Verdauungstrakt einer lebenden Kreatur blickte.

Irgendetwas hatte den Sucher verschluckt.

Wenige Augenblicke später segelte ein großer Vogel, gemächlich mit vier Flügeln schlagend, über ihn hinweg und warf einen unheilvollen Schatten auf den Boden vor ihm. Er sah hinauf. Wahrscheinlich gehörte er zur gleichen Vogelart, die in die Atmosphärenschubwerke des Narshsprühers gesaugt worden waren.

„Ich hoffe, du bekommst ordentlich Bauchschmerzen davon, Drecksack“, brummte er und wartete, bis das Vieh zu einem kleinen schwarzen Fleck in der Ferne geschrumpft war, bevor er sich weiterbewegte.

Er brauchte über eine halbe Stunde, um die andere Seite des Feldes zu erreichen und es blieben immer noch fünfundzwanzig Klicks bis zum RV-Punkt. Er beschloss, die Stadt im Norden zu umgehen, obwohl er es eigentlich gar nicht riskieren durfte, sich bei Tag zu bewegen. *Ich muss früh dort sein und auf sie warten. Für den Fall, dass sie mich für tot halten und nicht lange herumhängen.* Er schlug sich ins Gebüsch, wobei er kleine Tiere aufschreckte, die er zwar hören, aber nicht sehen konnte und überlegte, ob er seine Last abnehmen sollte, um kurz zu verschnaufen.

Aber er wusste, dass es ihm dann nur umso schwerer fallen würde weiterzugehen, wenn er alles wieder anlegte. Erschöpft tastete er in seinem Gürtel nach einem Rationswürfel und zerkaute ihn schnell, damit die Nährstoffe möglichst rasch in seinen Blutkreislauf gelangten, bevor er in einen tiefen Schlaf sank und nicht mehr hochkam. Lichter tanzten ihm vor Augen. Die Erschöpfung entwickelte ihr eigenes Heads-Up-Display für ihn.

Die Reste des Würfels lösten sich in seinem Mund auf. „Los, Soldat, auf die Beine“, ermunterte er sich. Gedankenspiele konnten ihn auf Trab halten. Der Trick bestand darin, sich zu merken, wo das Spiel endete und dann wieder in die Realität zurückzuschalten. Im Augenblick ließ er sich von seinem Kommando-Ich zur Aktion antreiben.

„Sir!“, rief er und sprang in einer Bewegung aus der Hocke auf. Er wankte ein wenig, als er die Knie durchdrückte, aber er blieb aufrecht stehen und lehnte sich an einen Baum. In Gedanken notierte er sich, darauf zu achten, mehr zu trinken.

Im Wald war es so dunkel, dass von Zeit zu Zeit sein Nachtsichtgerät ansprang und die Stämme und Äste in gespenstische grüne Schatten verwandelte. Er hatte sich an die Fülle von tierischen Geräuschen gewöhnt. Zusammen mit dem gelegentlichen Flüstern des Laubes oder dem Knacken der Zweige vermengten sie sich zu einem Muster, das sein Gehirn als NFQ katalogisierte: Normal für Qiilura. Von Zeit zu Zeit, wenn er ein leicht anormales Rascheln oder Knacken hörte, ging er in die Hocke und drehte sich, den Blaster im Anschlag, herum. Ansonsten war er guter Dinge.

Einen Teil des Weges folgte er dem Fluss, der auf der Holokarte verzeichnet war. Es handelte sich mehr um einen Bach als einen Fluss, aber sein leises Plätschern über die Steine im Bachbett wirkte beruhigend, wie es das Geräusch von Wasser oft an sich hat. Nach einer Stunde kam er an eine Stelle, an der das Sonnenlicht in schrägen, goldenen Säulen durch den Baldachin der Baumspitzen brach. Hier kreisten und tanzten bunt leuchtende Insekten über der Wasseroberfläche.

Darman hatte noch nie etwas Vergleichbares gesehen. Natürlich wusste er alles über geologische Strukturen und was sie einem Soldaten verrieten: Wasserquellen, tückisches Geröll, Erdrutschgefahr, schützende Höhlen, hoch gelegene Stellen zur Verteidigung, Pässe die blockiert werden mussten. Das beschleunigte Lernen hatte die natürliche Welt um ihn herum genauestens eingeteilt, damit er sie zu seinem militärischen Vorteil nutzen konnte.

Aber niemand hatte ihm gesagt, dass die Welt so ... *schön* aussah. Ihm fehlten die Worte. Es war wie der Ujkuchen. Ein flüchtiger Blick in eine Welt, die nicht die seine war.

Setz dich hin und ruh dich aus. Du bist zu müde. Du wirst sonst noch einen tödlichen Fehler begehen.

Es war die Schwäche, die aus ihm sprach. Er schüttelte heftig seinen Kopf, um wieder klar zu werden. *Keine Aufputscher, noch nicht.* Er musste weitermachen. Die Insekten flogen weiter ihre konstanten, kreisenden Bahnen über dem Bach, wie kleine Aufklärer auf Erkundung.

Du bist Stunden voraus. Halt an. Ohne Schlaf wirst du unachtsam. Das kannst du dir nicht leisten.

Das hörte sich nach gesundem Menschenverstand an. Es war nicht die gespielte Stimme seines imaginären Kommandanten, der ihm Befehle erteilte; es kam tief aus seinem Inneren. Seinem Instinkt. Und es stimmte. Er kam langsamer und langsamer voran und musste sich darauf konzentrieren, einen Fuß vor den anderen zu setzen.

Er hielt an, legte zuerst das eine Pack ab, dann das andere. Es war ein ganz guter Platz, um zu lagern. Dann füllte er seine Wasserflasche auf und schichtete ein paar halb zerfallene Stämme übereinander, um einen provisorischen Verteidigungsgürtel zu errichten, genau wie Sergeant Kal es ihn gelehrt hatte. Es war nur ein niedriger Kreis aus Holz und Steinen, was er eben zur Hand hatte, aber auf dem Schlachtfeld machte es nun mal einen Unterschied, ob man sich verschanzen konnte oder nicht. Er saß umringt von seinem kleinen Wall und starrte auf das Wasser.

Dann öffnete er die Versiegelung seines Helmes und atmete das erste Mal seit vielen Stunden ungefilterte Luft ein.

Sie roch vielschichtig. Nicht wie die Klimaanlage von Tipoca City und auch nicht wie die tote, trockene Luft von Geonosis. Sie roch lebendig. Darman löste die Halteklammern seiner Rüstung, stapelte die Platten übereinander, stellte seinen Helm auf Bewegungsmeldung ein und legte ihn auf den behelfsmäßigen Wall. Dann schälte er sich Stück für Stück aus seinem Anzug und spülte ihn im fließenden Wasser aus.

Es war ein überraschend warmer Tag. Wenn er seinen Anzug trug, hatte er keine Möglichkeit zu sagen, wie sich die Luft anfühlte. Er kannte nur die Umgebungsdaten auf seinem Display.

Als er in den Bach stieg, war das Wasser furchtbar kalt. Er wusch sich schnell, setzte sich danach in die Sonne, um zu trocknen und legte dann den Anzug wieder an, der sehr viel schneller getrocknet war, als er selbst.

Bevor er es sich gestattete einzunicken, legte er seine Rüstung an. Es machte keinen Sinn, sich an das angenehme Gefühl sie nicht zu tragen, zu gewöhnen. Er war so sehr darauf gedrillt, dass er überrascht war für einen Moment etwas anderes gedacht zu haben: Auf feindlichem Gebiet schläft man nur in voller Rüstung und mit bereitgelegtem Blaster. Er wiegte sein Gewehr in seinen Armen, lehnte sich an seinen Rucksack und betrachtete die Insekten bei ihrem Tanz über dem sonnenbeschienenen Wasser.

Sie waren von hypnotisierender Schönheit. Elektrisierend blaue und leuchtend zinnoberrote Flügel, die Achterschleifen zogen. Dann fielen sie eins nach dem anderen hinab, trieben auf der Wasseroberfläche und schwammen mit der Strömung davon, immer noch wunderbar leuchtend, aber anscheinend tot.

Darman reagierte. *Giftabwurf.* Er kniff die Augen zusammen, presste die Luft aus seinen Lungen und setzte den Helm wieder auf. Erst als die Versiegelung zischte und seine Filtermaske erneut ansprang, atmete er wieder ein. Auf seinem Visor erschienen jedoch keine Daten, die eine Kontamination anzeigten. Die Luft war noch immer sauber.

Er lehnte sich vor und schöpfte ein paar der Insekten, die in einem Strudel gefangen waren, aus dem Wasser. Eines zuckte noch ein paar Mal mit den Beinen, dann blieb es still. Als er aufblickte, flog kein Einziges mehr herum. Das machte ihn traurig, aber was ihn weitaus mehr störte war, die Unerklärlichkeit dabei.

Neugierig zog er eine leere Trockenrationschachtel hervor und ließ die Insekten hineinfallen, um sie später genauer zu betrachten. Dann schloss er die Augen und versuchte mit bereitgelegtem Gewehr einzudösen.

Aber er konnte keinen Schlaf finden. Alle paar Minuten nahm sein Helm Bewegungen wahr und weckte ihn wegen kleiner Tiere, die keine Bedrohung für ihn darstellten. Ein oder zwei Mal ortete der Helm ein Gdan und er öffnete die Augen und sah funkelnde Flecken reflektierten Lichtes, die zu ihm zurück starrten.

Einmal stieß das System auf etwas Größeres, aber es hatte nicht die Größe irgendeines in seiner Datenbank klassifizierten Humanoiden und blieb auf Distanz, bevor es verschwand.

Schlaf eine Runde. Du wirst es brauchen, Sohn.

Darman war sich nicht sicher, ob es seine eigene Stimme war, oder die seines imaginären Kommandanten. Egal, es war ein Befehl, den er nur zu gerne befolgte.

* * *

Ghez Hokan hatte es noch nie leiden können, vorgeladen zu werden. Aber Ovolot Qail Uthan hatte die Gabe, dabei äußerst charmant vorzugehen. Sie hatte ihn *eingeladen*, sie in der Forschungsanlage zu besuchen. Sie hatte sogar jemanden von ihrem Stab mit einem Gleiter geschickt, um ihn in seinem Büro abzuholen.

Hokan begrüßte diese Geste. Diese Frau wusste, wie man Macht und Einfluss einsetzte. Das musste der neimoidianische Gemüsehändler erst noch lernen.

Uthan war nicht besonders schön, aber sie hatte das Talent, sich elegant zu kleiden – in schlichte, dunkle Roben – und sich wie eine Kaiserin zu geben. Das glich vieles wieder aus. Am meisten schätzte Hokan an ihr, dass sie zwar zu wissen schien, dass sein Verstand niemals auf ihren femininen Charme hereinfallen würde, aber dennoch ihre verführerisch-taktvolle Maske nie fallen ließ. Sie war ein Profi und daher war gegenseitiger Respekt für ihn selbstverständlich. Die Tatsache, dass sie eine Wissenschaftlerin mit einem feinen Gespür für Politik war, beeindruckte ihn umso mehr. Über all dem konnte er ihr sogar den unnatürlichen Akt vergeben, mit chemischen und nicht mit echten Waffen zu kämpfen.

Hinter dem zerfallenen Äußeren der Farmgebäude verbargen sich verstärkte Legierungstüren und lange Korridore, die offenbar mit Rettungsschotten versehen waren. Hokan trug seinen Helm unter dem Arm. Er war keinesfalls gewillt ihn – oder seine Waffen – dem Diener zu überlassen. Der verhutzelte Mann sah aus wie ein Einheimischer. Die Einheimischen waren allesamt Diebe.

„Erwarten wir Feuer in den Getreidesilos?", fragte er und fuhr dabei mit dem Zeigefinger über ein nachträglich eingebautes Explosionsschott.

Uthan stieß ein tiefes, heiseres Lachen aus. Er kannte dieses Lachen und wusste dass seine Leichtigkeit jederzeit in einen befehlerischen Ton umschlagen konnte, der ein ganzes Regiment hätte erstarren lassen können. „Ich bin Euch dankbar, dass Ihr Euch die Zeit nehmen konntet, mich zu sehen, General Hokan", sagte sie. „Unter normalen Umständen würde ich niemals jemanden umgehen, mit dem ich einen Vertrag habe, um mit seinem ... Zulieferer zu sprechen. Es ist sehr unhöflich, meint Ihr nicht auch? Aber ich bin ein wenig in Sorge."

Aha, Ankkit war also nicht Teil dieser Unterhaltung. Hokan begann zu verstehen. Sie trug mit ihrer Schmeichelei aber auch dick auf. „Ich bin nur Hokan, ein Bürger. Was Eure Sorgen betrifft ... gnädige Frau?" Er kam sich plötzlich töricht vor, weil er nicht wusste, wie er sie ansprechen sollte. „Gebieterin?"

„*Doktor* sollte genügen, Danke."

„Wie kann ich Euch dann beruhigen, Doktor?"

Sie führte ihn in ein Seitenzimmer und deutete auf drei glänzende, brokatbesetzte Sessel, die offensichtlich von Coruscant eingeflogen worden waren. Er zögerte, auf so auffällig dekadenten Sitzgelegenheiten Platz zu nehmen, tat es aber dennoch, da er nicht wie ein Diener vor ihr stehen wollte. Uthan setzte sich in den Sessel neben ihm.

„Ich denke, Ihr habt eine Vorstellung von der Wichtigkeit der Arbeit, die ich hier durchführe."

„Nicht im Einzelnen. Viren. Von der Beschaffenheit der Anlage zu urteilen." Er hatte die Baumannschaften beaufsichtigt, die übrigens auch allesamt Diebe waren. „Gefährliche Stoffe."

Wenn Uthan überrascht war, so ließ sie es sich nicht anmerken. „Exakt", bestätigte sie. „Und ich muss zugeben, dass ich über die Ereignisse der letzten Tage etwas beunruhigt bin. Lik Ankkit versichert mir, dass für meinen Schutz gesorgt ist, aber ich würde doch gerne Eure Einschätzung der Lage erfahren." Ihr Ton wurde eine Nuance härter; noch immer süß wie Honig, nun allerdings mit sandigen Kristallen darin. „Besteht irgendeine Bedrohung für dieses Projekt? Und könnt Ihr meine Sicherheit gewährleisten?"

Hokan zögerte nicht zuzugeben: „Ja, ich glaube, diese Einrichtung ist verwundbar." Er war ein Meister seines Geschäfts. Er sah keinen Grund, seinen guten Ruf wegen Beschränkungen aufs Spiel zu setzen, die nicht sein Verschulden waren. „Und nein, bei der Qualität und dem Format der Männer, die mir zur Verfügung stehen, kann ich für nichts garantieren."

Uthan lehnte sich bedächtig zurück. „Das Letzte zuerst. Habt Ihr nicht die Geldmittel, sie einzustellen? Ankkits Vertrag ist doch eher großzügig."

„Von dieser Großzügigkeit ist noch nichts zu mir vorgedrungen."

„Aha. Vielleicht sollten wir die Versorgungskette im Interesse der Effizienz verkürzen."

„Dazu habe ich keine Meinung. Ankkit kann so viele Kürzungen durchführen, wie er will, solange ich über die Mittel verfüge, meinen Job zu tun."

„Das wäre nicht ganz die Kürzung, die mir für Ankkit vorschwebte." Ein Lächeln umspielte ihre Lippen, aber es lag keine Wärme darin. „Und Ihr glaubt, die jüngsten Vorfälle haben mit dieser Einrichtung zu tun?"

„Die Beweise deuten darauf hin, ja." Hokan erwiderte das Lächeln, sicher, ihres an Kühle noch zu übertreffen. Wenn sie so mit Ankkit umspringen würde, dann auch mit ihm. „Dies ist ein großer Planet. Warum sonst die Imbraani-Region? Warum sonst Jedi aussenden?"

„Konntet Ihr irgendwelche Streitkräfte ausfindig machen?"

„Nein. Aber ein Gleiter wurde abgeschossen und ich konnte mindestens zwei Vorfälle von hartem Kontakt identifizieren."

„Harter Kontakt?"

„Vorfälle, bei denen Soldaten tatsächlich im Gefecht aufeinander treffen." Nicht, dass sein Söldnerhaufen die Auszeichnung *Soldaten* verdient hätte. „Die zahlenmäßige Stärke kann ich nicht einschätzen."

„Wenn ich es einrichten könnte, dass Ihr das Kommando über Droiden der Separatisten einer nahe gelegenen Garnison und deren Offiziere bekommt, würde das Eure Aufgabe erleichtern?"

„Ich bin nicht parteiisch. Ich werde Euch nicht anlügen und vorgeben Eure Sache zu unterstützen."

„Ihr verfügt natürlich über militärische Erfahrung. Es ist keine Schande, ein Söldner zu sein."

„Ich bin Mandalorianer. Es ist Teil meiner Seele und war Teil meiner Erziehung. Nein, es ist keine Schande, solange man sein Bestes gibt."

Uthan ging zu einem Lächeln über, das vollauf ehrlich und verständnisvoll wirkte. „Ich denke, ich sollte Euch etwas wissen lassen. Es ist etwas unangenehm ..." Es lag noch immer etwas Spitzes in ihrem salbungsvollen Ton. „Die Republik hat eine Armee geklonter Truppen erschaffen. *Millionen*. Sie wurden gezüchtet, um zu kämpfen und den Jedi-Generälen bereitwillig zu dienen, manipuliert, um ihre willigen Diener zu sein. Sie kennen kein normales Leben und altern sehr rasch – falls sie es überleben, in törichten Schlachten vergeudet zu werden. Wisst Ihr, wessen genetisches Material benutzt wurde, um diese unglücklichen Sklaven zu erschaffen?"

„Nein, das weiß ich nicht." Hokan war es keineswegs peinlich, sein Unwissen einzugestehen. Das war etwas für Schwächlinge.

„Erzählt es mir."

„Jango Fett."

„*Was?*"

„Ja. Der großartigste mandalorianische Krieger seiner Zeit wurde benutzt, um Kanonenfutter für den Ruhm der Jedi zu produzieren."

Sie hätte ihm genauso gut ins Gesicht spucken können. Sie war sich bewusst, was ihn erzürnen konnte; sie hatte den gefühlsbetonten Ausdruck *Krieger* verwendet, nicht *Kopfgeldjäger*. Sie wusste genau, wie sehr diese Enthüllung den Stolz seiner Kultur beleidigte. Aber es war richtig, dass sie es ihm sagte. Es war eine Frage der Ehre, und nicht nur der seinen. Er würde nicht zusehen, wie sein kulturelles Erbe in dieser Travestie eines Krieges beschmutzt werden würde.

„Ich würde mich dieser Sache auch annehmen, wenn Ihr mich nicht bezahlen würdet", sagte er. Uthan schien sich zu entspannen.

„Für den Anfang können wir Euch an die hundert Droiden geben. Fragt einfach, falls Ihr mehr braucht. Es ist nur eine kleine Garnison, da wir keine Aufmerksamkeit erregen wollen, aber jetzt, da wir die Aufmerksamkeit sowieso schon auf uns gezogen haben, können wir nötigenfalls Verstärkung anfordern. Was wird aus Eurer bereits bestehenden Miliz?"

„Ich denke, wir geben ihre Kündigungen bekannt. Vielleicht könnten Eure Truppen damit anfangen, mir bei der entsprechenden Verwaltungsarbeit zu helfen?"

Uthan blinzelte eine Sekunde und Hokan merkte, dass sie diesmal länger gebraucht hatte, um zu verstehen, was er meinte. Aber sie hatte es verstanden: *Ich kann ebenso skrupellos sein, wie Ihr*. Sie würde es sich zweimal überlegen, bevor sie ihn hintergehen würde, wie sie es mit Ankkit getan hatte.

„Das könnte ein vernünftiger Anfang sein", sagte sie.

Hokan stand auf und hielt seinen Helm in beiden Händen. Er war immer schon stolz auf diese Tradition gewesen. Stolz darauf, dass sie sich, bis auf ein wenig technologische Verbesserung hie und da, über Jahrtausende nicht geändert hatte. Was wirklich zählte war das, was unter der mandalorianischen Rüstung lag – das Herz eines Kriegers.

„Würdet Ihr gern erfahren, welche Art Virus wir hier entwickeln, Major Hokan?", fragte Uthan.

Er hatte jetzt also einen richtigen Rang, nicht dieses schmeichlerische, extravagante *General*. „Sollte ich das?"

„Ich denke doch. Seht Ihr, es ist speziell für Klone ausgelegt."

„Lasst mich raten. Damit wieder richtige Männer aus ihnen werden?"

„Nichts kann das bewirken. Nein, es wird sie töten."

Hokan setzte sich behutsam den Helm auf.

„Immer noch die freundlichste Lösung", sagte er und meinte es auch so.

7.

Bal kote, darasuum kote,
Jorso 'ran kando a tome.
Sa kyr'am Nau tracyn kad, Vode an.
(Und Ruhm, ewiger Ruhm,
gemeinsam werden wir seine Last tragen.
Wie Schwerter zusammengeschmiedet in den Feuern
des Todes, O, Brüder all.)
– Traditioneller mandalorianischer Kriegsgesang.

Es wäre sehr, sehr viel einfacher gewesen, in einer anderen Umgebung zu kämpfen.

Niner beschloss, bei seiner Rückkehr zur Basis zu fragen, ob das Ausbildungshandbuch zur nichtstädtischen Kriegsführung ergänzt werden könne, um der Tatsache Rechnung zu tragen, dass sich die SOPs für gemäßigte ländliche Gebiete definitiv *nicht* auf Dschungeltaktiken anwenden ließen.

Es lag an den Feldern. Zuviel offenes Gelände lag zwischen den Bereichen, die Deckung boten. Niner saß nun schon so lange in einer Astgabel, dass eine seiner Gesäßbacken eingeschlafen war und die andere machte es ihr nach. Und immer noch saß die Milizgruppe im Gras, am Rande eines frisch gemähten Feldes und ließ die Urrqalflaschen kreisen.

Niner bewegte sich keinen Millimeter unter seiner Deckung aus Laub. Der Herbst nahte und lange würden sie diesen Trick nicht mehr anwenden können, da das meiste Baumland aus Laubbäumen bestand. Sie hatten sowieso vor, lange vorher abzuziehen.

„Irgendwelche Vorkommnisse, Sarge?" Fi flüsterte unter seinem Helm, obwohl seine Stimme nicht nach außen getragen wurde. Zwei Vorsichtsmaßnahmen waren besser, als eine. „Immer noch am Bechern?"

„Yeah. Wir könnten immer noch warten, bis sie an Leberversagen sterben und die Munition sparen."

„Bist du okay?"

„Meine Blase ist ziemlich voll, aber ansonsten geht's."

„Atin zerlegt den Bordcomputer von dem Gleiter."

„Ich hoffe er tut's leise."

„Er hat sich ein Stück in den Wald zurückgezogen. Er meint, er hätte ein paar hoch aufgelöste Karten runterladen können, aber den Rest hat's wahrscheinlich geschmort. Er sitzt jetzt an den Chiffrierdateien."

„Solange er glücklich ist."

Fi würgte ein schnaubendes Lachen heraus. „Ja, er ist glücklich."

Ich bin Darman gewesen. Niner hatte immer noch keine Ahnung, was Atin damit gemeint hatte. Er würde ihn in einem geeigneteren Augenblick danach fragen. Im Moment wollte er nur, dass Hokans Leute aufstanden und weiterzogen, damit sie rüber zum RV-Beta konnten, der nur vier Klicks entfernt lag. Es wäre ein Leichtes gewesen, sie von hier oben auszuschalten, aber dann würden sie nur wieder einen hübschen Haufen Visitenkarten hinterlassen und davon hatte seine Schwadron bereits genug verteilt. Niner wollte nach Möglichkeit jeglichen harten Kontakt vermeiden.

Bald muss ihnen das Urrqal ausgehen.

Sehr ernst scheinen sie Ghez Hokan ja nicht zu nehmen.

Niner beobachtete die Gruppe durch das Visier seines Gewehrs und fragte sich gerade, warum der Großteil von ihnen wohl Weequays waren, als sie alle aufschauten, allerdings nicht zu ihm. Sie blickten in die Richtung rechts von ihm.

„Fünf weitere Ziele nähern sich", sagte Fi.

Niner schwenkte ganz sachte nach rechts. „Hab sie."

Sie sahen nicht nach Miliz aus. Er sah einen Umbaraner, ziemlich schick, in einer hellgrauen Uniform, die zu seiner Haut passte und vier Kampfdroiden, die hinter ihm marschierten. Ein paar der Milizionäre sprangen auf. Einer von ihnen, der sich auf dem Boden ausgestreckt hatte, hielt seine Flasche einladend hoch und murmelte etwas von Rost lösen.

Die einzigen Worte, die Niner von dem Umbaraner mitbekam waren: „... Hokan fragt ... irgendein Kontakt ..." Eine Brise verschluckte den Rest. *Sie haben Verstärkung bekommen,* dachte er. *Die sehen nach einem ganz anderen Problem aus.*

Und das waren sie auch, aber nicht für ihn in diesem Moment. Die Verstärkungsdroiden hoben ohne Warnung ihre Integralblaster und eröffneten einfach das Feuer auf die Gruppe der Milizionäre. Sie feuerten ein paar Schüsse in geordneter Formation ab und warteten dann mit Blick auf ihre Opfer, als würden sie ihre Arbeit überprüfen. Der Umbaraner – Präsidialoffizier oder Sergeant? – trat vor und feuerte aus nächster Nähe einen weiteren Schuss in einen Weequay. Augenscheinlich zufrieden mit der erledigten Arbeit, sammelten sie daraufhin die Blaster und Pistolen der Gruppe ein und durchsuchten die Leichen nach irgendetwas – Ausweise, wie Niner annahm – bevor sie wieder seelenruhig auf dem Weg zurück marschierten, auf dem sie gekommen waren.

Niner hörte, wie Fi zur selben Zeit ausatmete wie er.

„Tja", sagte Fi. „Ich glaube, jetzt kannst du deine Blase leeren."

Niner schlüpfte von der Astgabel und sein inzwischen eingeschlafenes Bein knickte unter ihm zusammen. Er löste die Platten und rieb sich den Schenkel, um den Blutkreislauf anzuregen. „Um was glaubst du, ging's da gerade?"

„Hokan mag's nicht, wenn sie im Dienst trinken?"

Atin tauchte auf, in den Händen ein Gewirr aus Schaltkreisen und Kabeln. „Sieht so aus, als wären die Büchsen da, um die Sache zu übernehmen. Aber warum alle abknallen?"

„Büchsen?", fragte Fi.

„Wie hat eure Schwadron sie genannt?"

„Droiden."

Niner stupste Fi an. „General Zey hat gesagt, Hokan wäre brutal und unberechenbar. Er richtet seine eigenen Leute kaltblütig hin. Das sollten wir im Kopf behalten."

Sie sammelten ihre Ausrüstung ein und diesmal waren Atin und Niner an der Reihe, die Stange über den Schultern zu tragen, an der sie die Last aufgehängt hatten. Fi ging voraus.

„Ich hab noch keinen einzigen Schuss abgefeuert", sagte er.

„Bei einer Mission wie dieser, ist weniger mehr", sagte Atin.

Niner nahm das als Zeichen dafür, dass Atin begann sich einzufügen. Sein Ton war nicht mehr so abweisend. Normale Leute behaupteten doch, dass sie den Unterschied zwischen zwei Klonen nicht erkennen könnten, oder? Das kam dabei heraus, wenn man zuviel Zeit damit verbrachte, Gesichter anzusehen und nicht darüber nachdachte, was die Leute formte und was in ihren Köpfen vorging.

„Heb's dir für später auf", schlug Niner vor. „Ich glaube, wir werden noch jeden einzelnen Schuss brauchen."

Ich muss völlig verrückt sein.

Etain betrachtete die heruntergekommenen Farmgebäude durch einen Spalt in der Bretterwand der Scheune. Die Dächer hoben sich von dem dunkler werdenden, türkisen Abendhimmel ab: Neben der Veranda des Hauptgebäudes standen zwei Lampen, um die Gdans vom Weg zum Brunnen fernzuhalten. Um den Bauernhof herum nisteten so viele von den kleinen Raubtieren, dass eins ihrer Höhlensysteme eingestürzt war und nun ein gähnendes Loch in der Mitte des Hofes klaffte, das sich jetzt jedes Mal mit Wasser füllte, wenn es regnete. Birhan hatte es nicht besonders mit Instandhaltung.

Das machte aber auch manches einfacher. Zufrieden damit, dass sich niemand näherte, machte sie sich wieder daran, an der Rückseite der Scheune einzelne Bretter aus der Wand zu lösen. Für den Fall eines Angriffs hatte sie keinen zweiten Ausgang, also schuf sie sich einen.

Sie konzentrierte sich auf die Bretter und hielt ihre Form und Position im Kopf fest. Dann stellte sie sich vor, wie sie sich teilten und zur Seite bewegten, um eine Lücke zu hinterlassen. *Bewegt euch,* dachte sie. *Teilt euch einfach, schwingt zur Seite ...* und die Bretter bewegten sich tatsächlich. Sie übte ein paar Mal, sie mit der Macht zu verschieben, um sie lautlos wieder an ihren Platz rutschen zu lassen.

Ja, sie konnte die Macht nutzen. Wenn sie sich selbstsicher und beherrscht fühlte, aber solche Tage waren dünn gesät. Sie rang mit einem Gemüt, das einem Jedi nicht angemessen war. Sie beobachtete jene, die der Macht mit gelassener Akzeptanz entgegentraten und beneidete ihre Bestimmtheit. Oft fragte sie sich, warum das Jedi-Blut sich die Mühe gemacht hatte, sich in ihr zu manifestieren, in jemandem, der so fehlbar war.

Etain hoffte, sie könne die Macht zu etwas Bedeutsameren einsetzen, als Bretter zu bewegen, wenn es darauf ankäme. Die nächsten Tage würden sie auf eine harte Probe stellen, da war sie sich sicher.

Jinart kam kurz nachdem es völlig dunkel geworden war. Obwohl sie aufmerksam durch den Spalt in der Wand schaute, das Lichtschwert griffbereit, hatte Etain nichts von ihrem Herannahen gesehen oder gehört, bis die Tür aufschwang.

Aber sie *spürte* sie. Und sie fragte sich, warum sie sie vorher nicht gespürt hatte.

„Bereit, Mädchen?“, fragte Jinart. Sie war in einen dreckigen Umhang eingewickelt, der aussah, als würde er sich von allein bewegen. Eine ziemlich überzeugende Verkleidung.

„Warum hast du es mir nicht gesagt?“, fragte Etain.

„Dir was gesagt?“, fragte Jinart.

„Ich bin vielleicht nicht der ideale Padawan, aber ich kann sehr wohl einen anderen Jedi spüren. Ich will wissen, warum.“

„Da liegst du falsch. Das bin ich ganz und gar nicht. *Und doch* dienen wir derselben Sache.“

Jinart sah sich um und hob den Rest eines Brotlaibs auf, den Etain nicht aufgegessen hatte. Sie steckte ihn in ihren Umhang.

„Das war keine Erklärung“, sagte Etain und folgte ihr aus der Tür. Es waren keine Gdans zu sehen. Wenn die Macht stark bei dieser Frau war, obwohl sie nicht zu den Jedi gehörte, dann musste sie wissen warum. „Ich muss wissen, was du bist.“

„Nein, musst du nicht.“

„Wie kann ich wissen, ob du nicht jemand bist, der sich der Dunklen Seite zugewandt hat?"

Jinart blieb abrupt stehen und drehte sich um; mit einem Mal viel schneller und gerader, als es zu einer alten Frau passte. „Ich kann es mir aussuchen, wann ich gespürt werde und wann *nicht*. Und in Anbetracht deiner Fähigkeiten, bin ich einem höheren Risiko ausgesetzt. Und jetzt *Ruhe.*"

Das war nicht ganz die Antwort, die Etain erwartet hatte. Sie fühlte die gleiche Autorität, wie in der Anwesenheit von Meister Fulier, bis auf die Höhen und Tiefen der Macht, die er gezeigt hatte. Jinart hingegen strahlte eine grenzenlose Standfestigkeit aus.

Das war *Bestimmtheit.* Etain beneidete Bestimmtheit.

Jinart führte sie in den Waldstreifen, der Imbraani im Osten umgab. Sie legte ein ziemliches Tempo vor und Etain beschloss fürs Erste keine Fragen mehr zu stellen. Unterwegs verließ Jinart hin und wieder den Weg. „Pass auf die Höhlen auf", warnte sie und Etain wich Löchern und Vertiefungen aus, die ihr verrieten, dass Gdan-Kolonien im Boden zugange waren. Eine halbe Stunde später machten sie schließlich Rast, nachdem sie einen Bogen geschlagen hatten, der sie nach Norden zum Fluss Braan geführt hatte. Was Flüsse angeht, so war dies eher ein breiter Bach. Jinart stand still da und schaute offenbar ins Wasser, schien sich aber nicht zu konzentrieren. Dann riss sie den Kopf herum und blickte nach Westen, holte tief Luft und atmete langsam wieder aus.

„Geh flussaufwärts", sagte sie. „Folge dem Flussufer und behalte einen klaren Kopf. Dein Soldat ist noch dort und er braucht diese Pläne."

„Ein Soldat. *Einer?*"

„Das sagte ich. Komm schon. Er wird nicht mehr lange dort sein."

„Also keine Gruppe. Nicht mal ein paar."

„Korrekt. Es gibt noch andere, aber sie sind etwas weiter weg. Geh jetzt."

„Wie kommst du darauf, dass ich Pläne besitze?"

„Tätest du das nicht, dann würde ich kaum das Risiko eingehen, dich zu deinem Kontaktmann zu führen", erklärte Jinart. „Ich habe jetzt anderes zu tun. Wenn du deinen Soldaten gefunden hast, werde ich versuchen, Birhan zu überreden, ihm für eine Weile Unterschlupf zu gewähren. Er wird sich verstecken müssen. Nun geh schon. Er wird da nicht ewig herumlungern."

Etain sah Jinart hinterher, die sich zur Stadt aufmachte und nur ein Mal zurückblickte. Ganz Padawan zog sie ihr Lichtschwert hervor und versuchte ein Gefühl dafür zu bekommen, was wohl dort im Westen am Flussufer sein mochte und als sie noch einmal zurückschaute war Jinart nicht mehr zu sehen. Sie war sich des Scharrens kleiner, klauenbewehrter Pfoten um sich herum bewusst. Welcher Einfluss die Gdans auch zurückgehalten haben mochte, als Jinart noch bei ihr war, nun war er verschwunden. Gelegentlich trat sie zu, in der Hoffnung ihre Stiefel wären dick genug.

Wenn sie zur Farm zurück ginge, hätte sich nichts geändert und sie wäre dem Ziel, die Informationen weiterzugeben, nicht näher gekommen. Sie hatte keine andere Wahl, als weiterzugehen.

Das Ufer war an manchen Stellen überwuchert und sie stieg in den Fluss, denn sie wusste ja, dass er flach war. Diese Gewissheit machte es aber nicht angenehmer, in durchnässten Stiefel zu waten. Aber es war ein verlässlicher Weg und es hielt die Gdans davon ab, ihr Glück bei ihr zu versuchen.

Vor Jinart nahmen sie sich in Acht. Etain fragte sich, warum die Macht sie nicht davon abhielt, auch ihr nachzustellen. Es bestätigte ihr nur aufs Neue, dass sie im Umgang mit der Macht kein besonders guter Jedi war. Sie musste sich konzentrieren. Sie musste das zielbewusste Gespür aus Absicht und Duldsamkeit finden, das ihr so verlustig ging.

Obwohl Etain noch lange nicht so weit war, die Kontrolle über die Macht zu beherrschen, konnte sie über die unmittelbare Welt hinaus sehen und fühlen. Sie konnte die Kreaturen der Nacht um sich herum spüren; sie fühlte sogar die kleinen Grasaale, die auseinander stoben bevor sie, auf dem Weg flussabwärts, ihre Stiefel streiften.

Dann bemerkte sie etwas, das sie in der Wildnis der Wälder von Imbraani nicht erwartet hätte.

Ein Kind.

Sie konnte ein Kind in der Nähe spüren. Es war etwas Ungewöhnliches an dem Kind, aber es war definitiv ein Junge und ein Gefühl der Verlorenheit umgab ihn. Sie konnte sich nicht vorstellen, dass die Dorfleute ein Kind bei Nacht nach draußen, zu den umherstreifenden Gdans lassen würden.

Beachte es nicht. Das ist jetzt nicht dein Problem.

Aber es war ein Kind. Es hatte keine Angst. Es war furchtsam, aber nicht so angsterfüllt, wie es ein Kind, das bei Nacht umher irrt, hätte sein müssen.

Plötzlich berührte etwas ihre Stirn. Instinktiv ließ sie ihre Hand hoch schnellen, als wolle sie ein Insekt verscheuchen, aber da war nichts. Und doch fühlte sie etwas genau zwischen ihren Brauen.

Es tauchte kurz ab auf ihre Brust, genau auf ihr Sternum und schnellte wieder zu ihrer Stirn. Dann wurde sie auf einmal von einem Licht geblendet, das mit schmerzhafter Intensität aus der Dunkelheit schoss und sie überwältigte.

Sie hatte nichts zu verlieren. Sie zog ihr Lichtschwert, bereit dem Tod aufrecht ins Auge zu blicken. Ihren Gegner brauchte sie nicht zu sehen.

Sie hörte so etwas wie ein *ah.* Das Licht verlosch. Direkt vor sich konnte sie noch immer das Kind spüren.

„Tschuldigung, Ma'am", sagte die Stimme eines Mannes. „Ich habe Sie nicht erkannt."

Trotzdem spürte sie nur ein Kind, so nahe, dass es direkt neben dem Mann stehen musste. Ihn konnte sie aus irgendeinem Grund überhaupt nicht in der Macht spüren.

Die roten, geisterhaften Schemen des Lichts blendeten sie noch immer. Sie hielt ihr Lichtschwert fest in der Hand. Als ihr Sehvermögen wieder zurückkehrte, wusste sie genau, wen sie da ansah und sie wusste auch, dass Jinart sie verraten hatte.

Wahrscheinlich hatte sie auch Fulier verraten.

Etain konnte den typischen mandalorianischen Helm von Ghez Hokan sehen.

Der finstere T-förmige Schlitz verriet ihr alles, was sie wissen musste. Sie hob ihr Lichtschwert. Seine beiden Hände ruhten auf seinem Blaster. Vielleicht war das Kind – das unsichtbare Kind – ein Köder gewesen, ein Ablenkungsmanöver, projiziert von Jinart.

„Ma'am? Nehmen Sie die Waffe herunter, Ma'am –"

„Hokan, das hier ist für Meister Fulier", zischte sie und ließ die Klinge auf ihn hinabsausen.

Hokan sprang mit erstaunlichen Reflexen zurück. Sie erkannte seine Stimme nicht: Sie war jünger und beinahe akzentfrei. Er hob nicht einmal seine Waffe. Dieses Monster spielte mit ihr. Sie wirbelte auf einem Fuß herum und hätte ihm beinahe den Arm abgeschlagen. Jäher Zorn zog ihr die Kehle zusammen. Sie machte einen weiteren Ausfall, traf aber nur Luft.

„Ma'am, bringen Sie mich bitte nicht dazu, Sie zu entwaffnen."

„Versuch's nur", sagte sie. Sie winkte ihn mit einer Hand zu sich heran. „Willst du das? Na los doch."

Er schnellte auf sie zu, rammte gegen ihre Brust und warf sie rücklings in den Fluss. *Das Kind war immer noch da.* Wo? Wie? Und dann war Hokan über ihr, drückte sie mit einer Hand unter Wasser und sie ließ ihr Lichtschwert fallen. Sie kämpfte und würgte, dachte, sie würde ertrinken und verstand nicht, warum sie nicht fähig war, einen gewöhnlichen Mann mit ihren Fäusten abzuwehren. Sie hätte in der Lage sein müssen, mehr körperliche Kraft aufzubringen, als dieser Mensch.

Er zog sie mit einer Hand aus dem Wasser, warf sie rücklings aufs Flussufer und drückte ihre Arme auf den Boden.

„Ma'am, ganz ruhig –"

Aber sie war noch nicht fertig. Mit einem animalischen Grunzen rammte sie ihr Knie zwischen seine Schenkel, so hart sie konnte und wenn sie verängstigt und verzweifelt war, konnte das wirklich sehr hart sein. Bisher hatte sie das nicht gewusst.

Etain verschlug es den Atem, als ihr Knie knirschte. Es schmerzte. Aber es schien ihm nicht weh zu tun.

„Ma'am, bei allem Respekt, bitte *halten sie den Mund.* Sie bringen uns noch beide um." Die finstere Maske ragte drohend über ihr auf. „Ich bin nicht Hokan. Ich bin *nicht er.* Wenn Sie sich einfach beruhigen würden, zeige ich es Ihnen." Er lockerte seinen Griff etwas und beinahe hätte sie sich freigezappelt. Jetzt war er aufgebracht. „Ma'am, hören Sie auf, bitte! Ich werde Sie loslassen und Sie werden mir zuhören, damit ich erklären kann, wer ich bin."

Sie keuchte und hustete Wasser. Die stete Anwesenheit des Kindes hatte sie so durcheinander gebracht, dass sie aufhörte, gegen ihn anzukämpfen und ihn aufstehen ließ.

Etain konnte ihn – es – jetzt klar erkennen. Sie konnte gut im Dunkeln sehen, besser als normale Menschen. Sie starrte auf eine riesige, droidenähnliche Kreatur, bedeckt von hellgrauen Panzerplatten, ohne Gesicht und ohne Farbmarkierungen. Und sie hatte ein Blastergewehr. Es – er – streckte eine Hand aus, als Angebot, sie hochzuziehen.

Gut, es war schon mal nicht Hokan. Soviel konnte sie sagen. Sie nahm die gepanzerte Hand und stand auf.

„Was in aller Welt bist du?", brachte sie hervor.

„Entschuldigen Sie, Ma'am. Ich habe Sie zuerst nicht erkannt. Das alles ist ganz und gar meine Schuld, ich habe mich nicht korrekt ausgewiesen." Er tippte sich kurz mit seinen schwarz behandschuhten Fingern an die Schläfe und sie bemerkte die Knöchelpanzer auf dem Rücken des Handschuhs. „Commando der Großen Armee CC-eins-eins-drei-sechs, Ma'am. Ich erwarte Ihre Befehle, General."

„General?" Stimmen von Wesen, die keine Lippen hatten, erinnerten sie zu sehr an Droiden.

Er neigte den Kopf etwas zur Seite. „Entschuldigen Sie. Ich habe den Zopf nicht gesehen ... Commander."

„Und was ist die Große Armee?"

„Die Armee der Republik, Ma'am. Entschuldigung. Ich hätte wissen müssen, dass Sie bereits seit einiger Zeit keinen Kontakt mehr mit Coruscant haben und ..."

„Wann haben wir eine Große Armee aufgestellt?"

„Vor ungefähr zehn Jahren." Er deutete auf die Büsche neben dem Ufer. „Wollen wir das nicht an einem weniger prominenten Ort besprechen? Für jeden, der ein Nachtsichtvisier hat, stellen Sie ein gutes Ziel dar. Und ich denke, dass sogar die hiesige Miliz es schaffen könnte, mit so etwas umzugehen."

„Ich habe mein Lichtschwert im Fluss verloren."

„Ich werde es holen, Ma'am", sagte er. Er stieg ins flache Wasser und an seinem Helm flackerte ein Licht auf. Er bückte sich, tastete kurz in dem schwach erleuchteten Wasser herum und erhob sich dann wieder mit dem Griff in der Hand. „Bitte richten Sie es nicht mehr gegen mich, ja?"

Etain wischte sich mit frierenden Fingern die nassen Haare aus dem Gesicht. Vorsichtig nahm sie das Lichtschwert. „Ich glaube sowieso nicht, dass ich dabei viel Glück hätte. Hören Sie, warum nennen Sie mich *Commander*?"

„Ma'am, die Jedi sind jetzt alle Offiziere. Sie *sind* eine Jedi, oder nicht?"

„Schwer zu glauben, oder?"

„Nichts für ungut, Ma'am –"

„Ich würde an Ihrer Stelle dasselbe fragen." *Commander. Commander?* „Ich bin Padawan Etain Tur-Mukan. Meister Kast Fulier ist tot. So wie es aussieht, sind Sie der Soldat, dem ich helfen soll." Sie sah ihn an. „Wie heißen Sie?"

„Ma'am, Commando CC –"

„Ihren Namen. Ihren *echten* Namen."

Er zögerte. „Darman", sagte er und es hörte sich so an, als wäre es ihm unangenehm. „Wir müssen fort von hier. Die suchen nach mir."

„In *dem* Aufzug wird es ihnen nicht schwer fallen, Sie zu finden", sagte sie sarkastisch. „Der Schmutz wurde abgespült." Einen Moment lang stand er still da. „Haben Sie Befehle für mich, Ma'am? Ich muss zum RV-Punkt Gamma und den Rest meiner Schwadron finden."

Jetzt redete er Armee-Kauderwelsch. „Wann müssen Sie das tun? Jetzt?"

Er hielt inne. „Innerhalb von zwölf Standardstunden."

„Dann haben wir Zeit. Ich habe Pläne, die ich Ihnen zeigen muss. Kommen Sie mit mir zurück und dann knobeln wir aus, was wir als nächstes tun." Sie nahm das Lichtschwert von ihm und gestikulierte mit ihren Armen. „Ich helfe Ihnen so viel zu tragen, wie ich kann."

„Es ist schwer, Ma'am."

„Ich bin eine Jedi. Ich bin vielleicht nicht die geschickteste Jedi, aber ich *bin* körperlich stark. Auch wenn Sie mich zur Strecke gebracht haben."

„Ein bisschen Training wird das schon richten, Ma'am", beruhigte er sie und nahm mit einem leichten *Plopp* der Versiegelung diesen schrecklichen mandalorianischen Helm ab. „Sie sind ein Commander."

Er war ein junger Mann, knapp Mitte zwanzig, mit kurz geschnittenen, schwarzen Haaren und dunklen Augen. Trotz der markanten Züge, strahlte sein Gesicht eine Unschuld aus, in der so viel Vertrauen lag, dass sie ganz überrascht war. Es war nicht nur Selbstvertrauen, sondern auch Vertrauen in *sie*. „Sie sind wahrscheinlich nur ein wenig eingerostet, Ma'am. Wir bringen Sie ruckzuck wieder in Form."

„Sind Sie *in Form*, Darman?" Er hatte sie übermannt. So sollte es eigentlich nicht sein. „Wie gut sind Sie?"

„Ich bin ein Commando, Ma'am. Gezüchtet, um der Beste zu sein. Gezüchtet um *Ihnen* zu dienen."

Er machte keine Witze. „Wie alt sind Sie, Darman?"

Er zuckte nicht mit der Wimper. Sie konnte die harten Muskeln in seinem Nacken sehen. Sein Gesicht war ebenso muskulös. Er sah tatsächlich extrem fit aus, aufrecht, ein Mustersoldat.

„Ich bin zehn Jahre alt, Ma'am", antwortete Darman.

Droiden tranken nicht, jagten keinen Frauen nach und sie hatten auch kein Interesse daran, nebenher ein bisschen Geld zu verdienen. Sie waren keine richtigen Krieger, Soldaten mit Stolz und Ehre, aber wenigstens konnte Ghez Hokan sich darauf verlassen, dass man sie am nächsten Morgen nicht mit einer leeren Flasche in der Gosse fand.

Und wenn sie marschierten sahen sie wirklich toll aus.

Gerade jetzt waren sie wieder am Marschieren, entlang des Schotterwegs, der hinauf zu Lik Ankkits Villa führte. Hokan ging neben ihnen her, dann hinter ihnen und wechselte ein ums andere Mal seine Position, weil er so fasziniert war von der absoluten Präzision ihrer Schritte und der völligen Übereinstimmung von Größe und Profil. Sie sahen aus wie Ziegel in einer perfekten Mauer, einer Mauer die niemals durchbrochen werden konnte.

Maschinen konnten so geschaffen werden, dass sie identisch waren und das war auch gut. Aber es war ein Frevel, so etwas mit Männern zu machen – besonders mit Mandalorianern.

Der umbaranische Lieutenant hob den Arm und brachte den Droidenzug zehn Meter vor den Verandastufen zum Stehen. Lik Ankkit stand bereits am oberen Ende der Treppe und blickte auf sie hinab, mit seinem lächerlichen Kopfschmuck und der *di'kutla* Robe, in der er genauso aussah wie der schwächliche, dekadente Gemüsehändler, der er war.

Hokan ging zu ihm, den Helm unter dem Arm, und nickte höflich.

„Guten Morgen, Hokan", grüßte Ankkit. „Wie ich sehe, habt Ihr endlich Freunde gefunden."

„Ich würde sie Euch gerne vorstellen", erwiderte Hokan. „Schließlich werdet Ihr noch sehr viel mit ihnen zu tun haben." Er wandte sich dem Lieutenant zu. „Weitermachen, Cuvin."

Der Umbaraner salutierte. „Ganzer Zug – Vorwärts."

Es war eine geschmacklose Farce, aber Hokan hatte lange darauf gewartet. Außerdem war es notwendig. Er musste ein paar Truppen in der Nähe von Uthans Anlage einquartieren, um sie rasch einsetzen zu können. In der dreißig Kilometer entfernten Basis hätten sie nur wenig genützt.

Ankkit trat nach vorn, als die Droiden die Stufen erreichten. „Das ist unerhört", empörte er sich. „Die Handelsföderation wird es nicht tolerieren, wenn –"

Der Neimoidianer wich zur Seite, als die erste Zweierreihe der Droiden die kunstvoll gestaltete Kuvaratür mit den Intarsien ineinander verschlungener Ranken erreichte.

Hokan erwartete keine Heldentaten und er bekam auch keine geboten. „Es ist sehr nobel von Euch mir zu gestatten, meine Truppen hier einzuquartieren“, sagte er. „So wird all der vergeudete Platz endlich genutzt. Die Separatisten sind dankbar für dieses persönliche Opfer, das ihr um der Sicherheit willen von Doktor Uthans Projekt erbringt.“

Ankkit lief so schnell die Stufen hinab, wie es sein hoch aufragender Kopfschmuck und seine lange Robe erlaubten. Selbst für neimoidianische Angstmaßstäbe sah er furchtbar aufgeregt aus. Er *zitterte*. Er war beinahe einen Kopf größer als Hokan, auch ohne den Kopfschmuck, der raschelte, als sei irgendeine Kreatur darin gelandet, die nun versuchte, sich zu befreien. „Ich habe einen *Vertrag* mit Doktor Uthan und ihrer Regierung.“

„Und Ihr habt versäumt, der Klausel Achtung zu schenken, die angemessene Mittel für die Sicherheit garantiert. Doktor Uthans Strafankündigung sollte bereits auf dem Weg in Euer Büro sein.“

„Mit Verrat konnte ich mich noch nie anfreunden.“

„Aber so spricht man doch nicht mit einem Präsidialoffizier der Separatisten.“

„Einem *Offizier*?“

„Feldzuständigkeit.“ Hokan lächelte, denn er war wirklich glücklich. „Ich habe jetzt keine Verwendung mehr für Euch, Ankkit. Seid bloß froh, dass Ihr noch am Leben seid. Übrigens, Doktor Uthans Regierung hat einen Bonus direkt an die Handelsföderation bezahlt, um sicher zu gehen, dass ich ungehindert arbeiten kann. Feindliche Truppen sind gelandet und dieses Gebiet steht jetzt unter Kriegsrecht.“

Der Schlitz von Ankkits Mund zog sich zornig zusammen. Wenigstens bettelte er nicht um sein Leben. Hokan hätte ihn sonst töten müssen. Gewinsel konnte er überhaupt nicht vertragen.

„Und ich nehme an, damit seid Ihr gemeint, Hokan“, sagte Ankkit.

„*Major* Hokan bitte. Solltet Ihr auf irgendeinen meiner früheren Angestellten treffen, gewährt ihnen bitte keinen Unterschlupf, ja? Einige von ihnen haben es versäumt ihre Abfindung abzuholen. Ich würde ihnen ihre Vergütungspauschale gern persönlich überreichen.“

„Ihr seid uns allen ein Paradebeispiel für effizientes Management", sagte Ankkit.

Hokan genoss kurz den Moment der Rache, dann tat er ihn als ablenkende Kinderei ab. Ankkit war ab sofort keine Bedrohung mehr; Droiden waren unbestechlich. Der umbaranische und der aqualanische Offizier wussten jetzt beide, was mit nachlässigen Soldaten passierte. Schließlich hatten sie seinen Exekutionsbefehl ausgeführt. Hokan war sehr darauf bedacht, sicherzugehen, dass sich jeder darüber im Klaren war, was geschah, wenn sie sich bei Nacht und Nebel aus dem Staub machten.

„Und wo soll *ich* wohnen?", fragte Ankkit.

„Oh, hier ist doch mehr als genug Platz", entgegnete Hokan. Ein lautes Krachen war zu hören, gefolgt vom Klirren eines zerbrochenen Glases, das auf den Boden schlug. Dass Droiden aber auch so grob sein konnten. „Ich bin sicher, Ihr kommt ihnen nicht in die Quere."

Er tippte mit den Fingern an seinen Helm und schritt davon.

Noch immer wurden ein paar seiner früheren Truppen vermisst. Einer war sein Weequay-Lieutenant Guta-Nay. Er wollte ihn unbedingt aufspüren, denn er musste seinen neuen Offizieren noch zeigen, dass er nur zu gern seine eigenen Disziplinarmaßnahmen durchführte. Er wollte, dass sich dieses Bild in ihre Köpfe einbrannte, falls Ankkit jemals versuchen sollte, *sie* zu bestechen.

Er ging den Pfad zu einem wartenden Düsenschlitten hinunter. Ein Bauer hatte auf seinem Land ein paar Schaltkreisteile gefunden und wollte wissen, ob es eine Flasche Urrqal wert sei, wenn er verriet wo.

Hokan machte sich auf, ihn persönlich zu besuchen, um zu zeigen, dass die Information sogar viel mehr Wert war. Sie war ein ganzes Bauernleben wert.

RV-Punkt Beta hätte eine Waldung über einem nicht allzu hohen Steilhang im Westen von Imbraani sein sollen. Als Niner in Sichtweite davon kam, waren nirgends Bäume zu sehen.

„Entweder stimmen die Koordinaten nicht, oder dieser Visor ist hin", stellte Atin fest und neigte den Kopf von einer Seite zur anderen. „Nein, die Position stimmt genau. Bestätige aber: Keine Bäume. Soll ich einen Mikrosucher zur Aufklärung losschicken?"

„Nein", sagte Niner. „Die heben wir uns fürs Gefecht auf. Zu auffällig hier draußen. Wir müssen so nah wie möglich in Stellung gehen und uns darauf verlassen, dass wir Darman sehen, wenn er auftaucht. Wo ist die nächste Deckung?"

„Ungefähr einen Klick Richtung Osten."

„Das muss reichen."

Atin lief einen Bogen zurück und folgte im Schatten der Bäume ihrer eigenen Spur, um sicherzugehen, dass sie nicht verfolgt wurden. Seine Rüstung war jetzt mit Moos bedeckt und Niner war dankbar für die Filtermaske seines Helmes. Wo immer er auch durchgekrochen sein mochte, es roch ziemlich ländlich. Für Fi und Niner hieß es wieder TaVo und sie schleppten die Extraausrüstung zwischen sich, darunter auch das Zugangswerkzeug, einschließlich dreier dynamischer Hämmer, einer hydraulischen Ramme und einer Bohrknarre für die *wirklich* schweren Türen. Die ganzen Explosivstoffe hatten sie in ihre Rucksäcke gepackt. Sollten sie im Falle eines harten Kontakts ihre Last ablegen und los rennen müssen, wollte sich Niner ungern mit einer hydraulischen Ramme und Rationspackungen verteidigen. Ein paar Granaten waren da schon nützlicher.

„Abhieb", sagte Fi leise.

„Was?"

„Das fehlende Wäldchen. Es geht auf Herbst zu. Seit die Aufklärung gemacht wurde, haben sie die Bäume für den Winter gefällt."

„Das ist das Problem mit der Nachrichtenversorgung", sagte Niner. „Ist zu schnell überholt."

„Nicht so wie Manöverübungen."

„Nein, gar nicht. Das hier wird von unschätzbarem Wert für die Verbesserung des Trainings sein, wenn wir zurückkehren."

Fi hörte sich an, als würde er seufzen. Das war das Witzige an Komlinks. Man gewöhnte sich daran, jeden Atemzug zu hören, jede kleinste Veränderung der Stimme, ja sogar, wie ein Bruder schluckte. Sie konnten ihre Gesichtsausdrücke nicht sehen und mussten danach lauschen. So musste es wohl sein, wenn man blind war. Niner hatte nie einen Blinden getroffen, aber er hatte von einer Serie Klone gehört, die nicht über hundertprozentige Sehstärke verfügten und nach ihrem ersten Manöver verschwunden waren. Kaminoaner waren besessen von Qualitätskontrolle.

Er mochte vielleicht zu selbstlosem Gehorsam gezüchtet worden sein, aber er war nicht blöd. Die kaminoanischen Techniker waren das Einzige, das ihm wirklich Angst machte und was er fühlte, wenn er ihren Anweisungen gehorchte, unterschied sich deutlich von den Gefühlen, die er hatte, wenn ihm ein Jedi Befehle gab. Er fragte sich, ob Fi und Atin ebenso fühlten.

„Du glaubst nicht, dass wir es schaffen, nicht wahr, Fi?"

„Ich habe keine Angst zu sterben. Jedenfalls nicht im Gefecht."

„Das habe ich nicht gesagt."

„Es ist nur ..."

„Zehn Meter Reichweite, Sohn. Kein Kaminoaner hört zu."

„Es ist nur so ineffizient. Du hast es selbst gesagt. Du hast gesagt, es wäre eine Verschwendung."

„Das war Geonosis."

„Da investieren sie so viel Zeit und Aufwand, um uns perfekt zu machen und dann geben sie uns nicht, was wir brauchen, um den Job zu erledigen. Erinnerst du dich daran, was Sergeant Kal immer gesagt hat?"

„Ich kann mich dran erinnern, dass er immer geflucht hat."

„Nein, er hat sich nur aufgeregt wenn er ein paar Drinks zuviel hatte und dann sagte er immer, dass er bessere Soldaten aus uns machen könnte, wenn wir die Zeit hätten hinauszugehen und zu leben. *Reich an Daten, arm an Erfahrung.* Das hat er immer gesagt."

„Er hat dabei auch immer ein bisschen gelallt. Und er mochte keine Klone."

„Das war nur Gedöns und das weißt du auch."

Ja, Kal Skirata hatte schlimme Dinge über Klone gesagt aber es hatte sich nie so angehört, als ob er sie auch so meinte, jedenfalls nicht für Klone. Er hatte Ujkuchen von Zuhause mitgebracht, keine leichte Sache auf dem geheimen, isolierten Kamino, und ihn mit den

Commando Squads geteilt, die er trainierte. Er nannte sie immer seine Toten Männer oder seine Feuchten Droiden, alle möglichen beleidigenden Ausdrücke. Aber wenn man ihn außerhalb der Dienstzeit in seiner Kabine antraf, kämpfte er manchmal mit den Tränen und ließ einen etwas von den Delikatessen kosten, die er hatte einschmuggeln lassen. Oder ließ einen in unerlaubten Texten lesen, die nicht auf dem Lehrplan des beschleunigten Lernens standen. Oft waren es Geschichten über Soldaten gewesen, die alles Mögliche mit ihrem Leben hätten anfangen können, sich aber für den Kampf entschieden. Besonders gerne ließ Sergeant Kal seine Feuchten Droiden Texte über die Kultur der sogenannten Mandalorianer lesen. Er bewunderte Jango Fett. „Das ist euer wahres Ich", sagte er. „Seid stolz darauf, egal ob euch diese hässlichen, grauen Freaks wie Vieh behandeln."

Nein, dieser Kal Skirata konnte die Kaminoaner nicht besonders leiden.

Nachdem er bei den Kaminoanern eingestiegen war, so erzählte er, würden sie ihn nie wieder nach Hause lassen. Aber er hatte Niner auch erzählt, dass er das gar nicht wollte. Er konnte seine Jungs jetzt nicht allein lassen. Nicht seit er *es wusste.* „Bauernopfer", sagte er, während er ein Glas farblosen Alkohols schwenkte, „sind niemals ruhmreich."

Niner wollte unbedingt herausfinden, was Kal Skirata erfahren hatte und warum es ihn so sehr erregte.

„Niemand hat alle Antworten", sagte Niner. „Das ist das Problem, wenn man sich daran gewöhnt, stark zu sein. Man vergisst die kleinen Dinge, die einen zu Fall bringen."

Fi gab ein *Pfff* von sich, so als ob er gleich loslachen würde. „Ich weiß, wen ich da reden höre."

Niner hatte gar nicht gemerkt, was er da gesagt hatte. Es waren Sergeant Kals Worte. Er hatte sogar den Ausdruck *Sohn* benutzt.

Er vermisste ihn.

Dann unterbrach das Komlink-Warnlicht auf seinem HUD seine Gedanken. *Mittlere Reichweite.* Was hatte Atin –

„Kontakt, fünfhundert Meter, direkt hinter euch", meldete Atins

Stimme. „Droiden. Zehn, ein Humanoide – bestätige, zehn Büchsen, ein Feuchter, sieht aus wie ein Offizier." Ein lautes Krachen ertönte hinter ihnen. „Korrigiere – harter Kontakt."

Niner wusste aus dem FF was zu tun war, ohne mit Fi ein Wort wechseln zu müssen. Sie ließen die Ausrüstung fallen und jagten den Weg zurück, den sie gekommen waren, Gewehre entsichert im Anschlag. Als sie fünfzig Meter von Atins Standort entfernt waren, warfen sie sich in Bauchlage und legten an.

Atin war am Fuß eines Baumes festgenagelt. Ein Droide lag zusammengebrochen neben ihm, von dem Rauch aufstieg. Aber die anderen hatten sich formiert und gaben Feuerschutz, während zwei von ihnen im Zickzack nach vorn stürmten. Atin versuchte vereinzelten Schüssen auszuweichen. Wenn sie ihn töten wollten, hatten sie auf jeden Fall genügend Feuerkraft dazu.

Sie wollten Atin lebend.

„Ich kann den Feuchten sehen", sagte Fi. Er lag links von Niner und blickte durch sein Scharfschützenvisier. „Aqualanischer Captain, um genau zu sein."

„Okay. Knipps ihn aus, wenn du so weit bist."

Niner aktivierte seinen Granatwerfer und zielte auf die Reihe der Droiden. Sie hatten sich voneinander entfernt und bildeten eine vierzig Meter lange Linie. Wenn sie sich nicht weiter verteilten, würde er zwei Schuss brauchen, um sie wegzufegen. Auf dem Schlachtfeld waren Droiden großartig. Aber für das richtig patente Zeug waren sie einfach nicht gemacht und wenn sie ihren Offizier verloren …

Krach

Die Luft entflammte augenblicklich in einem Feuerball aus Hitze und Energie. Das war es, das Plasmablitzen dieses befriedigende Geräusch gab. Den Aqualischaner riss es mit zerborstener Brustplatte zurück, während sich von seinem Oberkörper matschähnliche Klumpen versprengten. Die Droiden hielten für den Bruchteil einer Sekunde inne, dann machten sie in der gleichen Gangart weiter, als fiele ihnen nichts Besseres ein.

Fi erhob sich und rollte zur Seite.

Nein, im Nahkampf waren sie wirklich nicht gut, zumindest nicht ohne die Führung eines Feuchten. Aber sie traten immer in großer Zahl auf und konnten Feuer genauso gut erwidern, wie organische Lebensformen. Drei der verbleibenden sieben Droiden richteten ihre Aufmerksamkeit in die Richtung aus der Fis Schüsse kamen.

Die Büsche, von denen aus Fi gefeuert hatte, gingen in Flammen auf. Niner nahm alles wie in Zeitlupe wahr – in der Geschwindigkeit seines Herzschlages – aber so war es nicht. Ganz und gar nicht. Er zielte und schoss, einmal, zweimal. Die doppelte Explosion zerschmolz zu einer Einzigen. Erdreich, Gras und Metallstücke prasselten auf ihn herab. Einen Droiden aus nächster Nähe zu treffen, war beinahe genau so gefährlich, wie von ihnen getroffen zu werden: Sie waren ihr eigenes Schrapnell.

Das Feuer erstarb. Aus mindestens fünf Einschlagpunkten stieg Rauch auf. Niner konnte keine Bewegung ausmachen.

„Eine Büchse intakt, aber bewegungsunfähig“, meldete Fi.

„Hab ihn“, sagte Niner ironisch und schoss zur Sicherheit noch einmal.

„Sieht erledigt aus“, bestätigte Fi. Er senkte sein Gewehr. „Atin? Bist du okay?“

„Nichts kaputt, was ich nicht wieder anschrauben könnte.“

„Bist 'n richtiger Witzbold“, sagte Niner und stützte sich auf einen Arm. Es war erstaunlich, wie er in den kurzen Augenblicken, in denen er sein Leben retten musste, völlig das Gewicht seines Tornisters vergessen konnte. „Okay, wir haben die –“

„Runter!“, brüllte Atin.

Ein Blitz schoss einen Meter über Niners Kopf hinweg und er ließ sich wieder auf den Bauch fallen. Es hörte sich nach zwei Schüssen an. Dann war es still.

„*Jetzt* ist er erledigt“, sagte Atin. „Hilft mir bitte mal jemand aufzustehen?“

Als Niner sich auf die Knie erhob, sah er vor sich einen Haufen völlig zerschmetterte Droidenteile. Das waren die beiden Schüsse gewesen, die er gehört hatte. Einer war auf ihn gerichtet gewesen, der andere kam von Atin, damit kein Zweiter folgen konnte.

„Schon unterwegs, Bruder“, sagte Niner.

Atins schlammverschmierte Brustplatte hatte eine andere Farbe angenommen. Sie war jetzt matt schwarz mit Schrammen, die sich von der Mitte nach außen zogen. „Ich kann nicht richtig atmen", sagte er in erstaunlich sachlichem Ton, wie es Schwerverletzte oft tun. Er holte ruckartig Luft. „Meine Brust tut weh."

Fi lehnte ihn an einen Baumstumpf und nahm ihm den Helm ab. Aus seinem Mund rann kein Blut: Er war kreidebleich und die grobe Narbe sah schlimm aus, aber er blutete nicht. Seine Pupillen sahen normal aus: Er stand nicht unter Schock. Fi löste die Klammern der Brustplatte und nahm die Panzerung ab.

Der Anzug war intakt.

„Bist du sicher, dass es nur die Brust ist?", fragte Fi. Er hatte keinen Sensor, um Atins Zustand zu überprüfen. Man fing nicht damit an, die Rüstung oder eingedrungene Teile zu entfernen, bevor man nicht wusste, womit man es zu tun hatte. Manchmal war es das Einzige, das einen Mann noch zusammenhielt. Atin nickte. Fi fasste nach dem Kragen und begann ihn aus dem Anzug zu schälen.

„*Fwhoaa,*" sagte Fi. „Das gibt 'nen mords Bluterguss." Ein bläulich verfärbter Streifen lief vom Brustbein ausgehend die halbe Brust hinunter. „Sammelst du unveränderliche Merkmale, oder was?"

„Hat mich voll getroffen", sagte Atin keuchend. „Kein gewöhnlicher Schuss. Aber die Rüstung funktioniert, was?"

Fi nahm seinen Helm ab und legte sein Ohr auf Atins Brust, um ihn abzuhören.

„Autsch."

„Sei still und atme."

Atin holte in kurzen Zügen Luft und zuckte. Fi richtete sich auf und nickte. „Ich höre Atemgeräusche, also kein Pneumothorax", attestierte er. „Aber wir sollten ihn im Auge behalten. Die Atemluft könnte sich stauen. Könnten angeknackste Rippen sein, oder auch nur ein fieser Bluterguss." Er holte eine Dose Bacta hervor und sprühte den immer dunkler werdenden blauen Fleck damit ein. Atin hob seine Arme etwas, als wolle er sie testen.

Fi versiegelte den Anzug und legte Atin auch die Rüstung wieder an.

„Ich nehm deinen Tornister“, beschloss Niner und löste die Klammern. Es war das Mindeste, das er tun konnte. „Ich glaube, damit ist RV-Beta gestorben. Lasst uns ein paar Souvenirs verstreuen, damit Darman was findet, falls er hier aufkreuzt. Man weiß nie, ob noch mehr Büchsen kommen. Die Hellsten sind sie ja nicht gerade.“

Sie hatten noch ein paar Minuten, selbst wenn es einer der Droiden geschafft haben sollte, die Basis zu benachrichtigen. Fi rannte mit ein paar Trümmerteilen durch den Wald, um sie am RV-Punkt zu hinterlegen. Niner durchsuchte die Überreste des Aqualischaners und nahm alles mit, was nach einem Schlüssel, einer Datenkarte oder irgendeinem Ausweis aussah. Dann machte er sich auf, Atins Rucksack an einem Gurt hinter sich her schleifend, zu der Stelle, an der sie ihre Zugangsausrüstung liegen gelassen hatten.

Bis zum RV-Gamma würde es eine ganz schöne Schufterei werden, zumindest bis Atin seinen Rucksack wieder tragen konnte.

Die ganze Auseinandersetzung hatte vom ersten bis zum letzten Schuss fünf Minuten und acht Sekunden gedauert, einschließlich der Rennerei. Niner konnte nicht beurteilen, ob es eine Sekunde, oder eine halbe Stunde gedauert hatte. Komische Sache, die Zeitwahrnehmung unter Beschuss. Niners Stiefel traten auf knirschendes Droidenschrapnell und er fragte sich, wie lange ein Feuergefecht wohl einem Droiden vorkam.

„Ob sie uns auch so sehen?“, fragte Niner. „Ich meine normale Menschen. Wie Droiden?“

„Nein“, sagte Atin. „Wir haben keinen Schrottwert.“ Er lachte und hielt mit einem Zucken inne. Es musste ihm weh getan haben. „Ich halte euch nur auf.“

„Markier jetzt nicht den Helden. Du kommst den Rest der Strecke mit, weil ich ganz sicher nicht die ganze Ausrüstung mit Fi herumschleppe. Ich brauch auch mal Pause.“

„Okay.“

„Und danke. Ich schulde dir was.“

„Nein, tust du nicht.“

„Trotzdem danke. Möchtest du erklären, warum du Darman gewesen bist?“

Atin hielt seinen Blaster vorsichtig eine Handbreit vor seiner Brust. „Ich bin jetzt schon zweimal der letzte Überlebende einer Schwadron gewesen."

„Oh." Stille. Niner hakte nach: „Willst du erzählen, wie das passiert ist?"

„Die erste Schwadron hat bei einem Gefechtsmanöver versucht, mich zu retten. Dabei musste ich gar nicht gerettet werden. Jedenfalls nicht unbedingt."

„Ah." Niner erschrak über sich selbst, weil er angenommen hatte, Atin würde sich keine Sorgen darüber machen, was mit Darman geschah. Dabei machte er sich zu viele Sorgen. „Mein Ausbildungssergeant sagte, es gäbe so etwas wie die Schuld des Überlebenden. Er sagte auch, dass das Überleben in solchen Fällen der einzige Wille der Schwadron war."

„Da haben sie schon so viel aus uns rausgezüchtet, warum nicht auch das?"

Niner hörte auf Atins Pack zu ziehen und legte sich sein Gewehr um die Schulter. Dann hob er das Pack auf und war froh es mit den Händen zu tragen.

„Wenn sie das getan hätten, wäre ich jetzt vielleicht nicht hier", sagte er in dem Wissen, dass Darman am nächsten Tag auf sie warten würde.

Ghez Hokan besah sich den Schrotthaufen, der wenige Stunden zuvor noch ein voll funktionstüchtiger Zug Droiden gewesen war. Worauf sie auch immer gestoßen waren, es hatte sie schnell und hart getroffen. Und nach den präzisen Einschüssen und den Explosionsspuren von nur zwei Granaten zu urteilen, waren sie von Profis ausgeschaltet worden.

Es mochte ein Mann gewesen sein, oder ein ganzer Zug. Normalerweise konnte man Kampfdroiden nicht auf diese Weise mit einer Handvoll Männer überfallen, aber das hing gänzlich davon ab, wer diese Männer waren. Zu schade aber auch, dass der Captain sich nicht wie vereinbart mit einem Lagebericht gemeldet hatte: Wäre er nicht getötet worden, hätte Hokan ihn wegen Nichtbeachtung des

Operationsprozederes erschießen können. Er betrachtete die Droideneskorte, die in ordentlicher Aufstellung neben dem Düsenschlitten stand und fragte sich, ob sie irgendetwas dabei empfanden, wenn sie ihre abgewrackten Kameraden sahen.

„Kein Anzeichen eines Lagers, Sir." Lieutenant Cuvin kam von dem Wald auf der anderen Seite der Lichtung zurückgelaufen. Es sah komisch aus, wie sich die Leichenblässe des Umbaraners von der Anstrengung leicht rosa färbte. „Ein paar zerbrochene Äste in Kniehöhe und plattgedrücktes Gras an Stellen, von denen aus Truppen in Bauchlage gefeuert haben, aber ich kann wirklich nicht sagen mit wie vielen Männern wir es hier zu tun haben."

„Sie können überhaupt nicht viel sagen, nicht wahr, Lieutenant?", stellte Hokan fest.

„Sir, ich überprüfe es noch einmal." Sein Gesicht war jetzt weiß, für einen Umbaraner sogar sehr weiß.

„Sir! Sir!" Der zweite Lieutenant Hurati wirkte begeistert. Zweifellos war er darauf erpicht, Cuvins Rang einzunehmen. *Im Sprint* kam er seinem Kommandanten entgegen. Eine Einstellung, die Hokan gefiel. „Ich habe etwas äußerst Außergewöhnliches entdeckt."

„Ich bin froh, dass wenigstens einer von euch etwas gefunden hat. Was ist es?"

„Ein Haufen mit Droidenteilen, Sir."

„Und das ist außergewöhnlich, weil ...?"

„Nein, nein, Sir, sie liegen ein ganzes Stück von hier entfernt und sie sehen irgendwie *zurechtgelegt* aus, Sir."

Hokan ging zu seinem Schlitten. „Zeig's mir."

Die Bäume waren schon ein paar Tage zuvor gefällt worden, weil bereits Klolpilze in schwach rosa Flechten auf ihnen wuchsen. Auf einem der Stümpfe – er war flach und breit, ähnlich einem Altar – lagen die Überreste eines Droiden.

Die zerfetzten Stücke seines Rumpfes bildeten die Mitte. Die Arme waren fein säuberlich auf der einen Seite des Oberkörpers zusammengelegt und die Beine auf der anderen. Ein Teil der Gesichtsplatte war so zurecht gerückt worden, dass sie gen Himmel starrte.

„Genau so hat man auch den Droidenpiloten zurückgelassen,

Sir." Hurati *war tatsächlich* ein guter Mann. Er hatte offenbar den Bericht der Miliz gelesen, ganz egal wie abstoßend unzureichend dieser auch gewesen sein mochte. „Ich glaube, es ist ein Zeichen."

Es bedeutete einen ziemlichen Aufwand einen toten Droiden vom Schlachtfeld zu räumen. Es gab keine Schleifspuren, die zu dem Stumpf führten. Zu Fuß wäre es eine ganz schöne Last gewesen, aber vielleicht hatten sie eine Transportmöglichkeit. Er konnte allerdings keine Anzeichen eines Repulsorlifts im Gras erkennen. Hokan starrte auf die rituell zurecht gelegten Teile und dachte darüber nach, wer den Separatisten wohl eine Nachricht zukommen lassen wollte – und was sie bedeuten könnte.

„Es ist eine Trophäe", stellte Hokan fest. „Sie verspotten uns. Sie zeigen uns damit, wie leicht sie es mit uns haben."

Das machte ihn wütend. Er war Mandalorianer. Ein einfacher Gegner zu sein, stand ihm überhaupt nicht. „Ausgangssperre Hurati. Bis auf weiteres wird eine permanente Ausgangssperre für alle energiebetriebenen Fahrzeuge verhängt. Alles, was sich mit laufendem Motor bewegt, gehört entweder uns oder dem Feind. Zu uns gehörende Transporter können wir verfolgen." Er machte ein Pause. „Ihr habt doch dafür gesorgt, dass alle unsere Fahrzeuge über eigene Transponder verfügen, oder?"

„Ja, Sir."

„Warum dann die Verspätung?"

„Es … es ist Erntezeit, Sir. Wie sollen die Bauern denn ihre Erzeugnisse zur Verschiffung nach Teklet bringen?"

„Ich denke doch, dass sie Handkarren haben", sagte Hokan. Er schwang sich auf den Sattel seines Schlittens. „Ankkit wird sich nach alternativen Beförderungsmitteln für sein Getreide umsehen müssen."

Auf dem ganzen Weg zurück zu seinem Hauptquartier in Ankkits Villa, grübelte Hokan über die sorgfältig drapierten Droidenteile. Er befürchtete, dass ihn der Aufenthalt in diesem vulgären Hutt-Bordell eines Hauses auch weich und dekadent machen könnte. Deswegen hatte er sein Büro in einem Außenhaus eingerichtet. Er machte sich nichts aus tuntigen Vorhängen und überflüssigem Zierrat. Es lag einfach nur in günstiger Nähe zur Forschungseinrichtung und nahe bei seinen Truppen.

Wen mochte die Republik also auf Uthans Projekt angesetzt haben? Ganz klar waren es verwegene Männer; zuerst hatten sie wie zum Sport eine Luftpatrouille ausgeschaltet und jetzt einen Droidenzug und dessen Captain. Sie schienen ihre Ziele zufällig auszuwählen. Die Klonarmee musste unglaublich wichtig für die Strategie der Republik sein, wenn ihre Truppen auf diese Weise landeten. Wo blieb die konventionelle Armee? Wo waren die Jedi-Generäle? Wann würden sie eintreffen?

Dies war eine neue Art des Krieges. Er konnte es fühlen.

Er hasste es, nicht zu wissen, was sich da draußen darauf vorbereitete, ihn anzugreifen. Hätte er nicht gewusst, dass der Mann tot war, er hätte geschworen, es wäre Jango Fett selbst.

8.

Wisst ihr, warum ihr so besonders leistungsstark seid? Es liegt nicht nur an eurer genetischen Überlegenheit und der intensiven Ausbildung. Und es liegt auch nicht nur daran, dass ihr ohne zu fragen Befehlen gehorcht. Ihr seid so leistungsstark, weil ihr alle *darauf vorbereitet seid zu schießen, um zu töten,* jedes Mal. *Nur ein Prozent aller Zivilisten ist darauf vorbereitet zu töten und weniger als ein Viertel aller gewöhnlichen, menschlichen Soldaten. Selbst unter Feuer.*

– Sergeant Kal Skirata, beim Eröffnungsvortrag für Commandos über Militärpsychologie

Der Droide feuerte Salve um Salve auf die versiegelten Legierungstüren, bis sie rot glühten.

„Stop!"

Der Droide schien nicht zu hören.

Dr. Ovolot Qail Uthan rannte die Treppen hinunter und ihr Haar flatterte in roten und schwarzen Strähnen hinter ihr her. Sie trug ein weit geschnittenes, dunkelblaues Nachthemd, das ebenso teuer aussah wie ihre Tagesgarderobe. Hokan salutierte höflich und beobachtete weiter die Fortschritte des Droiden.

„Seid Ihr verrückt geworden?", zischte Uthan grimmig. Sie schien Hokan nicht die Sorte Frau zu sein, die ihre Stimme erheben musste, um ihren Standpunkt klarzumachen. „Hinter dieser Tür lauert höchste *biologische Gefahr.*"

„Ich weiß", erwiderte Hokan. „Nur ein Test. Es hält tatsächlich sehr gut. Exzellente Sicherheitsschotte."

Uthan holte dezent aber tief Luft und blickte kurz auf ihre Handrücken. „Diese Einrichtung wurde auf Grund höchster Eindämmungsstandards gebaut und getestet, Major. Ihr braucht Euch keine Sorgen zu machen."

„Das tue ich aber, Doktor." Er sah eine Weile zu, wie der Droide geduldig einen Blasterschuss nach dem anderen in die Tür jagte. Dann machte die Einheit Pause, um das Energiemagazin zu wechseln. *„Stop."*

Der Droide hörte auf. Hokan zog das Lichtschwert hervor, das er Kast Fulier abgenommen hatte und strich mit der klaren, blauen Klinge über den Saum zwischen den beiden Türen. Von der Oberfläche stieg Rauch auf, aber es war kein Einschnitt zu sehen. Selbst ein Jedi würde sehr lange brauchen, um sich durch diese Panzerung zu schneiden.

„Vergebt mir mein Drängen, aber kann das nicht bis morgen warten?", fragte Uthan. „Ich arbeite rund ums Chrono, um diesen Wirkstoff waffenfähig zu machen. Ich schlafe sogar hier. Und im Moment würde ich es vorziehen, genau das zu tun."

„Entschuldigt Doktor, aber ich glaube, Zeit ist ein Luxus, den wir uns nicht leisten können."

„Was hat Zeit damit zu tun?"

„Ich denke, wir werden Euch verlegen müssen."

Uthan hatte eine Art ihren Kopf zur Seite zu neigen und sich aufzurichten, als wäre sie ein Kraytdrache. Das gab ein äußerst beeindruckendes Bild ab. „Diese Einrichtung birgt höchste Risiken biologischer Verseuchung. Sie kann nicht einfach verlegt werden wie irgendein *Zelt*."

„Ich kann die damit verbundenen Unannehmlichkeiten nachvollziehen. Dennoch glaube ich, es wäre sicherer, wenn Ihr Eure Bestände und Euren Stab gesammelt an einen anderen Ort bringen würdet."

„Warum? Ihr habt die Sicherheitslage unter Kontrolle."

„Ich habe sie besser unter Kontrolle, als zuvor, das ist wahr. Aber feindliche Truppen sind gelandet und ich weiß weder wie viele, noch welche Ausrüstung und Bewaffnung ihnen zur Verfügung steht. Alles was ich weiß – was ich zu wissen glaube – ist, dass sie wegen dieser Anlage hier sind."

„Dies ist eine Festung. Hunderte Droiden stehen zu Eurer Verfügung. Lasst sie doch kommen. Ihr könnt sie zurückschlagen."

„Jede Festung kann mit der Zeit durchbrochen werden. Ich könnte Euch eine Liste mit Umständen zusammenstellen, unter denen ein einfallsreicher Gegner an diesen Türen vorbeikäme, aber ich möchte, dass Ihr meinem Urteil vertraut und akzeptiert, was ich sage. Lasst uns Euch und Eure Arbeit an einen weniger offenkundigen Ort verlegen, bis ich die Bedrohung besser einschätzen kann."

Uthan wirkte völlig teilnahmslos und sah an Hokan vorbei, als würde sie etwas ausrechnen.

„Ich kann die Biomaterialien und meinen Stab abziehen", sagte sie schließlich. „Die Ausrüstung könnte nötigenfalls ersetzt werden. Natürlich könnte ich ohne die Umgebung gesicherter Laboratorien meine Arbeit nicht weiterführen, aber wenn Ihr glaubt, dass dieses Projekt gefährdet ist, dann ist Stillstand immer noch die bessere Option, als der Verlust der Arbeit von drei Monaten."

Was für eine entzückend vernünftige Frau sie doch war, geradezu mandalorianisch in ihrer Disziplin und Hingabe. Hokan führte den Droiden nach draußen. „Wie lange?", fragte er.

„Vielleicht sechs Stunden."

„Ist dieses Material so gefährlich?"

Sie neigte ihren Kopf ein wenig zur Seite. „Nur wenn Ihr ein Klon wärt. Ansonsten würdet Ihr Euch lediglich etwas unwohl fühlen."

„Es muss merkwürdig sein mit Waffen zu kämpfen, die man nicht sehen kann."

„Im Krieg geht es um Technologie", sagte sie.

Hokan lächelte höflich und ging hinaus in den Hof, wo er im schwachen Licht der Türöffnung stehen blieb. Eine erste Andeutung von Frost lag in der Nachtluft; der Winter kam, und die Landschaft wäre sehr viel leichter abzupatrouillieren, wenn das Laub bereits gefallen wäre. Wenn der Schnee kam, würde es sogar noch einfacher. Aber er nahm an, dass der Konflikt sehr schnell ausgetragen wäre.

Der Geheimdienst berichtete, dass die Republik an hunderten verschiedenen Fronten kämpfte.

Ihre neue Armee musste über Millionen Männer verfügen, um eine solche Streuung zu erreichen. Also alles Klone. *Traurige Zerrbilder des großen Jango Fett.*

Nun, eines wusste er mit Sicherheit: Die Republik würde keine Klone schicken, um mit diesem speziellen Problem fertig zu werden. Sie mussten wissen, dass die Separatisten bereits über die eine Waffe verfügten, die ihren Angriff im Keim ersticken konnte. Ein Unterfangen dieser Art lag jenseits der Möglichkeiten dieser fügsamen Infanterieklone, die Uthan beschrieben hatte. Das hier war kein Zahlenspiel.

Hokan setzte seinen Helm auf und begann sich die Anlage als Falle vorzustellen. Sie wollten kommen und ein Auge darauf werfen? Nun, er würde für ein angemessenes Willkommen sorgen.

„Droiden in Formation. Zwei Reihen an diesen Eingang."

Selbst bei Dunkelheit bewegten sich die Droiden wie Einer und Hokan musste erneut ihre Präzision bewundern. Jetzt stellten sie ein Verkehrsschild dar, das die Richtung zum Ziel wies und bestätigte, was die Republik zu wissen glaubte. Aber sie würden irren. Sie würden ihre besten Männer einem Lockvogel hinterher schicken.

Im Krieg geht es um Technologie

„Nein", sagte Hokan laut. Die Droiden sprangen an. „Im Krieg geht es nicht mal um Feuerkraft." Er tippte sich an die Schläfe. „Es geht darum, seinen Verstand zu benutzen." Dann fasste er sich an die Brust. „Und es geht um Mut."

Er erwartete nicht, dass die Droiden das verstanden. Klone verstanden es wahrscheinlich auch nicht.

Das Stroh stank zwar scheußlich, aber Darman war zu erschöpft, um sich daran zu stören. Es sah weich genug aus, um sich hinein fallen zu lassen und das genügte ihm.

Aber zunächst ging er noch die Wände der Scheune ab und sah sich nach einem zweiten Ausgang für den Notfall um. In einer der Wände waren mehrere Latten lose. Das sollte genügen. Der wackelige Schuppen sah sowieso aus, als könne er mit der bloßen Hand in jedes beliebige Brett ein Schlupfloch schlagen.

Beruhigt ließ er alles fallen, was er mit sich schleppte und versuchte sich auf die Strohballen zu setzen, aber daraus wurde nur ein mattes Fläzen. Er nahm nicht einmal den Helm ab. Er lehnte sich einfach zurück und stieß einen tiefen Seufzer aus.

Sein Padawan-Commander beugte sich über ihn. „Geht es Ihnen gut, Darman?" Sie streckte ihre Hand aus und fuhr mit der Handfläche über ihn als wolle sie ihn berühren, tat es aber nicht.

„Ich bin fit fürs Gefecht, Commander." Er wollte sich wieder aufrichten, aber sie machte eine Geste, die klar sagte: *Bleib, wo du bist.*

„Das habe ich nicht gefragt", sagte sie. „Ich kann fühlen, dass Sie etwas quält. Erzählen Sie es mir."

Das war ein Befehl. Es kam von einer Jedi. „Ich habe mir das Bein verletzt, als ich gelandet bin. Abgesehen davon bin ich nur müde und ein bisschen hungrig." *Ein bisschen hungrig?* Sein Magen brüllte. „Kein Grund zur Sorge, Commander."

„Gelandet?"

„Ich bin aus einem Schiff gesprungen."

„Mit der ganzen Ausrüstung?"

„Ja, Ma'am."

„Sie verblüffen mich." Er konnte nicht sagen, ob das gut oder schlecht war. „Zwei Dinge noch. Bitte nennen Sie mich nicht *Padawan* oder *Commander* – Ich möchte nicht als Jedi erkannt werden. Und ich würde lieber mit Etain angesprochen werden, statt mit *Ma'am.*" Sie machte eine Pause. Zweifellos dachte sie an weitere Fehler, die er begangen hatte. „Und bitte nehmen Sie Ihren Helm ab. Das ist doch reichlich verstörend."

Bisher hatte Darman drei Jedi getroffen und sie alle schienen ihn auf irgendeine Weise merkwürdig zu finden, mit oder ohne Helm. Sein ganzes Leben lang hatte man ihm beigebracht, dass er und seine Brüder für die Jedi geschaffen worden seien, um ihnen im Kampf gegen ihre Feinde zu helfen und er hatte ein wenig Anerkennung für diese Verpflichtung erwartet, oder zumindest einen Ausdruck der Befriedigung. Er nahm seinen Helm ab und saß konsterniert da, hin und her gerissen zwischen der absoluten Klarheit seiner militärischen Fachkenntnis und der Verwirrung durch die zivile Welt, in die er zum ersten Mal hineingestoßen worden war.

Die Padawan – nein, *Etain*, sie hatte ihm einen klaren Befehl gegeben – zog eine kleine Kugel aus ihrem Mantel und öffnete sie in ihren Händen. Schicht um Schicht wie säuberlich gestapelte Teller, erwuchs daraus ein holografisches Bild.

„Pläne", sagte sie. Ihre Stimme klang jetzt völlig anders. Sie strahlte Erleichterung aus. „Pläne aller separatistischen und neimoidianischen Gebäude in der Umgebung. Etagenpläne, Installationspausen, Schaltpläne, Kanalisationsnetze, Rohrleitungen, Einzelheiten der verwendeten Materialien – jedes Detail darüber, wie sie gebaut wurden. Das ist es, was Sie brauchen, nicht wahr? Danach haben Sie gesucht?"

Darman war wieder hellwach. Er streckte seine Hand aus, griff in den Strahl der Projektion und faltete einen Plan waagerecht aus, um ihn lesen zu können. Er sah sie alle durch und hörte sich unfreiwillig aufstöhnen.

Etain hatte Recht. Bis auf flüchtige Details, wie Belegschaftszahlen und Aufgabenverteilung, war beinahe jedes Stückchen Geheiminformation, das sie brauchten, vorhanden. Mit diesen Plänen wussten sie, wie sie die Energiezufuhr der Gebäude abschalten konnten, wo Nervengifte in Luftschächten und Wasserleitungen einsetzbar waren und auch genau, was sie sehen würden und wohin sie zu gehen hätten, wenn sie sich Zugang verschafften. Die Pläne zeigten die Bauweise von Wänden, Türen, Schotten und Fenstern, sodass sie genau wussten, welche Sprengmenge oder welche Art Ramme sie zu benutzen hatten, um sie zu durchbrechen. Es war eine Zusammenstellung klarer Instruktionen zur Durchsetzung ihres Ziels.

Aber Etain schien nicht zu wissen, worin dieses Ziel bestand. „Was werden Sie damit anfangen?", fragte sie.

„Wir sind gekommen, um Ovolot Qail Uthan zu entführen und ihre Forschungseinrichtung zu zerstören", sagte Darman. „Sie entwickelt einen Nanovirus, der dazu dient, Klone zu töten."

Etain beugte sich weiter vor. „Klone?"

„Ich bin ein Klon. Die gesamte Große Armee besteht aus Klonen, Millionen von uns. Alle geführt von Jedi-Generälen."

Ihr Gesicht war ein Paradebeispiel blanker Überraschung. Aber es faszinierte ihn auch auf eine Art, die er nicht beschreiben konnte. Noch nie war er einer menschlichen Frau so nahe gewesen. Einer *echten* Frau. Er war verblüfft von der Ansammlung kleiner, brauner Flecken auf ihrem Nasenrücken und Wangen und von den unterschiedlichen Farben in ihrem langen, ungekämmten Haar – helle Brauntöne, Gold und auch Rot. Und sie war so dünn wie die Einheimischen. Er konnte blaue Adern auf ihren Handrücken erkennen und sie roch anders, als alle mit denen er jemals ein Zimmer geteilt hatte. Er war sich nicht sicher, ob sie hübsch war, oder ausgesprochen hässlich. Er wusste nur, dass sie ihm völlig fremd und ebenso faszinierend vorkam. So fremd, wie ein Gdan oder ein Gurlanin. Dieser Umstand hielt ihn fast davon ab, sich auf seine Arbeit zu konzentrieren.

„Alle wie Sie?", fragte sie schließlich blinzelnd. Sie schien beunruhigt von seinem musternden Blick. „Hab ich etwas gesagt?"

„Nein, Ma'am – Entschuldigung, Etain. Ich bin ein Commando. Wir werden anders ausgebildet. Manche Leute sagen … wir seien *eigen*. Wie ich sehe, haben Sie in Sachen Nachrichtenversorgung nicht viel mitbekommen."

„Alles, was ich wusste – was mein Meister mich hat wissen lassen – war, dass sich Uthan hier befände und dass die Pläne entscheidend für die Sicherheit der Republik wären. Klone kamen in der Unterhaltung nicht vor." Sie starrte ihn an, wie es auch Jusik getan hatte. „Es gibt da eine alte Frau, die mir von eurem Kommen erzählt hat, aber ansonsten hat sie nicht viel gesagt. Wie viele von euch sind jetzt hier auf Qiilura?"

„Vier."

„*Vier?* Sie sagten, es gäbe Millionen von euch! Was sollen vier schon ausrichten?"

„Wir sind Commandos. Spezialeinheiten. Verstehen Sie den Ausdruck?"

„Anscheinend nicht. Wie sollen denn vier Zehnjährige Uthans Einrichtung stürmen?"

Er brauchte einen Moment, um zu begreifen, dass sie sarkastisch war. „Wir kämpfen anders."

„Da werden Sie aber wirklich ganz schön anders sein müssen, Darman." Sie sah am Boden zerstört aus. So, als hätte er sie durch sein bloßes Auftauchen enttäuscht. „Sind Sie wirklich zehn Jahre alt?"

„Ja. Unser Wachstum wurde beschleunigt."

„Wie können wir nur in so kurzer Zeit wehrfähige Soldaten ausbilden?"

„Es ist eine sehr intensive Ausbildung." Er hatte Mühe, nicht jedes Mal *Ma'am* zu sagen. „Man hat uns nach Vorlage des besten genetischen Materials geschaffen. Von Jango Fett."

Etain hob die Augenbrauen, sagte aber nichts. Dann stand sie auf, griff nach einem Korb auf einem niedrigen Balken und reichte ihn zu ihm hinüber. Er war voll mit komischem Zeug, das essbar roch und er dachte darüber nach, davon zu probieren.

„Ist das zum Essen?"

„Ja. Das hiesige Brot und eine Art gedünsteter Kuchen. Nichts Aufregendes, aber es macht satt."

Darman biss in einen weichen Klumpen, der sich zwischen seinen Fingern verformte. Es war umwerfend. Es hatte einen starken Geschmack, hatte Biss und gehörte zu den erfüllendsten Mahlzeiten, die er jemals gegessen hatte: Nicht ganz auf einer Stufe mit Ujkuchen, aber doch so anders als die geruchs-, geschmacks- und substanzlosen Feldrationen, dass es sehr nahe dran kam.

Etain beobachtete ihn sorgfältig. „Sie *müssen* am Verhungern sein."

„Es ist wunderbar."

„Das sagt eine Menge über das Essen in der Armee."

Darman griff in seinen Gürtel und holte einen Würfel Trockenration hervor. „Versuchen Sie."

Sie roch daran und biss hinein. Der Ausdruck vagen Zweifels auf ihrem Gesicht wich dem der Abscheu. „Das ist entsetzlich. Da ist ja gar nichts dran."

„Es verfügt über das perfekte Nährstoffprofil für unsere Ansprüche. Es hat keinen Geruch, sodass der Feind es nicht aufspüren kann und enthält keine Fasern, damit wir so wenig Abfallprodukte wie möglich ausscheiden, die man finden und –"

„Ich glaube, ich habe verstanden. Ist das die Art, in der sie euch behandeln? Wie Vieh?"

„Wir hungern nicht."

„Was tun Sie gerne?"

Er wusste wirklich nicht, worauf sie hinaus wollte. „Ich bin ein guter Schütze. Ich mag den DC-17 und –"

„Ich meine, in Ihrer Freizeit. Habt ihr Freizeit?"

„Wir lernen."

„Und natürlich keine Familie", sagte sie.

„Doch, ich habe Brüder in der Schwadron."

„Ich meinte –" Sie riss sich zusammen. „Nein, ich verstehe." Sie schob den Brotkorb näher zu ihm. „Mein Leben unterscheidet sich gar nicht so sehr von Ihrem, außer dass das Essen besser ist. Nehmen Sie nur. Sie können alles aufessen, wenn Sie wollen."

Und das tat er. Er versuchte nicht hinzusehen, während Etain ihr Gewand auswrang und ihre Stiefel ausschüttelte. Er fühlte sich unbehaglich in ihrer Nähe, konnte aber nicht sagen warum. Er wusste nur, dass sie nicht ganz der Jedi-Commander war, den er auf Grund seiner Ausbildung erwartet hatte.

Die einzigen Frauen, an die er sich erinnern konnte, waren die kaminoanischen Medizinaltechnikerinnen, deren unpersönlicher Ton ihn mehr eingeschüchtert hatte, als jeder brüllende Drillsergeant. Und einmal hatte sein Zug eine unangenehm einprägsame Lektion in Dechiffriertechniken von einer Sullustanerin erhalten.

Er fürchtete Frauen. Jetzt fürchtete er seine Jedi-Offizierin, fühlte sich von ihr aber auch in einer Weise aufgewühlt, für die er keine Worte fand. Das schien ihm nicht *annehmbar*.

„Wir müssen weiter", sagte er. „Ich muss zum RV-Punkt. Ich habe bereits seit fast zwei Tagen keinen Kom-Kontakt mehr mit meiner Schwadron und weiß nicht einmal, ob sie noch am Leben sind."

„Das wird ja mit jeder Sekunde schlimmer", sagte sie abgespannt. „Erst haben wir vier, und jetzt vielleicht nur noch einen."

„Zwei. Solange Sie keine anderen Verpflichtungen haben."

„Sie haben mich kämpfen sehen."

„Sie sind eine Jedi. Ein Commander."

„Das ist ein Titel, keine Bescheinigung für meine Fähigkeiten. Ich bin nicht gerade die Beste der Besten."

„Das müssen Sie sein. Ich weiß, was die Jedi können. Niemand kann euch besiegen, solange die Macht mit euch ist."

Sie warf ihm ein seltsames Lächeln zu und hob die Holokarte auf. Sie schien Mühe zu haben, den Faden wiederzufinden und schluckte ein paar Mal. „Zeigen Sie mir, wo der RV-Punkt liegt – so heißt es doch? RV? Zeigen Sie es mir auf der Karte."

Darman holte seinen Datenblock hervor und schloss seine Missionskarten an das projizierte Bild der Kugel an. Er zeigte auf die Koordinaten.

„Es ist hier", sagte er. „Bevor wir zu einem Manöver oder einer Mission aufbrechen, vereinbaren wir, wo wir uns wieder treffen, falls etwas schief geht. Wir mussten abspringen als unser Transporter abstürzte. Wir sind also verstreut und die Verfahrensweise sieht vor, dass wir innerhalb eines bestimmten Zeitfensters den entsprechenden RV-Punkt erreichen."

Er zoomte an das Gebiet nordwestlich von Imbraani heran. Etain neigte den Kopf, um zu folgen.

„Was ist das?", fragte sie.

„Das Primärziel. Uthans Anlage."

„Nein, ist es nicht."

„Laut Nachrichtenversorgung –"

„Nein, das ist die Basis der Separatisten. Ihre Garnison." Ihre Augen wanderten auf der Karte hin und her, dann zeigte sie mit dem Finger darauf. „*Diese* Gebäudegruppe ist die Anlage. Ich kann es Ihnen zeigen. Schauen Sie." Sie legte die Etagenpläne der Anlage über die Pläne der Farmgebäude und schrumpfte das Bild auf die richtige Größe. Sie passten perfekt übereinander.

Darman begriff sofort, was das zu bedeuten hatte.

Sein Magen zog sich zusammen. „Dann steuert meine Schwadron direkt auf die Separatisten zu."

„Dann sollten wir besser zusehen, dass wir sie abfangen", sagte Etain. „Oder sie laufen mit Karacho in eine Hundertschaft Droiden."

Darman war blitzschnell auf den Beinen, noch bevor ihm bewusst war, dass er jemanden hatte kommen hören.

„Das glaube ich nicht", sagte die Stimme einer Frau. „Denn die Droiden sind alle auf dem Weg nach Imbraani."

Darman hatte seinen Blaster gezogen und angelegt, noch bevor Etain sich umdrehen konnte.

9.

Sie haben etwas Rührendes an sich. Sie sehen aus wie Soldaten, sie kämpfen wie Soldaten und manchmal reden sie sogar wie Soldaten. Sie verfügen über die ausgezeichnetsten Kämpferqualitäten. Aber hinter all dem ist nichts – keine Liebe, keine Familie, keine glücklichen Erinnerungen, die einem wahrhaft gelebten Leben entspringen. Wenn ich sehe, wie einer dieser Männer getötet wird, so beweine ich ihn mehr, als jeden herkömmlichen Soldaten, der ein erfülltes und normales Leben hatte.

– Jedi-General Ki-Adi Mundi

In der Zeit, die Etain gebraucht hatte, um aufzuspringen, hatte Darman bereits Jinarts Gesicht an die Wand gepresst und ihr seinen Blaster an den Kopf gehalten.

„Ganz ruhig, Junge", sagte Jinart gelassen. „Ich will euch nichts Böses."

Er hatte sie sicher im Griff. Der Ausdruck in seinem ernsten Gesicht war jedoch völlig aufgeschlossen und stand in solchem Kontrast zu der Gewaltanwendung, zu der er bereit war, dass Etain schauderte.

„Lassen Sie los, Darman", sagte sie. „Sie ist eine Jedi-Kameradin."

Darman ließ Jinart augenblicklich los und trat zurück.

„Ich bin keine Jedi, sagte ich schon", entgegnete Jinart gereizt. Sie sah zu Darmans Gesicht auf. „Du würdest also eine alte Frau erschießen, was?"

„Ja, Ma'am", sagte Darman. Etain starrte ihn entsetzt an. „Gefahren begegnet man in vielen Verkleidungen. Nicht alle Soldaten sind junge Männer und nicht jeder Soldat trägt eine Uniform."

Etain wartete darauf, dass Jinart zu einem Tritt in seinen Schritt ansetzte, aber die alte Frau grinste nur zufrieden. „Da haben wir aber einen vernünftigen Jungen", sagte sie. „Du wirst dich gut schlagen. Vertraue diesem hier, Etain. Er meistert seine Aufgaben sehr gut." Sie blickte auf den Blaster, den er immer noch fest in Händen hielt. „DC-17, wie ich sehe."

„Es gibt *vier* von ihnen", sagte Etain und erwartete, dass Jinart ebenso enttäuscht reagieren würde wie sie.

„Ich weiß." Die Frau reichte Etain ein Bündel Lumpen. „Eine ganze Schwadron Klon-Commandos. Hier trockene Anziehsachen. Nicht besonders schick, aber wenigstens sauber. Ja, ich weiß alles über sie. Ich habe den anderen drei nachgespürt."

„Geht es ihnen gut?" Darman war wieder ganz die Sorge selbst und verströmte dieses *Kind*-Gefühl, das Etain so schwer ertragen konnte. „Ich muss mich ihnen wieder anschließen. Wo sind sie?"

„Auf dem Weg nach Norden."

„Zum RV-Gamma."

„Was auch immer, Jungchen. Ihr habt mich da ein ganz schönes Tänzchen aufführen lassen. Ist wirklich nicht leicht, euch aufzuspüren."

„Dazu hat man uns ausgebildet, Ma'am."

„Ich weiß."

Jinart blickte noch immer in Darmans Gesicht. „Ihr seid *wirklich* die perfekte Kopie von Fett, nicht wahr? In der Blüte seiner Jahre natürlich." Ihre Stimme war tiefer geworden und hatte nicht mehr das heisere Krächzen sehr alter Leute und Etain fragte sich, ob dies nun der Moment sei, in dem sie sich als Sith zu erkennen geben würde. Die Padawan ließ ihre Hand langsam in ihren klammen Mantel gleiten.

Jinart wurde auf einmal schwarz wie der Marmor von Coruscant und verlor dann die Struktur ihrer Haare und ihrer faltigen Haut, als wäre sie Wachs, das in eine grobe Form floss. Ihre Gestalt begann zu zerfließen.

Auf Darmans widersprüchlich unschuldiges Gesicht legte sich eine Art vertrautes Lächeln. Diesmal war Etain bereit. Sie war konzentriert, stellte sich das Lichtschwert als Verlängerung ihres Armes vor. Sie war bereit zu kämpfen.

„Sie sind das Gurlanin", stellte Darman fest. „Uns wurde nicht gesagt, dass Sie an dieser Mission teilnehmen. Wie haben Sie das geschafft?"

„Ich bin nicht Valaqil!", antwortete eine beruhigende, fließende Stimme. „Ich bin seine Gemahlin." Jinart, jetzt eine vierbeinige, mit schwarzem Pelz bedeckte Kreatur setzte sich auf ihre Hinterbeine und schien geradewegs nach oben zu wachsen wie eine Säule aus geschmolzenem Metall. „Siehst ganz schön überrascht aus, Kindchen."

Da konnte Etain nicht widersprechen. Selbst wenn man schon Erfahrung mit der ganzen Vielfältigkeit nichtmenschlicher Spezies hatte – und die hatte sie unbestreitbar, allein schon aus ihrem eigenen Jedi-Clan – die Metamorphose eines Formwandlers mit eigenen Augen zu sehen, hatte etwas Hypnotisierendes. Obendrein wusste sogar dieser naive Soldat, was diese Kreatur war. Und sie nicht.

„Du bist wirklich eine Offenbarung, Jinart. Aber warum kann ich etwas an dir spüren, das sich wie die Macht anfühlt.?"

„Wir sind Telepathen", sagte das Gurlanin.

„Oh …"

„Keine Sorge, ich werde nicht in deinen Verstand eintauchen. So funktioniert es nicht. Wir kommunizieren nur miteinander."

„Aber ich habe neulich Nacht deine Stimme in meinem Kopf gehört."

„In Wirklichkeit stand ich neben dir. Aber natürlich nicht in einer Form, die du erkannt hättest."

„Und ich, Ma'am?", fragte Darman, der von dem Gespräch völlig gebannt schien.

„Ja, ich habe dir geraten, zu schlafen. Ich gebe einen ziemlich überzeugenden Baumstamm ab, nicht wahr?" Jinart zerfloss und verwandelte sich wieder in die Verkörperung einer alten Schrulle. „Ich weiß, klischeehaft … aber wirkungsvoll. Alte Frauen sind unsichtbar. Wie du, Darman. Wir gehen dorthin, wo andere nicht hingehen und tun, was andere nicht können. Das hiesige Kommunikationsnetz steht unter totaler Überwachung durch die Handelsföderation. In der Praxis bedeutet das, eine einzige Überwachungs- und Übertragungsstation in Teklet. Und obwohl meine Art über interstellare Entfernungen keine Einzelheiten weitergeben kann, *können* wir einander Ahnungen und grobe Vorstellungen vermitteln. Mein Gemahl und ich sind euer Komlink. Nicht perfekt, aber besser als totale Funkstille."

Das Gurlanin machte ein blubberndes Geräusch wie kochendes Wasser. „Ich habe mir in den letzten beiden Tagen die Füße wund gelaufen, um diese Informationen zu sammeln und sie sind für diesen jungen Mann genauso wichtig, wie für dich: Ghez Hokan hat jetzt das Kommando über die hiesigen Streitkräfte. Es mögen nicht allzu viele sein, aber er ist nicht dumm – er hat begriffen, dass die Truppen der Republik wegen Uthans Hokuspokus hier sind. Darman, er spürt deinen Kameraden hinterher."

„Wir sind ganz gut im Ausweichen."

„Ja, aber deine Schwadron lässt auf ihrem Weg gerne Leichen und Trümmer zurück. Er gibt zu, nicht zu wissen, wie viele von euch hier sind und das macht ihm Kopfschmerzen."

„Du bist also in seine Angelegenheiten eingeweiht?", fragte Etain argwöhnisch. Inzwischen traute sie keinem mehr. Sie wusste immer noch nicht, wer Meister Fulier verraten hatte und bevor Klarheit darüber herrschte, würde ihr Verstand besonders offen und wachsam sein. Ihr Meister hatte ihr zwar nicht von den Klonen erzählt, aber wenn er Uthans Aktivitäten aufgedeckt hatte, musste er von ihnen gewusst haben. Leider hatte er ihr nicht vertraut. Trotz all seiner freundlichen Worte, am Ende – selbst noch aus dem Grab heraus – bestätigte er ihr nur, dass sie nicht so weit war, ein Jedi zu werden.

„Ich weiß über Hokans Sorgen Bescheid, weil ich einen sehr überzeugenden alten Mann abgebe und eine ebenso hervorragende Großmutter", sagte Jinart. Die Antwort ergab keinen Sinn. „Ich werde Darmans Kameraden einholen und versuchen, sie zu einem sicheren Ort zu bringen. Sie haben keine verlässliche *Info*, wie ihr sagt, nur begrenzte Mengen an Munition und das Überraschungsmoment ist nicht mehr auf ihrer Seite. Hokan weiß inzwischen, warum ihr hier seid und er verfügt über genügend Droiden und Feuerkraft, um euch zu stoppen. Ohne weiteres Eingreifen, oder eine Änderung im Plan sind die Chancen eurer Mission gleich Null."

Darman beobachtete sie andächtig. Jinarts Neuigkeiten konnten seinem Selbstvertrauen nichts anhaben: Etain sah ihn nicht einmal mit der Wimper zucken. „Es könnte schlimmer sein. Ich habe den Klang eines Einzeltransmitters eigentlich immer gemocht."

„Darf ich noch hinzufügen, dass euch die Einheimischen schon für die Chance ausliefern würden, sich einmal richtig voll laufen zu lassen?"

Darman sah zu Etain, die hin und her rutsche. „Gehen Ihnen die Ideen aus, Soldat?", fragte sie.

„Ich erwarte Ihre Befehle, Commander."

Damit war das Fass voll. All die Wochen der Angst, des Hungers und der Erschöpfung nach Jahren des Zweifels und der Ernüchterung waren zuviel für Etain. Sie hatte ihr Möglichstes getan und es gab nichts mehr, das sie geben konnte.

„Hören Sie auf! Hören Sie auf, mich *Commander* zu nennen." Sie spürte, wie sich ihre Nägel in ihre Handflächen bohrten. „Ich bin *nicht* Ihr verdammter Commander. Ich habe keine Ahnung, was als Nächstes zu tun ist. Sie stehen allein da, Darman. *Sie* sind der Soldat. Lassen *Sie* sich einen Plan einfallen."

Jinart sagte nichts. Etain spürte die Zornesröte in ihrem Gesicht. Sie hatte jede Würde verloren. Das lebenslange Training in Selbstbeherrschung und geistiger Vertiefung zerfiel zu Staub.

Darman veränderte sich vor ihren Augen. Er verwandelte sich nicht im physischen Sinn, wie das Gurlanin, dennoch war die Veränderung nicht weniger überraschend. Das kindliche Gefühl, das Etain so deutlich spüren konnte, verpuffte einfach. An seine Stelle traten stille Resignation und noch etwas anderes: Ein beinahe greifbares Gefühl der Verlassenheit. Sie konnte es nicht genau definieren.

„Ja, Ma'am", sagte er. „Ich werde sofort damit anfangen."

Jinart nickte mit dem Kopf in Richtung der Tür. „Gehen Sie mal frische Luft schnappen, Darman – ich muss mit *Commander* Tur-Mukan sprechen."

Darman zögerte einen Moment und ging dann hinaus. Jinart ging um Etain herum.

„Hör mir zu, Mädchen", zischte sie. Feine Speicheltropfen glitzerten im schwachen Licht. „Dieser Soldat mag jedes Wort eines Jedi für eine göttliche Verkündung halten, aber ich nicht. Du reißt dich besser *schnell* zusammen. Die Commandos und ich sind alles, was noch zwischen dem Aufrechterhalt einer gewissen Ordnung in der Galaxie und ihrem Zerfall steht. Denn wenn die Klonarmee ausgelöscht wird, werden die Separatisten *gewinnen*. Du kannst uns entweder helfen, oder aber zur Seite gehen. Ganz sicher wirst du *nicht* im Weg stehen. Denn das ist genau das, was du tust, wenn du diese Männer nicht anführen kannst. Sie sind dazu gezüchtet worden, ohne zu fragen den Jedi zu gehorchen. In diesem Fall bist traurigerweise *du* damit gemeint."

Etain hatte sich an das Gefühl der Wertlosigkeit gewöhnt. Jinart konnte sie nicht kleiner machen, als sie sich sowieso schon fühlte. „Ich habe nicht um diese Verantwortung gebeten."

„Und Darman auch nicht." Für eine beängstigende Sekunde verwandelte sich Jinart in eine Masse schwarzer, schlängelnder Sehnen. „Es liegt in der Natur der Pflicht. Sie ruft und du gibst dein Möglichstes. Er wird das tun. Und auch seine Kameraden. Jeder Einzelne von ihnen. Sie brauchen dich, um ihren Job zu erledigen."

„Ich bin noch dabei, zu lernen wie."

„Dann lerne schnell. Wenn diese Soldaten nicht darauf programmiert wären, dir zu gehorchen, würde ich ernsthaft in Erwägung ziehen, dich um die Ecke zu bringen und fertig. Es gibt nichts, wofür meine Art den Jedi zu danken hätte, überhaupt nichts. Aber wir haben einen gemeinsamen Feind und ich möchte Valaqil wiedersehen. Schätze dich also glücklich."

Jinart glitt hinaus. Etain sank im Heu auf die Knie und fragte sich, wie sie nur in diese Situation geschlittert war. Die Scheunentür öffnete sich mit einem langsamen Knarren und Darman schaute herein.

„Beachten Sie mich gar nicht", sagte sie.

„Sind Sie in Ordnung, Ma'am?" Er zuckte merklich zusammen. „Entschuldigung, *Etain*."

„Sie halten mich wahrscheinlich auch für nutzlos, oder?"

„Ich habe einen Plan entworfen, wie Sie es befohlen haben."

„Auch noch zur Diplomatie gezüchtet, was?"

„Wenn Hokan die Anlage als Köder benutzt, dann müssen wir ihn glauben lassen, dass wir sie immer noch für das Primärziel halten. Wir teilen uns also auf –"

„Ich werte das mal als ein Ja."

Darman verfiel in Schweigen.

„Tut mir Leid", sagte sie. „Reden Sie weiter."

Er kniete sich hin, das Gesicht ihr zugewandt und wischte mit der Hand über den Boden, um eine freie Fläche zu haben, auf der er ihr etwas zeigen konnte. Dann griff er nach ein paar Brotkrusten und einem wurmstichigen Holzstück.

„Was denken Sie, bin ich?", fragte er leise.

„Nachdem, was Jinart erzählt hat, ein zum Gehorsam gezüchteter Klonsoldat." Sie sah zu, wie er das Holz und das Brot zerbrach und die einzelnen Stücke wie Spielsteine in einer Reihe aufstellte. „Keine freie Wahl."

„Aber ich habe eine Wahl", sagte er. „Die Wahl, wie ich Ihre Befehle interpretiere. Ich bin intelligent. Ich habe Jedi kämpfen sehen, also weiß ich, wozu Sie fähig sind. Wenn Sie erst einmal in eine Situation geraten, die ihr ganzes Geschick verlangt, werden Sie auch so sein."

Er redete in Widersprüchen. Für einen Moment fragte sie sich, ob er vielleicht gar kein Klonsoldat war, sondern nur ein weiteres Gurlanin, das seine Spielchen mit ihr trieb. Aber sie fühlte eine Verbindung aus stiller Verzweiflung und … Glauben. Ja, *Glauben*.

Nach all den Jahren war er die einzige Person, die ein gewisses Maß an Vertrauen in Sie gezeigt hatte und er war der Erste seit Meister Fulier, der ihr aufrichtige Freundlichkeit entgegengebracht hatte.

„Nun gut", sagte sie. „Dies ist Ihr vorrangiger Befehl: Was auch immer passieren mag, Sie werden einschreiten, sobald ich irgendetwas tue, das die Mission gefährden könnte. Nein, sehen Sie mich nicht so an." Sie hob ihre Hand, um den Protest zu ersticken, der sich auf seinen Lippen abzeichnete. „Stellen Sie sich vor, ich wäre ein Commander in der Ausbildung. Sie müssen mich ausbilden. Unter Umständen könnte das bedeuten, mir den richtigen Weg zu zeigen, auf dem die Dinge geregelt werden müssen und vielleicht auch, mich vor meinem eigenen ... Erfahrungsmangel zu schützen." Sie brachte die Worte beinahe nicht über die Lippen. „Und ... und das ist ein Befehl."

Fast hätte er gelächelt. „Deshalb habe ich solches Vertrauen in die Befehle eines Jedi-Commanders. Eure Weisheit ist unübertroffen."

Etain brauchte ein paar Sekunden, um darüber nachzudenken. Hätte Jinart das gesagt, wäre sie vor Wut übergekocht. Aber Darman meinte es auch so. Und vielleicht meinte er es in vielerlei Hinsicht.

Ja, er war intelligent und scharfsinnig, überhaupt nicht wie ein Droide. Wie konnte ein Zehnjähriger so werden? Verstört suchte sie Trost in dem Glauben, dass er Dinge gesehen hatte, die sie nicht kannte und es deshalb besser wusste. „Fahren Sie fort", ermunterte sie ihn. „Sie hatten einen Plan."

RV-Gamma, Sammelpunkt, Einbruch der Nacht.

„Wie fühlst du dich jetzt?", fragte Niner.

Atin bewegte seine Arme in einer Schwimmbewegung, um seine Brustmuskeln zu prüfen. „So gut wie neu. Keine Atemprobleme. Nein, war nur ein harter Schlag auf den Panzer."

Fis körperlose Stimme meldete sich über ihre Helmkomlinks. Er hatte sich unter einem Busch am Rande des Bergkamms versteckt und beobachtete die darunter liegende Straße. „Ich bin eben ein guter Feldarzt. Du solltest erst mal meine Luftröhrenschnitte sehen."

„Für mich nicht, danke", sagte Atin und nahm seinen Helm ab. „Abendessen?"

„Was hättest du denn gern?", fragte Niner. „Trockenratz, Trockenratz oder vielleicht lieber Trockenratz?"

„Ich nehm zur Abwechslung mal Trockenratz." O ja, Atin fühlte sich definitiv besser, nicht nur körperlich. „Wer hat das denn immer gesagt?"

„Hä?"

„Diese Trockenratz-Sache."

„Oh. Skirata. Unser alter Ausbildungssergeant."

Atin nahm einen Bissen von dem weißen Würfel und spülte ihn mit einem Schluck Wasser aus seiner Feldflasche hinunter. „Hat uns nie trainiert. Hab aber viel von ihm gehört."

„Hat auch Fi und Darman trainiert. Unsere Schwadronen waren im gleichen Bataillon."

„Wir hatten Walon Vau."

„Das erklärt dein vergnügtes Äußeres."

„Sergeant Vau brachte uns bei, wie wichtig es ist, auf den schlimmsten Fall vorbereitet zu sein", sagte Atin voller Loyalität. „Und die Steigerung der Technologie. *Hart rangehen ist gut, hart rangehen mit überlegener Technologie ist besser.*"

„Möcht ich drauf wetten."

„Aber ich hab gehört, dass jedermann Skirata gemocht hat. Obwohl er ein ganz schöner Säufer war."

Niner war noch nie betrunken gewesen und wusste nicht einmal wie Alkohol schmeckte. „Er hat darauf geachtet, was aus uns wird. Er *war* so ziemlich einer von uns. Er war nicht nur da, weil er nicht damit fertig wurde, nicht mehr in der Armee zu sein, oder weil er untertauchen musste. Nein, er war ein guter Kerl." Niner hätte einiges dafür gegeben zu sehen, wie Skirata jetzt durch den Wald gehumpelt käme. Er hätte ihnen wahrscheinlich eine Strafpredigt gehalten, weil sie herumlungerten wie eine Bande kaminoanischer Nahrakünstler. „Ich weiß nicht wo er steckt, nicht seit wir Kamino verlassen haben. Er war der beste Mann für verdeckte Missionen und Sabotage."

„Du musst es ja wissen."

„Bald werden wir es alle wissen. Ich vertraue auf das, was er uns beigebracht hat, um diese Mission zu beenden."

Niner aß den perfekt ausgewogenen, rationell entworfenen und völlig geschmackfreien Würfel und saß still da. Er wartete immer noch auf Darman. Sie konnten nicht einmal etwas fangen und zubereiten: Der Geruch bratenden Fleisches und das Licht des Feuers würde ihre Position preisgeben.

Während Fi Wache hielt, konnte er die Augen schließen und ein paar Stunden schlafen. Er setzte sich den Helm wieder auf. Zum einen, um im Falle eines Feindkontaktes sofort einsatzbereit zu sein, aber auch, um die Wärme in seinem Anzug zu halten. Es wurde kühl. Auch wenn er es nicht unbedingt brauchte, gestattete er sich den Trost eines Kommando-Spielchens, *zur Hebung der Moral.*

Du machst mir ja Angst. Du saugst alles auf, was ich sage. Vergisst du nie etwas?

„Nein, Sarge", sagte Niner.

Er wusste nicht, wie lange er geschlafen hatte. Der Klang von Fis Stimme schreckte ihn auf.

„Möglicher Kontakt, Richtung Osten, Entfernung vierzig Klicks. Sieht aus, als würde es sich auf Imbraani konzentrieren."

Trotz des Visors, war zunächst nicht klar zu erkennen, was Fi gesichtet hatte, aber jetzt konnte Niner es auch sehen. Ein Leuchten zeichnete sich wie ein künstlicher Sonnenuntergang am Horizont ab. Es glühte beständig in zarten Abstufungen von Goldgelb bis zu tiefem Rot: Es war keine Explosion.

Niner schaltete zwischen den Modi seines Visors hin und her, Hauptspektrum, Infrarot, Vollspektrum und wieder zurück. Das Leuchten strahlte auch Hitze ab. Das Langstreckeninfrarot fing sie auf.

„Ich glaube, da rollt eine ganz schöne Feuerwalze an", vermutete Fi.

Sie warteten und beobachteten weiter: Niner konnte Atin ein paar Meter weiter hören, wie er die Ausrüstung einsammelte und zum Abzug zusammenlegte. Mit dem Fernglas auf voller Leistung erkannten sie dichte Rauchschwaden, die das Feuer an manchen Stellen verfinsterten. Schließlich stieß Atin zu ihnen und gemeinsam betrachteten sie still die Flammen in der Ferne.

„Die werden doch nicht bei Nacht die Stoppelfelder abfackeln", wunderte sich Fi. „Die haben ja noch nicht einmal die Ernte von diesem stinkenden Barqzeugs hinter sich gebracht. Die haben etwas gefunden."

„Ich weiß."

„Entweder haben sie Darman gefunden und zeigen jetzt den Einheimischen, dass man dem Feind keinen Unterschlupf gewährt, oder sie haben Darman nicht gefunden und versuchen ihn auszuräuchern."

Niner hielt das für relativ gute Neuigkeiten. „Auf jeden Fall bedeutet es, dass er die Landung überlebt hat", sagte er. „Also werden wir bis zur letzten Sekunde hier warten und vielleicht noch etwas länger, nur um sicher zu gehen."

Atin legte die Ausrüstung wieder ab. Er verhielt sich zu professionell und zu diszipliniert, als dass er sie einfach auf den Boden geschmissen hätte, aber Niner bemerkte, wie er die Schultern hängen ließ. „Und wenn er dann immer noch nicht auftaucht?", fragte er und der Klang seiner Stimme ließ vermuten, dass er nicht mehr auf Streit aus war. „Nächster Plan?"

„Dann werfen wir noch mal einen Blick auf das ganze Gebiet zwischen Teklet und Imbraani", sagte Niner. „Wir fangen ganz von vorn an."

„Das ist nicht maßstabsgetreu", erklärte Darman. Er kratzte Markierungen in den freigelegten, weichen Erdboden der Scheune und platzierte sorgfältig alte Brotstücke auf der grob skizzierten Karte. „Das hier ist der Fluss. Diese drei Krumen sind die RVs Alpha, Beta und Gamma." Er brach das Holz in noch mehr Teile und platzierte sie ebenfalls. „Das hier ist die Droidenbasis … und das hier Uthans Labor."

Etain streckte ihre hohle Hand aus. Er ließ zwei Holzstücke hinein fallen. „Das hier ist Lik Ankkits Wohnsitz", sagte sie. „Er ist der neimoidianische Overlord, der nach einer besseren Welt strebt. Er führt das landwirtschaftliche Exportgeschäft und das macht ihn hier quasi zum Kaiser."

„Okay, was haben wir sonst noch?"

Etain zerbröselte ihr Holzstück in noch kleinere Stücke und legte sie sorgfältig aus. „Imbraani selbst und Teklet der Raumhafen, mit seinem Lager- und Vertriebsdepot."

„Und *das hier* ist die letzte bekannte Position meiner Schwadron."

Etain starrte auf das wurmstichige Holz und die schimmligen Krumen, die vielleicht die Große Armee vor ihrer Zerstörung bewahren konnten. „Warum kratzen wir Karten in den Dreck, wenn wir absolut perfekte Holokarten haben?"

„So hat es Sergeant Skirata immer gemacht", sagte Darman. „Er mochte keine Holos. Zu durchsichtig. Und er meinte, die Beschaffenheit des Bodens zu fühlen, würde den Verstand schärfen."

„Und man braucht dazu auch keine Technologie."

„Er war ein großer Anhänger von Intuition."

Darman zog plötzlich seinen Blaster und wirbelte herum. Die Scheunentür öffnete sich. Er entspannte sich wieder und legte seine Waffe zur Seite. Jinart trug ein weiteres Bündel abgegriffener Kleider in ihrem Arm. „Ihr müsst los", sagte sie außer Atem. „Seht mal nach draußen, Richtung Osten. Sie verbrennen die Felder, um euch auszuräuchern und euch die Deckung zu nehmen. Es gibt einen Ort an dem ihr Unterschlupf findet, aber ihr müsst euch als Bauern verkleiden – wird nicht einfach für dich, Jungchen. Du bist zu groß und zu gut genährt."

Etain ging nicht darauf ein. Sie wusste, dass sie zwischen den unterernährten, verlotterten Einheimischen nicht weiter auffallen würde.

„Ich brauche meine Ausrüstung", sagte Darman. „Wenn es sein muss, kann ich mich damit irgendwo verstecken."

„Können Sie irgendetwas davon zurücklassen?"

„Nicht, wenn wir die Anlage in die Luft jagen wollen. Ich habe die ganzen Implosionsladungen, um mit dem Nanovirus fertig zu werden. Und die E-Netz-Kanone. Die brauchen wir."

„Dann nehmt einen Karren. Es gibt eine Ausgangssperre für alles Energiebetriebene." Jinart warf Darman ein paar von den Klamotten zu. „Und leg diese Rüstung ab. Du könntest ein Hochzeitskleid tragen und würdest weniger auffallen."

„Wir könnten versuchen, RV-Gamma zu erreichen."

„Nein, geht zum ersten sicheren Unterschlupf, den ihr finden könnt. Ich gehe zu deiner Schwadron und gebe ihnen Bescheid, dann kehre ich zu euch zurück."

In der Scheune lagerte ein ganzes Sortiment an Schubkarren und Handwagen, alle in unterschiedlichen Stadien des Zerfalls. Sie würden keine Aufmerksamkeit erregen: Das Netzwerk der unbefestigten Straßen war voll von Leuten, die versuchten zu Fuß, oder mit Merliekarren ihr Soll an Barq und anderem Getreide nach Teklet zu bringen.

Als sie ein Segment der Blasterkanone auf die stabilste Karre lud, die sie finden konnten, bemerkte Etain, welche Last Darman mit sich geschleppt hatte. Sie versuchte eines der grauen Packs auf die Karre zu hieven und hätte sich beinahe die Schulter ausgerenkt, also beschloss sie, die Hilfe der Macht in Anspruch zu nehmen. Sie hatte nicht gedacht, dass die Sachen so schwer wären. Sie war nicht die Einzige, deren körperliche Kraft täuschte.

„Sind das alles Waffen?", fragte sie.

„Größtenteils."

„Aber nicht genug, um hundert Droiden auszuschalten, oder?"

„Kommt drauf an, wie man sie einsetzt", erklärte Darman.

Etain überlegte, ob er ohne die unheimliche graue Rüstung, nicht noch auffälliger wirkte als mit ihr. Die Rüstung hatte ihn größer erscheinen lassen, aber auch ohne sie ließ seine stämmige Statur klar erkennen, dass er sein Leben lang körperlich trainiert und angemessene Mengen an Proteinen gegessen hatte. Bauern, die am Hungertuch nagten, hatten nicht diesen typischen Stiernacken, der von einem überentwickelten Trapezmuskel herrührte. Selbst den Kindern hier sah man an, wie sehr sie den Elementen ausgeliefert waren; Darman sah einfach unglaublich gesund und kein bisschen sonnengegerbt aus. Er hatte nicht einmal Schwielen an den Händen.

Und dann noch diese kerzengerade Exerzierplatzhaltung. Er sah exakt nach dem Elitesoldaten aus, der er war. Er würde niemals als Einheimischer durchgehen. Etain hoffte, die Bauern würden mehr Angst vor ihm haben, als vor Hokan.

Der nächtliche Horizont leuchtete goldgelb wie der Stadthimmel von Coruscant, aber es waren Flammen, die von den Wolken reflektiert wurden und nicht das Licht von Millionen Lampen. Es sah so aus, als würde Regen folgen; sie konnten also die Karre mit einer Plane abdecken, ohne dass es auffiele. Schichten aus Barqhalmen, Säcke mit Barqkörnern und Streifen getrockneten Kushayans bedeckten Darmans „Ausrüstung", wie er es nannte. Seine Sprache sprang immerzu zwischen Jargon und Redensarten und höchst gebildeten Feinheiten hin und her. Von *Ausrüstung* – seinem Sammelbegriff für jede Art von Gerät – bis zu DC-17ern und DC-15ern und einer Unzahl von Nummern und Abkürzungen, die Etain ganz konfus machten.

„Sehen Sie dort", sagte Darman mit Blick zum Horizont. „Diese Flammenwand muss vier Klicks breit sein, mindestens."

„Das ist eine Million oder mehr Credits in Barq, die da in Rauch aufgeht. Die Bauern werden rasen vor Wut. Und die Neimoidianer werden noch wütender sein."

„Und Birhan auch", sagte Jinart. „Das ist ein ganz schöner Haufen von seinem Barq, den ihr da zur Tarnung nehmt, Mädchen. Ihr zieht besser los." Das Gurlanin nahm Darmans Datenblock und steckte einen Speicher-Stift hinein. „Das hier sind alle relativ sicheren Höfe, die ich ausfindig machen konnte. Gebt euch nicht zu erkennen. Selbst wenn der Herr des Hauses, bei dem ihr anklopft weiß, wer ihr seid, tut ihm den Gefallen und brüskiert ihn nicht, indem ihr es zugebt."

Etain hatte eine knöchellange Imbraani-Tunika über ihren unverkennbaren Jedi-Umhang gelegt. Jinart zeigte auf ihr Haar. „Den auch", sagte sie. „Den Zopf auch?"

„Es sei denn, du willst an die große Glocke hängen, wer du bist."

Etain zögerte. Sie hatte schon Leute sagen hören, sie könnten niemals ihren Ehering abnehmen, nicht bis zu ihrem Tod. Mit ihrem Padawanzopf verband sie eine ähnliche Beständigkeit, als wäre ihre Seele mit hinein gewoben und ihn entfernen – auch nur für kurze Zeit – würde das Gefüge des Universums zerreißen und nur ihre Gewissheit unterstreichen, dass sie nicht aus dem Stoff der Jedi gemacht war. Aber es musste sein. Sie löste den dünnen Zopf und kämmte die einzelnen Strähnen ihres welligen Haares glatt.

„Ich kann mir vorstellen, dass Sie nie geglaubt hätten, ein Jedi-Commander würde vor einem Kampf davon rennen ", sagte sie zu Darman, als sie sich wohlweislich gemessenen Schrittes auf den Weg machten.

„Nicht davon rennen", sagte Darman. „Das ist A und A. Abziehen und Ausweichen."

„Hört sich für mich nach rennen an."

„Taktischer Rückzug zur Umgruppierung."

„Sie haben eine ziemlich positive Einstellung." Das Kind war jetzt beinahe völlig verschwunden. Hauptsächlich spürte sie Konzentration und Entschlossenheit. „Es tut mir Leid, dass ich vorhin die Fassung verloren habe."

„Nur unter vier Augen. Nicht im Gefecht, Commander."

„Ich sagte doch, dass Sie mich nicht so nennen sollen."

„Wenn man uns zuhören kann, werde ich Ihren Befehl befolgen." Er machte eine Pause. „Ab und an verliert jeder mal die Nerven."

„Mir sollte das nicht passieren."

„Wenn man nicht hin und wieder zusammenbricht, woher soll man dann wissen, wie weit man gehen kann?"

Das war ein gutes Argument. Aus irgendeinem Grund konnte er sehr viel beruhigender sein, als es Meister Fulier jemals gewesen war. Fulier war, wenn er nicht gerade damit beschäftigt war, die Ordnung der Galaxie aufrecht zu erhalten, ein leuchtendes Beispiel gelassenen Scharfsinns. Darman war ebenfalls ein Experte auf seinem Gebiet, aber ihn umgab das Gefühl hart erarbeiteten Geschicks und darin lag nichts Zufälliges oder Geheimnisvolles.

Sein Pragmatismus gefiel ihr. Ihr kam in den Sinn, dass sie vielleicht nur Klonsoldaten vor dem Tod durch Biowaffen bewahrte, damit sie im Blaster- und Kanonenfeuer sterben konnten. Ein schrecklicher Gedanke.

Sie konnte sich nicht damit abfinden, töten zu müssen, selbst wenn die Taten anderer sie dazu zwangen und das würde das Leben als Commander außergewöhnlich schwer machen.

Die Droiden rückten den Waldrand entlang vor. In den Händen trugen sie Flammenwerfer, die sie denselben Bauern abgenommen hatten, deren Felder sie jetzt verbrannten. Ghez Hokan und seine Lieutenants Cuvin und Hurati standen auf dem Weg der Feuerwalze und blickten aus dreihundert Metern Entfernung darauf zurück.

„Wir werden einen erheblichen Teil des Landes einäschern müssen, um dem Feind alle Deckung zu nehmen, Sir", gab Cuvin zu bedenken.

„Das ist nicht der Punkt", antwortete Hurati. „Hier geht es sowohl darum, den Eindruck zu erwecken, dass die Anlage geschützt wird, als auch darum, feindliche Truppen auszuräuchern."

„Korrekt", sagte Hokan. „Es macht keinen Sinn, die Einheimischen abspenstig zu machen und ich kann es mir nicht leisten, sie alle für ihren Produktionsverlust zu entschädigen. Das hier sollte ausreichen. An den verbleibenden Rainen werden wir Droiden einsetzen."

Cuvin schien davon nicht beeindruckt. „Darf ich vorschlagen, Jagdstrills einzusetzen? Wir könnten binnen zwei Tagen ein ganze Meute samt Führer herbringen lassen. Der Handelsföderation wird die Unterbrechung der Barqernte nicht gefallen und eine Knappheit der Delikatesse wird von einigen einflussreichen Leuten nicht unbemerkt bleiben."

„Das ist mir egal", sagte Hokan. „Den gleichen einflussreichen Leuten würde die Ankunft von Millionen Republikklonen auf ihren Heimatplaneten noch mehr Sorge bereiten."

Hokan trug jetzt die volle mandalorianische Kampfrüstung. Weniger zum Schutz, als um seinen Offizieren eine Botschaft zu vermitteln. Manchmal musste er ein bisschen Theater spielen. Er wusste, dass das reflektierende Leuchten der Flammen auf seiner traditionellen Kriegerrüstung ein exquisites Schauspiel abgab, das Eindruck schindete und Respekt einflößte. Er befand sich im Krieg. Er musste sich und seine Kriegskünste nicht länger prostituieren, um für schwächliche, reiche Feiglinge den Attentäter oder Leibwächter zu spielen.

Cuvin hatte allerdings Recht, was die Strills betraf. Das hieß noch lange nicht, dass sie einer Meinung waren, aber diese Republiktruppen zu finden, würde nicht einfach werden.

„Wie viele schätzt Ihr inzwischen, Hurati?", fragte er.

Hurati ließ eine Holokarte anspringen und ein transparentes Bild begann in der Dunkelheit zu schimmern. „Abgestürzter Sprüher *hier*, ein bestätigter R5-Militärdroide." Er streckte den Finger aus. „Die Überreste von zwei Weequay-Milizionären wurden hier, hier und hier gefunden – allerdings haben die Gdans ihre Kadaver auseinander genommen und in einem Radius von fünf Klicks verteilt. Der genaue Ort der Tötung kann also nur geschätzt werden. Der Luftgleiter wurde *hier* runter geholt. Die Schaltkreise des Gleiters wurden *hier* zerlegt aufgefunden, aber sie lagen vor einem Gdanbau und es lässt sich unmöglich sagen, wo die sie vorher gefunden haben. Das Aufeinandertreffen mit der Droidenpatrouille war *hier*, da wir die Patrouille auf Grund des Fundes entsandt haben."

„Das liegt alles ziemlich genau auf einem fünf Klicks breiten und vierzig Klicks langen Korridor. Offensichtlich sind sie auf dem Weg nach Teklet, wahrscheinlich um den Raumhafen einzunehmen, bevor sie die Anlage angreifen."

„Sieht ganz so aus, Sir."

„Zahlen?"

„Ich würde sagen, nicht mehr als zehn, Sir. Bauern haben uns von Hinweisen auf Bewegungen über ihr Land berichtet. Sie sind sehr fürsorglich, wenn's um ihr Land geht und bemerken so feine Details – nicht wie Droiden, Sir."

„Und was sagt uns das?"

„Mehrere Spuren über einem Gebiet von vierzig mal dreißig Klicks, Sir. Und fachmännisch durchgeführt – die Einheimischen meinten, dass es sich um Wild handeln könne. Aber diese Spuren verlaufen nicht zufällig. Ich denke, wir werden hinters Licht geführt."

Zehn Soldaten. Zehn – Späher, Spezialeinheiten, Saboteure? Bereiteten sie die Gegend für weitere Truppen vor, oder sollten sie die Mission allein erledigen? Hokan wünschte, ihm ständen ein paar mandalorianische Söldner zur Verfügung und nicht nur Droiden und

Karriereoffiziere. Er verbarg seine Sorgen wohlweislich hinter seinem Helm. Er wünschte auch, er hätte mehr Luftgleiter; er hatte nie mehr als einen gebraucht, um die Bauernhöfe zu patrouillieren und es würde Tage dauern, neue nach Qiilura zu bringen. „Die Bauern können richtig kooperativ sein, nicht wahr?"

„Bemerkenswerterweise genau seit dem Zeitpunkt, da die Schaltkreise gefunden wurden, Sir."

Hokan drehte sich um und ging zurück zur Forschungsanlage, die mittlerweile leer war, aber dennoch verschwenderisch und unübersehbar bewacht wurde. Er winkte Hurati zu sich. Cuvin begann ebenfalls ihm zu folgen, aber Hokan wies ihn mit einer weiteren Geste an, zurückzubleiben.

„Lieutenant", sagte er ruhig. „Gibt es irgendeinen Hinweis auf meinen ehemaligen Angestellten Guta-Nay?"

„Bis jetzt noch nicht, Sir. Die Patrouillen wurden informiert."

„Gut, behalten Sie für mich ein Auge auf Cuvin, ja? Ich glaube nicht, dass er es bis zum Captain schafft."

Hurati hielt kurz inne. „Verstanden, Sir."

Es war erstaunlich, was das unausgesprochene Versprechen eines weiteren Rangabzeichens bewirken konnte. Hokan fragte sich, was nur aus dem Verhaltenskodex geworden war.

Es gab also circa zehn Commandos, die in der Region operierten. Sie zu jagen, wäre enorm zeitaufwändig. Wenn ihm das Glück nicht beistand, würde er sie niemals schnappen. Nicht mit Droiden und diesen jungen Akademietheoretikern. Früher oder später würde der Feind seine Vorräte auffrischen müssen; früher oder später würde er sich zeigen.

Die Republik spielte Lockspielchen mit ihm – und er mit ihr. Eigentlich sah es von Stunde zu Stunde besser aus. Sie schienen nicht die übliche Taktik anzuwenden und Infanterie in hoher Zahl einzufliegen. Bei diesem Spiel ging es um Verstand und wenn es sein musste, konnte er auch die Füße hoch legen und sie zwingen zu ihm zu kommen.

Wenn er die Republik auf Schussweite zu sich heran locken wollte, dann bräuchte er vielleicht einen noch verlockenderen Köder.

Dr. Uthan würde das verstehen. Sie war eine sehr pragmatische Frau.

Fi wurde langsam nervös. Das passte gar nicht zu ihm. Niner kannte ihn erst seit ein paar Tagen, aber als Klon-Commando urteilte man schnell auf Grund kleiner Details. Besonders untereinander.

Er schlief nicht, nachdem Niner ihn von der Wache abgelöst hatte und nach fünfzehn Minuten kam Fi wieder zum Beobachtungsposten und ließ sich neben ihm nieder. Das Feuer schien zu verlöschen; das Leuchten war noch immer sichtbar, aber es wurde schwächer. Wahrscheinlich hatte es einen der Bäche erreicht und brannte aus.

„Sie wissen sowieso, dass wir hier sind", vermutete Fi. Niner musste kein Telepath sein, um zu wissen, dass er sich um Darman sorgte. „Wir könnten die Komlinks auf Langstrecke schalten."

„Dann könnten sie unsere Position festlegen."

„Da müssten sie aber schon Glück haben."

„Und wir müssten nur einmal Pech haben."

„Okay. 'Tschuldigung, Sarge."

Er verfiel wieder in Schweigen. Niner passte seinen Infrarotfilter an, um das störende Licht des Feuers auszublenden. Auf einmal war es ungewöhnlich still. Die Gdans hatten mit ihrem unablässigen Herumgewusel aufgehört und das war *nicht gut*.

Niner spähte durch sein Blastervisier, um einen besseren Blick auf die Büsche vor ihm zu erhalten. Als er um 180 Grad herum schwenkte, stieß er auf kleine, gepaarte Reflexionen: Die regen Augen von Gdans, die sich in untypischer Weise zusammen gedrängt hatten, um etwas aus dem Weg zu gehen.

Bewegung. In seinem Visier blinkte ein Quadrant blau auf, um ihn zu warnen. Vielleicht konnte es, was auch immer es war, infrarot sehen. Er schaltete die Zielautomatik aus und verließ sich auf Bildintensivierung und die Deppenregel Nr. eins, wie Skirata es genannt hatte. *Du hast Augen und Ohren, Sohn, und zwar sehr gute. Verlass dich nicht zu sehr auf Technologie.* Etwas näherte sich. Etwas Langsames, Verstohlenes, kleiner als ein Mann und unauffälliger als ein Droide.

Niner legte seine Hand auf Fis Schulter: „*Bleib unten* – und wage nicht einmal über Komlink zu sprechen."

Es war zehn Meter entfernt und kam direkt auf sie zu, ohne zu schleichen. Vielleicht wusste es nicht, dass sie da waren. Dann würde es eine Überraschung erleben.

Niner schnippte seinen taktischen Suchscheinwerfer an und der Lichtstrahl fing eine glänzende, schwarze Gestalt ein. Augenblicklich schaltete er den Strahl wieder aus und seine Muskeln entspannten sich. Die Kreatur war so flach auf den Boden gedrückt, dass sie aussah, wie fließendes Wasser. Erst als sie direkt vor ihnen war, setzte sie sich auf und wurde zu Valaqil.

„Bei euren ganzen Waffen dachte ich, es wäre besser, ihr seht mich kommen", sagte eine Stimme, die nicht zu Valaqil gehörte, sich aber ebenso fließend und hypnotisch anhörte. „Ich habe es mir zur Regel gemacht, niemals einen Menschen mit einem Gewehr zu erschrecken."

„Und auch gut, dass wir schon mal ein Gurlanin gesehen haben", sagte Fi und tippte höflich mit den Fingern an seinen Helm.

„Euren Kollegen hat es anscheinend auch nicht überrascht. Ich bin gekommen, um euch zu instruieren. Ich bin Jinart. Bitte nennt mich nicht *Ma'am*, so wie es Darman ständig tut."

Niner wollte hunderte Fragen über Darman stellen, aber das Gurlanin hatte im Präsens gesprochen, also war er *am Leben*. Niner war froh, dass er seinen Helm auf hatte. Gefühlsausbrüche waren unprofessionell, zumindest vor Außenstehenden.

„Ihr seid auf dem Weg zum falschen Ziel", sagte Jinart. „Ihr lauft direkt zur Basis der Separatisten. Normalerweise würdet ihr an eine Kasernentür klopfen, hinter der sich hundert Droiden verbergen, aber die Hälfte davon wurde abgezogen, um die Forschungseinrichtung zu verteidigen und die Region zu überwachen. Weder Uthan, noch das Nanovirus befinden sich noch in der Anlage."

„Na, dann läuft ja alles bestens", sagte Fi ironisch.

„Eure Ziele befinden sich in einer Villa außerhalb Imbraanis. Auch wenn es für euch so aussieht, als ob die Anlage verteidigt werden würde. Es ist eine Falle."

„Was ist mit Darman?", fragte Niner.

„Er hat eure Spezialmunition und detaillierte Pläne eurer Ziele. Ich habe dafür gesorgt, dass er mit dem Jedi untertaucht."

„General Fulier? Wir dachten –"

„Ihr habt richtig gedacht. Er ist tot. Der Jedi ist seine Padawan, Tur-Mukan. Erwartet nicht zuviel. Sie ist nicht wirklich aus Commander-Holz geschnitzt – noch nicht, vielleicht aber auch niemals. Fürs Erste ist das immer noch euer Krieg."

„Wir hatten keinen Frontalangriff geplant, nicht ohne Infanterie", sagte Niner. „Jetzt, wo das Überraschungsmoment verloren ist, müssen wir ein Neues konstruieren."

„Einen Vorteil habt ihr: Ghez Hokan hat keine genaue Vorstellung davon, wie viele ihr seid. Ich habe dafür gesorgt, dass in den Wäldern und Feldern offensichtliche Zeichen für Truppenbewegungen zu finden sind."

„Ihr wart beschäftigt."

„Ich gebe eine gute Nachahmung einer kleinen Armee ab, zumindest ihrer Bewegungen." Jinart starrte Atin und Fi an, als würde sie sie mustern. Vielleicht überlegte sie, wie sie die Gestalt eines Commando nachahmen könnte. „Ihr denkt nicht zufällig daran, ein paar Merlies zu schießen und zu essen, oder?"

„Warum?"

„Diese Rüstung sieht nicht so aus, als würde sie so stramm sitzen, wie sie sollte."

Fi nickte. „Sie hat Recht. Wir verbrauchen etwa dreißig Prozent mehr Kalorien, als geplant, Sarge. Es wurde nicht mit einberechnet, dass wir die Ausrüstung über Land schleppen."

„Ihr werdet eure Rationen bald aufgebraucht haben", sagte Jinart. Merlies sind köstlich. „Aber bitte, *schießt* keines. Wenn nötig, jage ich welche für euch und lasse sie liegen."

„Warum?"

„Weil das eine, das ihr schießt ich sein könnte."

Das war ein weiterer Aspekt, der in ihrer Ausbildung nicht berücksichtigt worden war. Anscheinend hatte nicht einmal Kal Skirata mit Gurlanins zu tun gehabt, und wenn, dann hatte er nicht davon erzählt. Niner mochte sie. Er fragte sich, von welchem Planeten sie stammten. Es war bestimmt eine faszinierende Welt.

„Wohin werdet ihr euch jetzt aufmachen?“, fragte Jinart. „Ich muss Darman sagen, wo ihr seid.“

„Ich hätte jetzt RV-Gamma gesagt, aber nach dem, was Sie erzählt haben, wäre das die falsche Richtung.“

„Ich kann euch die Koordinaten eines geeigneten Gebietes nahe Imbraani geben, und wenn ich bei Darman bin, gebe ich sie an ihn weiter.“

Atin meldete sich zu Wort. „Hier werden Edelsteine abgebaut, oder?“

„Hauptsächlich Zekaquartz und verschiedene, grüne Silikate, ja.“

„Mit Hacken und Schaufeln, oder mechanisch?“

„Mechanisch.“

„Dann werden sie über Sprengladungen verfügen. Und Langstreckendetonatoren für nette, sichere Fernzündungen.“

Gurlanins konnten glucksen wie Menschen. Vielleicht amüsierte sie sich. Auf der anderen Seite, hielt sie Atin eventuell auch für einen Verrückten. Aber Niner gefiel der Rhythmus in dem Atins ideenreicher Verstand tickte.

„Holt eure Holokarten“, sagte Jinart. „Ich gebe euch einen virtuellen Führer zu den Edelsteinbergwerken in der Region von Imbraani.

10.

AN ALLE BÜRGER VON QIILURA

Jedermann, auf dessen Land Angehörige der Republik vorgefunden werden, hat seine Freiheit verwirkt und sein Grundbesitz wird beschlagnahmt. Sie selbst, ihre Familie und jeder, der mit ihnen in irgendeinem Arbeitsverhältnis steht, wird zur Versklavung dem trandoshanischen Abgeordneten in Teklet übergeben. Jeder, der sich aktiv der Hilfe, oder Unterbringung von Republikangehörigen schuldig macht, wird mit dem Tod bestraft.

Auf Informationen, die zur Ergreifung von Republikangehörigen, Deserteuren der ehemaligen Miliz oder der separatistischen Streitkräfte führen, ist eine Belohnung ausgesetzt. Dies gilt insbesondere für die Lieutenants Guta-Nay und Pir Cuvin.

– Auf Befehl von Major Ghez Hokan, kommandierender Offizier, Teklet Garnison.

Bei Sonnenaufgang setzte ein kalter Nieselregen ein. Man kam sich vor wie auf Kamino. Wie Zuhause. Und das war auf einmal ebenso beruhigend, wie unangenehm.

Die Nässe perlte an Darmans Mantel hinunter und er schüttelte sie ab. Merliewolle war reich an natürlichen Ölen, sodass sie unangenehm klamm auf der Haut klebte. Er sehnte sich nach dem schwarzen Anzug seiner Rüstung.

Etain schob hinten am Karren, während Darman ihn vorn an den Holmen zog. Es gab Momente auf dem zerfurchten Weg, bei denen Etain der schwerere Teil der Arbeit zukam, aber Jedi konnten – wie sie nicht müde wurde zu sagen – die Macht zu Hilfe rufen.

„Ich könnte helfen", bot Darman an.

„Ich schaffe es schon." Ihre Stimme klang, als müsse sie die Töne durch die Zähne pressen. „Wenn das hier die leichte Ausrüstung ist, dann möchte ich die reguläre Ausstattung gar nicht erst sehen."

„Ich meinte, ich könnte Ihnen mit der Kampftechnik helfen. Falls Sie mit Ihrem Lichtschwert trainieren möchten."

„Ach nein, am Ende schneide ich Ihnen nur etwas ab, das Sie später vermissen würden."

Nein, sie war absolut nicht, was er erwartet hatte. Sie gingen weiter und bemühten sich, unterdrückt und ländlich auszusehen, was ihnen nicht schwer fiel, hungrig, durchnässt und müde wie sie waren. Die unbefestigte Straße war menschenleer. Obwohl zu dieser Jahreszeit beim ersten Tageslicht eigentlich schon reges Treiben herrschen sollte. Vor ihnen lag der erste sichere Unterschlupf. Eine einstöckige Hütte, mit einem Dach aus Ried und rostigen Metallplatten.

„Ich werde anklopfen", bestimmte Etain. „Wenn sie Sie zuerst sehen, rennen sie wahrscheinlich vor Angst davon."

Darman nahm das als vernünftige Idee und nicht als Beleidigung auf. Er zog sich den Mantel vor den Mund und schob den Karren hinter der Hütte außer Sichtweite, wobei er sich langsam und bedächtig umschaute, so, als würde er beiläufig die Landschaft betrachten. Auf der Rückseite gab es keine Fenster, nur eine einfache Tür und einen ausgetretenen Pfad, der durch das Gras zu einer Grube führte, die ein interessantes Aroma verströmte und über die ein Balken gelegt war. Es war kein idealer Ort für einen Hinterhalt, aber er wollte kein Risiko eingehen. Einfach so im Freien anzuhalten machte einen verwundbar.

Er mochte das alles nicht. Er wünschte, er könnte Unsichtbarkeit vortäuschen wie Sergeant Skirata, dieser kurze, drahtige, unauffällige kleine Mann, der völlig unbemerkt blieb, bis er sich entschloss loszulegen und zu kämpfen. Und Skirata konnte auf viele Arten kämpfen, die nicht im Handbuch standen. Darman erinnerte sich an jede von ihnen.

Er presste seinen Ellbogen an seine Seite, um sich zu vergewissern, dass seine Waffe griffbereit war. Dann ließ er seine Hand in seinen Mantel gleiten und tastete nach einer der Sonden in seinem Gürtel.

Als er wieder nach vorn kam, klopfte Etain immer noch an den Türpfosten. Keine Antwort. Sie trat zurück und schien die Tür anzusehen, als wolle sie sie mit ihrem Willen öffnen.

„Sie sind weg", sagte sie. „Ich kann niemanden spüren."

Darman richtete sich auf und ging lässig wieder zur Rückseite des Hauses. „Ich überprüfe es auf die gängige Art."

Er winkte ihr, ihm zu folgen. An der Rückseite angekommen, nahm er eine Sonde und schob den schmalen Sensorstreifen vorsichtig durch den Schlitz der Hintertür. Die Anzeige an dem Ende, das er in Händen hielt wies auf keinerlei Spuren von Explosivstoffen oder Erregern hin. Wenn es hier Fallen gab, dann nur sehr primitive. Es war an der Zeit mit den Händen zu prüfen. Er drückte mit der linken Hand gegen die Tür, während er in der rechten seinen Blaster hielt.

„Es ist leer", flüsterte Etain.

„Können Sie auch Stolperdrähte spüren, die dafür sorgen, dass eine Reihe Metallstacheln auf Sie runterschwingen?", fragte er.

„Punkt für Sie."

Langsam schwang die Tür auf. Nichts. Darman zog einen Sucher aus seinem Gürtel, ließ ihn hineingleiten und empfing lichtarme Bilder aus dem Inneren. Keine Bewegungen. Der Raum schien leer zu sein. Er ließ die Tür zugehen, rief den Sucher zurück und stellte sich dann mit dem Rücken zum Eingang, um sich ein letztes Mal umzusehen.

„Ich geh rein und sehe nochmal nach. Wenn Sie mich *rein, rein, rein* sagen hören, folgen Sie mir, okay?", sagte er im Flüsterton. Er sah sie nicht an. „Und halten Sie Ihr Lichtschwert bereit."

Sobald er drinnen war zog er sein Gewehr, presste sich in eine Ecke und suchte den Raum ab. *Alles sauber*. Es war niemand da; nicht einmal die Reste des Essens vom Vorabend waren vom Tisch geräumt. Es gab eine einzige Tür, die nicht ins Freie zu führen schien. Ein Speise- oder Wäscheschrank vielleicht – oder auch eine Gefahr. Er richtete seine Waffe darauf.

„*Rein, rein, rein*", sagte Darman. Etain schlüpfte durch die Tür. Er winkte sie in eine Ecke und machte ihr dann Zeichen: *Ich, diese Tür, Sie, Hintertür.* Etain nickte und zog ihr Lichtschwert. Er ging zu dem Wandschrank und versuchte den Riegel zu lösen, aber er ging nicht auf, also ging er zwei Schritte zurück und trat sie dann mit seinem Stiefel ein.

Sehr solide wurde hier nicht gebaut. Die Tür brach auf und blieb an einer rostigen Angel hängen. Dahinter lag ein Stauraum. Das machte Sinn: In einem armen Land, sperrte man seinen Lebensmittelvorrat weg.

„Sie sind Hals über Kopf abgehauen", bemerkte Darman.

„Tragen Sie etwa Ihre gepanzerten Stiefel?", fragte Etain.

„Ohne die würde ich niemals eine Tür eintreten." Er hatte sie in Sackleinen gewickelt. „Keine Stiefel, kein Soldat. So war's schon immer." Er ging in den Stauraum und durchsuchte die Regale. „Sie lernen gerade den ersten Schritt bei der Sicherung eines Hauses."

„Was ist das?" Etain griff an ihm vorbei nach einem Metallcontainer mit der Aufschrift GAVVY-RATION.

„Wer passt auf die Tür auf? Wer passt auf unsere Ausrüstung auf?"

„'Tschuldigung."

„Kein Problem. Ich nehme an, über so was denkt man nicht nach, wenn man sich auf seine Jedi-Sinne verlassen kann." Da: Diesmal hatte er nicht einmal versucht sie *Ma 'am* zu nennen. „Wenn wir wüssten, warum die Bewohner so hurtig aufgebrochen sind, wäre das vielleicht ein guter Platz zum Lagern. Aber wir wissen's nicht. Also lassen Sie uns ein paar Vorräte einsacken und weiterziehen."

Er griff nach Dörrfrüchten und etwas, das aussah wie ledernes Trockenfleisch und machte sich in Gedanken die Notiz, alles mit dem Toxinstreifen in seinem Medipack zu überprüfen. Es war zu freundlich von den Bewohnern, all das zurückzulassen. Natürlich bestand immer noch die Möglichkeit, dass sie aus Angst vor dem gleichen Schrecken geflohen waren, den er nach seiner Landung von seinem Beobachtungspunkt aus mit angesehen hatte.

Etain füllte draußen an einer Pumpe ein paar Wasserflaschen auf.

„Dafür habe ich einen Filter", sagte Darman.

„Sind Sie sicher, dass Sie nicht von Neimoidianern ausgebildet worden sind?"

„Das hier ist Feindesland."

Sie lächelte traurig. „Nicht alle Soldaten tragen Uniformen."

Sie musste noch lernen. *Unbedingt*. Der Gedanke, dass ein Jedi vielleicht nicht die Führungsstärke aufbringen konnte, die man ihm zugesagt hatte, war beinahe unerträglich. Seine Gefühle hatten keine Namen. Aber es waren Gefühle, in denen Erinnerungen steckten – einen fünfzig Kilometerlauf zweiunddreißig Sekunden über der vorgegebenen Zeit zu absolvieren und wiederholen zu müssen; mit anzusehen, wie ein Klonsoldat bei einem Brückenkopfmanöver fällt, vom Gewicht seiner Ausrüstung hinunter gezogen wird und ertrinkt, während der Führungsstab keine Pause einlegt, um zu helfen; ein Commando, dessen Trefferquote nur bei 95 Prozent liegt und dessen ganzer Zug auf Nimmerwiedersehen aus dem Training verschwindet.

All diese Dinge gingen ihm an die Nieren. Und mit jedem Mal fraßen sie sich ein bisschen tiefer.

„Sind Sie in Ordnung?", fragte Etain. „Ist es Ihr Bein?"

„Meinem Bein geht's inzwischen gut, danke", sagte er.

Darman wollte sein Team zurück, und zwar bald.

Den Regen im Rücken, machten sie sich wieder auf den Weg über die unbefestigte Straße, die sich buchstäblich in Matsch auflöste. Als sie sich dem nächsten Hof näherten, schien es sich für den Rest des Tages eingeregnet zu haben. Darman dachte daran, wie sich seine Schwadron ihren Weg durch die aufgeweichte Landschaft bahnte, völlig trocken in ihren versiegelten Anzügen und musste lächeln. Wenigstens wären sie so viel schwerer aufzuspüren.

Eine Frau mit dem verkniffenen Blick eines Gdans starrte sie von den Stufen des Bauernhauses aus an. Das Haus war größer als das vorige, nicht erheblich, aber die Wände waren aus Stein und an einer Seite gab es einen Anlehnschuppen. Etain ging zu ihr hin. Darman wartete und beobachtete. Ein Auge auf dem Außenbrunnen, der eine Gefahr bergen könnte und eines auf einer Gruppe Jungs, die an einer Maschine auf Rollen herumbastelte.

Sie sahen so anders aus. *Alle waren so anders.*

Nach einer kurzen Unterhaltung, winkte Etain ihm zu und deutete auf den Anlehnschuppen. So weit so gut. Darman hatte noch immer nicht vor, auf seine Bewaffnung zu verzichten. Er griff unter das Barq und löste das Komlink von seinem Helm für den Fall, dass Niner versuchte, ihn zu kontaktieren.

„Kommen Sie?", fragte Etain.

„Einen Augenblick." Darman zog ein Band mit AP-Mikrominen hervor, verlegte es so weit vor dem Haus, wie es das Kabel zuließ. Dann stellte er sie auf Fernzündung und steckte den Detonationssender in seinen Gürtel. Etain sah ihn mit einem Gesichtsausdruck an, der ihre unausgesprochene Frage verriet. „Nur für den Fall, dass jemand auf dumme Gedanken kommt.", erklärte Darman.

„Sie haben dieses Spiel schon einmal gespielt", stellte Etain fest.

Und wie er das hatte! Das Erste, das er kontrollierte, als er mit seinem Blaster in der Hand das Bauernhaus betrat, war, wo sich der beste Beobachtungsposten befand. Er fand ihn in einem durchlöcherten Lüftungsziegel, der ihm einen guten Blick auf die Straße bot. In der gegenüberliegenden Wand befand sich ein Fenster, vor dem ein braunes Leintuch hing. Beruhigt – wenn auch nur ein bisschen – setzte er sich an den Tisch, der den vorderen Raum beherrschte.

Die Familie, die sie aufgenommen hatte, bestand aus der Gdangesichtigen Frau, ihrer Schwester, ihrem noch dünneren Ehemann und sechs Jungs. Angefangen von einem kleinen Buben, der sich an eine schmutzige Decke klammerte, bis zu den beinahe erwachsenen Männern, die draußen arbeiteten. Ihre Namen wollten sie nicht verraten. Sie wollten keinen *Besuch* sagten sie, als ob hinter einem Besuch sehr viel mehr steckte, als es den Anschein hatte.

Darman saß da wie festgenagelt. Diese Leute waren Menschen wie er und doch waren sie alle anders. Zwar trugen sie auch Merkmale, die so ähnlich aussahen – nicht gleich, aber ähnlich – wie bei anderen in der Gruppe. Aber in Größe und Alter unterschieden sie sich dann doch wieder.

Verschiedenheit kannte er aus seinem Trainingshandbuch. Er wusste, wie unterschiedliche Spezies aussahen. Aber die Bilder in seinem Kopf gingen immer einher mit Daten über die Waffen, die sie trugen und wohin man zielen musste, um sie bestmöglich aufzuhalten. Dies war das erste Mal in seinem Leben, dass er nahen Kontakt mit unterschiedlichen Menschen hatte, die in der Mehrheit waren.

Für sie sah er vielleicht auch einzigartig aus.

Sie saßen beisammen um den groben Holztisch herum. Darman versuchte nicht darüber nachzudenken, woher die Flecken in dem Holz stammten, denn sie sahen wie Blut aus. Etain stupste ihn an. „Hier werden die geschlachteten Merlies zerlegt", flüsterte sie und er fragte sich, ob sie seine Gedanken lesen konnte.

Er überprüfte das Brot und die Suppe, die vor ihm standen auf Giftstoffe. Dann, zufrieden, dass alles in Ordnung war, haute er rein. Nach einer Weile bemerkte er, dass die Frau und der kleine Junge ihn anstarrten. Als er aufsah, flüchtete das Kind.

„Er mag Soldaten nicht besonders", erklärte die Frau. „Kommt die Republik, um uns zu helfen?"

„Das kann ich nicht sagen, Ma'am", sagte Darman. Damit meinte er, dass er niemals über Missionsangelegenheiten sprechen würde; bei einem Verhör war das die automatische Antwort. *Sag niemals einfach nur ja, sag niemals einfach nur nein und gib keine Information außer deiner ID-Nummer preis.* Etain antwortete für ihn; ihr Vorrecht als sein Commander.

„Wollt ihr denn die Hilfe der Republik?", fragte sie.

„Seid ihr denn besser als die Neimies?"

„Das möchte ich doch annehmen."

Stille senkte sich wieder über den Tisch. Darman aß seine Suppe auf. Mit Politik hatte er nicht viel am Hut. Er war eher daran interessiert, sich mit etwas vollzustopfen, das Geschmack und Konsistenz hatte. Wenn alles nach Plan verlief, wäre er in ein paar Wochen weit fort von hier auf einer anderen Mission und wenn nicht, dann wäre er tot. Die Zukunft von Qiilura war für ihn absolut ohne Bedeutung.

Die Frau schöpfte so lange Suppe in seine Schale nach, bis er langsamer aß und schließlich nicht mehr konnte. Es war seine erste warme Mahlzeit seit Tagen und er fühlte sich gut; solche kleinen Extras hielten die Moral aufrecht. Etain schien von dem Essen nicht so begeistert zu sein. Vorsichtig stocherte sie mit ihrem Löffel an jedem Brocken herum, als ob Minen in den Eintopf gestreut wären.

„Sie müssen sich stärken", ermunterte er sie.

„Ich weiß."

„Sie können mein Brot haben."

„Danke."

In dem Raum war es so still, dass Darman das rhythmische Kauen jedes Einzelnen hören konnte und das leise Kratzen des Bestecks an den Schalen. Er konnte die fernen, gedämpften Geräusche der Merlies hören, ein periodisches Gurgeln. Aber ihm entging etwas, das Etain plötzlich hörte.

Sie fuhr auf einmal hoch und drehte den Kopf zur Seite, ohne auf etwas Bestimmtes zu sehen.

„Da kommt jemand und es ist nicht Jinart", zischte sie.

Darman warf seinen Mantel ab und zückte seinen Blaster. Die Frau und ihre Familie sprangen so schnell vom Tisch auf, dass er trotz seines schweren Gewichts kippte und die Schalen auf den Boden kullerten. Etain zog ihr Lichtschwert und es erwachte schimmernd zum Leben. Beide starrten sie auf den Eingang, während sich die Familie durch die Hintertür drängte, wobei die Frau noch rasch eine große Metallschüssel und einen Essensbeutel vom Regal nahm.

Darman löschte die Lampen und spähte durch ein Loch in dem Lüftungsziegel. Ohne seinen Visor war er völlig auf die Fernsicht seines Dezes angewiesen. Er konnte nichts erkennen. Er hielt den Atem an und lauschte angestrengt. Sie nickte.

Etain bewegte sich auf ihn zu, deutete auf die gegenüberliegende Wand und zeigte *sieben* – einmal die ganze Hand, dann zwei Finger.

„Wo?", flüsterte er.

Sie kratzte etwas in den Erdboden. Er sah zu, wie ihre Finger den Umriss der vier Wände nachzeichneten und dann ein paar Punkte um sie herum setzte. Die meisten entlang der Wand, auf die sie gerade gezeigt hatte und einen vor der Eingangstür.

Sie legte ihre Lippen so nah an sein Ohr, dass er zusammenzuckte. Es war nur ein kaum hörbares Atmen: „Sechs da, einer dort."

Darman zeigte auf die gegenüberliegende Wand und dann auf sich selbst. Etain zeigte auf die Eingangstür: *Ich?* Er nickte. Dann zählte er mit seinen Finger rasch *eins, zwei, drei* und gab ihr ein Daumen-hoch-Zeichen: *Ich zähle bis drei.*

Wer immer da draußen war hatte nicht geklopft und das verhieß nichts Gutes.

Er koppelte den Granatwerfer mit seinem Gewehr und zielte auf die Rückwand. Etain stand am Eingang und hielt ihr Lichtschwert für einen Hieb nach unten über dem Kopf.

Darman hoffte, ihre Angriffslust würde über ihre Selbstzweifel siegen.

Er gestikulierte mit der linken Hand, das Gewehr in der rechten. *Eins, zwei –*

drei. Er feuerte eine Granate ab. Sie knallte durch das verhangene Fenster und blies ein Loch in die Wand, gerade als er die Zweite abfeuerte. Die Druckwelle warf ihn nach hinten zur Eingangstür, die aufgerissen wurde, während Etain ihr Lichtschwert in einem leuchtenden blauen Bogen hinunter fahren ließ.

Darman schaltete sein Gewehr auf Blasterfeuer und zielte auf die Gestalt, aber es war nur ein Umbaraner und er war tot, aufgeschlitzt vom Schlüssel- bis zum Brustbein.

„Zwei", sagte Etain und deutete auf das Fenster, beziehungsweise auf das, was eben noch ein Fenster gewesen war. Darman sprang nach vorn durch den Raum, trat den Tisch beiseite und feuerte als er bei dem Loch in der Wand war. Als er sich durch die Lücke beugte, kamen zwei Trandoshaner mit Blastern auf ihn zu, ihre Gesichter, eine einzige Ansammlung von Beulen und Schuppen, die feuchten Mäuler weit geöffnet. Er eröffnete das Feuer; ein Gegenschuss verbrannte seine Schulter. Dann herrschte für einen Augenblick nur dumpfe Stille gefolgt von der aufkommenden Erkenntnis, dass draußen jemand vor Schmerzen schrie.

Aber er war es nicht und auch nicht Etain. Das war alles, was zählte. Er bahnte sich seinen Weg durch den Raum und wurde sich der Schmerzen in seiner Schulter bewusst. Das musste warten.

„Hier ist alles sauber", bestätigte Etain. Ihre Stimme zitterte. „Außer diesem Mann ..."

„Vergessen Sie ihn", erwiderte Darman. Er konnte das natürlich nicht: Dieser Soldat machte zuviel Lärm. Die Schreie würden Aufmerksamkeit erregen. „Packen Sie zusammen, wir gehen."

Obwohl ihm Etain versicherte, dass da draußen niemand mehr versteckt war, schlich Darman aus der Tür und hielt sich auf dem ganzen Weg um das Bauernhaus mit dem Rücken zur Wand. Der verwundete Soldat war ein Umbaraner. Darman sah nicht einmal nach, wie schwer er verletzt war, bevor er ihm glatt in den Kopf schoss. Etwas anderes konnte er nicht tun. Die Mission hatte Vorrang.

Er überlegte, ob Jedi auch Droiden spüren konnten. Er würde Etain später fragen. Man hatte ihm erzählt, dass die Jedi außergewöhnliche Dinge tun konnten. Aber es war eine Sache, davon zu wissen und eine ganz andere es tatsächlich zu *sehen*. Es hatte ihnen wahrscheinlich gerade das Leben gerettet.

„Was haben Sie getan?", fragte sie, als er vom Schuppen zurückkam. Sie hatte sich bereits das Extrapack auf den Rücken geschnallt und er bemerkte, dass sie tatsächlich die Mikrominen eingesammelt hatte, obwohl sie noch aktiviert waren. Darman schluckte seine Furcht, schaltete den Detonator aus und schrieb es in Gedanken auf die Liste der Dinge, die sie noch lernen musste.

„Den Job erledigt", sagte er und legte Stück für Stück seinen Anzug an. Sie sah weg.

„Sie haben ihn getötet."

„Ja."

„Der Mann war doch verwundet?"

„Ich bin kein Arzt."

„Oh, Darman ..."

„Ma'am, wir sind im Krieg. Die versuchen Sie zu töten. Sie töten die zuerst. Keine zweiten Chancen. Alles Weitere, das sie über Kriegsführung wissen müssen, ist bloß eine Erweiterung davon." Sie war entsetzt und er wünschte, er hätte sie nicht so aus der Fassung gebracht. Hatte man ihr wirklich ein tödliches Lichtschwert gegeben und ihr nicht beigebracht was es bedeutete, es auch zu ziehen? „Es tut mir leid. Er war sowieso in einem schlimmen Zustand."

Der Tod schien sie zu schockieren. „Ich habe den Umbaraner getötet."

„Genau darum geht es, Ma'am. Saubere Arbeit, übrigens."

Sie sagte nichts weiter. Sie sah zu, wie er die Panzerplatten anlegte und als er schließlich seinen Helm wieder aufsetzte, wusste er, dass es ihm egal sein würde, wie auffällig er damit aussah, weil er ihn nie mehr auf die Schnelle abnehmen würde. Er brauchte diesen Trumpf.

„Keine sicheren Unterschlüpfe mehr", sagte Darman. „So etwas gibt es nicht."

Etain folgte ihm in den Wald, der hinter dem Haus lag, aber sie war geistesabwesend. „Ich habe noch nie jemanden getötet", sagte sie.

„Sie haben das gut gemacht", versicherte ihr Darman. Seine Schulter pochte und nagte an seiner Konzentration. „*Saubere* Arbeit."

„Trotzdem ist es nichts, das ich gerne wiederholen würde."

„Jedi werden doch im Kampf geschult, oder nicht?"

„Ja, aber wir töten niemanden im Training."

Darman zuckte mit den Schultern. „Wir schon."

Er hoffte, sie würde schnell darüber hinweg kommen. Nein, angenehm war es nicht, das Töten – aber es musste getan werden. Und mit einem Lichtschwert oder Blaster zu töten war relativ sauber. Er fragte sich, wie sie wohl damit umgehen würde, jemandem eine Klinge in den Leib zu rammen und zu sehen, was da so alles herauskam. Sie war eine Jedi. Mit etwas Glück würde sie das nie tun müssen.

„Wir oder sie", sagte er.

„Sie müssen Schmerzen haben."

„Keine große Sache. Ich werde Bacta drauf tun, wenn wir den RV erreicht haben."

„Ich nehme an, sie haben uns verraten."

„Die Bauern? Ja, soviel zu ihren Zivilisten."

Etain schnaubte verhalten und folgte ihm still. Sie gingen tiefer in den Wald und Darman rechnete nach, wieviel Schuss er verbraucht hatte. Wenn er bei dieser Quote weitermachte, würde er bei Anbruch der Nacht auf seine Pistole umsatteln müssen.

„Es ist erstaunlich, wie Sie die Leute fühlen können", sagte Darman. „Können Sie auch Droiden spüren?"

„Kaum", antwortete sie. „Normalerweise nur lebendige Wesen. Aber ich kann –"

Ein schwaches Jaulen ließ Darman gerade noch rechtzeitig herumfahren, um einen blauen Lichtblitz von hinten auf sich zuschießen zu sehen. Er schlug ein paar Meter weiter in einen Baum, der sich wie trockenes Stroh in Rauch auflöste.

„Anscheinend nicht", sagte Etain.

Es würde wieder ein langer, harter Tag werden.

Eine Warnsirene heulte: Drei lange Töne, die sich zweimal wiederholten. Dann wurden die friedlichen, nordwestlich von Imbraani gelegenen Felder von einer gewaltigen Explosion erschüttert und erschreckte Merlies schossen schutzsuchend zu den angrenzenden Hecken.

„Sprengtag heute, was?", meinte Fi. „Schöner Tag dafür."

Außer Droiden – Industriedroiden – konnte Niner in dem Steinbruch keine Bewegung ausmachen. Er fuhr mit dem Handschuh über seinen Visor, um die Regentropfen fort zu wischen und schaltete augenzwinkernd zwischen verschiedenen Sichtmodi hin und her. Sollten da unten organische Arbeiter sein, konnte er sie zumindest nicht entdecken.

Der Tagebaukrater war ein gigantisches Loch in der Landschaft, ein Amphitheater mit gestuften Seitenwänden, die es den Baggerdroiden ermöglichten den rohen Fels für die Weiterverarbeitung zu fördern. An einer Seite neigte sich der Schlund etwas, während sich gegenüber eine Steilwand erhob. Oberhalb der Neigung, neben einer breiten Straße, stand ein kleiner, fensterloser Bürocontainer mit Metallwänden. Abgesehen von der steten Prozession von Droiden, die mit rohem Fels zum Aussieben beladen waren, war das Gelände verlassen. Aber irgendjemand – irgendetwas – musste die Detonationen kontrollieren. Und zwar von dem Container aus. Objekte mit soliden Legierungswänden neigten meistens zu interessantem Inhalt.

Die Entwarnungssirene ertönte. Die Droiden bewegten sich in den Trichter, um die losen Felsbrocken einzusammeln und schleuderten dabei Matsch und Schlamm in die Luft, während sie über die Geröllpiste rumpelten.

„Okay, dann lasst uns mal sehen, was wir aus dieser Hütte herauspulen können", schlug Niner vor. „Atin, du kommst mit mir, Fi bleibt hier und gibt uns Deckung."

Sie jagten aus dem Wald heraus über hundert Meter offenes Land, bis an den Rand des Steinbruchs. Ein Droide, dessen Räder so groß waren wie Niner, schwang unerwartet mit seiner Schaufel herum und versetzte ihm einen heftigen Stoß an die Schulterplatte. Er taumelte und Atin packte ihn am Arm, um ihn zu stützen. Sie warteten kurz und als der nächste Droide die Piste entlang kam, liefen sie neben ihm her, bis sie das Büro erreicht hatten.

Sie standen jetzt frei und pressten sich an die Vorderwand. Das Büro war nur zehn Meter breit. Atin kniete sich vor die Tür und untersuchte das einzige Schloss.

„Nicht gerade gut gesichert für ein Sprengstofflager", bemängelte er.

„Dann wollen wir mal sehen."

Atin stand langsam auf und legte ein Stethoskop an die Tür, um nach Bewegungen zu lauschen. Er sah zu Niner und schüttelte den Kopf. Dann führte er ein hauchdünnes Endoskop um die Türangel und bewegte es vorsichtig vor und zurück. „Mann, ist das eng", murrte er. „Ich komm nicht rein."

„Wir könnten immer noch einfach so reingehen."

„Vergiss nicht, dass wir wahrscheinlich einen Lagerraum voller Explosivstoffe stürmen. Wenn ich mit der Sonde hinein käme, könnten wir wenigstens eine Luftprobe nehmen und auf Chemikalien testen."

„Okay, dann lass uns eben *vorsichtig* reingehen."

Die Tür hatte keine Klinke. Niner postierte sich neben der Angel, den Deze in einer Hand und drückte vorsichtig gegen die Metallplatte, die die Tür ausmachte. Sie gab nicht nach.

Atin nickte. Er holte die Handramme hervor: Zehn Kilo, die nur unnützes, totes Gewicht in ihren Packs dargestellt hatten. Bis jetzt. Er brachte sie über dem Schloss an.

Niner hob einen Finger. „Drei ... zwei ..."

Die Ramme brachte eine Wucht von zwei Tonnen auf.

„Los!"

Die Tür brach auf und Beide sprangen zurück, als ein Gewitter aus Blasterfeuer heraus schoss. Dann brach es plötzlich ab. Sie kauerten zu beiden Seiten des Eingangs. Normalerweise war das ganz einfach: Wenn jemand drinnen nicht herauskommen wollte, überredete ihn letztlich eine Granate dazu. Aber angesichts der Tatsache, dass dort drinnen höchstwahrscheinlich Sprengstoff lagerte, erschien diese Methode etwas zu nachdrücklich. Niner schüttelte den Kopf.

Atin schob vorsichtig das Endoskop vor, um einen Blick ins Innere des Containers zu werfen. Dann schob er die Sonde in die Tür und sofort hagelte es wieder Blasterschüsse.

„Da rennen zwei rum", meldete er. „Licht ist aus. Aber die Sonde hat Sprengstoff gerochen."

„Also Scheinwerfer an und vorstoßen?"

Atin schüttelte den Kopf. Er zog eine Granate hervor und sicherte sie. „Wie nervös wärst du, wenn du auf genug Sprengstoff sitzen würdest, um diesen Steinbruch in den Orbit zu jagen?"

„Ich denke, ich würde im Viereck springen."

„Yeah." Atin schaukelte die Granate in seiner Hand. „Genau das dachte ich mir auch."

Er ließ die gesicherte Granate durch die Tür kullern und sprang zurück. Drei Sekunden später zischten zwei Weequays heraus und Niner und Atin feuerten gleichzeitig drauf los. Ein Weequay fiel sofort zu Boden, den anderen schleuderte die Wucht ein paar Meter durch die Luft, bis er auf die Piste neben der Rampe knallte. Die Steinbruchdroiden rumpelten achtlos weiter. Wenn der Schuss ihn nicht getötet hatte, dann erledigten das jetzt die Droiden.

„Sarge, brauchen Sie Hilfe da unten?"

Niner winkte Atin in den Container. „Nein, Fi, wir sind hier so gut wie fertig. Halt die Augen auf, falls wir Besuch kriegen."

Der Raum stank nach Küche und ungewaschenen Weequays. Ein kleiner Droide, dessen Lichter ‚Standby' anzeigten und der mit Matsch überzogen war, stand an einer Konsole. Der Rest des Containers – drei Räume – nahmen Sprengstoff, Detonatoren, unterschiedliche Ersatzteile und aufeinander gestapelte Kisten ein.

„Hier hast du deinen Sprengmeister", grinste Atin, tätschelte den Kopf des Droiden und hob die Granate wieder auf. Er wischte sie mit seinem Handschuh ab und steckte sie zurück in seinen Gürtel.

„Mir ist Darman lieber", sagte Niner. Er beobachtete den trägen Droiden, der anscheinend auf die Räumung des gesprengten Felsens wartete. Plötzlich erwachte er zu neuem Leben, bahnte sich seinen Weg zu einer Kiste Sprengstoff, öffnete den Sicherheitsverschluss und nahm mehrere Röhren heraus. Dann wandte er sich dem Raum zu, in dem die Detonatoren lagerten. Niner streckte den Arm aus und öffnete die Kontrolltafel, um ihn zu deaktivieren. „Mach mal Pause, Freundchen", sagte er. „Genug gesprengt für heute."

Es sah nicht so aus, als wären die Weequays hier angestellt gewesen. Der Droide sortierte alle Sprengladungen und beaufsichtigte die Sprengungen. Auf einer umgedrehten Kiste standen die Reste einer Mahlzeit, die von behelfsmäßigen Tellern aus Metalldeckeln gegessen worden war. Anscheinend hatten sich die Weequays hier draußen versteckt und Niner war sich ziemlich sicher, wem sie aus dem Weg gehen wollten.

Atin inspizierte die verschiedenen Sprengladungen und Detonatoren, suchte sich heraus was seinem Geschmack entsprach und häufte alles an einem freien Platz des matschigen Bodens aufeinander. Er war ein Liebhaber von Technologie, insbesondere von Dingen mit komplexen Schaltsystemen. „Allerliebst", sagte er voller Zufriedenheit. „Hier gibt's ein paar Dets, die sich aus fünfzig Klicks Entfernung zünden lassen. Genau was wir brauchen. Ein kleines Feuerwerk."

„Können wir auch soviel mitnehmen, wie wir brauchen?"

„Oh, hier sind ein paar echte Schönheiten dabei. Darman würde sie zwar etwas veraltet finden, aber zur Ablenkung werden sie reichen. *Echte* Schönheiten." Atin hielt eine Kugel von der Größe einer Schöpfkelle hoch. „Also dieses Baby zum Beispiel –"

Krach.

In einem der angrenzenden Räume fiel etwas zu Boden. Atin richtete sein Gewehr auf die Tür und Niner zog seine Pistole. Er näherte sich gerade der Tür, als ihn eine plötzliche Stimme beinahe abdrücken ließ.

„Ap-xmai keepuna!" Die Stimme zitterte und dem Akzent nach gehörte sie einem Weequay. „Nicht erschießen! Ich euch helfen!"

„Raus da! *Sofort!*" Durch die Verzerrung des Sprachmodulators in seinem Helm wirkte Atins Stimme, auch ohne die Beihilfe eines Blasters, einschüchternd genug. Ein Weequay stolperte hinter ein paar übereinander gestapelten Kisten hervor und fiel mit erhobenen Händen auf die Knie. Atin drückte ihn mit dem Stiefel auf den Boden und hielt ihm seinen Deze an den Kopf. „Hände auf den Rücken. Und versuch nicht einmal zu atmen. Verstanden?"

Der Weequay schien sehr schnell zu verstehen. Er erstarrte und ließ sich von Niner die Handgelenke mit einem Drahtstrang fesseln. Niner sah noch einmal alle Räume durch. Wenn sie schon ein Ziel übersehen hatten, dann vielleicht noch ein Weiteres. Aber es war alles sauber. Er ging zurück und kniete sich neben den Kopf des Weequays.

„Wir können keinen Gefangenen brauchen, der uns aufhält", sagte er. „Nenn mir nur einen guten Grund, warum wir dich nicht töten sollten."

„Bitte. Ich kennen Hokan."

„Ich möchte wetten, du kennst ihn sogar richtig gut, wenn du dich hier draußen versteckst. Wie heißt du?"

„Guta-Nay. Ich war *rechte Hand.*"

„Jetzt aber nicht mehr, was?"

„Ich kennen Orte."

„Yeah, wir kennen auch Orte."

„Ich haben Schlüsselcodes."

„Und wir haben Munition."

„Ich haben Codes für Teklet Bodenstation."

„Du willst hier doch keine Spielchen spielen, oder, Guta-Nay? Für sowas haben wir keine Zeit."

„Hokan mich töten. Ihr mich mitnehmen? Ihr Republikjungs nett, ihr *Gentlemen*."

„Ganz ruhig, Guta-Nay. So viel Silben auf einmal könnten dein Hirn überhitzen."

Niner sah zu Atin. Der zuckte mit den Schultern.

„Er wird uns aufhalten, Sarge."

„Dann lassen wir ihn entweder hier oder legen ihn um."

Das Gespräch war zwar nicht darauf ausgelegt, Guta-Nay Angst zu machen, hatte aber dennoch diesen Effekt. Es war ein ernstes Problem: Niner widerstrebte es, einen Gefangenen mitzuschleppen, aber es war auch nicht sicher, ob der Weequay nicht versuchen würde, sich mit der Information über ihre Stärke und ihren Aufenthaltsort bei Hokan wieder einzuschmeicheln. Er stellte ein unwillkommenes Dilemma dar. Atin schaltete seinen Blaster ein und lud ihn auf.

„Ich euch auch holen Neimie-Boss."

„Den brauchen wir ganz bestimmt nicht."

„Neimie wirklich böse auf Hokan. Er bringen Droiden in schöne Villa. Boden ganz zerkratzt."

Guta-Nays Atem rasselte in der Stille des Raumes. Niner versuchte, diesen Extraballast gegen die Aussicht auf einen Vorteil zur Ergreifung von Uthan abzuwägen.

„Wo ist Uthan jetzt?"

„Noch in Villa. Kein Versteck sonst."

„Du scheinst eine ganze Menge über Hokan zu wissen, oder?"

„Alles." Guta-Nay war die Unterwürfigkeit in Person. *„Zu viel."*

„Okay", sagte Niner. „Du bekommst eine Gnadenfrist."

Atin wartete noch ein paar Sekunden, bevor er seinen Blaster wieder ausschaltete. Er schien seine Zweifel zu haben. Niner konnte seinen Gesichtsausdruck nicht sehen, aber er hörte das typische gepresste Ausatmen: Atins stilles *‚na toll'*.

„Der wird eine Spur hinterlassen, der sogar ein Worrt folgen könnte."

„Vorschläge?"

„Yeah." Atin beugte sich über Guta-Nay und der Weequay drehte den Kopf ein wenig zur Seite, die Augen vor Angst weit aufgerissen. Er schien sich mehr vor dem Helm zu fürchten, als vor der Waffe. „Wohin bringen die Droiden das gesprengte Gestein?"

„Großer Ort im Süden von Teklet."

„Wie weit südlich?"

„Fünf Klick vielleicht."

Atin richtete sich auf und deutete mit einem Finger an, dass er hinaus gehen würde. „Praktische Lösung. Lieferservice."

Seine Vorliebe für technische Spielereien wurde zum Segen. Niner war versucht, seine unfreundliche Meinung über Atins Ausbildungssergeant zu revidieren. Er folgte ihm nach draußen. Atin lief neben einem der Baggerdroiden her und passte dessen Kurs ab, bevor er hinauf sprang und auf die Ladefläche kletterte. Die Maschine rumpelte weiter stur die Piste entlang, als ob nichts und niemand sie von ihrem Weg zur Weiterverarbeitungsanlage abhalten könnte. Dann hielt sie an und drehte sich herum, wobei sie nur knapp den hinter ihr auffahrenden Droiden verfehlte. Sie kam ein paar Meter von Niner entfernt zum Stehen. Atin kniete auf der Ladefläche und hielt zwei Kabel hoch.

„Männchen macht er noch nicht", sagte er. „Aber wir können jetzt starten, steuern und anhalten."

„Hirnbypass, was?"

„Ich hab ein paar Leute gesehen, die damit …"

„Dann fahren wir also in die Stadt?"

„Wie sollen wir sonst diesen ganzen Sprengstoff transportieren?"

Diese Chance konnten sie sich nicht entgehen lassen. Niner hatte Pläne für die Sprengladungen. Man konnte sie an lauter Orten in der Landschaft um Imbraani verteilten. Außerdem bot sich ihnen die verführerische Möglichkeit, die Bodenstation von Teklet auszulöschen und somit Hokans Truppen blind für das zu machen, was um sie herum vorging. Das würde ihre Chancen, die Mission zu erfüllen, verdoppeln. Und es bedeutete, dass sie endlich ihre Langstrecken-Komlinks benutzen konnten.

„Ich sag dir was", sagte Niner. „Ich bring dieses Ding nach Teklet. Du schließt noch eins kurz, nimmst Fi und unseren Freund hier und fährst mit so viel du aufladen kannst, so weit auf der Straße nach Imbraani zurück wie es geht." Er zog seinen Datenblock hervor und sah auf die Karte. „Versteckt euch *hier*, wie Jinart es vorgeschlagen hat. Wenn es geht mit dem Droiden, ansonsten ohne."

Eine Droidenraupe auf ihrem gewohnten Weg zur Siebanlage würde keine Aufmerksamkeit erregen. Und sie musste ja nur ein paar Kilometer über ihr Ziel hinaus schießen. Bald würde die Nacht hereinbrechen und die Dunkelheit war ihr bester Verbündeter, wenn es darum ging, sich weiter zu bewegen.

Niner schleifte Guta-Nay aus dem Bürocontainer. „Wird die Bodenstation auf irgendeine Art verteidigt?"

Guta-Nay hatte seinen Kopf gesenkt und lugte unter seinen Brauen hervor, als ob normalerweise mit Fragen Schläge auf den Kopf einher gingen. „Nur Zaun wegen Merlies und Dieben. Nur Bauern da. Und die eh Angst haben."

„Wenn du mich anlügst, werde ich zusehen, dass ich dich lebendig zurück zu Ghez Hokan bringe. Okay?"

„Okay. Wahrheit, ich schwöre."

Niner rief Fi von seinem Beobachtungsposten und sie beluden die beiden Droiden. Auf den einen luden sie genügend Sprengstoff, um die Bodenstation mehrfach in Staub verwandeln zu können, auf den anderen kam alles, was nicht niet- und nagelfest war, bis auf ein paar Ladungen und Detonatoren, um den kleinen Droiden noch ein paar Stunden beschäftigt zu halten. Es machte keinen Sinn, den Steinbruch verstummen zu lassen und so anzukündigen, dass sie den Laden leer geräumt hatten. Es würde die ganze Überraschung verderben.

Zum Schluss verluden sie Guta-Nay und legten ihn mit gefesselten Armen in die riesige Baggerschaufel. Er protestierte, weil sie ihn auf einen Haufen explosiver Kugeln legten.

„Keine Sorge", sagte Atin abweisend. „Die Dets hab ich alle

hier." Er schaukelte ein paar Detonatoren in seiner Hand und Guta-Nay zuckte zusammen. „Dir passiert nichts."

„Jinart ist ein echter Gewinn", sagte Fi anerkennend. Er nahm seinen Helm ab, um einen Schluck aus seiner Flasche zu nehmen und Guta-Nay machte ein unzusammenhängendes Geräusch.

„Sie könnte jetzt genau hinter uns sein und wir würden es nicht einmal merken. Ich hoffe, sie bleiben auf unserer Seite." Niner nahm auch seinen Helm ab und sie teilten sich den Flascheninhalt, bevor sie den letzten Schluck an Atin weitergaben. „Was heult der Weequay denn jetzt wieder rum"

„Weiß nicht", sagte Atin und nahm ebenfalls seinen Helm ab. Er hielt inne, die Flasche in der Hand und alle drei starrten auf Guta-Nay, der wie ein Stück Fracht in der Schaufel des Droiden lag.

Sein Mund war leicht geöffnet und seine Augen huschten von einem Commando zum anderen. Er machte ein leises *uh, uh, uh* Geräusch, so als ob er schreien wollte, es aber nicht konnte.

„Es ist Atins Gesicht", feixte Fi. „Steh hier nicht so hässlich rum. Du machst ihm Angst."

Niner gab dem Weequay einen Klaps mit seinem Handschuh, damit er still war.

„Was ist denn los?", fragte er. „Hast du noch nie Commandos gesehen?"

Sie waren *hier*.

Der Umschwung, auf den Hokan gewartet hatte, war gekommen: Ein Bauer hatte sich eiligst bei den Behörden gemeldet und erzählt, dass sich Soldaten der Republik – ein Mann und eine Frau, beide noch sehr jung – in einem Haus an der Straße von Imbraani nach Teklet aufhielten.

Hokan betrachtete das nasse Laub neben dem Bauernhaus. Das Gewirr aus Fußstapfen im Matsch und geknickten Halmen unterschied sich nicht von dem auf jedem anderen Bauernhof und der Regen wusch es schnell fort. Hinter der heruntergekommenen Ansammlung von Schuppen und Steinmauern verlief das Land in Richtung des Flusses Braan.

„Eine ganz schöne Sauerei da drinnen, Sir", meldete Hurati. „Eine Wand hat's fast völlig weggeblasen. Alle tot. Und das waren bloß zwei feindliche Commandos."

„Einer", sagte Hokan.

„Einer?"

„An vorderster Front gibt es nur männliche Klone. Das andere muss ein Jedi gewesen sein." Er drehte die Leiche des Umbaraners mit dem Stiefel zur Seite und schüttelte den Kopf. „Diese Wunde stammt von einem Lichtschwert. Ich weiß, wie eine Lichtschwertwunde aussieht. Zwei Leute. Und selbst darüber wüsste ich nicht einmal Bescheid, wenn wir keine Informanten hätten. Muss ich mich deswegen inzwischen tatsächlich auf, in Gülle getränkte, *Bauern* verlassen? Muss ich das? *Muss ich das?!*"

Er bedauerte es, schreien zu müssen. Aber es schien nötig zu sein. „Warum schafft es eigentlich niemand *zu melden*, wenn sie Feindkontakt haben? Denkt nach! Benutzt eure *di'kutla* Köpfe, sonst zeige ich euch auf die harte Tour, woran man eine Lichtschwertverletzung erkennt." Zwei Droiden begannen damit die Leiche des Umbaraners auf einen Gleiter zu hieven. „Lasst das da, wo's lag. Lauft lieber euren Kameraden nach und findet mir den Feind."

Hurati legte seine Hand ans Ohr. „Droiden haben noch etwas in einem Haus weiter oben an der Straße gefunden, Sir." Während er seinem Komlink lauschte, legte sich Überraschung auf sein Gesicht. „Ach. *Ach.*" Er wandte sich zu Hokan. „Ich denke, Sie sollten sich das selbst ansehen, Sir."

Hurati kam ihm nicht wie ein Offizier vor, der seine Zeit verschwendete. Sie stiegen in den Gleiter und machten sich auf den Weg, die Straße hinauf zu einem baufälligen Bauernhaus, das zwischen ein paar Bäumen lag. Hokan folgte Hurati in die Hütte, wo ein paar Droiden die Räume mit Scheinwerfern ausgeleuchtet hatten. Hokan wusste nicht warum, aber das Erste, das ihm in dem Chaos ins Auge stach, war eine Suppenterrine, die umgedreht auf dem schmutzigen Boden lag. Erst als er seinen Kopf zur Seite drehte, sah er die Leichen.

„Aha", sagte Hokan.

Soldaten verwendeten Blaster. Nur im Notfall benutzten sie auch Messer, oder stumpfe Objekte. Aber noch nie war ihm jemand in Uniform begegnet, nicht einmal in seiner heruntergekommenen Miliz, der *Zähne* einsetzte. Die drei erwachsenen Toten waren zerrissen und zerfleischt, als wären sie von einem großen Karnivoren angegriffen worden. Deutlich erkannte er die Bissspuren an dem, was von ihren zerfetzten Kehlen übrig war. Im Nacken einer Frau war so wenig Gewebe heil geblieben, dass ihr Kopf beinahe im rechten Winkel zur Seite lag. Hokan bemerkte, wie er sie anstarrte.

„Draußen vor dem Schuppen sind noch mehr", meldete Hurati.

Hokan hatte sich nie für jemanden gehalten, der leicht aus der Fassung gerät, aber das hier machte ihm Sorgen. Das war die Tat von etwas, das er nicht einordnen konnte und nicht verstand. Es sprengte den Rahmen dessen, es lag jenseits davon, was intelligente Lebewesen einfach aus Rache tun. Vielleicht war es nur ein Zufall, ein Tierangriff auf jemanden, der eben auch ein Informant war – aber ihm fiel keine Spezies auf Qiilura ein, die einen Menschen zur Strecke bringen könnte.

Hurati untersuchte die Leichen. „Ich hätte nicht gedacht, dass es der Stil der Republik wäre, Zivilisten umzubringen."

„Ist es auch nicht", entgegnete Hokan. „Und Commandos würden keine Zeit mit etwas verschwenden, das sie ihrem Ziel nicht näher bringt."

„Nun, wer immer sie getötet hat, war nicht auf Raub aus." Hurati hob eine große metallene Schüssel vom Boden auf, wischte sie mit seinem Handschuh ab und stellte sie auf ein Bord. „Das hier ist wahrscheinlich unser Informant. Ich würde von jetzt an nicht mehr mit allzuviel Unterstützung rechnen. Das wird sich schnell rumsprechen."

„Seid Ihr absolut sicher, dass es keine Blasterspuren gibt?" Vielleicht war es wirklich nur ein Raubtier gewesen. Aber er hatte es im Gefühl, dass dem nicht so war. Aber was hatte das hier angerichtet?

„Gar keine", antwortete Hurati.

Hokan gefiel das überhaupt nicht. Er winkte Hurati, ihm zu folgen und ging rasch hinaus, um zwei Droiden herbeizurufen. „Ich will einen geschlossenen Kreis um Imbraani. Zieht alle Droiden zusammen. Lieber verliere ich Teklet, als Uthans Projekt einem Risiko auszusetzen."

„Wir könnten Doktor Uthans Evakuierung arrangieren."

„Sie und ihr Gefolge umzusiedeln wird zu lange dauern und ist außerdem zu auffällig. Unsere Stellung zu halten ist besser, als umherzuziehen. Ich will die Hälfte der Droiden weithin sichtbar um die Anlage postiert sehen und die andere Hälfte bei der Villa – dort aber so unauffällig wie möglich, verstanden?"

In der Ferne war das Klappern von Metall zu hören. Hokan drehte sich um und sah Droiden zum Flussufer ausschwärmen.

„Sind sie auf etwas gestoßen?"

Hurati presste seine Hand an die Schläfe und lauschte dem Komlink. „Fünf Klicks westlich von hier wurden zwei Feinde gesichtet, Sir. Die Droiden nehmen die Verfolgung auf."

„Das gefällt mir schon besser", murmelte Hokan. „Ich will mindestens einen von ihnen lebend, besser noch beide, falls der Jedi eine Frau sein sollte."

Er schwang sich auf einen Düsenschlitten und wies Hurati an, sich vor ihn zu setzen und zu lenken. Der Schlitten schoss die Straße in westlicher Richtung davon, während Hurati die Koordinaten der Droidenpatrouille bestätigte.

Hokan hoffte, die Droiden könnten einen Befehl wie: *Fasst sie lebend!*, ausführen. Für diese Sache brauchte er echte Truppen, richtige Soldaten, die an den unangenehmsten Orten die kleinsten Zeichen erkennen konnten. Im Moment hatte er nur dreißig lebendige Offiziere und etwas unter hundert Droiden: Ideal für ein kleines, taktisch arrangiertes Gefecht, aber nahezu nutzlos, wenn es darum ging Commando-Streitkräfte abzuwehren, die überall in einem Gebiet mit reichlich Deckung, verteilt waren.

Sie würden auf jeden Fall zu ihm kommen müssen. Aber dieses eine Mal würde er ihnen ihren Willen lassen und die Verfolgung aufnehmen.

11.

Im Zuge einer Versorgungsknappheit bedauern wir, Ihnen mitteilen zu müssen, dass wir in dieser Saison dazu gezwungen sind, die Barqpreise zu erhöhen.
Die Knappheit geht auf lokale Schwierigkeiten beim Erzeuger zurück.
Unsere favorisierten, regulären Kunden werden selbstverständlich bevorzugt behandelt.

– Benachrichtigung der Handelsföderation an den Großhandel

Darman hatte auf Geonosis bereits eine ganze Menge Büchsen abgeschossen und dabei hatte er unter anderem gelernt, dass sie für konventionellen Infanterieeinsatz auf angenehm flachem Terrain konstruiert waren.

Sobald sie sich in rauem Gelände befanden – oder keinen lebendigen Offizier hatten, der sie befehligte – waren sie nur noch die Hälfte wert.

Hundert Meter weiter vorn konnte er eine Baumreihe ausmachen, hinter der nichts zu liegen schien und er hoffte, das würde bedeuten, dass dahinter das Gelände jäh abfiel. „Dort runter", schrie er Etain zu und wies mit ausgestrecktem Arm die Richtung. „Und machen Sie sich bereit zu *springen*."

Den Schmerz in seiner Schulter hatte er beinahe vergessen. Er presste sein Gewehr fest an die Brust und rannte auf die Baumreihe zu. Er brauchte zehn Sekunden. Vor ihm fiel das Gelände nach unten ab. Nichts als Dornbüsche und matschiger Boden bis hinunter zum Fluss, wo sich durch die Erosion eine Rinne gebildet hatte, die sich in den Hang fraß. Als er zurückblickte, war Etain direkt hinter ihm – was er nicht erwartet hatte.

„Weiter!“, keuchte sie. „Schauen Sie nicht zurück!“

Das Blasterfeuer der anrückenden Droiden schlug besorgniserregend nahe von ihnen ins Gehölz. Als sie die Kante erreichten schubste er sie einfach. Für eine Sekunde versuchte sie noch, das Gleichgewicht zu halten, dann stürzte sie und rollte den Hang hinunter. Er warf sich nach vorn und rollte ihr hinterher.

Darman wurde von seiner Katarn-Rüstung geschützt, aber sie nicht. Als sie unten in der Rinne zum Liegen kamen, war Etains Umhang verschwunden. Dafür trug sie jetzt jede Menge Schrammen. Trotzdem waren immer noch die zwei Sektionen der E-Netz-Kanone an ihren Teil des Ausrüstungspacks geschnürt. Mit verbissener Entschlossenheit klammerte sie sich daran fest.

„Das nächste Mal lassen Sie mich einfach springen, ja?“, zischte sie. „Völlig hilflos bin ich ja auch wieder nicht.“

„Entschuldigung.“ Er sah nach seinen Granaten. „Meine Munition wird bald knapp. Ich werde einen Teil der Sprengladungen opfern müssen.“

„Sagen Sie mir, was Sie vorhaben.“

„Ich jage den Abhang in die Luft. Mit denen drauf.“ Er rollte das Band mit den Mikrominen aus und kletterte ein Stück zurück, um sie horizontal zwischen den Bäumen aufzuspannen. „Können Sie mir bitte ein paar Bohrbomben aus dem Pack geben? Vier sollten reichen.“

„Welche sind das?“

„Die langen roten Stäbe. Ganz gängige Ladungen.“

Er hörte sie hinter sich den Hang hinauf keuchen. Als er sich umdrehte, hielt sie sich mit einer Hand an einem Busch fest, während sie die Sprengröhren in der anderen hielt. Ihre Finger waren blutverschmiert. Auf einmal fühlte er sich schuldig, aber darüber würde er sich später sorgen.

„Danke, Ma'am“, sagte er automatisch. Unsicher versuchte er das Gleichgewicht zu halten und spürte das Ziehen in den Waden, während er sich von Busch zu Busch hangelte. Im rechten Winkel hielt er die einzelnen Bohrbomben an den Hang und drehte die Kappen ab; die Zylinder begannen zu surren und gruben sich tief in den Boden. Er verteilte sie in fünf Metern Abstand.

Die klirrenden Geräusche von Droiden im Anmarsch drangen näher, getragen von der stillen, feuchten Luft.

„Laufen Sie!“, zischte Darman.

Die Wirkung von Adrenalin in Aktion zu sehen, war eine wunderbare Sache. Etain schnappte ihr Pack und schoss wie der Blitz zum Wasserlauf. Darman folgte ihr. Fünfzig Meter – einhundert – zweihundert. Er hielt an, um zurückzusehen und sah eine schmale, metallene Gesichtsplatte über die Kante lugen.

„Runter!“, schrie er und drückte auf den Detonator in seiner Hand.

Ein Brocken Qiilura flog mit geschätzten achttausend Metern in der Sekunde in die Luft. Darman hörte es und bedauerte, es nicht sehen zu können, aber sein Kopf wurde von seinen gekreuzten Armen geschützt, während er ihn auf den Boden presste. Es war reiner Instinkt. Er hätte Etain sagen sollen, dass sie sich die Ohren zuhalten solle, aber das hätte ihr auch nicht viel genutzt. Er hätte sie viel eher losrennen lassen sollen. Er hätte überhaupt eine Menge Dinge tun sollen. Zum Beispiel Jinart ignorieren und sich stattdessen an die Mission halten.

Aber das hatte er nicht. Jetzt musste er damit fertig werden.

Der Lärm der Explosion war zuviel für die Audiofunktion seines Helms und für einen Moment hörte er nur stilles Knistern. Dann kehrte der Ton zurück und er spürte Erdklumpen auf seinen Rücken prasseln wie schwerer Regen. Als er sich auf die Knie erhob und sich umdrehte, sah er auf eine brandneue Landschaft. Bäume ragten aus einer schroffen Klippe, mit bizarren Formen aus zusammen gepresstem Matsch. Manche besaßen noch ihre Äste, andere waren abgeknickt und zersplittert. Ein einzelnes, metallenes Bein stach aus dem Geröll. Erdreich löste sich von der Oberfläche der Klippe wie feuchtes Permacret und ein Baum rutschte langsam den Hang hinunter.

Darman sah sich nach Etain um. Sie saß ein paar Meter weiter auf ihren Fersen und hielt sich eine Hand ans Ohr. Als er näher kam, konnte er Blut an ihrer Wange hinunterrinnen sehen.

„Okay?", fragte er.

Etain starrte ihn an. „Ich kann Sie nicht hören", sagte sie. Sie betastete mit schmerzverzerrtem Gesicht ihr Ohr.

„Ihr Trommelfell ist geplatzt. Ist nicht schlimm." Zu dumm: Sie konnte nichts hören und unter dem Helm konnte sie auch nicht seine Lippen sehen. Es war ein reiner Reflex, sie zu beruhigen. Er wollte gerade sein Bactaspray hervorholen, als sie an ihm vorbeisah und hektisch mit dem Finger zeigte. Er drehte sich um. Ein Droide spähte über den Rand des Kraters. Er schien sie nicht zu sehen.

Darman wusste nicht, wie viele noch dort sein mochten. Er überlegte, ob er einen Sucher losschicken sollte und fragte sich im gleichen Augenblick, was er wohl tun würde, wenn der ihm hundert anrückende Büchsen zeigen würde. Er war sich nicht sicher, wohin sie noch flüchten konnten. Er schätzte, er könnte sie noch ungefähr eine Stunde aufhalten, dann würden sie nur noch mit seiner Vibroklinge und Etains Lichtschwert dastehen.

Dann hörte er einen Ruf.

„Droiden, Lagebericht!"

Darman presste sich neben Etain auf den Boden. Auch wenn sie es nicht konnte; er hörte die Stimmen. Sie blickte hinauf zur Klippe, dann kniff sie die Augen zu. Zuerst dachte er, sie täte es aus purer Angst und er hätte ihr deshalb keinen Vorwurf gemacht. Er hatte einen halben Hügel weggesprengt und die Droiden trotzdem nicht aufgehalten. Er begann eine nagende Leere in seiner Magengrube zu spüren.

Dann konzentrierte er sich auf die Stimmen und versuchte ihre Anzahl zu schätzen. Zwei Menschen, zwei *Männer*.

„… versteckte Sprengladungen …"

„… irgendetwas zu sehen?"

„… sonst ist da unten nichts."

Darman hielt den Atem an.

„Nein, sie sind fort. Sie müssen Gleiter haben."

„Droiden, zum Rückmarsch formieren …"

Das metallene Gesicht zog sich zurück und der klirrende Gang verhallte zusammen mit dem Rauschen eines Gleiterantriebs in der Luft. Dann trat Stille ein, nur vom gelegentlichen Knirschen eines zersplitterten Baumes unterbrochen, der auf seiner Reise den zerborstenen Abhang hinunter, langsam auseinandergezogen wurde.

Darman blickte auf Etain. Ihre Augen waren noch immer geschlossen und sie atmete schwer.

„Ich hätte nicht gedacht, dass ich das schaffe", sagte sie.

„Was schaffen?" Sie starrte ihn an. Er nahm seinen Helm ab, sodass sie seinen Mund sehen konnte. „Was – schaf – fen?" Darman formte jede Silbe überdeutlich. Ihr Blick hing an seinen Lippen.

„Sie zu beeinflussen. Alle Beide."

„War das so eine Art Jedi-Gedankentrick?"

Sie sah verwirrt aus. Offenbar fiel es ihr schwer Lippen zu lesen. „Ist so eine Art Jedi-Gedankentrick", sagte sie.

Darman unterdrückte den Drang zu lachen. Es war überhaupt nicht lustig. Sie hatte etwas erreicht, das ihm beinahe schon magisch vorkam. Und zu diesem Zeitpunkt der Krise war es die beste militärische Option; besser als mit allen zur Verfügung stehenden Waffen zuzuschlagen und etwas, das nicht einmal Kal Skirata fertig gebracht hätte.

Sie waren am Leben. Sie konnten weiterziehen.

„Gute Arbeit, Commander", sagte er. „Klasse hingekriegt." Er legte die Hand an seine Stirn und grinste. „Dann wollen wir uns mal aufrappeln, was?"

Darman zog sein Medipack hervor und entnahm zwei Injektionen mit Schmerzmittel und das Bactaspray. Zuerst kümmerte er sich um seine Schulter und stach fest mit der Nadel in die blaue Vene der Armbeuge seines linken Ellbogens, damit sich das Medikament schneller verteilte. Trotzdem trat ihm das Wasser in die Augen, als er die Blasterwunde einsprühte.

Etain sah ihm mit grimmiger Ablehnung zu und schluckte sichtlich.

„Kommen Sie, Etain", sagte Darman. „Halten Sie still."

Wie mit einer Pistole zielte er mit dem Spray in ihr linkes Ohr.

Darman hatte nicht gewusst, dass Jedi fließend auf huttisch fluchen konnten, aber mit jeder Minute lernte er mehr. *Viel* mehr.

Der Baggerdroide rumpelte die Straße entlang und ließ dabei keine Furche und kein Schlagloch aus. Niner wurde jedes Mal durchgerüttelt. Eingegraben unter einer Schicht aus Schutt und genügend Sprengstoff, um im Umkreis von einem halben Kilometer alles dem Erdboden gleich zu machen, fühlte er sich … *besorgt*.

Die Detonatoren waren nicht scharf. Er überprüfte das ständig.

Jetzt, da die Nacht hereingebrochen war und der Regen aufgehört hatte, konnte er sich in eine Position begeben, in der er nach vorn sehen konnte. Blaue Navigationslichter beleuchteten die vorderen Kotflügel des Droiden und eine gelbe Warnleuchte rotierte auf seiner Haube und warf dabei sein Licht auf die Bäume am Straßenrand. Er war ein schwerfälliger Brocken, der nichts und niemandem aus dem Weg ging. Ihm folgte ein Konvoi identischer Droiden. Es war eine einschüchternde Prozession.

Selbst der Zug der Büchsen, der Niner entgegenkam, rückte an den Straßenrand.

Er sah sie durch seinen Nachtsichtvisor, hätte sie aber auch allein schon am Klang erkannt. *Klirr-ratsch, klirr-ratsch*. Das waren die Kniegelenke. Nichts marschierte so geordnet, wie Kampfdroiden, nicht einmal Klonsoldaten! Es waren keine Stimmen zu hören, geschweige denn der gelegentliche Befehl, eine Einzelreihe zu bilden, oder ein ‚*Klappe, da hinten*'. Unerbittliche, mechanische Zweckmäßigkeit.

Niner legte seine Finger um den Griff seines DC-17. Er hatte nicht wirklich vor, sie anzugreifen. Es würde schwierig genug werden, den Bagger zum Ziel zu lenken und an einem Stück wieder abzuhauen, ohne wegen eines Geplänkels Halt zu machen. *Willst du wohl weitergehen? Los, mach schon.* Die Versicherung des Herstellers, dass ein paar Blasterschüsse die Sprengladungen nicht auslösen würden, wollte er lieber gar nicht erst überprüfen. Er saß direkt drauf und diese Nähe konnte einen schon argwöhnisch machen.

Es waren fünfzig Kampfdroiden auf dem Weg nach Imbraani.

Wenn er es schaffte, die Bodenstation auszulöschen, wäre das die erste Nachricht, die er über sein Langstrecken-Kom weitergeben würde.

Das *tschunk-tschunk-tschunk* ihrer Füße ertönte auf einer Höhe mit ihm und er erstarrte.

Tschunk-tschunk-tschunk-tschunk-tschunk.

Es verhallte hinter ihm. Er atmete auf. Wenn der Baggerdroide erst einmal an seinem eigentlichen Ziel, der Siebanlage, vorbeigefahren wäre, würde er schon mehr auffallen. Wenigstens sahen die Büchsen beschäftigt aus. Das Schlimmste war, dass er sich ziemlich gut vorstellen konnte, welchen Befehl sie hatten.

Nur noch zehn Klicks. Er war nur Minuten von dem Punkt entfernt, an dem der Droide versuchen würde, seine Ladung abzuliefern. In diesem Moment würde er ihn nach Teklet umlenken, durch die Stadtmitte hindurch zum Hof der Bodenstation. Wenigstens schien die Luftaufklärung damit richtig gelegen zu haben. Teklet war eine Ansammlung aus Lagersilos und Verschiffungseinrichtungen, um die Produktion vom Planeten wegzubringen. Sonst gab es nicht viel.

Das Schlimmste, worauf sich die Handelsföderation vorbereitet hatte, war eine Bande wütender Bauern. Das würde seine Aufgabe ein ganzes Stück erleichtern.

Direkt vor ihm wurde das Blinklicht des Droiden von einem Schild, das nach links wies, zurückgeworfen: ZULIEFERVERKEHR DURCH DAS HAUPTTOR NICHT GESTATTET. Der Bagger kannte seinen Weg und fing an, langsamer zu werden, um eine Kurve zu machen. Niner nahm Atins provisorischen Kabelknoten und zog einen Strang heraus. *Mach schon. Mach schon. Mach …*

Der Droide hatte die Kurve beinahe erreicht. Er bewegte sich jetzt mit ungefähr fünfundzwanzig Klicks und drohte herumzuziehen. Aber dann fuhr er doch weiter, vorbei an dem Schild und der Ausfahrt, direkt auf Teklet zu. „Guter Junge," lobte Niner. Der Schweiß lief ihm trotz der Regulierung seines Anzugs zwischen den Schulterblättern hinunter. „Du könntest wohl nicht ein bisschen schneller machen, was?" Vielleicht hätte das aber nur für Ärger gesorgt. Als er den Kopf aus dem Schutt reckte und an der Seite über die Schaufel sah, konnte er eine Prozession aus Droiden in der Kurve sehen, ordentlich hintereinander aufgefädelt, wie Kampfschiffe, jeder mit einem gelben Warnlicht und bläulich gefärbter Silhouette.

Eigentlich sah es ganz hübsch aus. Dann verlangsamte der vorderste Droide sein Tempo und bog in die Ausfahrt ab. Das Lichtspektakel hinter Niner verblasste und verschwand dann völlig. Er tauchte wieder in den Schutt ab, den Kopf so geneigt, dass er durch einen Tunnel zwischen dem Geröll nach vorn sehen konnte.

Was Straßenbeleuchtung anging, hatte Teklet nicht viel zu bieten und was die Architektur betraf, war es bestimmt nicht das geschmackvolle, elegante Tipoca. Es war ein Betriebsdepot und so sah es auch aus. Ein paar Trandoshaner saßen vor einer Hütte unter einer Plane, ihre Blaster im Schoß. Sie sahen mit vager Neugierde auf den Droiden, schienen aber keine Anstalten zu machen, sich zu bewegen. Niner war fast an den Hütten vorbei, als ihm der Gedanke kam, dass eine Explosion mit einem Radius von fünfhundert Metern, einen ganz schönen Teil von Teklet auslöschen würde, mitsamt einer Menge Leute. Nicht alle von ihnen waren Separatisten.

Wenn du erst einmal anfängst, dir darüber Sorgen zu machen, werden sie immer eine Waffe gegen dich in der Hand haben. Skirata hatte gesagt, sie würden sich daran gewöhnen müssen. Sein Ziel zu erreichen kostete manchmal einen hohen Preis.

Ein Frachttransporter, dessen Container mit roten Sicherheitsleinen gesichert waren, kreuzte vor ihm den Weg. Der Droide verfehlte ihn nur um zwei Sekunden. Wenn der Fahrer so eng schnitt, dann schenkte man der Maschine wohl wirklich kaum Aufmerksamkeit. So weit, so gut ... und immer besser. Während der Droide weiterfuhr, überdachte Niner seinen Fluchtweg. Bis zur nächsten Deckung wäre es von jedem Teil der Straße aus ein guter 200- Meter-Sprint. Es würde eng werden.

Er musste den Droiden direkt neben der Bodenstation zum Stehen bringen. Wenn er weiterrollen würde, läge das Zentrum der Explosion nicht ideal. Er hätte die Detonatoren jetzt scharf machen, aus der Schaufel springen und loslaufen können, aber dann hätte er den

Droiden bis zur letzten Sekunde im Auge behalten müssen und er wäre der Explosion zu nahe.

Aber er hatte sich nun mal festgelegt. Die Bodenstation musste weg. Das würde für einige entscheidende Tage ein hübsches Loch in die Verteidigung der Separatisten reißen, vielleicht sogar für Wochen. Und das war genau der Vorteil, den sie brauchten.

Niner schob mit dem Finger etwas von dem Schutt beiseite und sah die Lichter des Hofes. Er schaltete auf Nachtsicht und das grüne Bild zeigte ihm einen dünnen Maschendrahtzaun und eine hüfthohe Mauer. Auf dem Weg zu dem Gebäude würde der Bagger einfach darüber hinweg rollen.

Spätestens dann wüssten sie, dass er hier war.

Jetzt waren die Dets dran. Die Sprengladungen waren der Reihe nach aufgeschnürt und warteten auf ihre letzte Verbindung zu den drei Detonatoren, die Niner – theoretisch – fernzünden konnte. Er klammerte die Kordeln zusammen, schob sie in die Öffnungen der Detgehäuse und ließ sie einschnappen.

Die Ladungen waren jetzt scharf. Er saß nicht nur *auf* einer Bombe, er saß *in* einer drin. Die Ladungen, die unter dem Schutt verlegt lagen, standen ihm bis zum Hals. Er begann seine Beine aus dem Geröll zu ziehen und machte sich bereit zu springen.

Wenn er hier nicht heil herauskommen sollte, dann musste es eben so sein. Für einen Augenblick verspürte Niner einen kalten Krampf in der Magengrube, den er nur zu gut aus einem Dutzend allzu realistischer Manöver kannte. Wahrscheinlich würde er getötet werden. *Vielleicht* würde er getötet werden. Sollte irgendwer glauben, intensives Training würde die Angst vor dem Tod fortwischen, dann irrte er. Er hatte genauso viel Angst wie damals, als ihm zum ersten Mal echte Munition um die Ohren flog. Es ging nie weg. Er lernte lediglich, damit umzugehen und versuchte es gut genug zu lernen, um es für sich einzusetzen; damit es ihm schneller aus der Patsche half.

Niner fummelte an den Kabeln. Er ließ den Droiden einen sanften Bogen fahren und steuerte ihn direkt auf den Zaun zu. Er hatte schon besser gesteuert, aber bei einem Explosionsradius von fünfhundert Metern sollte der Kurs ausreichen. Er duckte sich. Vor ihm stiegen die Maschen des Zaunes über der Schaufel auf, verzogen sich dann und rissen Pfosten aus ihrer Verankerung, während der Droide unbeeindruckt darüber hinweg fuhr.

Er befand sich kurz vor der Mauer. Das Gebäude maß fünf Meter; Flachdach, keine Fenster. Anscheinend mochte man Fenster hier nicht besonders. Er hörte einen Ruf, etwas wie *chuba*, und da konnte er nur zustimmen. Diese Sache würde jemandem die Wachschicht mit einer Menge Papierkram fierfeken.

Niner riss die Kabel auseinander und würgte dem Droiden die Energie ab. Der Schwung ließ ihn noch ein paar Meter weiter rollen und das Knirschen und Kreischen von Metall war zu hören, während sich der Zaun bis zum Zerreißen dehnte. Dann schossen die Drähte wieder wie Bogensehnen unter den Rädern des Baggers hervor.

Eins, zwei, drei ...

Der Droide kam direkt vor der Mauer zum Stehen. Die Ziegel begannen zu zerbrechen und erste Öffnungen bildeten sich zwischen ihnen. Plötzlich überkam Niner die Vorstellung, er wäre unter eingefallenem Mauerwerk begraben, unfähig sich zu bewegen und eine Mischung aus tierischer Panik und lebenslangem Training jagte ihn aus dem Schutt und über den Rand der Schaufel. Er fiel zwei Meter tief und bemühte sich, aufzustehen. Dann ertönte Geschrei und er machte, fünfzig Kilopack hin oder her, die schnellste Flatter seines Lebens. Den Deze in einer Hand, die Fernzündung der Dets in der anderen.

Es gab nur einen Weg hier raus und der führte durch die Öffnung, die er in den Zaun gefahren hatte.

Sie war nicht unbemerkt geblieben. Ein Mensch in einem Overall stand mit offenem Mund in seinem Weg und Niner stieß ihn mit voller Wucht auf den Rücken, während er im Sturmschritt auf das Loch im Zaun zu rannte.

Er hatte ungefähr eine Minute, um etwas Strecke zwischen sich und die Bodenstation zu bringen, bevor er die Zündung aktivierte. Bei zwanzig Klicks in der Stunde bedeutete das, er würde –

Ach, fierfek, tu's einfach.

Niner befand sich hinter der ersten Baumreihe auf einer Wiese, als er sich hinwarf und mit beiden Händen die Fernzündung drückte.

Teklet verwandelte sich augenblicklich in einen Feuerball. Dann wurde er von brüllender Luft und der Druckwelle durchgeschüttelt. Er kauerte sich zusammen, während Trümmer auf ihn herabprasselten und hoffte – hoffte *inständig* – dass die Katarnrüstung wirklich all das vertrug, wofür man sie so hochjubelte.

Ghez Hokan war der Erste, der zugeben würde, dass es in letzter Zeit immer weniger brauchte, ihn zu verärgern. Er hatte lange genug gewartet. Ungeduldig tippte er auf der Komlink-Konsole herum.

„Ich wollte vor zehn Minuten zum KO CISKom durchgestellt werden, *di'kut.*"

„Ich verstehe, Major. Sie werden verbunden, sobald er Zeit hat."

„Feindliche Streitkräfte sind eingefallen und ich muss ihren kommandierenden Offizier sprechen. Verstehen Sie überhaupt, was hier auf Qiilura geschieht? Könntet ihr vielleicht mal eure *di'kutla shebs* zusammenstecken und herausfinden, warum das für den Krieg so wichtig ist?"

„Sir, die Truppen der Republik fallen an mehr Orten ein, als ich im Moment zu zählen wage, also –"

Der Schirm flackerte und brachte nur noch Rauschen. Hokan schaltete auf einen anderen Kanal und erhielt die gleiche knisternde, flimmernde Anzeige. Auf jedem Kanal, den er ausprobierte das Gleiche. Sein erster Gedanke war, jemand hätte den Empfänger ausgeschaltet. Sie waren näher, als er gedacht hatte und auch sehr viel verwegener. Er setzte seinen Helm auf und begab sich vorsichtig in den Korridor zur Außentür. Seine Verpinen-Splitterpistole in der einen, und eine Jagdvibroklinge in der anderen Hand.

Der Wachdroide trat zur Seite, um ihn vorbeizulassen. Das Kom-Relais auf dem Dach war intakt. Hokan nahm sein eigenes Komlink und rief Hurati.

Alles was er hören konnte war statisches Rauschen. Dann fiel ihm ein, dass die Republiktruppen wahrscheinlich das Gleiche getan hatten, das er an ihrer Stelle getan hätte.

„Droide, kannst du Kontakt zu deinen Kameraden herstellen?"

„Bestätige, Sir."

Die Droiden hatten ihr eigenes Komlink-System. Sie konnten auf jedem Schlachtfeld sofort miteinander kommunizieren. Was sie nicht dazu brauchten, war der Hauptsender in Teklet.

„Kannst du Kontakt zu Lieutenant Hurati bekommen?"

Der Droide pausierte ein paar Sekunden. „Ich habe ihn, Sir."

„Frag ihn, ob er irgendwelche Neuigkeiten aus Teklet hat."

Wieder Pause. Diesmal etwas länger.

„Eine große Explosion wurde in Richtung Teklet gesehen, Sir."

Genau, was ich tun würde, wenn ich einen Angriff vorbereiten würde, dachte Hokan. *Meine Feinde blind und taub machen.*

Gegen einen Bodenangriff konnte er nichts ausrichten, falls einer drohen sollte. Ein Angriffsschiff der Republik lag im Raum über Qiilura und das verhieß nichts Gutes.

Im Moment blieben ihm nur zwei Optionen: Er konnte Uthans Projekt verteidigen – das technologische Wissen, das in sie, ihren Stab und das Nanovirus investiert worden war – oder er konnte, sollte er überrannt werden, verhindern, dass es in die Hände des Feindes fiel, um untersucht und neutralisiert zu werden.

Es war ein großer Planet. Wenn er fliehen musste, würden sie ihn erst einmal finden müssen. In der Zwischenzeit würde er ausharren und auf sie warten.

„Sag Hurati, ich will jeden einsatzfähigen Droiden hier haben. Sofort!", befahl Hokan. „Wir graben uns ein."

12.

Oberkommando Coruscant an das Angriffsschiff der Republik *Majestic*, Qiilura Sektor
Kreuzer *Vengeance* bereit zu RV mit Ihnen um 0400. Sie haben Freigabe zum Abfang jeden Schiffes, das Qiilura verlässt. Verhindern sie Landung nicht-republikanischer Schiffe und greifen Sie jedes Schiff an, das den Befehlen nicht Folge leistet. Bereithalten zur Eindämmung biologisch gefährlicher Stoffe.

Niner rappelte sich hoch und blickte zurück zur Bodenstation.

Sie war nicht mehr da. Auch nicht die wenigen kleinen Hütten, die an der Anfahrtsstraße lagen. Stattdessen stieg in dichten Schwaden Rauch auf und Feuer brannten. Eines sah aus wie die Flamme eines Schneidbrenners. Eine weitere Explosion ließ ihn den Kopf einziehen und noch mehr Trümmer trommelten gegen seine Rüstung.

Abgesehen davon war es still in der Umgebung. Er machte sich wieder auf den Weg entlang der Bäume und fühlte sich, als wäre er von jemandem sehr wütendem gepackt und durchgeschüttelt worden. Eine kleine Meute Gdans begann ihm nachzujagen. Sie schnappten nach seiner Rüstung, begriffen aber schnell, dass sie ihn unmöglich fressen konnten und fielen zurück. Zum ersten Mal seit Tagen aktivierte er sein Langstrecken-Komlink.

„Niner hier, hört mich jemand?"

Er konnte seinen eigenen Atem rasseln hören, während er rannte. Sein Tempo hatte sich verlangsamt und er begann die Erschöpfung zu spüren. Er würde später ein oder zwei Aufputscher nehmen. Die hatte er nötig.

„Sarge? Fi hier. Ziel also erledigt."

„Wow. R wie reichlich."

„Sie hören sich beschäftigt an."

„Bin auf dem Weg zum RV."

„Sie rennen."

„Kannst du drauf wetten. Lagebericht?"

„Mussten den Droiden loswerden und eine Menge Kram verstecken. Aber der Weequay kann ganz schön viel schleppen, wenn man ihn nett bittet. EAZ in einer Stunde oder so."

„Ruf Darman, falls Jinart ihn noch nicht eingeholt hat"

„Verstanden. EAZ?"

„Hängt davon ab. Ich sehe mich grade nach einer Transportmöglichkeit um."

„Wirklich?"

„Man kann's schnell angehen, oder still und leise. Im Moment erscheint mir schnell besser. Ende."

Niner hielt sich nahe der Straße, um Fahrzeuge hören zu können. Er brauchte einen Gleiter. Das zerbeulte Chassis irgendeines Personentransporters lag hochkant am Straßenrand, als Zeugnis der Stärke der Explosion.

Irgendjemand würde schon auftauchen, um sich den Schaden anzusehen. Dann wäre seine Chance gekommen.

Nach ein paar Minuten konnte Niner intakte Gebäude durch die Bäume erkennen. Er näherte sich dem äußersten Rand der Explosionszone. Weiter vorn sah er Lichter auf sich zukommen und sein Visor sagte ihm, dass sie sich schnell näherten. Er ließ sich in die Deckung des Grases nieder. Während sie näher kamen, konnte er einen Landgleiter und einen Düsenschlitten ausmachen.

Niner konnte es sich nicht leisten zurück in die Explosionszone zu gehen, um sich einen von ihnen zu schnappen. Er musste sie hier aufhalten. Und er durfte dabei nur minimalen Schaden anrichten, sonst würde er trotzdem zum RV-Punkt wandern müssen.

Er stellte sein Gewehr auf Scharfschützenmodus und wartete, bis sich der Landgleiter auf dreihundert Meter genähert hatte. Es überraschte ihn nicht, dass es sich nicht um ein Rettungsfahrzeug handelte. Er konnte den Fahrer deutlich erkennen: Ein Trandoshaner. Für humanitäre Dienste in der Öffentlichkeit waren die nicht gerade bekannt. Wahrscheinlich war er herbei geeilt, um zu sehen, ob die Explosion seinen Sklavenhandel beeinträchtigt hatte. Auf dem Schlitten saß ebenfalls ein Trandoshaner.

Niner drückte sanft ab und der Schuss zerriss die Scheibe des Gleiters. Das Fahrzeug kam von der Straße ab, schleuderte Matsch und Kies in die Luft, der Düsenschlitten schwenkte nach links und hielt abrupt an. Der Fahrer zögerte einen Moment, blickte sich instinktiv in der Dunkelheit um, als wäre er verunsichert darüber, was gerade passiert war. Dann schien er es sich zusammengereimt zu haben, gerade, als Niners zweiter Schuss ihn genau in die Brust traf. Der Düsenschlitten hing bewegungslos einen Meter über dem Boden.

So ein Nachtsichtvisor hatte schon seine Vorzüge.

Niner rannte aus seiner Deckung, schwang sich auf den Schlitten und schnallte sein Pack auf den Rücksitz. Er genoss diesen Moment. Diese Last loszuwerden stand ganz oben auf seiner Liste urzeitlicher, menschlicher Bedürfnisse, gleich neben einem langen, eiskalten Schluck Wasser. Eine wunderbare Erleichterung.

Eine Nacht durchzuschlafen und eine warme Mahlzeit hätten die Sache perfekt abgerundet. Je schneller er zurück bei seiner Schwadron war und den Job erledigt hatte, desto eher würde er sich verwöhnen lassen können. Er steuerte den Schlitten in den Wald und machte sich mit frischem Mut nach Süden auf.

Nadelstiche aus Licht erzeugten ein kleines Muster vor Etain. Sie hätten einen Kilometer entfernt sein können, oder auch in Greifweite: Mit bloßem Auge konnte sie es nicht sagen.

Dafür konnte sie mit Sicherheit ihren Atem riechen. Es war der widerwärtig süßliche Geruch von rohem Fleisch. Sie fuhr mit ihrem Lichtschwert durch den Eingang des Unterschlupfes und die Gdans stoben davon. Sie hatte versucht die Macht herbeizurufen, um sie zu überreden, jemand anderen zu belästigen, hatte aber nur erreicht, sie noch neugieriger zu machen. Wenigstens hatten sie ihre Versuche, einen Bissen von ihr zu probieren, aufgegeben.

Wie machst du es nur, Jinart? Wie hältst du sie in Schach? Sie saß zusammengekauert unter dem Schutzdach, das Darman gebaut hatte und lauschte dem Wasser, das sich seinen Weg durch die Blätter bahnte. Der Regen hatte aufgehört, aber es tröpfelte immer noch von den Bäumen und plätscherte auf die Kunststoffplane über ihrem Kopf. Sie konnte wieder hören, zumindest mit einem Ohr.

Außerdem konnte sie auch sehr klar sehen. Was sie sah, war das Gesicht des Umbaraners den sie mit ihrem Lichtschwert fast enthauptet hätte. Panik und Furcht hatten das Ereignis aus ihrem Kopf verdrängt, aber jetzt, da sie ruhig und müde war, kam es zurück und wollte nicht mehr verschwinden.

Etain versuchte zum ersten Mal seit Tagen zu meditieren und das ablenkende Wasser, das auf ihren Kopf tropfte, nicht zu beachten. Darman schlich draußen herum, leise, aber dennoch entnervend. Sie konnte ihn in fließenden Schüben spüren; besorgt, sogar ein wenig ängstlich, aber konzentriert und bar jeder Aggression und inneren Konfliktes.

Sie wollte ihn fragen, wie er diese Ausgeglichenheit zustande brachte. Sie waren beide in völliger Isolation von der alltäglichen Welt aufgewachsen, mit ihren eigenen Werten und Verhaltensregeln. Nicht, weil sie es sich ausgesucht hatten anders zu sein, sondern weil sie so *geboren* worden waren. Ihre Berufung war zufällig, genetisch – unfair. Er meisterte seine Aufgabe offenbar sehr erfolgreich, während sie in gleichem Maße versagte. Sie ließ sich von dem Gefühl seiner Bestimmtheit einnehmen.

Es war beinahe tröstlich. Dann war das Gefühl plötzlich verschwunden und eine Welle reiner Fröhlichkeit traf sie wie ein Schlag auf die Brust. Darman steckte den Kopf durch den Eingang ihres Unterstandes.

„Sie kommen“, sagte er. „Meine Schwadron ist auf dem Weg.“ Er machte eine Pause, als würde er irgendetwas hören, die Hand an die Seite seines Helmes gelegt. Es war merkwürdig jemanden zu sehen, der eindeutig höchst erfreut war, ohne die geringste Ahnung von seinem Gesichtsausdruck zu haben. „Eine Stunde, oder so. Niner hat die Kom-Station in Teklet ausgeschaltet. Fi und Atin haben noch etwas Ausrüstung aufgeschnappt, die nützlich werden könnte. Und einen Gefangenen." Er machte wieder eine Pause. Sein Kopf bewegte sich so, als würde er reden. Anscheinend konnte er so hin und her schalten, dass er für sie hörbar war oder auch nicht, so, als wäre sein Helm eine isolierte Umgebung, in die er sich nach Belieben zurückziehen konnte. „Ausgerechnet einen *Weequay*. Naja, sie werden ihre Gründe haben."

Für einige Augenblicke war er wieder völlig still, dann nickte er energisch mit dem Kopf. Er nahm den Helm ab und sein Gesicht trug ein breites Grinsen, das nichts Bestimmtes zu gelten schien.

„Es geht ihnen gut, nehme ich an?"

„Es geht ihnen bestens."

„Das freut mich. Ihr seid Brüder, nicht?"

„Nein, nicht wirklich."

„Na gut, ihr seid Klone."

„Sie sind nicht meine ursprüngliche Schwadron", sagte Darman. Sein Ausdruck war noch immer ganz Vergnügen und gute Laune. „Meine Brüder wurden alle in der Schlacht von Geonosis getötet und ihre auch. Vor dieser Mission kannten wir uns noch nicht einmal. Aber drei von uns hatten denselben Ausbildungssergeant, ich denke, das macht uns zu so etwas wie einer Familie. Außer Atin natürlich."

Was für eine erstaunliche Aussage. Darman zeigte nicht das kleinste Anzeichen von Betroffenheit wegen seines kürzlichen Verlusts. Etain wusste nur wenig über biologische Familien, aber sie wusste, dass der Tod von Meister Fulier sie auch in drei Monaten noch schmerzen würde, vielleicht sogar noch in drei Jahren. Vielleicht hatte man den Klonen Kummer und Gram ebenfalls abgezüchtet.

„Dann vermissen Sie Ihre Brüder also nicht?"

Darmans Grinsen entspannte sich langsam. „Natürlich tue ich das", sagte er leise. „Jeden Tag."

„Sie scheinen es sehr ... ruhig aufzunehmen."

„Wir wissen, wie wahrscheinlich es ist, dass wir getötet werden. Würden wir ständig darüber nachdenken, wären wir für niemanden von Nutzen. Man macht einfach weiter, hat unser alter Ausbildungssergeant immer gesagt. Wir alle sterben einmal, also kann man genauso gut alles an eine Sache setzen, die einen Sinn hat."

Etain wollte ihn fragen, was die Sache der Republik für ihn bedeutete. Sie hatte richtiggehend Angst davor, aber sie musste es wissen. „Was glauben Sie, wofür Sie kämpfen, Darman?"

Einen Moment lang blickte er völlig ausdruckslos drein. „Frieden, Ma'am."

„Gut, was glauben Sie, *wogegen* Sie kämpfen."

„Anarchie und Ungerechtigkeit." Es war eine auswendig gelernte Antwort, aber er hielt inne, als würde er das erste Mal darüber nachdenken. „Auch wenn die Leute keine Dankbarkeit zeigen."

„Das hört sich ebenfalls nach ihrem Ausbildungssergeant an."

„Aber er hatte auch nicht ganz unrecht, oder?"

Etain dachte an die Einheimischen, die sie an Hokans Männer verraten hatten. Ja, sie hatte in den letzten Wochen einiges über die Realität des Krieges gelernt. Aber es war noch nicht genug.

„Es wird hell", bemerkte Darman. Er saß mit klappernden Rüstungsplatten im Schneidersitz in ihrem Versteck. „Sie sehen aus, als würden Sie frieren. Möchten Sie Schmerzmittel?"

Etain hatte ein gleichbleibendes Niveau der Nässe und des Schmerzes erreicht, mit dem sie leben konnte. Sie war zu müde, um daran zu denken etwas anderes zu tun. Sie nahm nicht einmal mehr den hartnäckigen Geruch der nassen Merliewolle wahr. „Mir geht's gut."

„Wenn wir ein Feuer anmachen, ziehen wir die halbe Separatistenarmee an." Er kramte in seinem Gürtel und hielt ihr einen Rationswürfel hin, immer noch ganz die Mischung aus kindlicher Naivität und klinischer Tötungsmaschine. Sie schüttelte den Kopf. Er zog einen Beutel hervor. „Getrocknete Kuvaras?"

An der Art, wie sorgsam er die Früchte in seinem Gürtel versorgt hatte, konnte sie erkennen, welchen Wert er ihnen beimaß. Er lebte von Rationen, die so appetitlich waren, wie ranzige Motthaut. Das Opfer war anrührend; sie würde genug Zeit haben, sich an den unterschiedlichsten Köstlichkeiten der Galaxie zu laben, vorausgesetzt, sie würde Qiilura lebend verlassen, aber Darman nicht. Sie zwang sich zu einem Lächeln und winkte ab. „Nein, essen Sie nur. Das ist ein Befehl."

Er brauchte nicht ermuntert zu werden. Er kaute mit geschlossenen Augen und er tat ihr entsetzlich Leid. Aber sie beneidete ihn auch ein wenig, um seine Begeisterungsfähigkeit für die kleinen Dinge.

„Ich weiß eine gute Methode, um sich aufzuwärmen", sagte er plötzlich und öffnete die Augen.

Etain schauderte. Vielleicht war er doch nicht so naiv, wie sie gedacht hatte. „Ach ja?"

„Wenn sie sich dazu in der Lage fühlen."

„Zu *was*?"

Darman machte mit erhobenem Finger eine *Warten Sie's ab*-Geste und ging nach draußen. Nein, dachte Etain, *das* hatte er auf keinen Fall gemeint. Plötzlich war es ihr peinlich, dass sie es ihm überhaupt zugetraut hatte. Sie starrte auf ihre Handrücken und war mit einem Mal abgestoßen von den Schrammen und abgebrochenen Fingernägeln und ihrer Hässlichkeit überhaupt. Auf einmal wurde eine grob gehauene Stange in das Lager gestoßen. Sie sprang auf. Sie brauchte keine weiteren Überraschungen mehr.

„Wenn das lustig sein soll, kann ich nicht drüber lachen, Darman."

„Kommen Sie schon, Commander." Er sah an der Stange hinunter. „Lichtschwertdrill. Lassen Sie es uns jetzt tun, bevor Sie es in Wirklichkeit machen müssen."

„Ich will mich nur ausruhen."

„Ich weiß." Er kniete sich hin und sah sie an. „Ich weiß auch nicht viel über Schwerter, aber ich wurde im Kampf Mann gegen Mann ausgebildet."

Er bewegte sich nicht. Seine Hartnäckigkeit ärgerte sie. Sie machte sie sogar *wütend*; sie hatte genug. Sie war erschöpft und sie wollte einfach nur dasitzen und rein gar nichts tun. Sie sprang auf, schnappte sich die Stange und sprang auf ihn zu.

Er wich ihr aus, aber nur knapp.

„Eine relativ sichere Art, Ihr Geschick mit dem Lichtschwert zu perfektionieren", sagte Darman.

„Relativ?" Zornig hielt sie die Stange in beiden Händen.

„Relativ", wiederholte Darman und ließ sein eigenes, nachgemachtes Lichtschwert hart gegen ihr Schienbein knallen.

„Au! Sie –"

„Kommen Sie schon. So hart Sie können." Darman sprang zurück und entging ihrem wilden und unkontrollierten Ausfall. „So ist's richtig. Greifen Sie mich an."

Das war der Punkt, an dem sie immer ins Stolpern geriet – der schmale Grat zwischen maximalem Einsatz und dem Geblendetsein durch brutale Wut. *Du musst es wollen. Das ist kein Spiel mehr.* Sie ging mit einem beidhändigen Hieb von rechts nach links auf ihn los, schlug so fest gegen seine Waffe, dass sie den Schlag von den Handgelenken bis hinauf in ihre Ellbogen spürte und zwang Darman sein Gewicht zu verlagern. Drei weitere, schnelle Nachschläge, rechts, rechts, links – und gleich darauf noch ein abwärts gesetzter, der ihn so unerwartet hart zwischen Hals und Schulter traf, dass sie ihn, wäre es ein echtes Lichtschwert gewesen, glatt in zwei Hälften geteilt hätte.

Sie hörte ein abscheuliches *Twack*. Es war das erste Mal, dass sie ihm Schmerzen ansah. Sein Gesicht verzog sich nur für einen Sekundenbruchteil zu einer Grimasse, trotzdem war sie augenblicklich von sich selbst angewidert.

„Entschuldigung –", sagte sie, aber er parierte sofort und schlug ihr den Stab aus der Hand.

„Sie müssen ihren Vorteil ausnutzen", sagte Darman und rieb sich den Hals. „Ich habe noch nie eine Energieklinge benutzt und ich kann auch nicht die Macht rufen. Aber ich weiß, wann ich alles geben muss."

„Ich weiß", antwortete Etain, während sie sich ihr Schienbein ansah und tief Luft holte. „Habe ich Sie verletzt?"

„Nichts Ernstes. Guter Schlag."

„Wenn Sie mich am meisten brauchen, möchte ich Sie nicht enttäuschen."

„Bisher haben Sie sich gut geschlagen, Commander."
„Wie schaffen Sie das, Darman?"
„Was schaffen? Kämpfen?"
„Töten und dabei unbefangen bleiben."
„Training nehme ich an. Und der Teil von Jango Fett, der ihn ... unbefangen machte."
„Hatten Sie in der Ausbildung jemals Angst?"
„So gut wie immer."
„Wurden Sie jemals verletzt?"
„Andauernd. Andere starben. So lernt man eben. Verletzt werden, lehrt einen, instinktiv zu schießen. Deswegen ließen uns die Ausbilder zu Beginn mit Übungsmunition trainieren, die einen verletzt, ohne bleibende Schäden zu verursachen. Dann sind wir zu echter Munition übergegangen."
„Wie alt waren Sie damals?"
„Vier. Vielleicht auch fünf."
Das hatte sie nicht gewusst und es ließ sie erschaudern. Sie konnte sich nicht daran erinnern, dass ein Jedi in der Ausbildung umgekommen wäre. Es war eine völlig andere Welt. Sie hob ihre Stange wieder auf und machte ein paar langsame, offene Schläge, den Blick auf die Spitze gerichtet. „Dieses beschleunigte Wachstum ist für mich schwer zu begreifen."
„Nun, es ist ein kaminoanisches Industriegeheimnis."
„Ich meine, ich kann Ihr Auftreten und Ihr Können nur schwer verstehen, wo Sie doch jemand sind, der – nun, der noch weniger Erfahrung mit der profanen Welt hat, als ein Padawan."
„Sergeant Skirata sagte, wir würden ihn *verblüffen.*"
„Sie sprechen oft von ihm."
„Er hat meine Schwadron ausgebildet und auch Niners und Fis. Vielleicht wurden wir deshalb zusammen auf diese Mission geschickt, nachdem unsere Brüder getötet wurden."
Etain schämte sich. Er kannte keinerlei Selbstmitleid. „Was werden Sie in dreißig Jahren machen, wenn Sie zu alt zum Kämpfen sind?"
„Bis dahin werde ich schon lange tot sein."

„Das hört sich ziemlich fatalistisch an."

„Ich meine, wir werden immer schneller altern, als Sie. Man hat uns gesagt, dass der Verfall von Klonen gnädigerweise recht schnell vonstatten geht. Langsame Soldaten werden schnell getötet. Ich kann mir keinen besseren Zeitpunkt zum Sterben vorstellen, als den, an dem ich nicht mehr der Beste bin."

Etain wollte zu diesem Zeitpunkt wirklich nichts mehr über das Sterben hören. Der Tod war ein viel zu schneller und häufiger Besucher, als dass man ihn als bedeutungslos hätte abtun können und keine Konsequenzen daraus zog. Sie konnte fühlen, wie sich die Macht um sie herum verzerrte. Es war nicht mehr der gleichmäßige Rhythmus des Lebens, wie es sein sollte, sondern das Chaos der Zerstörung. Sie spürte, dass sie es weder hinnehmen noch beeinflussen konnte.

„Wir sollten die Hüter des Friedens sein", sagte sie müde. „Das ist schlimm."

„Aber das ist der Krieg immer. Es ‚das Hüten des Friedens' zu nennen, ändert nichts daran."

„Da ist ein Unterschied", gab Etain zu bedenken.

Darman schürzte die Lippen und sah leicht an ihr vorbei, so als würde er in Gedanken etwas Schwieriges einstudieren. „Sergeant Skirata sagte, Zivis hätten keine Ahnung und dass es leicht für sie wäre, erhabene Gedanken über Frieden und Freiheit zu haben, solange es nicht sie waren, auf die geschossen wurde. Er sagte, nichts würde den Verstand mehr schärfen, als jemand, der dich töten will."

Das saß. Etain fragte sich, ob diese Bemerkung nur eine unbedachte Erinnerung war, oder ein subtiler Tadel ihrer Prinzipien. Sie konnte sich noch immer nicht mit seiner Zwiespältigkeit abfinden: Unschuldiger Killer, Soldat und Kind, anerzogene Intelligenz und grimmiger Humor. Unberührt vom normalen Leben schien er mehr Zeit mit Nachdenken verbracht zu haben, als sie es jemals getan hatte. Sie fragte sich, wie sehr die intensive Erfahrung der Außenwelt ihn verändern würde.

Sie hatte erst ein Mal ein lebendiges Wesen getötet und es hatte sie mit Sicherheit verändert.

„Kommen Sie", sagte er. „Die Sonne geht auf. Wir können Ihre Kleider trocknen."

Es war definitiv Herbst. Ein Nebel hatte sich wie ein See auf die Landschaft gelegt. In der Plane, die über ihren Unterstand gespannt war, hatte sich eine Pfütze gebildet und Darman wollte sie ausschöpfen, hielt dann aber inne.

„Was *sind* das für Dinger?", fragte er. „Ich habe sie schon am Fluss gesehen."

Rubin- und saphirfarbene Insekten tanzten über die Oberfläche der Pfütze. „Tagesflügler", sagte Etain.

„Ich habe noch nie solche Farben gesehen."

„Sie schlüpfen und fliegen für einen Tag, am Abend sterben sie bereits wieder", erklärte sie. „Ein kurzes, aber glorreiches ..."

Ihr Stimme wanderte ab. Sie schämte sich für ihre eigene Taktlosigkeit und wollte sich eine Entschuldigung zurechtlegen, aber Darman schien keine zu brauchen.

„Sie sind erstaunlich", sagte er bewundernd, völlig in das Schauspiel versunken.

„Das sind sie ganz bestimmt", nickte sie, während sie ihm zusah.

Lik Ankkits Villa war eine Pracht gewesen. Auf ihre unnütze Art war sie das zwar noch immer, aber die polierten Kuvaraböden, mit den kunstvoll eingelegten Blumenmotiven waren jetzt zerkratzt und eingedellt von den metallenen Füßen der Droiden.

Ankkit hielt sich in der Tür, während diese vier Droiden Metallplatten an die Fensterrahmen schraubten und den Sonnenaufgang ausschlossen. Ghez Hokan überwachte den Umbau des herrschaftlichen Wohnsitzes in eine Festung.

„Ihr macht ja das *Holz* kaputt", zischte Ankkit. „Vorsicht! Wisst Ihr nicht wie lange es gedauert hat, diese Tafeln zu schnitzen?"

Hokan zuckte mit den Schultern. „Ich bin kein Zimmermann."

„Die sind doch nicht von *Zimmermännern* gemacht worden. Sie wurden von Künstlern –"

„Es ist mir egal, ob der Oberste Kanzler Palpatine selbst sie mit seiner Dinnergabel geschnitzt hat. Ich muss dieses Gebäude sichern."

„Keine drei Kilometer von hier habt Ihr eine absolut angemessene, zweckmäßige Einrichtung. Könntet Ihr nicht *die* verteidigen."

„Das tue ich."

„Ja, warum dann? Warum mein Zuhause ruinieren, wenn Uthan gar nicht mehr hier ist?"

„Für einen verschlagenen, heimtückischen kleinen Erbsenzähler zeigt Ihr erstaunlich wenig taktisches Vorstellungsvermögen." Hokan ging zu dem Neimoidianer hinüber und blieb dicht vor ihm stehen. Er würde sich *nicht* von der Körpergröße dieses Gemüsehändlers einschüchtern lassen. Es war ihm egal, ob er seinen Hals strecken musste, um ihm in die Augen zu sehen; *er* war der größere Mann. „Ich weiß, dass sie nicht länger hier ist. Aber der Feind könnte das glauben. Wenn ich *meinen* Feind dabei beobachten würde, wie er aufwändige Vorbereitungen zur Verteidigung einer Einrichtung trifft, würde ich vielleicht annehmen, er wollte bluffen und ein alternatives Ziel untersuchen. Würde ich dann feststellen, dass das alternative Ziel insgeheim gegen Eindringlinge gesichert wurde, würde ich vermuten, dass es sich um das richtige Objekt handelte und es angreifen."

Ankkit schien nicht überzeugt. Er starrte Hokan mit halb geöffneten Augen an, eine seltene Demonstration von Mut für ihn. „Und wie werden sie diese geheime Absicherung bemerken?"

„Ich habe dafür gesorgt, dass die Anlieferung der nötigen Mittel mit einem gewissen Maß an Geheimhaltung durchgeführt wurde. Anlieferung bei Nacht und solche Dinge. In Anbetracht der Noblesse der hiesigen Bevölkerung, bin ich sicher, dass irgendjemand diese Information für ein paar Klunker oder so, weitergeben wird. Hat bisher immer funktioniert."

„Diese Absicherungen werden mein Haus nicht vor der Zerstörung bewahren."

„Da habt Ihr Recht, Ankkit. Holzbauten leisten Kanonen nur begrenzt Widerstand. Deswegen habe ich Doktor Uthan auch zurück in die Anlage verlegt. Wenn es darum geht, kann ich Metall und Stein sehr viel erfolgreicher verteidigen."

„Warum habt Ihr sie dann überhaupt erst hierher verlegt?"

„Es überrascht mich, dass Ihr überhaupt fragt. Um alle vor ein Rätsel zu stellen, natürlich."

Zum damaligen Zeitpunkt war es eine vernünftige Idee gewesen: Er hatte nicht gewusst, mit wem er es zu tun hatte. Jetzt war er sich ziemlich sicher, dass ihm nicht mehr als zehn Leute gegenüber standen. Wäre eine Armee gelandet, würde er es inzwischen wissen. Uthan zu verlegen – was sowieso keine Aufgabe war, die sich unter absoluter Geheimhaltung durchführen ließ – hatte geholfen, den Nebel der Verwirrung zu verdichten.

Hokan überließ nichts dem Zufall. Er hatte eine Reihe Anhaltspunkte ausgestreut, die die feindlichen Commandos zu der einen Schlussfolgerung führen würde, dass Uthan und das Nanovirus in Lik Ankkits Villa verbarrikadiert waren.

Ein Droide schleifte einen schweren Metallträger durch den Salon und pflügte eine Furche in die goldenen Bodendielen. Ankkit stieß einen gedämpften Schrei der Frustration aus. Die Kameraden des Droiden hoben den Träger an und brachten ihn auf eine Linie mit einem Querbalken, wobei sie eine edle Naboovase umstießen und zerschlugen. Droiden waren nicht darauf programmiert *Ups* zu sagen und Scherben aufzufegen. Sie stapften einfach achtlos darüber hinweg.

Ankkit begann wieder zu zittern und rief nach einem Diener. Ein mürrisch dreinschauender, einheimischer Junge tauchte mit einem Besen in der Hand auf und fegte die Scherben in eine Kehrschaufel.

„Gute Güte", höhnte Hokan. Er bezweifelte, dass es der richtige Moment sei, den Sprengstoff zu erwähnen, der inzwischen in dem Labyrinth aus Weinkellern und Gewölben unter der Villa lagerte. Er wusste nicht, wie man einen Neimoidianer wiederbelebt und hatte auch nicht vor, es zu lernen.

Lieutenant Hurati stand draußen vor dem Eingangstor. Selbst wenn ihm niemand zusah, behielt er militärische Haltung. Hokan hatte ihn nie dabei erwischt, dass er einen Schluck aus einem Flachmann nahm, oder sich auch nur kratzte. Hurati richtete sich nicht auf, als er Hokan sah, denn er stand bereits stramm.

„Sir, Doktor Uthan beginnt sich über die Unterbrechungen zu ärgern", meldete der Lieutenant.

„Ich werde mit ihr reden. Wie funktioniert unsere Nachrichtenkette über die Droiden?“

„Es geht Sir, aber ich würde mich sicherer fühlen, wenn wir die Kom-Überwachung zur Hand hätten.“

„Mein Junge, es gab Zeiten, da hatten wir überhaupt keine Lauschposten und mussten unsere Kriege mit nichts, als unserer Beobachtungsgabe und unserem Verstand führen. Es wird schon gehen. Was konnten die Droiden ausmachen?“

„Die Angriffe scheinen sich auf Teklet und das südlich davon gelegene Gebiet zu beschränken, Sir. Und sie scheinen sehr präzise zu sein. Wenigstens wissen wir jetzt, warum sie den Steinbruch angegriffen haben. Ich muss sagen, dass ich noch nie zuvor einer Baggerbombe begegnet bin.“ Hurati fuhr sich nervös mit den Zunge über die Lippen. „Sir, wollen Sie die Straße nach Teklet wirklich nicht von einer Patrouille absuchen lassen? Ich könnte es gerne selbst tun. Es bereitet keine Schwierigkeiten.“

Hokan nahm es als aufrichtige Sorge auf und nicht als Kritik. „Nein, am Ende verfolgen wir im ganzen Gebiet nur Gdanspuren. Unser Feind kennt sich offenbar mit Ablenkungstaktiken aus und ich will keinem Köder aufsitzen. Ich werde darauf warten, dass sie nach meinem schnappen.“ Er klopfte Hurati auf den Rücken. „Wenn Sie unbedingt etwas zu tun haben wollen, behalten Sie Ankkit im Auge. Ich will nicht, dass er sich einmischt. Halten Sie ihn mit allen Mitteln zurück.“

Hurati salutierte. „Wird gemacht, Sir. Ach und – Lieutenant Cuvin … ich denke nicht, dass er es zum Captain schafft, wie sie sagten.“

Hokan mochte Hurati von Tag zu Tag mehr. „Wurde seine Streichung von der Beförderungsliste von seinen Kameraden zur Kenntnis genommen?“

„Das wurde sie, Sir.“

„Gut. Gut gemacht.“

Hurati erwies sich als treuer Gehilfe. Er war ganz erpicht darauf, zu gehorchen. Hokan würde ein Auge auf ihn haben müssen. Aber er beförderte ihn trotzdem. Es brachte nichts ein, die Vorzüge eines anderen willentlich zu ignorieren.

13.

KO *Majestic* an das Oberkommando der Republik, Coruscant. Liegen auf Position und erwarten Kontakt zu Omega Squad. Nachrichtenübertragung der Bodenstation Teklet abgebrochen. Separatistisches Schiff hat sich genähert und liegt bugwärts 50 Kilometer backbord – antwortet nicht auf Signale, wird aber als bewaffneter Transporter der Techno Union eingestuft. Werden Kampfhandlungen einleiten, sollte das Schiff feindselige Aktionen anstreben. Stehen in Bereitschaft.

„Ist ja mal wieder gut gelaufen", sagte Fi von irgendwo von vorn aus dem Zug.

„Hast du Aufputscher genommen?", fragte Niner.

„Ich bin einfach nur vergnügt."

„Tja, ich bin's nicht, also wie kommt's?"

Niner mochte es nicht, auf Patrouille das Ende zu bilden. Er ging rückwärts, suchte die Bäume ab und fragte sich, wie er so weit in Richtung Imbraani kommen konnte, ohne seit Teklet Feindkontakt zu haben.

Büchsen konnten nicht auf Bäume klettern. Es waren die Feuchten, über die er sich Sorgen machte.

„Willst du tauschen?", fragte Fi.

„Schon okay."

„Brauchst es nur zu sagen."

Fi bildete ungefähr hundert Meter weiter vorn die Spitze. Atin ging hinter Guta-Nay her. Der Weequay trug einen ganz schönen Teil der Ausrüstung und der Munition, die sie sich hatten aufladen müssen, nachdem sie den Baggerdroiden und den Düsenschlitten loswerden mussten.

„Ziemlich ruhig, in Anbetracht der Situation", argwöhnte Atin. „Was dagegen, wenn ich einen Sucher losschicke?"

„Warum nicht?", sagte Niner. „Aber gib das Videosignal an alle weiter, ja?"

„Wir schon da?", fragte Guta-Nay.

„Bald." Bisher sah Niner in dem Weequay keinen Nutzen, außer als Lasttier. Alles was er über Hokans Taktiken zu wissen schien war, dass sie *schlimm weh* taten. „Wirst du dich jetzt kooperativ zeigen, oder soll ich dich zu deinem Boss zurückbringen?"

„Das nicht tun! Das *grausam*!"

„Vielleicht gibt er dir ja einen dicken Kuss, um dir zu zeigen, wie sehr er dich vermisst hat."

„Er aufschlitzen meine –"

„Da bin ich mir sicher. Willst du uns vielleicht etwas mehr über die Droiden erzählen?"

„Hundert."

„Auch SKDs?"

„Was?"

„Super-Kampf-Droiden." Niner ahmte mit zur Seite gehobenen Armen die sperrige Gestalt nach, wobei sein Gewehr an seinem Gurt herunter baumelte. „Die Großen."

„Nein. Ich jedenfalls keinen gesehen."

„Ich hab euch ja gesagt, wir hätten ihn kalt machen sollen", bemerkte Fi. „Naja, wenn er schon was von der Ausrüstung schleppt, können wir auch Gnade vor Recht ergehen lassen."

Die metallene Sucherkugel stieg auf die Spitze der Bäume hinauf und schoss davon. Niners Blickfeld wurde in einem Quadranten von einer Luftaufnahme der Landschaft ersetzt. Während der Sucher Pfaden folgte und zwischen Ästen hin und her huschte, wurde klar, dass sich hier niemand aufhielt und das an sich war schon beunruhigend. Dann tauchte er ab und zeigte eine vertraute Gestalt, die sich, bis zur Hüfte ausgezogen, über ein behelfsmäßiges Wasserbecken aus einer Kunststoffplane beugte.

Der Sucher schwebte über Darman, während jener, ohne aufzusehen, zu seiner Waffe griff.

„Sarge, sind Sie das?"

Niner blickte in das Dienstende von Darmans Deze. Eine ernüchternde Nahaufnahme. „Wir befinden uns ungefähr zehn Minuten vom RV. Haben wir vor auszugehen?"

Das Gewehr verschwand aus dem Bild und Darman starrte halb rasiert in den Sucher. „Wie wär's mit anklopfen?"

„Ich bin froh, dich zu sehen. Wo hast du dir die Wunde geholt?"

„Welche? Die, oder *die*?"

„Die Verbrennung."

„Ein Trandoshaner. Ex-Trandoshaner, eigentlich. Wir bekamen etwas mehr aufmerksame Zuwendung, als uns lieb war."

„Ist der Commander noch an einem Stück?"

„Tja, *diese* Schramme ist von ihr. Ich zeige ihr, wie man richtig dreckig kämpft. Sie lernt schnell."

„Setz Wasser auf. Wir bringen einen Gast."

Darmans leicht ungeduldiger Gesichtsausdruck schrumpfte unter dem Sucher und wurde durch eine Weitwinkelaufnahme von Imbraani ersetzt. Es war weniger eine Stadt, als eine Ansammlung von Bauernhöfen, mit einigen wenigen industriell anmutenden Gebäuden, die dazwischen versprengt lagen. Atin ließ ihn höher steigen und es wurden noch ein paar abgelegenere Gebäude sichtbar.

„Bring mir ein Bild von der Villa."

„Offenes Gelände, Sarge. Ist ein bisschen riskant."

„Ich glaube, das Überraschungsmoment haben wir schon verloren."

„Okay. Aber nur mit dem Tele."

„Was ihr tun?", fragte Guta-Nay. Für ihn wanderten sie in völliger Stille. Er konnte die Unterhaltung, die über ihre Helm-Komlinks stattfand, nicht hören. Niner schaltete mit überlegtem Augenzwinkern auf einen anderen Kanal.

„Die Villa ansehen."

„Ich wissen Bescheid über Villa."

„Wir wissen alle über die Villa Bescheid."

Niner wünschte sich einen Besuch von Jinart. Sie hatten die Formwandlerin seit gestern nicht mehr gesehen. Natürlich konnte sie überall stecken, aber sie hatte sich nicht gezeigt. Er hoffte, dass sie nicht in Schwierigkeiten geraten war.

Noch fünf Minuten. Im Nu wären sie wieder eine Schwadron und hätten einen Commander. Sie wären am RV und würden sich ausruhen können, essen, waschen und den Kopf frei kriegen. Es fühlte sich jetzt schon angenehm an.

Da war nur noch diese Sache mit Uthan, ihrer Gefangennahme und dem Nanovirus und das Problem, heil aus der Sache herauszukommen.

* * *

Etain hatte sich beinahe daran gewöhnt in der Anonymität von Darmans Panzerung ein freundliches Gesicht zu sehen. Jetzt traten drei weitere Gestalten, die exakt so aussahen, aus dem Unterholz und zerstörten diese zerbrechliche Vorstellung.

Und dann nahmen sie ihre Helme ab.

Sie wusste, dass es unhöflich war, aber sie starrte sie einfach nur an und merkte, wie sie ihre Hand auf ihren Mund legte, um ihre Überraschung zu verbergen.

„Ach ja, tut uns Leid wegen dem Weequay, Commander", sagte einer von ihnen. Er hatte Darmans Stimme und Darmans Gesicht. „Er ist schon ziemlich reif, ich weiß. Wir lassen ihn sich waschen."

Sie sahen völlig identisch aus, bis auf einen, der eine schreckliche Narbe im Gesicht trug. Die anderen erschienen ihr, wie verschiedene Stimmungen desselben Mannes: Der eine ernst, der andere angenehm ruhig und unbesorgt. Aber alle starrten sie sie an.

„Ich kann Sie nicht auseinanderhalten", sagte sie.

„Ich bin RC –"

„Nein, ihr habt richtige Namen. Ich *weiß*, dass ihr Namen habt."

„Das ... das ist nicht die übliche Verfahrensweise, Commander."

Darman senkte den Blick. „Das ist Privatsache."

„Mich nennen alle Fi", sagte der Ruhige, der sich offenbar nicht an Verfahrensweisen störte. „Und das ist Atin."

„Niner", sagte der Ernste und salutierte. Etain konnte bei keinem von ihnen besonders viel spüren, aber der gezeichnete Atin verströmte ein Gefühl der Verlorenheit, das beinahe greifbar war. Eine spürbare Last. Sie versuchte sich auf den Weequay zu konzentrieren. Es war nicht nötig, sich in die Macht zu versenken, um zu sehen, dass er schreckliche Angst hatte. Er stand nach vorn gebeugt, als würde er gleich auf die Knie fallen und blickte zu ihr hoch.

Weequays sahen nicht alle gleich aus. Diesen *kannte* sie. Er hatte sie quer durch ein Barqfeld gejagt. Er war ein Mörder und Vergewaltiger. Nicht, dass ihn diese Beschreibung von Hokans anderen Schlägern unterschied. Sie griff nach ihrem Lichtschwert.

„Whoa", sagte Darman.

„Mädel?", sagte Guta-Nay.

„Ich geb dir gleich *Mädel*", sagte sie, aber Darman packte sie am Arm und sofort schämte sie sich für ihre Reaktion. Wieder war es Zorn. Das war es, was zwischen ihr und der Erfüllung ihrer Berufung stand. Sie musste ihn überwinden. Wenn Darman seine Stärke ohne Gehässigkeit ausüben konnte, dann konnte sie das auch.

„Warum ist er hier?", fragte sie und ließ die Klinge erlöschen.

„Wir dachten, er könnte uns ein paar wichtige Informationen geben", antwortete Niner.

Etain wünschte verzweifelt, sich nützlich machen zu können. Sie kam sich vor, als wäre sie nur zu ein paar Zaubertricks fähig: Geschickt genug für einige Ablenkungsmanöver, aber nicht ausreichend, um als Soldat zu fungieren. Sie wünschte sich auch, Darman würde aufhören so zu tun, als fehle ihr nur die nötige Schulung. Sie wollte, dass er ihr sagte, wie sehr er sie für all die potenzielle Kraft verabscheute, die an einem undisziplinierten Mädchen wie ihr verloren ging. Er war ja nicht dumm. Er musste doch so denken.

„Was müssen wir denn wissen, Niner?"

„Wie Hokan denkt, Commander."

„Geben Sie mir etwas Zeit mit ihm."

Guta-Nay richtete sich auf und trat kopfschüttelnd einen Schritt zurück. Er erwartete wohl eine Behandlung à la Hokan.

Fi gluckste. „Guta-Nay glaubt, Sie schneiden ihm seine … äh, Zöpfe ab, Ma'am."

Zöpfe. Sie hatte es ganz vergessen. Sie zog die Strähnen aus ihrem Kragen, flocht sie so schnell wie möglich zusammen und suchte in ihren Taschen nach etwas, um sie zusammenzuhalten. *Das ist es, was du bist. Lebe danach, auch wenn es nur darum geht, Darmans Vertrauen in dich zu rechtfertigen.*

„Wir werden uns ein wenig unterhalten", sagte sie und ließ ihren Zopf zurück in ihren Kragen fallen. „Setz dich … Guta-Nay."

Mit gefesselten Händen war es für ihn nicht einfach sich niederzulassen, aber Etain wollte kein Risiko eingehen. Er kniete sich hin, fiel zur Seite um und blieb in einer würdelosen Haltung liegen. Sie hievte ihn in eine Sitzposition und dann saßen sie still vor dem Unterstand. Sie wollte, dass er sich beruhigte, bevor sie versuchte, ihn zu beeinflussen.

Ein plötzliches Klappern einer Rüstung ließ sie über ihre Schulter blicken und sie war erstaunt zu sehen, wie Atin Darman unbeholfen umarmte und ihm auf den Rücken klopfte. Ihr Blick kreuzte den von Darman. Er sah verwirrt aus.

Wie schwer Atins emotionale Last auch gewesen sein mag, er schien erleichtert, jetzt, da er Darman gesund wiedergefunden hatte. Dann gingen die beiden Männer wieder auseinander, als wäre nichts Besonderes geschehen. Etain wandte sich wieder Guta-Nay zu. Ihr wurde plötzlich schmerzlich bewusst, dass diese Soldaten trotz ihrer ruhigen Art und unnatürlichen Erscheinung ebenso menschlich waren wie sie.

Gezüchtet, um zu kämpfen.

Neuer Zweifel stieg in ihr auf. Sie verdrängte ihn und sah zu Guta-Nay, der ihrem Blick auswich.

„Du hast keine Angst", sagte sie ruhig und stellte sich das sanfte Plätschern des Brunnens vor dem Heim ihres Clans auf Coruscant vor. „Du bist entspannt und möchtest über Ghez Hokan sprechen."

Und das wollte er.

„Habt ihr Jinart nicht gesehen?", fragte Darman.

„Nicht seit gestern." Niner säuberte seine Rüstung. Jetzt war es egal, wie gut man sie sehen konnte und er hasste schmuddelige Montur. Darman hatte seinen Deze auseinander genommen und polierte die Konversionskammer sorgfältiger als nötig. Fi wanderte in ihrem Übergangslager umher, wiegte seinen Blaster und hielt Wache.

„Naja, ob sie nun hier ist oder nicht, ich denke je früher wir reingehen, desto besser."

„Die Villa oder die Anlage?"

„Nach den letzten Infos, die wir von Jinart bekommen haben, deutet alles auf die Villa hin."

„Aber ..."

„Ja, aber ... Mir würde es auch schwer fallen, einen Ort zu verlassen, den ich locker verteidigen könnte. Diese Villa ist nichts als Feuerholz." Er legte die Schulterplatte ab, die er gerade säuberte. „Zeig mir noch mal diesen Plan."

Darman setzte den DC-17 wieder zusammen und griff in seinem Gürtel nach der Kugel mit den Holokarten. „Sie hat ganz schön was riskiert, um die hier zu besorgen."

„Unser Commander? Jinart sprach ziemlich abwertend von ihr."

„Ach komm schon, Niner. Sie ist eine Jedi. Sie ist ein *Offizier*."

„Und? Was denkst du?"

Darman rieb sich den Nasenrücken. „Es steckt eine Menge Kampfgeist in ihr."

„Und?"

„Sie ist ... naja, sie ist nicht gerade Skirata. Aber sie lernt schnell. Und du solltest mal das Jedi-Zeug sehen, das sie drauf hat. Da ist eine Menge mehr, als bloßes Kampfgeschick."

Niner hatte gelegentlich seine Zweifel bezüglich nicht geklonter Offiziere. Die hatten sie alle. Öffentlich gaben sie es nie zu, aber Skirata hatte sie gewarnt. Privat, ganz im Stillen, dass außenstehende Offiziere manchmal Hilfe brauchten. Obwohl man immer ihren *Befehlen* folgte, musste man zu *hilfreichen Interpretationen* fähig sein, falls der Offizier sich weniger als deutlich ausdrückte. Offiziere konnten einen völlig unabsichtlich in den Tod schicken.

„*Niemand* ist Skirata“, sagte Niner. Insgeheim beobachtete er ihren Commander. Was immer sie auch mit Guta-Nay angestellt hatte, es hatte ihn in die reinste Plaudertasche verwandelt. Sie sah richtiggehend gelangweilt aus, so als würde sie von jemandem bedrängt werden, der unbedingt jedes noch so kleine Konstruktionsdetail eines Repetierblasters erklären wollte.

„Aber du musst zugeben, dass das da ganz schön geschickt ist“, sagte Darman.

Niner versuchte nicht darüber nachzudenken. Es war ihm unangenehm, nicht zu wissen, inwiefern seine Handlungen nicht seinen eigenen Entscheidungen entsprangen. Er mochte auch die anderen Konflikte nicht, die sie in ihm auslöste. Noch nie war er einer menschlichen Frau so nahe gewesen und er war erleichtert, dass sie ausgemergelt, ungekämmt und alles in allem überhaupt nicht anziehend war. Aber trotzdem machte ihn die Nähe nervös und dem Blick nach zu urteilen, mit dem Darman sie ansah, schienen sie dieses Gefühl zu teilen.

Sie sahen beide zu, wie Guta-Nay ihrem Commander das Herz ausschüttete, bis sie es satt zu haben schien und sich aus dem Schneidersitz erhob. Sie kam herüber und sah sie unbestimmt an.

„Es tut mir Leid, Darman“, sagte sie zu Niner. Dann machte sie eine peinlich berührte Geste. „Entschuldigung. Sie sind natürlich Niner. Ich habe ein paar Einzelheiten aus ihm herausbekommen, aber er ist nicht gerade der analytische Typ. Ich kann Ihnen aber sagen, dass Hokan eine Verpinen-Splitterpistole trägt und einen gängigen KYD-einundzwanzig Blaster. Er hat eine Menge trandoshanische Ausrüstung und so weit die Milizionäre wissen, waren in der Garnison nicht mehr als hundert Kampfdroiden. Außerdem scheint Hokan gerne Spielchen zu spielen – er mag Bluffs und Doppelbluffs.“

Niner dachte über diese Information nach. „Das ist bereits nützlich, Commander. Danke.“

„Ich werde versuchen, Jinart zu erreichen. Vielleicht könnte sie nachsehen, was unten in der Villa vor sich geht.“

„Können Sie das denn?“, fragte Darman.

„Ich kann sie spüren, wenn sie mich lässt. Ich werde zusehen, dass sie mich spürt." Sie blickte hinunter auf ihre Stiefel. „Und bitte nennen Sie mich nicht *Commander*. Diesen Rang habe ich nicht verdient. Bis es so weit ist – wenn es jemals so weit ist – bin ich Etain. Darman weiß das, nicht wahr, Darman?"

Er nickte. Niner fühlte sich unbehaglich dabei. Er wusste gerne wer wo in der Hierarchie stand. „Wenn Sie es sagen. Darf ich eine Frage stellen?"

„Sicher."

„Warum sagten Sie, *Sie sind natürlich Niner*?"

Sie machte eine Pause. „Euch umgibt eine andere Aura. Euch alle. Ihr mögt gleich aussehen, aber das seid ihr nicht. Normalerweise erkenne ich einzelne Leute nicht an ihrem Bezug zur Macht, aber ich kann es, wenn ich mich konzentriere."

„Wir kommen Ihnen unterschiedlich vor?"

„Ihr wisst sicher, dass ihr es seid. Sie wissen, dass Sie Niner sind und er weiß, dass er Darman ist. Ihr seid euch eures Selbst ebenso bewusst wie ich, so wie jeder andere Mensch auch."

„Ja, aber ..."

„Alle Lebewesen sind Individuen und ihre Essenz in der Macht spiegelt das wider. Der Verlauf des Lebens unterscheidet uns und insofern seid ihr um so mehr wie Zwillinge. Atin ist *sehr* anders. Was ist ihm zugestoßen, das so auf ihm lastet?"

Die Antwort machte Niner sprachlos. Er war es gewohnt, ein Produkt zu sein. Seine Schwadron und sein Sergeant hatten ihn wie einen Mann behandelt, aber die Kaminoaner ganz sicher nicht. Es war das erste Mal, dass ein Jedi, ein Commander, den schwelenden Verdacht der Klon-Commandos, dass sie nicht geringer waren, als normale Menschen, bestätigte. Es handelte sich nicht länger um einen geheimen Streitpunkt, den man für sich behalten musste.

„Atin war der einzige Überlebende seiner ersten Schwadron, dann wurde er neu eingeteilt und verlor wieder seine drei Brüder im Einsatz", erzählte Niner. „Er fühlt sich schuldig."

„Der Arme", sagte sie. „Spricht er darüber?"

„Nicht viel."

„Vielleicht könnte ich ihm helfen zu sehen, dass es nichts gibt, wofür er sich schuldig fühlen muss. Nur ein wenig Ermutigung. Nicht so etwas wie den Einfluss, den ich auf den Weequay ausgeübt habe."

„Das ist sehr freundlich von Ihnen."

„Wir müssen aufeinander aufpassen."

In diesem Moment war es Niner egal, ob sie weniger von Guerillakriegsführung verstand als ein Mott. Sie besaß eine fundamentale Führungsqualität, die man in keiner noch so langen Ausbildung lernen konnte: Sie sorgte sich um die, die sie führte.

Dafür allein hatte sie sich schon ihren Rang verdient.

„Kontakt. Fünfhundert Meter", meldete Fi.

Die Schwadron ließ ihre notdürftige Mahlzeit aus gekochtem Trockenfleisch stehen und setzte ihre Helme wieder auf. Etain war abermals erstaunt, wie schnell sie sich bewegten. In der Zeit, die sie benötigt hatte, um sich umzudrehen und zu sehen wo der Weequay steckte, hatten sie sich schon bäuchlings mit dem Gewehr im Anschlag ins Unterholz gelegt.

Du wirst keinen Ton von dir geben, Guta-Nay. Du möchtest absolut still sein.

Das war er. Dann spürte sie, was sich da näherte. Sie kroch auf allen Vieren in die Büsche und beugte sich nah zu Darman. „Es ist Jinart", sagte sie. „Entspannen Sie sich."

Darman, Fi und Atin setzten sich auf ihre Fersen. Niner blieb liegen, starrte weiter durch sein Visier und nahm die Hand mit einer auffällig langsamen Geste vom Abzug.

„Niner geht gern auf Nummer sicher", sagte Darman. „Nichts für ungut."

Das Gras bebte deutlich und ein lebendiger Ölteppich floss an den knienden Commandos vorbei. Etwas Entsetzliches schien von seinen schwarzen Windungen getragen zu werden. Die Masse nahm wieder Jinarts natürliche Form an und sie konnten sehen, dass sie einen großen Brocken rohen Fleisches in ihren Fängen trug. Sie legte ihn auf den Boden.

„Ich habe euch jede Menge Warnhinweise gegeben", sagte Jinart und blickte auf Niner. Sie schnüffelte in der Luft, als würde sie mit ihrer langen Schnauze einem unsichtbaren Signal folgen. Ihr Blick blieb auf Guta-Nay haften, der mit den Händen im Schoß an einen Baum gelehnt döste. „Wozu in aller Welt habt ihr *dieses* Souvenir eingesammelt?"

„Wir dachten, er könnte nützlich sein", wiederholte Fi.

„Weequays kann man nicht mal essen", sagte Jinart und verwandelte sich in ihre menschliche Form. „Wir lassen dieses Vieh besser nicht sehen, was ich wirklich bin. Habt ihr schon gegessen? Mögt ihr etwas Merlie?"

Fi nahm seinen Helm ab und grinste. „Wir haben die Zeit dazu, oder?"

„Ihr könnt ebenso gut mit vollem Magen kämpfen", sagte Jinart. „Ihr habt einen harten Job vor euch."

Fi hob den Merlieschenkel hoch und wusch ihn mit Wasser aus seiner Flasche ab. „Dar, hast du noch was von den getrockneten Früchten übrig?" Er ließ die Vibroklinge aus seiner Knöchelplatte fahren und begann damit, den Schenkel in Stücke zu schneiden. Etain fragte sich, woher er diese nie versiegende gute Laune nahm; sie konnte sich gar nicht vorstellen, dass er auf jemanden schoss. Eines der Dinge, die sie in den letzten Tagen gelernt hatte war, dass Soldaten weder gewohnheitsmäßig böse, noch brutal waren.

Sie sprachen nicht einmal in einem rauen Ton. Sie waren eine einzige Anhäufung von Widersprüchen. Sie wuschen ihre Kleidung, rasierten sich, kochten und verhielten sich im Großen und Ganzen wie wohlerzogene und gebildete Padawane. Und dann zogen sie los, jagten Einrichtungen in die Luft, töteten völlig fremde Leute und rissen schlechte Witze. Etain gewöhnte sich daran, wenn auch nur langsam.

Während Atin Guta-Nay im Auge behielt, saßen die anderen im Unterschlupf und hörten Jinart zu.

„Ich war auf Erkundungstour", begann sie. „Hokan hat im Stillen die neimoidianische Villa aufwändig abgesichert und er hat dort tatsächlich die meisten seiner Droiden zusammengezogen. Das ganze Gebäude ist mit Sprengstoff vollgepackt, der meiste davon lagert in den Weinkellern. Aber er hat auch Uthan zurück zur Anlage verlegt."

„Dann hatte unser aromatischer Weequay-Freund hier also Recht mit dem Doppelbluff", stellte Etain fest.

Niner zuckte mit den Schultern. „Genau was ich tun würde. Den stärksten Standort verteidigen."

„Dann nehmen wir also die Anlage in Angriff", sagte sie.

„Wir müssen uns um beide Ziele kümmern. Sie liegen nur zwei oder drei Kilometer voneinander entfernt. Wenn wir erst einmal bei der Anlage losgelegt haben, werden die Droiden aus der Villa nur ein paar Minuten später auftauchen."

Etain rieb sich die Stirn. „Wenn sie sich beim Bau der Einrichtung an die Pläne gehalten haben, dann führt der einzige Weg wohl durch die Vordertür."

„Wir können uns unsere eigenen Türen machen", bemerkte Darman mit einem Achselzucken. „Wozu gibt's Rahmenladungen und Rohrbrecher?"

„Bitte?"

„Wir sprengen einfach Löcher in die Wände. Allerdings würde ich das lieber vermeiden, wenn wir es mit gefährlichen Stoffen zu tun haben. Wir wollen ja wohl nichts verschütten."

„Es gibt nicht einmal einen Notausgang. Eine Tür, keine Fenster, kein größerer Lüftungsschacht."

„Sieht nicht so aus, als würde sich hier jemand um Bauvorschriften scheren", stellte Darman trocken fest. „Vordertür, Wände, oder die Kanalisation. Die Wände wären am besten, aber wie wir uns unbemerkt in Position bringen können, steht auf einem anderen Blatt"

Niner blickte zu Darman als würde er auf einen Vorschlag warten. „Ein geteilter Angriff könnte sie ablenken, wenn er laut genug ist."

„Nun, wenn Hokan schon so nett war und die Villa mit lauter Sachen vollgestopft hat, die rumms machen, dann wäre es eine Schande, sie verkommen zu lassen." Darman studierte den Holoplan der Villa. „Noch mal fallen sie nicht auf eine Droidenbombe herein, aber wir haben noch eine Menge Sprengstoff, die wir mit ins Spiel bringen können."

„Sie hören sich an, als würde es relativ einfach werden“, bemerkte Etain.

„Nein, es wird schwierig. Aber dazu sind wir ausgebildet worden.“

„Ich sähe es lieber, wenn du an der Haupteinrichtung für einen raschen Zugang sorgtest“, sagte Niner.

„Trotzdem sollten wir unsere eigenen Ladungen in der Villa platzieren, wenn's geht in den Kellern“, bemerkte Darman. „Eine ordentliche Explosion wird den Rest ihres Sprengstoffs hochgehen lassen. Wenn wir sie richtig platzieren, wird die Explosion nach oben gelenkt und wenn die Droiden ebenfalls darüber postiert sind, haben wir das Problem auch gelöst.“

„Okay, im Klartext haben wir hier eine massive Schicht Droiden über den Kellern. Von oben kommen wir nicht rein. Also heißt es durch die Vordertür, die Wände, oder die Kanalisation. Aber die Abläufe sind nicht breiter als dreißig Zentimeter.“

„Bohrbomben?“, schlug Fi vor.

„Die graben sich nicht tief genug in den Boden, um in die Keller eindringen zu können und sind sowieso nicht stark genug.“ Darmans Blick war auf den holografischen Plan geheftet. „Allerdings könnten sie es sein, wenn Atin sie modifiziert und mit etwas Thermal-Tape bepackt. Ich wollte es für die Panzertüren aufheben, aber ich könnte ein paar Meter entbehren. Das wäre mehr als genug.“

„Wie wär's mit einem Sucher?“, fragte Atin. „Natürlich nur, wenn wir ihn ins Gebäude lenken könnten. Wenn man die Aufnahmeelemente herausnimmt, könnte man Thermal-Tape hinein tun – ein paar Meter, locker.“

„Sie werden alles entdecken, das fliegt.“

Jinart, in der Gestalt der alten Schachtel, blickte von einem identischen Gesicht zum anderen. „Wie groß ist dieses Gerät?“

Darman ballte eine Faust. „Etwa so groß. Ich zeige dir eins.“

„Das könnte ich zur Villa tragen, direkt bis an die Wände, wenn ihr es von dort aus weiter steuern könnt.“

Niner zeigte auf das schimmernde Bild des Gebäudes. „Durch die

Lüftung im Dach. Dann wäre es in der Haupthalle, die sich von vorne bis hinten zieht."

„Oder vielleicht durch den Hauptabwasserkanal, über diesen Gully zweihundert Meter hinter dem Haus. Das gefällt mir besser."

Etain schloss sich dem gemeinschaftlichen Ritual an, in das holografische Bild zu starren, als würde daraus von ganz allein eine Lösung auftauchen. „Es macht nur Sinn, die Villa zu sprengen, wenn wir damit so viele Droiden wie möglich treffen."

„Dann müssen wir sie davon überzeugen, dass wir uns auf die Villa konzentrieren", sagte Niner. „Das verlangt nach einer Finte, aber dazu bräuchten wir mehr Männer. Und die haben wir nicht."

Plötzlich hatte Etain eine Idee, aber es war eine, auf die sie nicht stolz war.

„Wie wäre es, wenn wir Hokan eine Nachricht übermitteln?", schlug sie vor. „Was, wenn Guta-Nay fliehen und ihm erzählen würde, dass wir vorhaben, die Villa anzugreifen?"

„Aber er weiß, dass wir nur zu viert sind", gab Darman zu bedenken. „Entschuldigung, fünf."

„Sechs", verbesserte Jinart ihn mürrisch.

„Wir könnten dem Weequay einreden, dass wir noch ein oder zwei Schwadronen in der Gegend haben", sagte Etain. „Zum jetzigen Zeitpunkt glaubt er alles, was ich sage. Allerdings würde ich ihn geradewegs in seinen Tod schicken."

Fi nickte. „Yeah, wenn Hokan ihn platt macht ohne abzuwarten, was er zu sagen hat, stehen wir dumm da."

Auf seine fröhliche Art war er ungezwungen gefühllos. Für einen Augenblick war Etain angewidert von ihm, dann holte sie die Realität wieder ein. Hätte er die Möglichkeit gehabt, dann hätte Guta-Nay sie ohne einen zweiten Gedanken missbraucht und umgebracht. Abgesehen davon, war das Ziel der Schwadron letztlich eine Waffenfabrik. Hier wurde eine Waffe entwickelt, die Millionen Männer töten würde. Männer wie Niner, Fi und Atin. *Und* Darman. Würden sie nicht töten, dann würden sie getötet werden.

Sie brauchte nicht lange, von ihrer Ehrfurcht vor allen lebendigen Dingen zu dem Gedanken überzugehen, den Weequay *über die*

Klinge springen zu lassen. Sie fragte sich, ob darin wohl die wahre Natur der Korruption lag.

„Ich werde mein Bestes tun, um ihm einen guten Aufhänger zu geben“, sagte Etain.

„Er ist Abschaum“, sagte Jinart plötzlich. „Wenn es dazu beiträgt, dass die Handelsföderation und ihre Büttel aus meiner Welt verschwinden, dann ist sein Tod nur recht und billig.“

Meiner Welt? Etain hatte offenbar den gleichen Gedanken wie die Commandos, denn sie alle sahen die Formwandlerin gleichermaßen erwartungsvoll an.

„Wir wussten nicht, dass dies hier eure Heimatwelt ist“, sagte Niner.

„Das ist sie“, nickte Jinart. „Ich gehöre zu den Letzten meiner Art. Unterschiedliche Eindringlinge haben uns aus unserem Lebensraum verdrängt ohne uns auch nur zu sehen – und inzwischen bezweifle ich, dass sie anders gehandelt hätten, wenn sie gewusst hätten, dass wir hier sind. Ja, wir werden euch helfen, diesen Planeten von den Neimoidianern und jeder anderen feindlichen Spezies, die sich hier herumtreibt, zu befreien. Das ist unser Pakt mit der Republik. Ihr helft uns; wir helfen euch. Deshalb riskieren wir unser Leben. Es geschieht *nicht* dem Ruhm eurer Sache zuliebe.“

„Das hat uns niemand gesagt“, brachte Etain hervor. „Es tut mir Leid. Ich kann nicht für die Republik sprechen, aber wir werden unser Bestes geben, damit sie ihr Wort halten.“

„Vergiss das bloß nicht“, mahnte Jinart. Mit einer Bewegung ihres grazilen schwarzen Kopfes deutete sie auf die Commandos. „So wie deine jungen Freunde hier, sind auch wir nur Wenige, aber wir haben kein Problem damit, großen Schaden anzurichten.“

Etain konnte nur nicken. Immerhin war Jinart schonungslos ehrlich. Vielleicht verfügten Telepathen, ihrer geheimen Gedanken beraubt, über keine andere Möglichkeit der Interaktion. Die Kreatur schaute sie mit starren, orangenen Augen an und zum ersten Mal fiel ihr auf, dass die vier Fänge, die sich über die Unterlippe des Gurlanins schoben, gezackte Spitzen hatten.

„Ich werde Geruchsspuren um das Lager hinterlassen“, sagte Jinart steif. „Die Gdans werden euch heute Nacht nicht belästigen." Sie schlich fort, wurde eins mit der Natur und hinterließ nur ein Rascheln, während sie sich durch die Büsche bewegte.

„Okay, dann wollen wir mal sehen, was Guta-Nay zustande bringt", sagte Niner. „Wenn wir bis morgen Mittag keine Bewegungen zur Villa ausmachen können, gehen wir trotzdem rein, was bedeutet, dass wir die Schwadron aufteilen und es mit beiden Droidentrupps aufnehmen müssen. Nach Möglichkeit sollten wir das aber vermeiden."

„Hat alle Anzeichen eines unterhaltsamen Abends", lächelte Fi. „Nachtmahl irgendwer?"

Es war eine wohl durchdachte Scharade und das Merkwürdige daran war, dass sie es nicht einmal proben mussten. Guta-Nay fügte sich bedingungslos: Etain hatte begonnen, in ihm ein unbändiges, sadistisches Kind zu sehen, unfähig die Gefühle anderer zu verstehen oder die eigenen zu kontrollieren. Sie saßen beisammen und aßen das mit getrocknetem Kuvara verkochte Merlie und redeten darüber, auch ja genug für „die andere Schwadron" übrig zu lassen. Im Flüsterton sprachen sie von „der Villa" als ihrem Ziel. Für ein Spielchen, bei dem es um Fehlinformationen ging, lief es wirklich einfach.

Trotzdem war Etain nicht stolz auf ihre List, als sie in einem vorgetäuschten Akt der Freundlichkeit die Fesseln am Handgelenk des Weequays durchschnitt, damit er essen konnte. Es ging nur darum, ihn in seinen Tod zu schicken. Wenigstens verspürte sie etwas Erleichterung bei dem Gedanken, dass Guta-Nay bei Einbruch der Dunkelheit, wenn sie ihm vormachten, sie würden ihm gedankenlos den Rücken zuwenden, versuchen würde zu fliehen und damit Jinarts Urteil, er wäre *Abschaum,* bestätigte.

Dennoch lastete die Entscheidung schwer auf ihr.

Der Haltung ihrer Köpfe nach zu urteilen, schliefen Fi und Darman. Wegen ihrer Helme war das unmöglich zu sagen, aber sie lehnten an einem Baum, das Kinn auf die Brustplatte gelegt und hatten die Arme über den Gewehren auf ihrer Brust verschränkt. Sie hatte keinen Zweifel, dass sie innerhalb einer Sekunde aufgewacht und auf den Beinen wären, wenn sie sich ihnen näherte.

Sie schaute nach oben. Niner hielt Wache und hockte in einer Astgabel. Ein Bein baumelte locker herunter und gelegentlich hielt er durch sein Blastervisier nach etwas Ausschau.

„Was kann er alles sehen?“, fragte sie.

Atin, der im Schneidersitz zwischen verstreuten Kabeln und Detonatoren saß, blickte auf. Er hatte den Teil seiner Rüstung, die seinen Rücken schützte, abgelegt und benutzte ihn als Arbeitstisch für die Komponenten an denen er herumbastelte.

„Sichtweite? Bis zu dreißig Kilometern, wenn's klar ist. Verbindung zu einem weit entfernten Schiffssystem? Alles, was Sie wollen, Com – Entschuldigung, *Etain*.“ Er deutete auf sein Gewehr und machte sich dann wieder daran, fest zusammengeknüpfte schwarze und weiße Explosivbänder in den Sucher zu packen. „Werfen Sie einen Blick durch den Deze. Er ist gesichert, aber drücken Sie nirgends drauf.“

Etain legte das Gewehr an. Es war sehr viel leichter, als es aussah und der Blick durch das Visier war überraschend hell bei dem abnehmenden Licht. Es fiel ihr schwer, die Anzeigen nicht zu beachten, die sich über ihr Blickfeld legten. Sie verengten den Blick auf einen schmalen Zielfokus. „Ist es das, was Sie durch diesen Visor sehen?“

„In etwa.“

„Kann ich den Helm aufprobieren? Ich möchte wissen wie es ist, wenn man darin steckt.“

Atin sah sie unschlüssig an und zuckte dann mit den Schultern. „Sie werden nicht alle Anzeigen sehen können, ohne den Rest des Rüstungssystems, aber es wird reichen. Alles vom Feinsten. Sie haben es extra für diese Mission nachgerüstet.“

Sie hob den Helm hoch und hielt ihn sich über den Kopf, wie bei einer bizarren Krönung. Als sie ihn aufsetzte, wurde ihr von dem Gefühl der Einengung und der drückenden Hitze übel, aber sie riss sich zusammen und ertrug es.

„Heiß“, sagte sie.

„Das vergeht, wenn er an den Rest des Anzugs angeschlossen ist“, erklärte Atin. Er stand auf und trat in ihr Blickfeld. „Sehen Sie das rote Licht in der obersten Ecke?“

„Mhm."

„Schauen Sie darauf und zwinkern Sie zweimal schnell."

Sie tat es. Alles was sie jetzt noch sehen konnte, war ein Gewirr aus Linien, Zahlen und blinkenden Symbolen. Dahinter konnte sie zwar ein normales Bild erkennen, aber die Flut der Daten, die vor ihrem Auge tanzten war überwältigend.

„Das ist das HUD", sagte Atin. „Heads-Up-Display. Ein echter Lebensretter. Die sprichwörtlichen Augen auf dem Rücken."

„Es lenkt ganz schön ab. Wie werden Sie damit fertig?"

„Man gewöhnt sich dran. Wir haben diese Systeme unser Leben lang benutzt. Man kann die Information ausfiltern, so als würde man einem Gespräch in der Menge lauschen."

Etain nahm den Helm ab und atmete die kühle Abendluft ein. „Und ihr könnt ohne ein hörbares Geräusch außerhalb des Helms kommunizieren?"

„Ja, und auf bestimmten Frequenzen sogar, ohne dass das Kontrollkommando mithören kann. Ich glaube nicht, dass gewöhnliche Klonsoldaten das auch können, aber wir sind anders."

„Abgesondertes Spezialtraining?"

„Sie wurden vom ersten Tag an zu mehr Gehorsam erzogen als wir. Und wir sind gehorsamer als ARC-Trooper. Die sind so ziemlich der reine Jango."

Er sprach von sich selbst, wie von einer Ware. Etain war es unangenehm. Natürlich waren diese jungen Männer seltsam, weil sie äußerlich identisch waren, aber sie waren trotzdem individuelle Menschen und keine exotischen Zierpflanzen, oder Neuzüchtungen. Sie wusste, dass die Republik verzweifelten Zeiten entgegen sah. Sie fragte sich nur, welche verzweifelten Maßnahmen sich dadurch rechtfertigen ließen. Irgendwie erschien es wie eine Beleidigung der Macht, seinen Mitmenschen so etwas anzutun, auch wenn sie es erstaunlich zuversichtlich aufnahmen.

Sie gab ihm seinen Helm zurück. „Wir gebrauchen euch, nicht wahr, Atin? Euch alle."

„Kein Soldat hat es leicht." Er hantierte sichtlich verlegen mit einem Stück Draht herum und legte die Stirn in vorgetäuschter Konzentration in Falten. Die frische Narbe von der Wange zum Kinn wirkte auf der jungen Haut noch schockierender als auf einem kampfgestählten, zerfurchten Gesicht, das auf ein abenteuerliches Leben hindeutete. „Aber ich mag die Arbeit. Was sollte ich sonst tun?"

Eine quälend gute Frage. Was sollte irgendeiner von ihnen tun, wenn er aus der Großen Armee entlassen würde? Instinktiv streckte sie die Hand aus und drückte seinen Arm, aber alles, was sie spürte, war eine harte Kunststofflegierung.

„Ich weiß, was Ihnen zugestoßen ist", sagte sie. Sie konzentrierte sich. Das war Präzisionsarbeit: Gerade genug, um ihn so weit zu bringen, dass er erkennen konnte, was wahr und vernünftig war, ohne seinen natürlichen Kummer ins Lächerliche zu ziehen. „Was mit Ihren Brüdern passiert ist, war nicht Ihre Schuld. Sie sind ein guter Soldat. Manchmal stehen die Chancen einfach zu schlecht."

Er starrte hinunter auf seine Stiefel. Schließlich blickte er auf und zuckte mit den Schultern. „Dann werde ich mal mein Bestes tun, damit dieser Haufen am Leben bleibt." Nur wenig in seiner Miene wies daraufhin, dass das sanfte Drängen auf Einsicht funktioniert hatte. Aber Etain spürte, dass sich der schmerzhafte Riss in der Macht, der ihn umgab, ein Stück geschlossen hatte. Mit der Zeit würde es ausheilen.

Aber Zeit war etwas, das keiner der Klon-Commandos besaß und sie spürte Scham.

„Kann ich mit irgendwas helfen?", fragte Etain.

„Sie könnten mir helfen ein paar von den Dets hier reinzustecken. ich habe Darman versprochen, dass ich sie für ihn fertig mache." Atin zeigte auf kleine Packen mit Sprengstoff und reichte ihr etwas, das aussah, wie ein Päckchen mit stählernen Zahnstochern. „Stecken Sie die hier zwischen die Bänder und die Hauptladungen. Macht aus jeder Party einen Riesenkracher."

„Was wird das?"

„IEVs", sagte er. „Ideal zum Anbringen in Abwasserläufen und Luftschächten."

„Bitte keine Akronyme mehr."

„Improvisierte Explosionsvorrichtungen. Achten Sie darauf, dass sie ordentlich aussehen. Dar ist etwas kleinlich mit seinem Gerät."

Es war eine relativ einfache, aber auch knifflige Arbeit: Etain lernte schnell. Sie saßen in stiller Konzentration nebeneinander und bauten so beiläufig Bomben, als würden sie Qanabohnen schälen. *So geschieht es also,* dachte sie. *So wird man langsam vom Friedenshüter zum Soldaten und zum Mörder.*

„Kann ich Sie um einen Gefallen bitten?"

„Natürlich."

„Dürfte ich mir Ihr Lichtschwert ansehen?"

Etain lächelte. „Nun, Sie haben mir Ihrs gezeigt, da ist es nur fair, dass ich Ihnen meins zeige." Sie zog den Griff hervor und hielt ihn ihm hin. Er wischte sich die Handflächen an seinem Anzug ab und nahm vorsichtig das Schwert. „*Das* hier ist das gefährliche Ende und *das* ist der Kontrollschalter."

Er machte keine Anstalten, es einzuschalten und schien völlig vertieft in den Griff und dessen Merkmale.

„Nur zu", ermunterte ihn Etain.

Das Lichtschwert entzündete mit einem *Wzzmmm* sein blaues Licht. Atin zuckte nicht mit der Wimper. Er blickte nur die Klinge hinunter, als wäre sie nicht echt.

„Es fühlt sich nicht an wie eine Waffe", sagte er. „Ein sehr schönes Stück."

„Ich habe es selbst gebaut."

Jetzt änderte sich sein Gesichtsausdruck. Sie hatte eine Saite in ihm angeschlagen, zwei Bastler unter sich. „*Das* ist beeindruckend."

Etain genoss diesen Respekt. Mit der Achtung für einen Offizier behandelt zu werden, war ihr unangenehm, aber das hier fühlte sich gut an. *Ich bin also doch zu etwas nutze. Und jemand anderes denkt auch so.* Es gab ihr den dringend nötigen Auftrieb.

Atin schaltete die Klinge aus und gab ihr den Griff mit der gebührenden Ehrfurcht zurück. „Ich habe trotzdem lieber einige Entfernung zwischen mir und meinem Feind", sagte er. „Das ist eine Waffe für den Nahkampf."

„Vielleicht sollte ich an meinem Geschick über Entfernungen arbeiten", entgegnete Etain. „Man weiß nie, wann einem Telekinese nützlich sein kann."

Sie fuhren damit fort, Sprengstoff mit Bandladungen zusammenzuknoten und stapelten die Pakete auf einen Haufen. Sie hörte und spürte, wie Darman Niner bei der Wache ablöste: Ihre jeweilige Präsenz in der Macht wallte auf und ab und verschmolz, als sich ihre Wege kreuzten.

Die Nacht verbrachte Etain abwechselnd damit, zu dösen und nach Guta-Nay zu sehen. Sie war darauf bedacht, ihn nicht merken zu lassen, dass sie ihn beobachtete und konzentrierte sich stattdessen darauf zu spüren, ob er noch da wäre, dort an den Baum gelehnt, die Knie zur Brust gezogen. Manchmal schlief er; sie konnte die Abwesenheit geistiger Regung fühlen, beinahe wie bei einer Pflanze. In anderen Momenten wachte er auf und sie fühlte ihn klarer und wilder, als ein Raubtier.

Dann wurde es wieder hell. Es war eine lange und unruhige Nacht gewesen.

Und Guta-Nay saß noch immer da. Er hatte nicht versucht zu fliehen.

Natürlich tut er es nicht. Etain spürte, wie sich ihr Magen zusammenzog. *Er hat Angst vor Hokan. Er will bei uns bleiben. Wir sind die Guten, wir sind zivilisiert.*

Wieder war sie über ihre skrupellose und beinahe unwillkürliche Abwägung von Nutzen und Übel überrascht. Sie ging an dem Unterschlupf aus Blättern, Planen und einem anscheinend selbstgemachten Tarnnetz vorbei. Niner, jetzt eindeutig schlafend, trug immer noch die volle Rüstung und hatte sich auf der Seite zusammengerollt, einen Arm unter den Kopf gelegt. Atin las in seinem Datenblock; Fi aß die Reste des Merlieeintopfes. Er blickte zu ihr auf und reichte ihr den Blechteller.

„Nicht für mich, danke." Das geronnene Fett hatte unappetitliche, gelbe Tropfen auf der Oberfläche gebildet. Anscheinend konnten Soldaten überall schlafen und alles essen.

Das hier durfte zu keinem moralischen Dilemma werden. Es lag klar auf der Hand. Sie war für diese Männer verantwortlich, sowohl als Individuum als auch als Jedi. Sie schuldete es ihnen, dafür zu sorgen, dass sie überlebten. Sie mochte sie. Sie sorgte sich darum, was aus ihnen werden sollte und sie wollte, dass Atin lange genug lebte, um seine Dämonen zu überwinden.

Aber sie konnte etwas tun, das nicht einmal sie konnten.

„Guta-Nay", sagte sie und legte ihre Hand auf die Schulter des Weequays. Er öffnete die Augen. „Guta-Nay, du hast keine Angst. Du möchtest zu Ghez Hokan gehen und ihm erzählen, was du weißt. Du willst ihm Informationen über die Streitkräfte der Republik geben, im Austausch für dein Leben. Du möchtest ihm sagen, dass sie vorhaben, die Villa anzugreifen, weil sie glauben, die Truppen bei der Anlage wären ein Köder."

Guta-Nay starrte für einen Moment an ihr vorbei und stand dann auf. Er bahnte sich seinen Weg durch die Büsche und ging in Richtung Imbraani davon.

Etain wusste, dass für sie ein zweites Leben angebrochen war.

Sie rieb sich ihren Nasenrücken, kniff die Augen zusammen und fragte sich, was Meister Fulier wohl gedacht haben mochte, wenn er noch am Leben wäre. Dann wurde ihr bewusst, dass sie jemand beobachtete.

Sie blickte hinauf. Darman saß in der gleichen Astgabel, in der Niner gesessen hatte und starrte hinunter.

„Es ist nicht leicht, jemanden in seinen Tod zu schicken", sagte sie, indem sie seine unausgesprochene Frage beantwortete.

Sein Gesichtsausdruck blieb hinter dem Visor seines Helmes verborgen. Sie musste nicht auf ihre Jedi-Fähigkeiten zurückgreifen, um zu wissen, was er dachte: Eines Tages würde sie das Gleiche mit Männern wie ihm tun. Die Erkenntnis traf sie völlig überraschend.

„Sie gewöhnen sich dran", sagte er.

Das bezweifelte sie.

14.

Angst ist nicht schlimm. Ihr müsst euch ihrer nicht schämen, solange sie euch nicht davon abhält, zu agieren. Angst ist ein natürliches Warnsystem; sie hält euch am Leben, damit ihr kämpfen könnt. Zeigt mir einen Mann, der keine Angst hat und ich zeige euch einen Narren, der sein ganzes Schiff in Gefahr bringt. Und ich dulde keine Narren in meiner Flotte.

– Admiral Adar Tallon, in einer Rede an Neuzugänge an einer Akademie der Republik

Hokan stand auf der Veranda von Ankkits Villa und betrachtete den strahlenden Herbstmorgen. Die Bäume trugen noch immer zu viel Laub für seinen Geschmack.

Sie waren irgendwo da draußen. Streitkräfte der Republik. Eine Handvoll.

Aber sie waren keine Armee.

Er ging zu Uthans Laborkomplex, ein gemütlicher fünfzehn Minuten Spaziergang. Es kam ihm in den Sinn, dass er ein gutes Ziel für einen Scharfschützen abgab, wenn ein Scharfschütze in der Lage gewesen wäre, seine mandalorianische Rüstung zu knacken. Dennoch beschloss er einen Umweg durchs Dickicht zu machen. Sein Weg führte ihn entlang einer Natursteinmauer an die Rückseite der Anlage und er zog einen Kreis um das Farmgebäude, bevor er zu dem einzigen Eingang an der Vorderseite ging.

Es war ein guter Köder. Die Reihe der Droiden vor dem Eingang sah spektakulär aus. Hokan legte Wert darauf, sie gemächlichen Schrittes zu inspizieren und sprach mit ihnen über ihre Kanonen.

Sollte ihn irgendjemand beobachten – ein Soldat, Spion oder redseliger Bauer – würde er den richtigen Eindruck bekommen.

Im Inneren war Dr. Uthan jedoch dabei, ihre bezaubernde Beherrschtheit zu verlieren.

„Ich hoffe, das ist das letzte Mal, dass Ihr mich verlegt", sagte sie und klopfte mit ihren Fingernägeln auf das polierte Metall ihres Schreibtisches. Ihre Akten und die Ausrüstung lagen noch immer in Packkisten. „Die Mitglieder meines Stabes finden das extrem aufreibend, und ich ebenso."

Hokan zog seinen Datenblock hervor und projizierte einen Holoplan der Anlage über dem Schreibtisch. Es war ein Würfel innerhalb eines Würfels: Unterkünfte, Lagerräume und Büros bildeten unterirdisch einen Ring um einen zentralen Kern. Der Kern umfasste ein Quadrat aus acht Laboratorien und einem weiteren – einem Sicherheitsraum – der in der Mitte lag. Der Rest des Komplexes hatte Schotte, die heruntergelassen und versiegelt werden konnten, falls gefährliche Keime ausströmen sollten. Alles in allem ließ es sich ganz gut verteidigen.

Aber so weit würde es nicht kommen. Er hatte eine sorgfältige Fährte zu Ankkits Villa ausgelegt, wo neben Kanonen und starken Sprengladungen fünfzig Droiden zur Begrüßung warteten.

Er wollte die Sache hinter sich bringen.

„Ja, Doktor, dies ist das letzte Mal, dass ich Euch verlege", sagte er. „Versucht zu verstehen, warum ich das tue, Doktor. Ich glaube, ich stehe einer kleinen Commando-Einheit gegenüber. Anstatt sie zu jagen, was sich sehr zeitaufwändig gestalten könnte, habe ich beschlossen sie zu mir zu führen. Das bedeutet, dass sie sich auf ein konventionelles Infanterie- und Artilleriegefecht einlassen und ich denke nicht, dass sie die nötige Ausrüstung dazu haben. In solchen Gefechten geht es um zahlenmäßige Überlegenheit."

„Ehrlich gesagt bin ich mir nicht sicher, ob ich verstehe, was Ihr meint."

„Wir können diese Einrichtung verteidigen. Ich verfüge über die nötigen Streitkräfte und die nötige Feuerkraft. Früher oder später werden sie Verluste zu beklagen haben."

„Seid Ihr Euch da sicher?"

„Nicht sicher, aber alles, was ich sehen kann deutet darauf hin, dass die minimale Truppenstärke abgesetzt worden ist – zum Beispiel gibt es keine Beweise für einen Großtransporter. Sie haben Sprengstoff aus einem Steinbruch gestohlen, um die Bodenstation von Teklet zu zerstören. Mit dem nötigen Rüstzeug zur Hand hätten sie sich diese Mühe nicht machen müssen."

„Auf der anderen Seite könnte das allerdings auch nur ein Ablenkungsmanöver sein."

Hokan sah von dem Holoplan auf. „Im Kampf ist niemand allwissend. Kein Plan überlebt den Feindkontakt. Ja, ich stelle wohl kalkulierte Vermutungen an, so wie es jeder Kommandant in der Geschichte tun musste."

Uthan musterte ihn mit kalten schwarzen Augen. „Ihr hättet mein Projekt von diesem Planeten evakuieren sollen."

Hokan verschränkte seine Arme. „Wenn Ihr Euch bewegt, seid Ihr verwundbar. Auf dem offenen Landweg von hier zum Raumhafen, seid Ihr verwundbar. Und Ihr wärt noch verwundbarer, solltet Ihr versuchen Qiilura zu verlassen, während ein Angriffsschiff der Republik im Orbit wartet. Außerdem haben wir kein Kommunikationsnetz mehr, außer ein paar Läufern und einem Haufen Droiden, die Nachrichten weiterleiten. Nein, wir rühren uns nicht vom Fleck."

Uthan zeigte mit einer Hand auf das Labyrinth aus Räumen hinter ihr. „Wenn es zu einem Gefecht kommt, was wird dann aus meinem Projekt? Und aus meinem Stab? Diese fünf Wissenschaftler sind die besten Mikrobiologen und Genetiker im CIS. Sie sind in vielerlei Hinsicht wichtiger, als das Biomaterial über das wir verfügen. Wir könnten von Neuem anfangen, selbst wenn die bisherige Arbeit verloren ginge."

„Für sie ist es ebenso gefährlich zu gehen, wie für Euch."

„Ich verstehe."

„Sie haben einen sehr sicheren Bauplan entwickelt als diese Anlage gebaut wurde. Ihr müsst doch wissen, dass sie zu verteidigen ist."

Uthan schien plötzlich von der Holokarte vor sich gebannt. Sie zeigte hydraulische Notfallschotte und Kammern innerhalb weiterer Kammern. Sie zeigte Lüftungssysteme mit dreifachen Filtern. Alles ließ sich versiegeln wie eine Konservendose.

„Es ist nicht sicher genug, um etwas davon abzuhalten *hinein* zu kommen", sagte sie. „Es dient nur dazu, dass nichts *heraus* kommt."

„Ihr sagtet, das Nanovirus sei nur für Klon-Soldaten tödlich."

Eine Pause trat ein, von der Sorte, wie sie Hokan nicht leiden konnte. Er wartete. Er starrte sie an und war enttäuscht zum ersten Mal zu sehen, dass sie nervös war. Er wartete darauf, dass sie fortfuhr. Wenn nötig würde er den ganzen Tag warten.

„Das wird es", sagte sie schließlich.

„Ihr habt gesagt, andere Organismen würden sich dadurch lediglich – wie war noch das Wort – unwohl fühlen."

„Ja."

„Und wie unwohl, wenn Ihr Euch solche Mühe macht, es einzudämmen?"

„Sehr unwohl."

„*Tödlich* unwohl?"

„Möglicherweise. Vorausgesetzt, das Subjekt, das ihm ausgesetzt ist verfügt über bestimmte Gene …"

Hokan erlebte einen seltenen Moment der Ungewissheit. Es lag nicht daran, dass er einem tödlichen Virus näher war, als er angenommen hatte. Es lag daran, dass ihn jemand angelogen hatte und seine instinktive Reaktion darauf fiel für gewöhnlich brutal aus. Die Tatsache, dass er es mit einer Frau zu tun hatte, war das Einzige, das ihn zögern ließ.

Aber es war nur ein Zögern. Er beugte sich vor, packte sie an ihrem eleganten Designerkragen und zerrte sie grob aus ihrem Sessel über den Schreibtisch.

„Lügt mich niemals an", drohte er.

Sie starrten einander in die Augen. Sie zitterte, zuckte aber nicht mit der Wimper. „Nehmt Eure Hände von mir."

„Was sonst habt Ihr mir nicht erzählt?"

„Nichts. Ihr musstet nicht über jede Einzelheit des Projekts Bescheid wissen."

„Das ist Eure letzte Chance mir zu sagen, ob es noch andere Dinge gibt, die ich wissen sollte."

Sie schüttelte den Kopf. „Nein, da ist nichts. Wir haben ein paar Probleme, den Teil des Virus' zu isolieren, der sich gegen die Gene der Klone richtet. Es sind Menschen. Alle menschlichen Rassen teilen zum Großteil die gleichen Gene. Selbst Ihr."

Er hielt sie noch einen Moment gepackt, dann ließ er sie los und sie sank zurück in ihren Sessel. Er hätte sie erschießen sollen, er wusste es. Das hätte auch ihren Stab gefügiger gemacht. Aber sie war ein bedeutsamer Teil der Unternehmung. Er war nicht weich geworden, weil sie eine Frau war, dessen war er sich sicher.

„Hört mir genau zu", zischte er und fühlte sich auf einmal unwohl. „Das bedeutet, wir sitzen auf einer Waffe, die uns ebenso leicht vernichten kann, wie unseren Feind. Das schränkt unsere Kampfmöglichkeiten ein." Er ging zur Holokarte zurück und deutete mit dem Zeigefinger auf mehrere Merkmale der Anlage. „Seid Ihr sicher, dass es nicht ins Freie gelangen kann?"

Uthan starrte in sein Gesicht, statt auf die Karte. Es schien, als würde sie ihn nicht wiedererkennen. Er schnipste mit den Fingern und zeigte auf die Karte.

„Kommt schon, Doktor. Aufpassen."

„Das … das ist der Eindämmungsbereich für biologisch gefährliche Substanzen. Undurchdringbar, aus naheliegenden Gründen. Ich dachte, fürs Erste könnten wir uns dorthin zurückziehen."

„Ich würde es vorziehen, Euch und das Biomaterial getrennt zu halten. Eigentlich würde ich es sogar vorziehen, Euch von Eurem Stab getrennt zu halten. Ich habe nicht gern alle Münzen in einer Tasche – sollte der Feind jemals in diese Anlage eindringen, wäre er nicht in der Lage, das gesamte Projekt auf einen Streich zu zerstören. Wenn sie einen Teil eliminieren, können wir immer noch die anderen Komponenten retten, sei es Personal oder Material."

„Wenn es um biologische Gefahren geht, sind diese Räume nicht so sicher."

„Aber sie *sind* relativ sicher, wenn es darum geht, jemanden von

Ihnen fern zu halten. Die gefährlichen Stoffe können in der zentralen Eindämmungskammer bleiben."

„Ja", sagte sie. „Das kann ich zugestehen."

„Dann macht Euren Leuten Beine."

„Denkt Ihr, es wird dazu kommen? Zum Kampf?"

„Nein, nicht hier. Aber wenn das geschieht, habe ich so die besten Erfolgsaussichten."

„Ihr seid also darauf vorbereitet zu kämpfen, während Ihr auf einer Bombe sitzt."

„Ja. Eure Bombe. Und wenn wir beide darauf sitzen, wird uns das motivieren, ihre Explosion zu verhindern, nicht wahr?"

„Ich denke, Ihr seid ein gefährlicher und tollkühner Mann."

„Und ich denke, Ihr seid eine Frau, die Glück hat, dass sie durch ihren Wert für die Sache der Separatisten relative Immunität genießt." Hokan richtete sich auf. Vielleicht erwartete sie eine Entschuldigung. Dazu sah er keinen Anlass. Eine Wissenschaftlerin, die erwartete, dass allein die Hälfte der Fakten zur Lösung eines Problems ausreichen würden? Das war schlampig, unverzeihlich schlampig. „Wenn Ihr möchtet, lasse ich Euch von einem Droiden helfen."

„Wir erledigen das selbst. Ich weiß wie sorgsam die mit zerbrechlichen Dingen umgehen."

Hokan schloss die Holokarte und ging hinaus in den Korridor.

Draußen kam ein Droide auf ihn zu. „Captain Hurati bringt einen Gefangenen und einen Besucher", sagte er. „Er sagt, er hätte bezüglich Beider Ihre Befehle missachtet."

Vielleicht war die Beförderung dieses Mannes doch keine so gute Idee gewesen. Aber Hurati war clever. Er hatte sie lebend herbeigeschafft, statt tot und das hatte etwas zu bedeuten. Der junge Offizier war schließlich nicht zart besaitet.

Hokan beschloss, ihm seine Chance zu lassen. Als die Droiden am Eingang zur Seite traten, um ihn vorbei zu lassen, wartete Hurati bereits und er hatte die anderen zwei bei sich.

Der eine war ein trandoshanischer Söldner. Er trug sein typisches Arbeitsgerät bei sich, einen APC Repetierblaster.

Der andere war ein alter Bekannter. Es war Guta-Nay, sein ehemaliger Weequay-Lieutenant.

„Ich haben Information", sagte der Weequay geduckt.

„Das wäre auch besser für dich", entgegnete Hokan.

Mit einem Träger weniger musste Niner ein paar schwierige Entscheidungen darüber fällen, welche Ausrüstung sie mit sich nehmen konnten. Er blickte auf die unterschiedlichen Waffen und die Haufen mit Munition hinunter, die auf dem Boden verstreut lagen und war erstaunt darüber, wieviel sie geschafft hatten, mit sich zu schleppen. Gleichzeitig überlegte er, was sie nicht mit in die Schlacht nehmen konnten.

„Wir könnten immer noch einen Teil in der Nähe des Ziels verstecken", schlug Fi vor.

„Zweimal laufen – doppeltes Risiko."

Atin hob eines der LJ-50 Erschütterungsgewehre hoch. Er hatte ausdrücklich darauf bestanden sie mitzunehmen. „Also, ich nehme diese Schütterknarre und den APC-Phalanxblaster mit, wenn ich in diese Anlage gehe."

„Traust wohl Mütterchen Republik nicht, was?", fragte Fi.

„Bringt nichts, bei der Ausrüstung pingelig zu sein", entgegnete Atin.

„Bleib bloß in keiner Ecke stecken."

Diese Äußerung kam nicht von ungefähr: Mit Rucksack, Deze, Gewehrzubehör und den Teilen der Kanone konnte er nicht mehr viel mitschleppen. Niner wollte es nicht laut aussprechen, aber sie versuchten die Arbeit von zwei Schwadronen zu erledigen. Irgendetwas musste zurückgelassen werden.

„Kommen Sie schon, Sie wissen, dass ich einen Teil der Ausrüstung tragen kann", sagte Etain. Sie sah aus, als könne sie nicht einmal mehr ihre eigenen Klamotten tragen: Geschunden, zerzaust und aschfahl schien sie kurz vorm Umfallen zu sein. „Fragen Sie Darman."

„Stimmt das, Darman?", fragte Niner über das Helm-Komlink.

Darman blickte von seinem Beobachtungsposten im Baum herunter. „Wie ein Bantha, Sarge. Gebt ihr ruhig was."

Sie konnten den E-Netz zu fünft untereinander aufteilen. Das bedeutete für jeden ein Extrateil und einen anständigen Teil Energiezellen und Munition.

„Okay, Plan A", sagte Niner. Er projizierte eine Holokarte mit seinem Datenblock. „Die nächste geeignete Stellung liegt knapp einen Kilometer von der Anlage entfernt *hier* im Dickicht. Wir rücken jetzt dorthin und schicken unsere Überwachungssucher los, um einen guten Blick auf die Einrichtung und die Villa zu bekommen. Je nach Lage, können wir im Verlauf des Tages noch versuchen zurückzukehren, um Ersatzausrüstung zu holen. Es sind zwei Klicks in beide Richtungen. Nicht viel, aber wir haben Tageslicht und wenn Guta-Nay seine Sache erledigt hat, werden wir jede Menge Aufmerksamkeit haben."

„Ich bin dafür", sagte Atin. „Wir werden das Zeug brauchen."

„Machen Sie weiter mit Plan A", sagte Etain.

„Wie vereinbart, werden wir einen mit Bandladungen vollgepackten Sucher in die Villa schmuggeln und damit größtmöglichen Schaden anrichten. Während Fi die Anlage unter Beschuss nimmt, jagt Darman das Haupttor hoch und Atin und ich gehen rein. Wenn wir den Sucher nicht in die Villa schmuggeln können, müssen wir die Droiden durch einen geteilten Angriff festnageln – Plan B."

Etain biss sich auf die Lippen. „Das hört sich so gut wie unmöglich an."

„Ich habe nie behauptet, unsere Chancen würden gut stehen."

„Gegen Droiden kann ich allerdings nicht viel ausrichten."

„Das könnten Sie, wenn Sie einen von diesen hier hätten", sagte Atin und hielt ihr den trandoshanischen Phalanxblaster hin. „Lichtschwerter sind schön und gut, aber wir wollen nicht zu intim mit unseren Feinden werden, oder? Er hat eine gute Streuung, Sie müssen also nicht einmal ein besonders guter Schütze sein, um ihn zu benutzen." Er machte eine Geste mit den Händen. „Bumm. *Richtig* bumm."

Sie nahm die Waffe, untersuchte sie vorsichtig und schulterte sie dann wie ein Profi. „So einen habe ich zwar noch nie benutzt, aber ich werde recht fix auf den Trichter kommen."

„Das ist die richtige Einstellung, Ma'am."

„Sie sollten auch wissen, dass ich auch Dinge bewegen kann. Nicht bloß tragen."

„Bewegen?"

„Mit der Macht."

„Praktisch", sagte Fi.

Niner drückte ihm ein Magazin mit Plasmamunition in die Hand, damit er Ruhe gab. „Wir werden Sie vielleicht auch brauchen, damit sich Doktor Uthan kooperativ zeigt. Wenn es hart auf hart kommt, haben wir ein Sedativum für sie, aber ich sähe sie lieber gehend, anstatt als Ballast."

„Gibt es auch einen Plan C?"

„Das ist das schöne am Alphabet, Ma'am, man hat jede Menge Pläne zur Auswahl", scherzte Fi.

„Halt die Klappe, Fi", sagte Niner.

„Er hat nicht ganz unrecht", meinte Etain. Sie fuhr herum und starrte ins Unterholz. „Jinart?"

Das Gurlanin glitt aus den Büschen, trottete als glänzend schwarzes Raubtier durch die herumliegenden Waffen und wählte dabei mit vorsichtigen Pfoten ihren Weg durch die Ausrüstung. Sie schnüffelte daran.

„Zeigt mir, was ich zu tragen habe", sagte sie.

„Schaffst du drei Sucher?", fragte Atin.

„Alles Bomben?"

„Nein, zwei Holokameras, eine Bombe."

„Nun gut. Was ich damit machen soll, erklärt ihr mir am besten nach Ankunft bei eurem …"

„Stellungsraum", fiel Niner ein. „StR."

„Ihr habt es gern, wenn man euch nicht versteht, nicht wahr?"

„Teil unseres geheimnisvollen Charmes", witzelte Fi und legte noch mehr Gurtbänder an seine Rüstung.

Sie folgten dem Waldrand. Ein Weg, der sie zwar ein paar Kilometer von ihrer Route abbrachte, aber immer noch den kürzesten Weg über offenes Gelände darstellte. Etain – Niner war die Vertraulichkeit der Vornamen noch immer unangenehm, selbst in

Gedanken – hielt sich dicht bei Darman. Sie schien ihn zu mögen. Gegenüber dem Rest von ihnen verhielt sie sich höflich und mitfühlend, aber Darman *mochte* sie richtig. Niner konnte es in ihrem Gesicht sehen. Sie strahlte Besorgnis aus. Er hörte ein paar Gesprächsfetzen.

„Wie haben Sie nur die ganzen Teile von dem E-Netz allein tragen können?"

„Keine Ahnung. Hab's wohl einfach getan."

Sie war eine Jedi. Skirata hatte gesagt, es wären edle Leute, aber sie sorgten sich um niemanden, Sie konnten es gar nicht. Aber unter Beschuss konnte man sich schnell nahe kommen. Er hatte nicht vor, Darman zu fragen, worauf er aus war. Noch nicht.

Sie gelangten an das Waldende und standen vor einer hundert Meter weiten, hüfthohen Graswiese. Fi ging voraus. Rennen und Hinwerfen wäre jetzt zuviel für sie gewesen, aber es schien sich niemand in der Gegend aufzuhalten, der sie hätte entdecken können, also gingen sie einfach geduckt. Niners Rücken schrie nach einer Pause. Gleichgültig wie fit man war: Wenn man sich so vorantrieb, tat es weh.

Als sie das Dickicht erreichten, war es erst einmal Zeit für Schmerzmittel. Niner nahm seine Armplatte ab und streifte einen Teil seines Anzuges hoch. Er suchte gar nicht erst nach einer Vene und stach die Nadel einfach in den Muskel.

„Das Gefühl kenn ich", sagte Darman. Er ließ sein Pack fallen, setzte sich und streckte die Beine aus. „Hat schon jemand Aufputscher genommen?"

„Noch nicht", sagte Niner. „Ich denke, wir sollten uns alle eine Stunde bevor wir losgehen eine Dosis verpassen, nur um sicher zu gehen, dass wir auch hundert Prozent geben." Er sah zu Etain und überlegte, wie sie wohl nach einer Woche mit ordentlichen Mahlzeiten, ungestörtem Schlaf und sauberer Kleidung aussehen mochte. Im Moment sah sie besorgniserregend schwach aus, auch wenn sie sich tapfer dabei schlug, mitzuhalten. „Sie auch. *Ganz besonders* Sie. Dürfen Jedi Stimulanzien nehmen?"

„Was genau bewirken sie denn?"

„Ziemlich genau dasselbe wie zehn Stunden tiefer Schlaf und vier anständige Mahlzeiten. Bis sie nachlassen."

„Eigentlich sollte ich mich an die Macht halten, um mein Stehvermögen zu stärken", sagte sie. „Aber die Macht könnte im Moment ebenfalls etwas Hilfe brauchen. Ich bin dabei."

Sie setzte sich hin und legte den Kopf auf ihre verschränkten Arme. Vielleicht meditierte sie. Niner schaltete auf Helm-Komlink.

„Dar, sie wird uns doch nicht zusammenklappen, oder?", fragte er. „Vertrau mir, sie ist zäher als sie aussieht. Zumindest körperlich."

„Besser wär's. Lasst uns die Sucher verteilen."

Jinart hatte ein paar höher gelegene Punkte ausgemacht, an denen sich die Kameras platzieren ließen. Einer war die Dachrinne eines Bauernhauses, die einen Blick zum Eingang der Anlage bot, der andere war ein Baum, dessen Wipfel einen 270-Grad-Blick auf die Villa ermöglichte. Der dritte Sucher – der mit den Bandladungen – bedurfte einer sorgfältigeren Platzierung. Sie setzte sich auf ihre Hinterläufe und vor ihrem Bauch formte sich ein Beutel wie bei einer Kochschürze.

„Normalerweise würde ich darin meine Jungen herumtragen", sagte sie. Sie legte die drei Kugeln in den Beutel und sah aus, als hätte sie ein besonders dickes Beutetier verschlungen. „Aber wenn ich euch nicht helfe, habe ich nur geringe Chancen einen weiteren Wurf aufzuziehen. Es scheint mir also angemessen."

Niner war wie immer fasziniert von dem Gurlanin. Je mehr er von diesen Kreaturen zu sehen bekam, desto weniger wusste er über sie Bescheid. Er hoffte eines Tages Gelegenheit zu haben, mehr über sie zu erfahren.

In einer Stunde würde es Mittag sein. Atin zog Rationspack und Blechteller hervor. Er legte seine verbliebenen Rationswürfel darauf und hielt ihn den anderen hin. „Wie viel haben wir noch?"

„Ich hab nur noch eine halbe Tagesration", sagte Fi.

„Ich auch", sagte Niner.

Darman griff in sein Pack und zog einen sorgfältig zusammengewickelten Beutel von der Größe eines Ziegels heraus. „Eine Tagesration an Würfeln, dieses getrocknete Kuvara und Trockenfleisch.

Wenn wir zusammenlegen, haben wir zwei Mahlzeiten bevor wir rein gehen. Wenn wir diese Sache schaffen, werden wir zu schnell laufen müssen, um zwischendurch Abendessen auspacken zu können. Und wenn nicht, wäre es eine Schande mit leerem Magen zu sterben."

„Meine Stimme hast du", sagte Atin.

Niner wollte Etain fragen, aber sie saß mit geschlossenen Augen da, die Hände in den Schoß gelegt. Darman legte den Finger an die Lippen und schüttelte den Kopf.

„Meditation", sagte er mit stummen Lippenbewegungen.

Niner hoffte, es würde sie aufbauen. Er hatte immer noch eine Schwadron zu wenig, um diesen Job angemessen hinter sich zu bringen.

* * *

„Du hast noch zehn Sekunden zu leben", sagte Ghez Hokan. Er zog Fuliers Lichtschwert hervor und der blaue Schaft aus Energie summte auf. Er fragte sich, was die Klinge so stabil und begrenzt hielt. „Rede!"

Gutra-Nay, der verwirrter aussah, als er ihn im Gedächtnis hatte, ignorierte das Lichtschwert. „Ich gefangen worden von Soldaten. Ich fliehen."

„Truppen der Republik? Menschen?"

„Ja. Sie mich fangen. Sie mich tragen lassen Sachen."

Hokan ließ die Klinge erlöschen. „Sie haben offenbar dein Talent erkannt. Wie bist du entkommen?"

„Sie geschlafen. Sie nicht schauen. Ich gehen."

„Wie viele Soldaten?"

„Vier. Und Mädel."

„Mädel?"

Guta-Nay zeigte auf das Lichtschwert. „Sie hat so eins."

Die Frau bei ihnen *war* also eine Jedi. „Nur vier?"

„Sie noch haben anderen Haufen." Er schürzte die Lippen und rang mit dem neuen Wort. „*Schwadron*."

„Na gut, wir haben also zwei Schwadronen. Acht Männer. Das müsste hinkommen." Hokan wandte sich zu Hurati. „Und unser trandoshanischer Freund?"

„Er sagt, er wäre höchst verärgert darüber, dass sein Geschäft unterbrochen worden ist, Sir, und er bietet sich selbst und drei Kollegen an, um Ihnen bei Ihren Unannehmlichkeiten zu helfen."

„Danken Sie ihm und akzeptieren Sie sein Angebot." Hokan wandte sich wieder Guta-Nay zu. „Ich will, dass du genau nachdenkst. Haben sie gesagt, was sie vorhaben? Wohin sie gehen werden?"

„Die Villa."

Wie vorhersehbar die Leute doch sein konnten. Für ein bisschen Geld, würden einem die Einheimischen alles erzählen, ihre Töchter verkaufen und ihre Nachbarn verraten. Hokan hatte schon gedacht, seine List wäre zu offensichtlich gewesen. „Du machst das gut. Sag mir, was sie für Ausrüstung haben."

„Blaster. Sprengstoff." Der Weequay machte eine ausladende Geste. „*Große* Kanone. Sie haben Rüstung mit Klinge in Handschuh."

„Beschreibe sie mir genauer."

„Wie Eure."

„Was meinst du damit, wie meine?"

Guta-Nay zeigte auf seinen Kopf und machte mit seinem Finger ein T-Zeichen. „Euer Helm."

Es war schwer zu begreifen. Guta-Nay war ein unverständliches Vieh, aber seine Beschreibung ließ kein Missverständnis zu. „Willst du mir sagen, dass sie *mandalorianische Rüstungen* tragen?"

„Ja. Genau so."

„Bist du dir da sicher?"

„Sicher."

„Sonst noch irgendetwas?" Hokan fragte sich, wie er überhaupt darauf gekommen war, dass diese Kreatur Informationen sammeln könnte. „Irgendetwas Ungewöhnliches?"

Guta-Nay konzentrierte sich auf die Frage, als würde sein Leben davon abhängen. Was es nicht tat, denn Hokan würde ihn so oder so umbringen. „Sie sehen alle gleich aus."

„Sie trugen Uniformen?"

„Nein. Die Männer. Gleiche Gesichter."

Kinder konnten in ihren Beobachtungen von Einzelheiten sehr genau sein, und dumme Erwachsene ebenso. Guta-Nay beschrieb etwas, von dem Doktor Uthan ihm erzählt hatte: Soldaten; identische Soldaten, gedankenlose, gehorsame Soldaten – *Klon*-Soldaten.

Hokan konnte nicht glauben, dass Klon-Soldaten so operierten. Ihn ärgerte, dass ihm die eine Waffe, die er gegen sie einsetzen könnte, verwehrt war, weil sie in ihrem jetzigen Zustand jeden töten würde, einschließlich Uthan und ihr Team.

Aber wahrscheinlich gab es nur acht von ihnen. Er hatte knapp einhundert Droiden. Und Waffen.

„Hurati? Hurati!"

Der junge Captain kam angerannt und salutierte. „Sir?"

„Ich denke, uns steht ein geteilter Angriff bevor. Es gibt zwei Schwadronen und ich kann mir kaum vorstellen, dass sie *nicht* mit einer die Villa angreifen, während die andere es bei dem offensichtlichsten Ziel versucht. Teilt die Droiden-Züge zwischen den beiden Standorten auf."

„Wäre es das, was Sie mit zwei Schwadronen tun würden, Sir? Würden Sie Ihre Kräfte nicht bündeln?"

„Ja, wenn ich mir nicht sicher wäre, ob meine Ziele an einem Ort zusammengezogen sind. Sie können nicht wissen, wer und was in welchem Gebäude ist. Und sie werden bei Nacht angreifen, denn sie sind zwar verwegen, aber nicht dumm." Auf einmal schüttelte er gedankenverloren den Kopf. „Wer hätte gedacht, dass Klone eine solche Operation durchführen können? Uthan sagte, sie wären nichts weiter, als Kanonenfutter."

„Angeführt von Jedi, Sir. Vielleicht ist die Frau unser Taktiker."

Das war ein interessanter Gedanke. Hokan dachte einen Moment darüber nach, dann bemerkte er, dass Guta-Nay ihn erwartungsvoll ansah, erstaunlich aufrecht, geradezu unerschrocken.

„Nun?“, sagte Hokan.

„Ich Euch verraten Dinge. Ihr lasst mich leben?“

Hokan aktivierte das Lichtschwert und hielt es in Schulterhöhe nach rechts.

„Natürlich nicht“, sagte er und schwang die Klinge. „Das wäre schlecht für die Moral.“

15.

Wie rechtfertigen wir also unser Tun? Männer züchten, die keine Wahl haben und keine Freiheit, die kämpfen und für uns sterben? Bis zu welchem Punkt heiligt der Zweck die Mittel? Wohin driftet unsere Gesellschaft? Wo sind unsere Ideale und was sind wir ohne sie? Wenn wir dem Eigennutz derart nachgeben, wo ziehen wir dann die Linie zwischen uns selbst und denen, die wir für unannehmbar böse erklären? Ich habe keine Antworten auf diese Fragen, Meister. Habt Ihr?

– Jedi-Padawan Bardan Jusik vor dem Jedi-Rat

Etain fuhr unfreiwillig zusammen, so als wäre sie in einem Traum gestürzt. Sie öffnete die Augen und starrte geradeaus.

„Er ist tot“, sagte sie.

„Wer?“ Darman hatte sie während ihrer Meditation beobachtet, besorgt darüber, was in dem anstehenden Gefecht aus ihr werden würde. Er war um sie und wegen ihr besorgt. Sie könnte ein Hindernis darstellen, oder einen unschätzbaren Zugewinn. „Was stimmt nicht, Etain?“

Niner sah ihn mit einem Blick an, der sagte, dass Darman zu vertraulich mit einem Offizier umging, ganz egal, was sie befohlen hatte. Dann wandte er sich wieder seinem Datenblock zu.

„Guta-Nay.“ Sie rieb sich die Stirn und wirkte niedergeschlagen. „Ich habe es in der Macht gespürt.“

Fi sah aus, als würde er etwas sagen wollen, aber Atin hielt ihn mit einem missbilligendem Stirnrunzeln davon ab. Darman schenkte Beiden einen *Klappe-halten*-Blick. Es gab eine Art, den Leuten unliebsame Dinge zu sagen und Darman dachte, es wäre besser, wenn es von ihm käme als von seinen Kameraden.

„Hokan hätte ihn früher oder später sowieso gefunden", sagte er. „Wenn der Weequay es geschafft hat, ihn über unser wahres Ziel in die Irre zu führen, hat er wenigstens einen Teil seiner Schuld getilgt."

„Dar", sagte sie. Sein Schwadronsspitzname war ihr erschreckend vertraut. „Ich wäre nicht weniger für seinen Tod verantwortlich, wenn ich ihn mit eigenen Händen getötet hätte."

„Sie haben uns selbst gesagt, er wäre ein Vergewaltiger", sagte Fi und hörte sich verärgert an. „Die Welt wird ihn nicht vermissen."

„Halt die Klappe, Fi." Darman versuchte es erneut. „Am Ende werden dadurch Leben gerettet."

„Ja, unsere", mischte Fi sich ein.

Darman fuhr wütend herum. „Hab ich nicht gesagt, du sollst die Klappe halten?"

Niner trat dazwischen. „Ihr könnt *beide* die Klappe halten", sagte er. „Wir sind alle müde und gereizt. Hebt euch das für den Feind auf."

Darman kämpfte mit dem unerwarteten, plötzlichen Drang, Fi zu sagen er solle Etain in Ruhe lassen, und zwar deutlich. Fi wusste nichts über sie, *gar nichts*. Für einen Sekundenbruchteil überkam ihn ein Gefühl der Fürsorglichkeit und es brachte ihn sofort in Verlegenheit.

Er drehte sich wieder zu ihr um. „Er hat Recht. Ein Leben für das von Vielen."

„Der Zweck heiligt die Mittel, richtig?" Etain stand in einer fließenden Bewegung aus dem Schneidersitz auf. „Und was ist mit euch? Was geschieht, wenn ich Sie oder Fi in eine Situation schicke, in der ihr umkommt?"

Sie war wirklich aufgeregt. Er konnte es in ihrem Gesicht sehen und an der Art, wie sie ihre dünne, knochige und zerkratzte Hand zu einer Faust ballte. Er stand ebenfalls auf und lief ihr hinterher, als sie zum Rand des Unterholzes ging.

„Wir alle sind dafür geschaffen worden", sagte Darman. Es

stimmte, oder etwa nicht? Er würde nicht einmal existieren, wenn es nicht jemanden gäbe, der Soldaten brauchte, absolut verlässliche Soldaten. Aber so fühlte es sich in diesem Moment nicht an. Ihre Reaktion zeigte ihm, dass er Unrecht hatte und auf einmal sah er Kal Skirata vor sich, mit Tränen in den Augen und einem Drink in der Hand. *Ihr armen Jungs. Was ist das bloß für ein Leben?* „Etain, wir alle tun, was wir tun müssen. Eines Tages *werden* Sie einen Befehl erteilen müssen, der einen Teil von uns das Leben kosten wird."

„Uns?"

„Soldaten, Kämpfer, was auch immer."

„Vielleicht, aber der Tag, an dem ich das hinnehmen kann ohne mich selbst zu erniedrigen, wird der Tag sein, an dem ich nicht mehr zum Jedi geeignet bin."

„Okay", sagte er. „Das verstehe ich."

„Wie fühlen *Sie* sich, wenn Sie töten?"

„Ich hatte nie Zeit, darüber nachzudenken. Auf Geonosis, haben sie meine Brüder getötet und versuchten mich zu töten. Sie waren nicht wie wir."

„Und was, wenn es jemand wäre, den Sie kennen?"

„Aber Sie haben Guta-Nay nicht gekannt und er war auch nicht wie Sie. Oder gar wie ich." Darman wusste nicht, worauf sie hinaus wollte. Das Töten war ihr neu. Es war unübersehbar, dass sie Probleme hatte, damit fertig zu werden. „Etain, diese Schwadron muss hellwach und einsatzbereit sein. Denken Sie darüber nach."

Er drehte sich um und ging zu Niner und den anderen zurück. Es wäre zu offensichtlich gewesen die Helme aufzusetzen und im Privaten über die Unzuverlässigkeit ihres Commanders zu diskutieren. Sie gab sowieso keine Befehle. Aber ein einziger Blick konnte viel vermitteln. Darman hoffte, Fi würde verstehen, dass sein starrer Blick bedeutete: *Lass sie in Ruhe.*

Anscheinend verstand er. Fi hob beschwichtigend seine Handflächen hoch. Damit war das Thema erledigt.

Niner hatte Recht. Die letzten Tage hatten ihnen allen zugesetzt und ihre Nerven lagen blank. Sie beschäftigten sich damit, ihre Waffen ein ums andere Mal zu überprüfen.

Wir haben noch nie zusammen als Schwadron gekämpft.

Wahrscheinlich dachten sie alle das Gleiche. Darman nahm die hydraulische Ramme auseinander und setzte sie wieder zusammen. Dann überprüfte er die Handpumpe auf Druck. Eine Reihe Haltekrallen gehörte dazu und auf Grund der Originalpläne und Pausen, wusste er wenigstens welche davon er zurücklassen konnte. Sie konnte acht Tonnen Kraft aufbringen, wenn die Sprengladungen ihnen also nicht die Tür öffnen konnten, würde es die Ramme tun. Die Handramme war leichter, brachte dafür aber nur die Hälfte der Kraft auf.

Gerne hätte er auch Schneidwerkzeug zur Verfügung gehabt, aber auf Geonosis hatte er schon stählerne Panzertüren mit Thermal-Tape geöffnet und die Bandversion davon war sogar noch stärker. Explosionen erzeugten Geschwindigkeiten von achttausend Metern in der Sekunde. Genug um durch Stahl zu schneiden. Viel schneller konnte ein rascher Zutritt nicht ablaufen.

Das hier war kein stiller Job. Es war ein Kraftakt gegen einen Gegner, der wusste, dass sie kamen.

„Whoa, Empfang", sagte Niner. Eilig stülpte er seinen Helm über den Kopf. Darman konnte von dort, wo er saß das *Blip* des Alarms hören. „Jinart hat die Sucher in Position gebracht." Er schaute auf etwas, das nur er sah und den schnellen Bewegungen seines Kopfes nach zu urteilen, war es höchst interessant. Darman und die anderen warfen sich in Montur.

„Was treiben sie?" Ein Zug Büchsen marschierte einen Weg von der Villa zur Anlage hinunter. Ihr Schritt hatte etwas Dringendes an sich. „Sieht aus, als würden sie zurück zum Labor gehen."

Der Sucher spähte hinab auf eine Ansammlung kleiner Bauten, die sich um das ehemalige Bauernhaus scharten. Es bot nicht das gesamte Bild von allen Zufahrten zu dem Gebäude aber man konnte sowohl den Weg zum Eingang, als auch das Land dahinter sehen. Die Rückseite des Daches und das Land unmittelbar dahinter waren nicht zu sehen.

Ein Mann mit einer Rüstung, die den ihren sehr ähnlich war, stand dort unten und hielt einen vertrauten Helm unter dem Arm. Er war mittleren Alters und seine harten Züge und die selbstsichere Haltung wiesen ihn klar als Mandalorianer aus. Es musste Ghez Hokan sein.

Darman hörte über sein Helm-Komlink wie alle den Atem anhielten. Hokan sprach mit einem trandoshanischen Söldner und machte mit dem Finger kurze, stechende Bewegungen in eine unbestimmte Richtung. Er war aufgeregt, aber beherrscht. Er befehligte Truppen.

„Ja Dar, ich glaube, das ist *exakt* das, was sie tun. Sieht aus, als ob er in letzter Minute ein paar Änderungen durchführen würde."

„Warum sollten sie das tun?", fragte Darman, aber er hatte bereits das ungute Gefühl, es zu wissen.

„Weil wir wahrscheinlich ein bisschen zu clever waren", sagte Niner. „*Fierfek*. Guta-Nay hat seine Arbeit auf jeden Fall gut gemacht. Zu gut. Was würdest du tun, wenn du denken würdest, du hättest es tatsächlich mit zwei Schwadronen zu tun?"

„Annehmen, dass zwei getrennte Angriffe möglich wären."

Atin machte ein Geräusch, das sich nach kontrolliertem Ausatmen anhörte. „Na gut. Früher oder später hätten wir sowieso die ganze Büchsenfamilie kennengelernt. Plan C irgendjemand?"

Sie standen unbeholfen herum und warteten. In einer halben Stunde würden sie wissen, ob Jinart es geschafft hatte, die andere Sucherkamera nahe der Villa zu platzieren.

Darman fühlte einen kräftigen Klaps auf seinem Rückenpanzer und fuhr herum. Etain stand hinter ihm, hatte die Hände auf die Hüften gelegt und sah ihn wissbegierig an. „Warum sind alle so aufgeregt?", fragte sie. „Kommt schon, ich kann es fühlen. Was ist schief gegangen?"

Darman nahm seinen Helm ab. „Guta-Nay hat ganze Arbeit dabei geleistet, Hokan zu überzeugen, dass wir die Villa angreifen. Aber wir haben unser Blatt mit dem Hinweis überreizt, dass wir noch eine andere Schwadron hätten."

„Warum?"

„Es sieht so aus, als würde Hokan glauben, dass sich je eine Schwadron ein Ziel vornimmt. Unsere Chancen, einen Großteil der

Droiden an einem Ort zu erwischen sind damit in den Keller gerauscht."

Etain fuhr sich mit den Fingern durch die Haare und schloss die Augen. „Also alles noch mal überdenken."

Darman setzte seinen Helm wieder auf, um die Übertragung des Suchers anzusehen. Dann wurde die zweite Kamera zugeschaltet. Ein wackeliges, aber klares Bild von der neimoidianischen Villa und ihren Nebengebäuden erschien, aufgenommen, von den sich wiegenden Ästen eines Baumes aus. Ein breiter Weg führte von der Vorderseite des Hauses aus dem Bild.

Wenigstens konnten sie jetzt das Ausmaß des Problems erkennen, mit dem sie sich auseinander setzen mussten. Wenn Hokan versuchen sollte, Uthan zu verlegen, hatten sie gute Chancen, sie dabei zu sehen.

Aber auf welche Übertragung Darman auch schaltete, immer waren jede Menge Droiden im Bild.

„Okay", sagte Niner. „Fi, du übernimmst die erste Wache mit den Suchern. Ich werde schauen, ob ich Unterstützung anfordern kann. Die *Majestic* sollte inzwischen auf Position sein."

„Wir haben Befehl bis zum Abzug Kom-Stille zu halten", sagte Darman und sah zu Etain.

„Commander?", fragte Niner. „Wir haben die Kom-Station ausgelöscht. Sie werden unser Signal nicht abfangen können."

Etain zögerte keine Sekunde. „Sergeant, Sie rufen sofort die *Majestic*", sagte sie. „Erbitten Sie jede Hilfe, die Sie für nötig halten."

Fi hielt eine Hand hoch. „Hey, hier tut sich vielleicht was. Schaut euch mal den Sucher bei der Villa an."

Darman wechselte mit einem zweifachen Zwinkern den Kanal. Die Anzeige seines HUDs präsentierte ihm die Aufnahme eines jungen Burschen in einem schmuddeligen Kittel, der mit einem Obstkorb in den Armen zu einer Seitentür der Villa ging. Er klopfte und die Tür wurde von einem Droiden geöffnet. Der Junge ging hinein. Er hatte etwas Vertrautes an sich, obwohl Darman ihn noch nie zuvor gesehen hatte.

Er hatte einen sehr bezeichnenden Gang.

„Die Büchsen werden doch kein Obst bestellt haben, oder?", fragte Fi.

Der Schritt des Knaben erinnerte Darman an eine alte Frau, die er erst kürzlich gegen eine Scheunenwand gedrückt hatte.

„Eins muss man Jinart lassen", sagte er. „Sie hat wirklich Mut."

„Hoffen wir, dass sie es schafft das Obst in den Keller zu bringen."

„Hoffen wir, dass sie wieder heraus kommt", sagte Etain.

Dr. Uthan schien vergessen zu haben, dass Hokan sie an ihrem Kragen über einen Schreibtisch gezogen hatte, zumindest im Augenblick. Sie saß in einem der beigen Brokatsessel, die eigentlich überhaupt nicht zu ihrem zweckmäßigen Büro passten und schien ihm geduldig zuzuhören.

„Das wäre eine beispiellose Gelegenheit", sagte sie schließlich.

Hokan konnte ihr nur zustimmen. „Ich verstehe, dass Sie es noch nicht geschafft haben, eine Applikationsmöglichkeit für das Nanovirus zu entwickeln, aber ich denke, da lässt sich etwas machen. Inhalation würde funktionieren, nicht? Könnten wir es in einen versiegelten Raum leiten?" Er versuchte Ideen über Hinterhalte und das Stellen von Fallen zu verwirklichen. „Lässt sich das bewerkstelligen?"

„Es wäre eine von vielen Möglichkeiten", sagte sie. „Auch Hautkontakt. Aber das war nicht ganz das, was mir vorschwebte."

„Und was wäre das?"

„Ein lebendes Subjekt. Ich möchte, dass Ihr mir einen der Klone lebend bringt."

„Das war nicht ganz das, was *mir* vorschwebte. Ich habe manchmal Probleme mit dieser *lebend*-Sache. Ist nicht meine Stärke."

„Ihr könnt dieses Mittel nicht einfach in der Gegend versprühen, Major. Ich sagte Euch bereits, dass wir die genetische Spezifizierung noch nicht in trockenen Tüchern haben."

„Ich habe Droidentruppen. Rost mag für sie ein Gesundheitsrisiko darstellen, aber Viren wohl kaum."

„Ein lebendes Versuchskaninchen würde es uns mit ziemlicher

Sicherheit ermöglichen, die Waffenfähigkeit schneller zu erreichen."

„Wenn Ihr mir Zugang zu dem Nanovirus erlaubt, werde ich alles in meiner Macht stehende tun, um einen für Euch aufzuheben."

Uthan schüttelte den Kopf. Ihr leuchtendes, rot und schwarz gesträhntes, Haar war zu einem festen Dutt auf ihrem Kopf zusammengeknotet, aus dem nicht eine Locke fiel. „Das kann ich nicht tun. Ihr mögt ein Experte im Kampf sein, aber Ihr seid weder ein Mikrobiologe, noch seid Ihr mit dem Umgang gefährlicher Substanzen vertraut. Dieser Erreger ist viel zu gefährlich, als dass Ihr ihn in dieser Entwicklungsstufe verwenden könntet. Außerdem bin ich nicht darauf vorbereitet die wenigen Proben, die wir haben in einem Gegenangriff zu verschwenden."

Hokan wusste, dass er es sich mit Gewalt nehmen konnte. Aber das wäre sinnlos gewesen. Sie hatte Recht; solange der Virus noch nicht waffenfähig war, wäre es eine zu riskante Angelegenheit, im Vergleich zu den bewährten Waffen, die zu seiner Verfügung standen.

„Zu schade", bedauerte er. „Ich werde mich bemühen mehr über diese Technologie zu lernen, wenn wir unsere derzeitigen Probleme aus der Welt geschafft haben."

„Was geschieht also jetzt?"

„Ausharren. Bleibt bis auf Weiteres mit Eurem Stab in diesen Räumlichkeiten."

„Was sollen wir tun, wenn geschossen wird?"

„Dasselbe."

„Was, wenn sie Eure Verteidigungslinien durchbrechen?"

„Das werden sie nicht. Aber wenn Ihr Euch dadurch besser fühlt, lasse ich Euch zu Eurem persönlichen Schutz Handfeuerwaffen kommen."

Uthan schenkte ihm ein königliches Kopfnicken und wandte sich wieder ihren Notizen zu. Sie begann darin zu lesen und hielt nur gelegentlich inne, um etwas an den Rand der Blätter zu schreiben. Trotz der vorangegangen, kurzen Kraftprobe, schien sie nicht die geringste Furcht vor ihm zu haben: Vielleicht verlieh einem die tägliche Arbeit mit tödlichen Organismen eine andere Sichtweise für Bedrohungen.

„Etwas höchst Wirkungsvolles, wenn ich bitten darf", sagte sie unvermittelt, als er sich zum Gehen wandte.

„Kommandierender Offizier, *Majestic*", sagte die Stimme. „Das ging ja schnell. Position?"

Niner erhielt kein Videosignal über sein HUD, aber der Ton war kristallklar. „Abzug zurzeit negativ, *Majestic*. Erbitten Artillerieunterstützung."

„Wiederholen Sie bitte."

„Wir werden Artillerieunterstützung benötigen. Es könnte hier unten etwas hektisch werden. Einhundert Droiden."

Für ein oder zwei Sekunden herrschte Stille. „Omega Squad, bedenken Sie, dass es hier oben auch etwas geschäftig werden könnte. Backbord vor uns liegt ein Schiff der Techno Union."

„Heißt das negativ, *Majestic*?"

„Nein. Aber falls wir das Feuer einstellen sollten, dann liegt es daran, dass wir selbst einen Angriff abwehren müssen."

„Verstanden. Koordinaten werden übertragen. Auf Empfang von Code ‚Garten' richten Sie Ihre Kanonen auf *diesen* Punkt. Auf Empfang von Code ‚Retorte', auf *diesen* Punkt. Der Feind verfügt über keinerlei Kom, außer Droidennetzwerken. Wiederhole: Feindliches Kom ausgeschaltet. Haltet euch ran."

„Empfangen. Mann, ihr Jungs wart aber fleißig. Bleiben auf Empfang, Omega."

Niner schloss die Augen und spürte wie ihn Erleichterung überkam. Er war sich nicht ganz sicher, wie sie die gewaltige Feuerkraft der *Majestic* einsetzen sollten, aber wenigstens konnten sie überhaupt darauf zurückgreifen.

„Denken Sie sich das einfach so aus, Sarge?", fragte Fi.

„Hast du eine bessere Idee?"

„Ich meinte die Codewörter."

„Ja."

„Klasse."

„Und ich dachte, du hättest eine bessere Idee."

Fi trommelte mit den Fingern auf den Hüftpanzer seiner Rüstung. „Ich wünschte Skirata wäre hier. Was hat er immer gesagt? *Stellt das Problem auf den Kopf*. Seht es aus der Sicht des Feindes."

Etain blickte hoch, inzwischen ein klares Zeichen dafür, dass Jinart in der Nähe war. Sie schienen durch eine Art Radar verbunden. Das Gurlanin schlich in ihr Lager und sah sich um. Darman und Fi spendeten ihr eine Runde stillen Applaus und machten ein Daumenhoch-Zeichen.

„Gute Arbeit, Ma'am", sagte Darman. „Erstaunliche Täuschung."

„Danke, Gentlemen", sagte sie. „Uthan ist definitiv nicht in der Villa. Und euer Gerät liegt jetzt in Ankkits Weinkeller, zwischen einem Jahrgang Tarulwein von Naboo und einer Kiste mit Thermaldetonatoren. Wenn ihr wollt, könnt ihr Qiilura jetzt einen eigenen Asteroidengürtel verpassen."

„Das wird ihnen das Wasser in die Augen treiben", freute sich Fi.

„Und uns, wenn wir zu dicht dran sind", sagte Niner.

„Also was jetzt?"

„Tun, was Skirata uns beigebracht hat. Das Problem umkrempeln."

Die Holopläne der Anlage schwebten abermals in der Luft, während die Schwadron, Etain und Jinart darum herum saßen und auf eine Eingebung hofften.

„Plant ihr eure Operationen immer so?", fragte Etain.

„So sollte es eigentlich nicht sein. Erst sammelt man die nötige Info, dann folgt der Plan und dann die Ausführung. Das hier nannte Skirata einen *‚sich selbst ordnenden Schlamassel'*. Wenn das Problem bereits die Lösung eines weiteren Problems beinhaltet. Sie liegt hier vor uns. Wir müssen sie nur finden." Niner machte es weniger aus zuzugeben, dass es ein Ratespiel war als den anderen. Auf der anderen Seite war es bereits seine zweite echte Mission und beide waren sie gleich. Sie hatten nicht gewusst, worauf sie sich einließen, bevor es zu spät war. *Nachrichtenversorgung*. Es ging nur um verlässliche Info. „Drei Dingen sollte man nie Glauben schenken:

Dem Wetterbericht, dem Kantinenmenü und der Nachrichtenversorgung."

Skirata hatte gesagt, dass sich Soldaten immerzu beschwerten. Niner neigte nicht zu Beschwerden, aber er war definitiv mit der Situation unzufrieden. Das hier war nicht, worauf Spezialeinheiten am besten vorbereitet waren. Sie hätten selbst die nötigen Informationen einsammeln müssen, das Ziel ausmachen, Luftangriffe anfordern und vielleicht Geiseln oder Daten bergen. Sie hätten sogar Attentate ausführen können. Aber auch noch Artillerie und Infanterie spielen, dazu waren sie nicht geschaffen.

Sie bräuchten nicht einmal hier zu sein, wenn die Republik Uthan nicht lebend gewollt hätte. Die *Majestic* hätte die Anlage aus dem Orbit ins Ziel genommen und alle wären rechtzeitig zum Abendessen Zuhause gewesen. Niemand hätte seinen Hintern in die Schusslinie halten, oder die Tage damit zubringen müssen, fünfundvierzig Kilo Packs durch die Gegend zu schleppen.

„Ich bin froh, dass ihr das nicht einfach so hinnehmt", sagte Etain.

Fi zuckte mit den Schultern. „Wenn man keinen Witz vertragen kann, sollte man nicht beitreten."

„Ich *bin nicht* beigetreten."

Wenigstens brachten sie alle noch ein Lachen hervor. Es war das erste Mal, dass jemand der Situation Humor abgewinnen konnte, abgesehen von Fi natürlich.

„Was machen wir denn normalerweise?", meinte Darman plötzlich. „Wie gehen wir normalerweise ein Ziel an? Mal ganz einfach."

Niner dachte nach. „Wir isolieren das Ziel, gehen rein und neutralisieren es."

„Okay, nehmen wir mal an, dass wir uns *nicht* hinein kämpfen."

„Ich komm nicht mit."

„Normalerweise sollten wir für raschen Zutritt sorgen und uns den Weg *hinein* erkämpfen. Was, wenn wir uns den Weg *hinaus* erkämpfen?" Darman stieß mit dem Finger in das Hologramm. „Können wir irgendwie von unten in diesen Raum der Anlage gelangen?"

„Dieser Plan zeigt nur Abwasserläufe. Aber sie sind zu eng, um einen Mann durch zu bekommen und das ist wirklich kein Job für Jinart."

Das Gurlanin schüttelte sich. „Ich habe euch nichts angeboten, aber wenn es etwas gibt, das ich tun könnte –"

„Du hast bereits genug getan." Darman neigte den Kopf nach links und rechts und studierte die Pläne. „Allerdings ist die Hauptleitung an dieser Stelle der zentralen Kammer fast einhundert Zentimeter breit. Nur an den Wänden verengt sie sich auf dreißig Zentimeter. Gibt es irgendeinen anderen Weg zu dieser Hauptleitung?"

„Außer direkt an die Außenwand zu gehen und sich unter den Augen der Droiden wie ein Gdan hinein graben? Nein."

Jinart richtete sich auf. „Gdanhöhlen."

„Sie graben Tunnels, nicht wahr?"

„Überall. Sie verursachen sogar Absenkungen."

„Und gibt es hier solche Höhlen? Können wir sie ausfindig machen? Wären sie breit genug?"

„Ja, es gibt hier Höhlen. Schließlich war das mal ein Bauernhof und Gdans fressen gerne Merlies. Die Tunnels können ganz schön breit sein. Und ich kann sie auf jeden Fall für euch ausfindig machen. Ich werde euch sogar durch die Höhlen führen. Allerdings werdet ihr vielleicht selbst etwas buddeln müssen."

„Quasi Schützengräben ausheben", sagte Darman. „Nur dass wir nicht die richtige Ausrüstung dazu haben. Also nehmen wir die hier." Er zog eine scharfkantige, faltbare Kelle aus seinem Gürtel. „Verschanzungswerkzeug. Auch gut, um nach Wasser zu graben. Passt."

„Was hat es mit dir und den Gdans auf sich?", fragte Etain. „Warum gehen sie dir und deinem Geruch aus dem Weg?"

„Oh, weil wir sie fressen", sagte Jinart beiläufig. „Aber nur, wenn sie versuchen, auf unsere Jungen loszugehen."

„Also, alles klar soweit", bestätigte Darman. „Du bringst mich von unten in diese zentrale Kammer und ich arbeite mich durch die Anlage nach draußen."

„Nimm Atin mit", sagte Niner. Er wollte nicht sagen *für den Fall, dass du getötet wirst*, aber er wollte einen weiteren technisch versierten Mann dort drinnen haben, um Sprengsätze zu legen und Türen niederzureißen. „Fi und ich nehmen die Anlage von außen unter Beschuss und kümmern uns um alle Droiden, die wir sehen. Wenn ihr Uthan rausbringt, kann Etain euch helfen, sie fortzubringen und ihr jagt das Ganze in die Luft. Dann heißt es: Im Galopp zum Abzugspunkt."

„Meine Stimme habt ihr", sagte Atin. „Sind Sie auch dafür, Ma'am?"

Etain nickte etwas widerwillig. „Wenn das Plan C ist, hört er sich genauso unmöglich an wie Plan A und B." Sie tätschelte unbedacht Darmans Arm, so, als wäre sie in Gedanken ganz woanders. „Aber ich habe auch keinen besseren Vorschlag."

„Okay", sagte Niner. „Dann nimmt jetzt jeder noch einen Aufputscher. Macht euch bereit, bei Einbruch der Nacht aufzubrechen. Wir haben vier Stunden Zeit die Sache vorzubereiten. Ich benachrichtige die *Majestic*."

„Was, wenn die Sache schief läuft?", fragte Etain.

„Dann werden sie eine weitere Schwadron schicken."

„Um noch mehr Männer zu verlieren?" Sie schüttelte ihren Kopf. „Wenn es nach mir ginge, würde ich der *Majestic* nur allzu gern den Befehl geben, diese Anlage zu Staub zu blasen. Egal, ob Uthan drin ist oder nicht."

„Denken Sie, wir werden scheitern?"

Etain lächelte. Es lag etwas Zermürbendes in der Art wie sie es tat. „Nein, das denke ich nicht. Ihr werdet das schon schaukeln. Glaubt mir."

Niner musste seinen Atem kontrollieren. Sie würden die kleinste Andeutung eines zweifelnden Seufzers bemerken. Es war verrückt. Aber wie Skirata immer gesagt hatte. Sie gingen an Orte, zu denen sich sonst niemand wagte und taten Dinge, die nur sie konnten.

Und sich den Weg aus dem Herzen einer gepanzerten, schwer bewachten Anlage zu kämpfen, die darauf ausgelegt war, für jede Lebensform undurchdringbar zu sein, entsprach dieser Großspurigkeit voll und ganz.

Ihr werdet das schon schaukeln. Glaubt mir.

Er fragte sich, ob seine Gedanken wirklich die seinen waren. Wenn Etain seinen Verstand beeinflussen sollte, um sein Selbstvertrauen zu stärken, so hatte er kein Problem damit. Offiziere waren dazu da, einen zu motivieren und in diesem Augenblick war es ihm egal, wie sie das anstellte.

16.

Was ich darüber denke? Das kann ich wirklich nicht sagen. Man hat mich noch nie nach meiner Meinung gefragt.

– Klontrooper RC-5093, im Ruhestand im VetZentrum, Coruscant. Chronologisches Alter: dreiundzwanzig. Biologisches Alter: sechzig.

Ein herbstlicher Nebel hatte sich über die Landschaft gelegt. Er war nicht dicht genug, um für Deckung zu sorgen, aber er gab Darman das Gefühl von Schutz. Er lief hinter Atin her, während Jinart den Weg aufzeigte.

Er war eine laufende Bombenfabrik. Warum sorgte er sich überhaupt darüber, gesehen zu werden? Die Ramme und das Zusatzgerät klapperten an seiner Rüstung und er ordnete alles neu an, aus Furcht entdeckt zu werden. Atin ging voraus. Er hielt seinen Deze in beiden Händen und sein Finger lag am Abzug, ein unauffälliger, aber bedeutsamer Ausdruck für seinen Nervositätsgrad.

„Mattschwarze Rüstung", sagte Darman. „Das Erste, was wir vorschlagen sollten, wenn wir zurück sind. Ich fühle mich wie ein Leuchtturm."

„Spielt das eine Rolle?"

„Für mich schon."

„Dar, es ist eine Sache, wenn der Feind uns sieht. Irgendetwas gegen uns auszurichten, ist schon wieder was anderes." Atin beobachtete trotzdem aufmerksam die Umgebung um sie herum. „Mich hat ein Schuss voll umgehauen, aber er hat den Panzer nicht durchschlagen."

Atin hatte nicht ganz unrecht. Die Rüstung mochte auffällig sein, aber sie funktionierte. Darman hatte auch einen direkten Treffer abbekommen. Vielleicht würde in der Zukunft allein schon der Anblick dieser Rüstung ausreichen, um den Feind abzuschrecken. Skirata hatte so etwas *nachdrückliche Öffentlichkeitsarbeit* genannt. Der Mythos, sagte er, gewann fast ebenso viele Einsätze, wie die Realität.

Gegen etwas Hilfe aus der Mythenabteilung hatte Darman nichts einzuwenden.

Sie befanden sich vierhundert Meter südöstlich der Anlage. Jinart hielt vor einem leichten Abhang an und drückte ihren Kopf ins Laub. Sie konnten sie deutlich schnüffeln hören.

„Hier gehen wir rein", sagte sie.

Man konnte nicht einmal erkennen, dass dort ein Loch war. „Woher weißt du, was da drinnen ist?"

„Ich kann feste Flächen aufspüren, Bewegungen, alles. Ich brauche nicht zu sehen." Sie schnüffelte erneut. Zumindest nahm Darman an, dass sie schnüffelte. Ihm kam der Gedanke, dass sie vielleicht auch mit einer Art Echolot arbeitete. „Wollt ihr noch die ganze Nacht hier herumstehen und ein Ziel abgeben?"

„Nein, Ma'am", sagte Darman und ging auf alle Viere.

Jinart mochte nicht zu sehen brauchen, aber er schon. Er hätte sich auf seinen Nachtsichtvisor verlassen können, verspürte aber den Wunsch nach echtem Licht. Er schaltete seinen Suchscheinwerfer an. Dann schaltete er ihn schnell wieder aus.

„Oh ..."

„Was ist?", fragte Atin.

„Nichts", entgegnete Darman. Es war ganz natürlich auf eingeschränktem Raum Furcht zu verspüren, sagte er sich. Durch den nach vorn gerichteten Lichtstrahl konnte er sehen, wie erdrückend eng der Gang war, in dem er sich befand. Mit dem Nachtsichtvisor hatte er einfach nur ein begrenztes Sichtfeld und fühlte sich sicher in seiner Rüstung, abgeschirmt von der Welt auf eine Art, an die er nicht nur gewöhnt war, sondern die er sogar *brauchte*.

Reiß dich zusammen.

Etwas weiter vorn, konnte er ein scharrendes Geräusch hören, aber es entfernte sich von ihm. Sein Pack stieß an die Decke des Tunnels und kratzte dabei gelegentlich lockeres Erdreich und Steine ab. Der Bau war von Tausenden kleinen Pfoten gegraben worden und die Gänge waren kreisrund, da Gdans sich ja auf allen Vieren fortbewegten. Wegen der Rundung des Bodens hatte Darman das Gefühl, mit Händen und Knien die Seiten des Tunnels zu berühren, so als würde er beim Bergsteigen eine Spalte emporklettern. Von Zeit zu Zeit, verlor er die Orientierung und musste die Augen schließen. Dann schüttelte er den Kopf, um seine Eigenwahrnehmung wieder zu erlangen.

„Alles klar, Dar?“, fragte Atin. Darman konnte in seinem Helm schweren Atem hören und dachte es wäre sein eigener, aber es war Atins.

„Ein bisschen orientierungslos.“

„Senk den Kopf und schau auf den Boden. Durch den Druck in deinen Nackenmuskeln kann dir nur schwindelig werden.“

„Du also auch, was?“

„Ja, schon verrückt. Was immer wir von Jango geerbt haben, seine Liebe zu Höhlen war's nicht.“

Darman ließ seinen Kopf baumeln und konzentrierte sich darauf, eine Hand vor die andere zu setzen. Er stellte auf Lautsprecher um. „Jinart, graben so kleine Tiere so große Tunnels?“

„Hast du schon mal probiert, ein ganzes Merlie oder ein Vhek zum Abendessen nach Hause zu ziehen? Gdans arbeiten im Team. Das ermöglicht es ihnen, Beute zu jagen, die um ein Vielfaches größer ist, als sie selbst. Eine Eigenschaft, die, wie ich denke, auf Männer wie euch Eindruck machen sollte.“

„Auf der anderen Seite“, meinte Atin vorsichtig, „könnte man auch sagen, dass schiere Masse über Stärke siegt.“

„Danke für diese positive Sichtweise, Soldat Atin. Ich schlage vor, Sie wählen die Auslegung, die Sie am stärksten motiviert.“

Danach redeten sie nicht mehr viel. Während sich Darman schwitzend voran bewegte, nahm er einen ganz bestimmten Geruch wahr. Zunächst war es nur ekelerregend, wie verrottendes Fleisch, dann wurde es bitterer und schwefliger. Es erinnerte ihn an

Geonosis. Schlachtfelder rochen widerlich. Die Filtermaske schützte vor chemischen und biologischen Waffen, richtete aber nur wenig gegen Geruch aus. Zerschlagene Körper und Eingeweide besaßen einen charakteristischen, furchterregenden Gestank.

Jetzt konnte er es deutlich riechen und er kämpfte gegen die Übelkeit an.

„Fierfek", fluchte Atin. „Da vergeht mir gleich der Appetit aufs Abendessen."

„Wir sind nahe an der Anlage", sagte Jinart.

„Wie nahe?", fragte Darman.

„Der Gestank kommt von dem, was aus dem Abwassersystem sickert. Die Rohre bestehen aus dem hiesigen, unglasierten Lehm."

„Und das ist alles, was wir riechen?", fragte Darman.

„Oh, ich kann mir vorstellen, dass es auch die Gdans sind. Oder zumindest ihre Beute – sie haben Kammern, in denen sie ihre Vorräte anhäufen. Ist schon ein unangenehmer Geruch, wenn man ihn nicht gewohnt ist." Sie hielt unerwartet an und Darman stieß gegen ihren Hintern. Für ihre Größe wirkte sie erstaunlich schwer. „Das ist gut, denn es bedeutet, dass wir uns einer sehr viel größeren Kammer nähern."

Darman war beinahe erleichtert darüber, dass es nur faulendes Fleisch war, obwohl das schon schlimm genug war. Es war nicht *sein* Fleisch. Er kroch weiter, ermutigt von der Aussicht auf einen größeren Raum weiter vorn und dann glitt sein Handschuh in etwas Weiches.

Er wusste sofort, was es war, aber er sah trotzdem hin. Wie so oft bei Dingen, die eine unmittelbare Erinnerung auslösen, befand er sich wieder in der Ausbildung und kroch durch einen Graben mit Nerfeingeweiden. Skirata rannte neben ihm her und brüllte ihn an weiterzumachen, denn das war *nichts, gar nichts im Vergleich zu dem, was in Wirklichkeit auf dich zukommt, Sohn.*

Sie nannten es den Anekler. Und das stimmte.

Erschöpfung machte Übelkeit unausweichlich. Beinahe hätte er sich übergeben, aber das wäre in einem versiegelten Anzug höchst unangenehm gewesen. Er kämpfte dagegen an, keuchend, die Augen geschlossen. Er biss sich auf die Lippen so fest er konnte und schmeckte Blut.

„Ich bin okay“, sagte er. „Ich bin okay.“

Atins Atem ging unregelmäßig. Er musste das Gleiche spüren. Sie waren physiologisch identisch.

„Ihr könnt euch aufrichten“, sagte Jinart.

Darman schaltete seinen Scheinwerfer an und fand sich in einer Kammer wieder, die nicht nur größer war, sie war sogar groß genug, um aufrecht zu stehen. Die Wände waren gesäumt von einer Art kleiner Terrassen, die sich in einer Spirale vom Boden hinaufzogen. Er erkannte Spalten von zwanzig Zentimeter breiten Tunnels, die von ihnen weg führten.

„Hierher ziehen sich die Gdans zurück, wenn der Regen das Tunnelsystem überflutet“, erklärte Jinart. „Sie sind nicht dumm.“

„Eines Tages werde ich ihnen danken“, sagte Atin. „Wie nahe sind wir an der Abflussleitung? Kannst du sie ausfindig machen?“

Jinart hielt eine Pfote an eine Stelle der Wand, von der keine Gänge weiterführten. „Die Gdans wissen, dass sich hier dahinter eine solide Struktur befindet.“ Sie machte eine Pause. „Ja, es tröpfelt Wasser dahinter. Es fühlt sich an, als wäre das Erdreich einen Meter dick, vielleicht etwas mehr.“

Darman hätte gern seinen Helm abgelegt, ließ es aber besser bleiben und nahm stattdessen lieber sein Pack vom Rücken. Er nahm das Schaufelwerkzeug und machte einen Probestich in die Wand der Kammer. Sie hatte die Konsistenz von Kreide.

„Okay, ich fünf Minuten, dann du fünf“, sagte er zu Atin.

„Und dann ich“, sagte Jinart, aber Darman hielt seine Hand hoch. „Nein, Jinart. Du gehst besser zurück zu Niner. Wir sind jetzt auf uns allein gestellt und wenn das hier schief gehen sollte, wird er deinen Beistand umso mehr brauchen.“

Jinart zögerte einen Moment, dann rannte sie den Tunnel zurück, ohne noch einmal zurückzublicken. Darman fragte sich, ob er hätte Lebewohl sagen sollen, aber Lebewohl war zu endgültig. Er hatte vor, mit Atin und Uthan durch diese Vordertür zu gehen.

Er markierte einen Kreis mit der Spitze seines Werkzeugs und hackte dann in das zusammengepresste Erdreich. Er kam nur beschwerlich voran und war überrascht, als Atin ihm auf die Schulter tippte, um ihn abzulösen. Ein mannsgroßes Loch begann zu entstehen.

„Sollten wir das vielleicht abstützen?“, fragte Darman und gleichzeitig fragte er sich, womit.

„Wir müssen nur einmal durch. Wenn es danach einstürzt, schade drum.“

„Es könnte schon einstürzen, wenn wir uns den Weg hinein frei sprengen müssen. Alternativer Ausgang?“

„Du willst dich durch diese Tunnels jagen lassen? Die würden uns braten. Einmal mit dem Flammenwerfer durchgefegt und wir sind Kohle.“

Atin wurde langsamer. Darman übernahm die andere Seite der Öffnung und sie arbeiteten zusammen weiter. Immer dunklere und feuchtere Erde kam zum Vorschein und sie flachten den Rand trichterförmig ab, sodass sie sich zum Bohren nicht in einen schmalen Tunnel lehnen mussten. Die Statik der Erdwand wurde dadurch geschwächt und Darman betete, sie würde halten, bis sie durch waren.

Vielleicht hätten sie Etain mitnehmen sollen. Sie hätte die Wand mit ihren Jedi-Kräften halten können. Plötzlich fiel ihm auf, dass er sie vermisste. Es war erstaunlich, wie schnell man unter Feuer eine Verbindung zu jemandem herstellen konnte.

Atins Werkzeug traf auf etwas, das ein bezeichnendes *Tschink* machte.

Ein paar flotte Schüsse hätten in jedes noch so dicke Lehmrohr ein ordentliches Loch gerissen. Aber das hätte wahrscheinlich auch die Decke der Kammer zum Einstürzen gebracht, wie Darman annahm und außerdem eine Menge Droiden angelockt. Hier war der langsame, stille Weg gefragt. Ein Handbohrer war Teil ihrer Grundausrüstung für raschen Zugang und jeder von ihnen machte einen groben Halbkreis aus Bohrlöchern in fünf Zentimetern Abstand. Sie starteten den Kreis oben an der Leitung und als sie unten angekommen waren, begann die Brühe aus den Löchern zu fließen.

Sie hatten eine Stunde zum Graben und Bohren benötigt. Darman konnte den Schweiß nicht mehr ertragen, der ihm übers Gesicht rann und nahm seinen Helm ab. Der Gestank hätte ihn beinahe umgehauen. Er versuchte, gar nicht erst daran zu denken.

Atin nahm einen Schluck aus seiner Wasserflasche und hielt sie dann Darman hin. „Trink", sagte er. „Fünf Prozent Flüssigkeitsverlust lassen dich nicht mehr klar denken."

„Ja, ich weiß. Und ab fünfzig Prozent stirbst du." Darman trank die halbe Flasche aus, wischte sich den Schweiß ab und kratzte sich energisch am Kopf. „Noch so 'ne Sache die wir den Rothana-Schlaubergern sagen müssen – die Temperaturregelung dieser Anzüge verbessern."

Er hob die Ramme hoch und stellte sich seitlich neben den Kreis der Lehmröhre, die durch das Erdreich sichtbar war. Seine Finger legten sich fest um die Griffe. Er musste vorsichtig Schwung holen, damit nicht die gesamte Röhre einstürzte. „Fertig?"

„Fertig."

Eins, zwei –

„*Drei*", grunzte Darman. Die Ramme schmetterte mit mehreren Tonnen Kraft gegen das perforierte Teilstück und es fiel nach innen, während sich ein Wasserfall aus stinkendem, schwarzem Schleim ergoss und Darman über Beine und Stiefel spritzte.

„Na toll", seufzte er. „Nächstes Mal aber garantiert mattschwarze Rüstung, okay?"

Atin nahm seinen Helm ab und Darman sah wie er sich bemühte, nicht zu lachen. Jetzt, da die Leitung offen stand, war sie ein perfekter Geräuschträger zum Gebäude darüber. Atin legte die Hand an den Mund und beugte sich etwas nach vorn. Er schien sich auf seinen Knöchelpanzer zu beißen und zitterte richtig. Als er sich aufrichtete liefen ihm Tränen übers Gesicht. Er wischte sie weg, schluckte und beugte sich wieder vornüber.

Darman hatte den Mann noch kein einziges Mal lächeln gesehen und jetzt war er beinahe hysterisch, weil Darman mit den gesammelten Exkrementen von völlig Fremden vollgekleckert war. Das war nicht lustig.

Doch, das war es. Es war sogar *zum Brüllen*. Darman spürte, wie sein Magen von einem völlig unkontrollierbaren Reflex gerüttelt wurde. Er war sich nicht sicher, ob das wirklich lustig *war*, aber er konnte nicht aufhören. Er schüttelte sich in einem Anfall schmerzhaft stillen Gelächters bis seine Bauchmuskeln weh taten. Schließlich ebbte es ab. Er richtete sich auf und war ganz außer Atem.

„Soll ich Niner sagen, dass wir durch sind?", keuchte er. Für eine Sekunde schafften sie es, ruhig zu bleiben, dann überfiel sie die Hysterie von Neuem.

Wenn man erst einmal wusste, was Lachen überhaupt war und welch primitiver Reflex es auslöste, war es gar nicht mehr lustig. Es war die Erleichterung vorübergegangener Gefahr. Ein urzeitliches *alles klar*-Signal.

Und das traf auf ihre Situation überhaupt nicht zu. Die echte Gefahr stand ihnen noch bevor.

Darman fand wieder zu seinem normalen Selbst, setzte seinen Helm auf und schaltete das Kom ein.

„Sarge, Darman hier", sagte er ruhig. „Wir haben die Leitung geöffnet. Kann losgehen, wenn ihr so weit seid.

Niner und Fi stellten den E-Netz-Repetierblaster einen halben Kilometer von der Vorderseite der Einrichtung auf. Das war ziemlich nah. Falls sie jemand entdeckt haben sollte, reagierte noch niemand.

„Verstanden, Dar." Niner sah auf das Chrono an seinem linken Unterarm. „Könnt ihr schon den Abflussdeckel sehen?"

Das Komlink knisterte. Niner war zufrieden mit sich, weil er sich zu dem Ausflug nach Teklet entschieden hatte. Bei Kom-Stille hätten sie auch nicht den Hauch einer Chance gehabt, die Sache zu stemmen. Es gab zu viele Unbekannte, um das nur anhand von Operationsprozedere und Chronoabstimmung durchzuziehen.

„Ich bin einfach nur dem Siff gefolgt und da war er", sagte Darman „Willste mal sehen?"

Niners HUD zeigte ihm ein grobkörniges grünes Bild riesiger, tropfnasser Rohre, die ebensogut einen Klick hätten breit sein können oder nur einen Zentimeter. So gesehen hätte es auch die Endoskopaufnahme vom Darm irgendeines Patienten sein können. So oder so, es sah nicht nach Spaß aus.

„Was ist über euch?"

„Eine dreckige Platte, aber es ist nicht der Abfluss. Das Wasser kommt durch andere Rohre hier runter." Das Bild wackelte, während Darman den Kopf senkte, um auf seinen Datenblock zu sehen. Er projizierte ein gespenstisches Spukbild des Gebäudes. „Wenn sie sich an die Blaupausen gehalten haben, dann ist das ein Giftstofffilter und die Hochsicherheitskammern liegen darüber." Ein schabendes Geräusch war zu hören. „Ja, hier haben wir ja die Seriennummer. Stimmt mit dem Plan überein. Wenn sie nach einem Unfall alles ausspülen und abpumpen, kommt das gefilterte Wasser oder die Lösungsmittel hier raus."

„Werdet ihr ihn sprengen müssen?"

„Tja, sieht nicht so aus, als würde ich ihn mit einer Haarnadel los bekommen. Ist mit Permacret eingelassen. Soll wohl für die Ewigkeit gebaut sein."

„Dann ist jetzt wohl der Zeitpunkt für ein wenig Feuerwerk bei der Villa gekommen. Lass uns das abstimmen."

„Okay. Gib mir ein paar Minuten, um die Ladungen anzubringen."

Zwei Minuten waren viel Zeit. Niner zählte die Sekunden. Er spürte wie Etain hinter ihm auf und ab ging – aber man sagte seinem Commander nicht, er solle aufhören herumzuzappeln. Er konzentrierte sich auf Fi, der hinter dem Stativ des E-Netz kniete und völlig entspannt das Visier überprüfte. Niner beneidete ihn um diese Fähigkeit. Sein Magen rumorte heftig. Das tat er immer in Manövern, aber jetzt war es noch schlimmer. Sein Puls hämmerte in seinen Ohren und lenkte ihn ab.

Darman antwortete mit elf Sekunden Verspätung. „Alles klar. Ich zähle den Countdown. Wir gehen jetzt aus der Röhre raus. Falls uns die äußere Kammer hier einstürzen sollte, brauchen wir vielleicht ein bisschen Zeit, um uns wieder hinein zu arbeiten."

„Was heißt *ein bisschen Zeit* genau?"

„Vielleicht ewig. Wir könnten dabei draufgehen."

„Na, das wollen wir doch wohl lieber bleiben lassen."

„Jau."

Etain schaute Niner über die Schulter. Er warf ihr einen Blick zu, in der Hoffnung, sie würde den Wink verstehen.

„Ihr habt vorher noch nie zusammen als ein Team gearbeitet, nicht wahr?", fragte sie wenig hilfreich.

„Nein", zischte Niner und verkniff sich das *Ma'am*.

„Ihr werdet das gut machen", sagte sie. „Ihr seid die best trainierten und fähigsten Soldaten der Galaxie und ihr seid euch eures Erfolges sicher."

Niner war kurz davor mit ein paar Worten markigen Huttisch zu antworten, aber plötzlich erkannte er, was sie meinte. Sein Magen fand wieder ein friedliches Gleichgewicht. Der trommelnde Puls war verschwunden. Er konnte Darman deutlich hören. Er wollte nicht darüber nachdenken, wie sie es geschafft hatte, ihn zu beruhigen.

„In Zehn", sagte Darman. Seine Helmkamera übertrug weiterhin Bilder auf Niners HUD. Er krabbelte durch einen Tunnel. Niner hatte das Gefühl, er würde eine Wasserrutsche hinunter schauen und erwartete am anderen Ende schon fast in ein tiefes Becken zu platschen.

„Fünf ..." Es wurde dunkel. Darman hielt seinen Kopf auf die Brust gedrückt. „Drei ..." Niner griff nach dem Fernzünder.

„Zwei ... *los, los, los.*"

Niner drückte den Zünder.

Für einen Sekundenbruchteil erstrahlte die Landschaft in einem leuchtend goldenen, stillen Licht. Niners Schutzvisier schaltete sich ein. Dann bebte der Boden und selbst auf zwei Klicks Entfernung war das Donnern noch ohrenbetäubend. Es schien mehrere Sekunden anzuhalten. Dann begriff er, dass er zwei Explosionen hörte – eine bei der Villa und eine unter der Anlage.

Während das Feuer loderte und sich Wolken aus gelb angestrahltem Rauch auftürmten, begannen die Droiden, die vor der Einrichtung Wache hielten, zu reagieren.

„Stillhalten, Fi." Niner schluckte, um seine Ohren frei zu bekommen. „Dar, Atin, antwortet."

„Waren wir das, oder ihr?“

„Beides. Alles okay, Dar?“

„Zähne klappern ein wenig, aber sonst alles klar.“

„Gute Arbeit mit den Sprengladungen, ihr beiden. Ich glaube die Villa hat einen neuen Swimming Pool im Keller.“

„Die Kammer hier unten scheint gerade so zu halten. Wir gehen rein.“

Stille hatte sich über die Landschaft gelegt. Es schien als würden alle auf den nächsten Schritt warten. Fi zog das Fünferpack mit Energiezellen ein bisschen näher an sich heran. Niner legte seinen Deze an, um einen besseren Blick auf die Vorderseite der Villa zu bekommen und sah Droiden, die um einen umbaranischen Offizier herum liefen, der mit einem Fernglas die Felder absuchte.

„Bin bereit, Sarge.“

„Warte noch.“

Ein paar weitere Droiden kamen aus der Tür des Bauernhauses. Hätte Niner nicht die Pläne gesehen, er hätte nie geglaubt, was sich hinter der hölzernen, überzeugend schäbigen Außenverkleidung verbarg. Etain stand neben ihm.

„Ma'am, Sie sollten vielleicht in Deckung gehen und sich ducken.“

„Es wird schon gehen“, sagte sie. Sie blickte leicht sehnsüchtig auf das trandoshanische Erschütterungsgewehr. „Lassen Sie mich wissen, wenn Sie mich brauchen.“

Darmans Stimme meldete sich über das Komlink. „Wir sind jetzt bei dem Abflussdeckel“, berichtete er. „Zeit für etwas Ablenkung, Sarge.“

„Verstanden.“ Er kniete sich neben Fi und legte ihm die Hand auf die Schulter. „Hau ein paar neben der Scheune da weg. Nur um Hallo zu sagen. Dann feuere nach Belieben.“

Fi bewegte sich kaum. Dem charakteristischen *Wump* der Energiezellen folgte ein Feuerball und eine Fontäne zersplitterten Holzes und die Scheune regnete in brennenden Stücken auf sie herab.

„Ups“, meinte Fi.

Das hatte die Droiden auf Trab gebracht. Sechs von ihnen bildeten eine Linie und begannen, das Feld hinunter zu marschieren.

Fi feuerte drauf los. Niner konnte den donnernden Lärm in seiner Brust spüren, während Droidenschrapnell auf sie herab prasselte und Gegenfeuer über ihre Köpfe zischte. Ein großes Stück Metall flog in hohem Bogen durch die Luft: Niner hörte es pfeifen, während es im Fallen abkühlte. Er sah nicht wo es aufkam, aber es war nahe. Sein Nachtsichtvisor zeigte das umherfliegende Schrapnell als Gewitter aus leuchtend weißen Regentropfen. Ein paar der Büchsen brachen durch. Niner knipste zwei mit Granaten aus.

Die nächste Reihe Droiden rückte vor. Fi schoss in kurzen Salven und Niner nahm sich alles vor, was danach noch stand. Immerzu regnete es Schrapnell aus heißem Metall. Bei der Feuergeschwindigkeit des E-Netz, würde ihm die Munition ausgehen, wenn er weiterhin einfach in die Menge feuerte und das Gefecht dauerte erst zwei Minuten. Sie hatten ungefähr zwanzig Droiden ausgeschaltet. Das bedeutete, dass noch mindestens zwanzig weitere in der Anlage saßen. Dann hörten die Büchsen auf, vorzurücken.

Stille legte sich über das Feld und in Niners Ohren dröhnte sie ebenso wie die Kakophonie der Schlacht.

„Ich hasse es, wenn sie rausbekommen, was los ist“, sagte Fi.

„Die rühren sich nicht vom Fleck.“

„Wenn da nur zwanzig oder so drin sind, würde ich sagen, wir gehen gleich rein.“

„Lass uns erst sicher gehen, dass wir keinen Besuch bekommen.“ Niner schaltete auf Langstrecken-Kom. „*Majestic*, hier Omega, over. *Majestic* –“

„Empfangen euch, Omega. Das war ja eine schöne Feuerwerksdarbietung. Habt ihr was für uns?“

„*Majestic*, haben ein Ziel extra für euch. Haben Sie Sicht auf das Gebiet zwischen den Zielen Garten und Retorte?“

„Wenn ihr einen Sucher habt, zu dem ihr uns durchschalten könnt.“

Niner nahm seinen Rucksack ab, nahm einen Sucher heraus und ließ ihn aufsteigen. „Droiden, geschätzte Stärke: Nicht mehr als fünfzig. Wenn sie sich auf uns zu bewegen, macht ihnen bitte einen Strich durch die Rechnung, ja?“

„Verstanden, Omega, Lagebericht?"

„Wir haben die Anlage geknackt und jetzt sitzen zwanzig oder dreißig Droiden und ein paar Feuchte da drinnen fest."

„Wiederholen bitte."

„Zwei Mann unserer Schwadron sind drinnen. Einstieg über das Kanalisationssystem."

„Ihr Jungs seid wohl vom Repulsor gefallen!"

„Schon möglich, ja."

„Okay, Feuerwerk ist unterwegs, Omega. Vergesst nicht, dass noch immer ein Schiff der Techno Union vor uns liegt und wir eine Reaktion erwarten, wenn wir unsere Laser aufladen."

„Passt auf euch auf", sagte Niner. „Omega Ende."

Außer dem Knistern des abkühlenden Metalls war es still. Selbst das Pfeifen und Schnattern von Qiiluras nachtaktiven Spezies war verstummt. Rauch zog von der verwüsteten Scheune über das Feld.

„Alles in Ordnung, Ma'am?", fragte Fi.

Niner blickte sich um und erwartete eigentlich, Etain als Häufchen Elend vorzufinden, aber sie war wohlauf. Sie kniete wachsam im Gras, als würde sie etwas Bestimmtem zuhören. Dann erschütterte eine weitere schwere Explosion im Norden die Erde.

Sie schloss die Augen.

„Ma'am?"

Sie schüttelte leicht den Kopf, als wolle sie eine Verspannung im Nacken lösen.

„Ist schon gut", sagte sie. „Es hat mir nur mehr abverlangt, als ich gedacht hätte."

„Was?"

„All diese Trümmer abzulenken. Droiden machen ja eine wahnsinnige Sauerei wenn sie explodieren."

Niner wusste nicht, wovon sie redete. Erst als er sich umdrehte und das einen Meter lange, gezackte Metallteil hinter sich sah, das ihm beinahe eine neue Frisur verpasst hätte. Etain brachte ein Lächeln zustande.

„Können Sie auch Türen öffnen, Ma'am?", fragte Niner.

Darman und Atin sahen sich in der mit Kunststoff ausgekleideten Kammer um und beschlossen, ihre Helme aufzulassen.

„Ist auch eine Art herauszufinden, ob das Nanovirus durch unsere Filtermaske dringt", sagte Atin.

Darman durchsuchte die Regale nach Fallen und anderen Überraschungen. „Ich fühl mich noch nicht sehr tot. Außerdem würden sie das Zeug niemals herumliegen lassen. Es wird wahrscheinlich versiegelt sein."

Er betrachtete den Raum. Er sah genauso aus wie die Krankenstation auf Kamino, nur dass er komplett aus Kunststoffkeramik konstruiert war. Einige der Regale hatten durchsichtige Scheiben, hinter denen er Ständer mit Reagenzgläsern sehen konnte. In der Mitte des Raumes stand eine separate, gasdichte Kabine. Sie reichte vom Boden bis zur Decke und verfügte über eine Handschuhbox. Sie war leer. Außerdem gab es eine gekühlte Vitrine voller Violen und kleiner Schachteln. Er hatte keine Ahnung, was davon ein lebendes Virus beinhalten könnte und was das Mittagessen des Labortechnikers und er würde sicher nicht alles öffnen, um es herauszufinden. Das war eher ein weiterer Fall für R wie reichlich.

„Da die Jungs es anscheinend nicht fertigbringen, das Zeug mit 'nem Totenkopf und gekreuzten Knochen zu markieren, werd ich halt zur Sicherheit mal eine Implosionsladung setzen." Er fuhr mit der Hand über die Wand und suchte nach Metallanteilen, die eventuell sein Signal stören könnten. Aber das HUD empfing nichts über die Sensoren in seinem Handschuh. Er überprüfte sein Komlink, um sicherzugehen, dass er ein Signal nach draußen bekam. „Darman hier. Hört mich jemand?"

„Hier Fi."

„Die innere Kammer ist sauber. Ich setzte Implosionsladungen und dann schauen wir uns den Rest des Gebäudes an."

„Wir gehen die Vorderfront an. Ist still geworden hier draußen und wir glauben, dass ihr noch bis zu dreißig Droiden zur Gesellschaft habt."

„Lasst ihr den Boden so wackeln?"

„*Majestic.*"

„Gut zu wissen, dass die Flotte da ist."

„Wo wir gerade auf Helm-Komlink sind: Sorgt dafür, dass auch ein Kanal zur Bildübertragung offen bleibt."

„Okay, aber wir lassen euch wissen, wenn es unsere Konzentration stört. Darman Ende."

Er gab Atin ein unbestimmtes Daumen-hoch und holte die Implosionssätze aus seinem Rucksack. Die meisten Sprengsätze hätte er selbst zusammenbasteln können, aber diese waren was Besonderes. Sie erzeugten einen solch ultraheißen Feuerball und eine so ungeheure Druckwelle, dass nicht nur alles was im Umkreis eines halben Klicks stand zerstört werden würde, sondern auch jeder Mikroorganismus und Virus obendrein. Sie waren enttäuschend klein für so eine gewaltige Zerstörungskraft. Ein wenig kleiner noch als ein durchschnittlicher Sucher.

Darman hatte noch zwei. Das bedeutete Overkill und Overkill gaben ihm ein Gefühl der Sicherheit. Er hob die kleinen Schachteln in der Kühleinheit hoch und prüfte – sehr vorsichtig – ihr Gewicht, bis er eine etwas leichtere fand, die halb leer zu sein schien. Er stellte sie auf den Tisch, hielt den Atem an und nahm den Deckel ab.

Ein paar versiegelte Metallröhrchen lagen darin, aber es war noch genügend Platz für eine der Ladungen. Er legte sie vorsichtig hinein und stellte den Behälter zurück.

„Pass bloß auf damit", warnte Atin und deutete auf die Schachteln.

„Mach ich schon." Er fand eine weitere leichtere Schachtel und sah hinein. „Na also. Und selbst wenn sie suchen sollten, lassen sie es sicher bleiben, nachdem sie die erste Ladung gefunden haben." Er schloss die Tür des Kühlschranks.

„Das wird die Explosion doch nicht beeinträchtigen, oder?", fragte Atin.

„Du wirst es kaum merken, glaub mir."

„Dann wird's wohl Zeit für eine Besichtigungstour durch diesen Bau."

Rechts von der Tür waren Kontrolltafeln angebracht, die Warnungen an das Überwachungssystem weitergaben, falls die Kammer geöffnet wurde und ein handgroßer Knopf mit der Aufschrift NOTFALL-VERSIEGELUNG, eine Vorsichtsmaßnahme beim Umgang mit tödlichen Viren. Die Tür zu öffnen würde die Tatsache verkünden, dass sie sich Zugang zum Gebäude verschafft hatten. Atin ging hin und öffnete vorsichtig die Kontrolltafel. Er zog einen nadelgroßen Unterbrecher hervor und hielt ihn dicht an die freigelegten Schaltkreise. Es war so ziemlich die gleiche Technologie wie ein Mini-EMP, nur mit geringerem elektromagnetischen Puls. Niemand konnte eine volle EMP-Ladung gebrauchen, die nur wenige Zentimeter am HUD losging, egal wie abgeschirmt es sein mochte.

„Noch ein großer Knall“, sagte Atin. „Vielleicht glauben sie, sie hätten nur einen weiteren Treffer abbekommen.“

Der Boden bebte erneut und Atin hielt den Mini-EMP an die Kontrolltafel. Die Statuslichter erloschen und die Tür gab ein seufzendes Zischen von sich, während die luftdichte Versiegelung abschaltete. Ein dünner, vertikaler Spalt öffnete sich in der glatten Keramik. Geräusche drangen jetzt herein: Explosionen, Rufe von Offizieren und gelegentlich die monotonen Antworten der Büchsen. Er trat zurück und gab Darman Zeichen.

Der Spalt war breit genug, um ein Endoskop hindurch zu schieben und sogar, um die Klauen der Ramme anzulegen. Er schob die Sonde vorsichtig hindurch und betrachtete das Bild, das sie einfing. Im Korridor flackerten die Lichter, aber es war keine Bewegung auszumachen.

„Ich stemme die Tür auf und du hältst dich bereit. Ich werde eine EMP-Granate und eine Blitzbombe rauswerfen.“

„Beides?“, fragte Atin.

„Klar. Ich will zwar auch keine verschwenden, aber vielleicht warten da draußen irgendwo Feuchte *und* Büchsen.“

Darman zwängte die Klauen der Ramme in den Spalt und stellte die Halterungen fest. Es war schwieriger, sie als Spreizwerkzeug anzuwenden, anstatt als einfache Ramme, aber er wollte die Tür auch nicht aufsprengen. Dann betätigte er wie wild die Pumpe und acht Tonnen Kraft drückten die Tür auseinander.

Atin sah noch einmal mit dem Endoskop nach und trat dann mit erhobenem Blaster hinaus. „Alles klar."

Darman nahm die Ramme ab und hakte sie rasch wieder in sein Gurtzeug. „Ein Raum nach dem anderen. Wie im Todeshaus."

Das hier hatten sie schon viele, viele Male getan. Jedes Mal, wenn sie das Todeshaus von Kamino in einem Manöver betraten, waren die Wände und Türen neu angeordnet worden. Manchmal wussten sie, was auf sie zukam und manchmal war es wie eine echte Haussäuberung, eine Aneinanderreihung fieser Überraschungen, die sie nehmen mussten wie sie kamen.

Aber jetzt stand sehr viel mehr auf dem Spiel als nur ihr Leben.

Atin zeigte nach rechts. Der innere Korridor bildete einen Ring, von dem mehrere Türen fortführten, samt einem einzigen Durchgang zum Vordereingang. Wenigstens gab es keine Treppen oder Turbolifte, in denen sich Überraschungen verbergen konnten. Sie bewegten sich Rücken an Rücken vorwärts und hielten an der ersten Ecke an, um die Endoskopsonde vorzuschieben.

„Oh, Mann", entfuhr es Atin in dem Moment als sich der erste Droide umdrehte und das Feuer eröffnete. Aus der entgegengesetzten Richtung hörte Darman das Scheppern von metallenen Füßen und für einen kurzen Moment schien die Zeit still zu stehen, während er durch sein Visier in das Gesicht eines äußerst überraschten umbaranischen Offiziers sah.

Darman drückte ab. Atin folgte seinem Beispiel und so nahmen sie beide Seiten des Korridors unter Beschuss.

„Okay, Plan D", sagte Atin. „Niner, wir sitzen hier unten fest, over."

„Wir konzentrieren unser Feuer auf die Vorderfront", meldete sich Niners Stimme, begleitet von nahen und fernen Explosionen im Hintergrund. Genau deshalb hielt Darman nicht viel davon, alle Kanäle während eines Gefechts offen zu halten. Der Lärm und das Gebrüll waren einfach zu viel des Guten. „Sie haben sich nach drinnen zurückgezogen und es kommt niemand raus."

„Wir haben Uthan noch nicht gefunden."

„Könnt ihr die Position halten?"

„Könnt ihr sehen, wo wir sind? Westkorridor, links vom Eingang."

Atin jagte ein Magazin in die zwei Droiden, die um die Ecke kamen. Dann war außer ihrem Keuchen nichts mehr zu hören.

„Dar?"

„Bin noch da, Niner." Rücken an Rücken mit Atin wartete er und starrte den zwanzig Meter langen Flur vor sich hinunter. Da waren zwei Türen auf der rechten Seite, ungewöhnlich eingelassene Türen. Er blickte hinauf zur Decke und entdeckte zwei Notschotte: Eines lag gegenüber von Atin und das andere lag zwischen ihnen und der inneren Kammer. Wenn sie heruntergelassen würden, wären sie zu beiden Seiten abgeschnitten, eingesperrt, in Erwartung geschnappt zu werden. Dann wäre es für jedermann ein Leichtes, in die Eindämmungskammer zu gehen und die Implosionsladungen auszuschalten.

Es sah ganz so aus, als hätte jemand zur selben Zeit die gleiche Idee gehabt, denn ein *Ka-wump* war zu hören, gefolgt von dem leisen Quietschen eines kleinen Motors.

Die Schotten senkten sich aus ihrem Gehäuse.

„Atin! In die Kammer, *sofort*!", brüllte Darman, obwohl das gar nicht nötig war, denn sie sprinteten bereits beide in Richtung des Labors. Das Schott war schon auf Hüfthöhe heruntergelassen, als sie auf ihren Knien darunter hindurch rutschen.

Mit einem *Klunk* fiel es hinter ihnen zu. Plötzlich war es völlig still und Darman wusste, das bedeutete, ein weiteres Schott hatte sich irgendwo geschlossen und sie isoliert. Das Geräusch einer Tür, die von Hand geöffnet wurde war zu hören, ein leichtes *Klank-Klick*, dann war es wieder still.

„Noch mal von vorn", seufzte Darman. „Lass mal sehen, was da hinten ist."

Atin bewegte sich nach vorn und schob das Endoskop um die Ecke. Er hielt inne, lehnte sich dann kniend zurück und schüttelte den Kopf.

„Lass mal sehen", sagte Darman und schaltete in Erwartung einer Katastrophe sein HUD auf Bildempfang.

„Ich denke, das nennt man Ironie."

Darman kroch zu Atin hinüber und schloss das Endoskop an seinen Helm an.

Ja, *Ironie* war das richtige Wort. Beinahe hätte er gelacht. Hinter der Ecke, noch vor dem nächsten Schott, konnte er zwei Türen sehen, eine geschlossen, eine halb geöffnet. Eine Person – eine humanoide Person – spähte dahinter hervor.

„Frauen sind schon was Komisches, oder?", meinte Atin. „Das sind die tollsten Haare, die ich je gesehen habe."

Da musste Darman zustimmen. Sie hatten in ihrem Leben noch nicht viele Frauen gesehen, aber an diese hier würden sie sich erinnern, selbst wenn sie Millionen gesehen hätten. In ihrem blauschwarzen Haar leuchteten rote Strähnen. Sie waren eingesperrt, zusammen mit Dr. Ovolot Qail Uthan.

Und in ihrer Hand hielt sie eine Verpinen-Splitterpistole.

17.

KO *Majestic* an Oberkommando Coruscant
Schiff der Techno Union treibt ab. Schadenserfassung unvollständig, aber es hat das Feuer eingestellt. *Vengeance* hält sich bereit zur Entsendung einer Entermannschaft. Turbolaser sorgen weiterhin für Artillerieunterstützung von Omega Squad.

„Wer hat die Notfallsysteme aktiviert? Welcher *di'kut* hat auf den Knopf gedrückt? Raus mit der Sprache!" Ghez Hokan bemerkte, dass er schrie. Er hatte jede Würde abgelegt. „Öffnet dieses *di'kutla* Schott!"

Captain Huratis Stimme klang angestrengt. Sie standen beide auf der falschen Seite des ersten Sicherheitsschotts in einem geschlossenen Korridor, der zum Eingang führte und die Haupttüren waren verschlossen. Es war ein Hochsicherheitsgebäude und war, wie Uthan gesagt hatte, darauf ausgelegt, in einem Notfall nichts herauszulassen. Das war jetzt der Fall.

„Jemand ist eingedrungen, Sir."

„So weit war ich auch schon, *di'kut.*" Er wurde von einer Granate unterbrochen, die an der Frontmauer explodierte. „Wie zur –"

„Ich weiß es noch nicht, Sir, aber die Schotte wurden aktiviert, weil die Türen der Eindämmungskammer nicht als geschlossen registriert wurden. Das hat das Notfallsystem ausgelöst.

„Mit anderen Worten: Aufgebrochen."

„Ja."

Hokan wandte sich an den nächsten Droiden. „Hat jemand an der Oberfläche irgendwelche Anzeichen eines Zutritts entdeckt?"

Kurze Pause. „Negativ."

Ach, wie sehr er sich wünschte wieder ein anständiges Kommunikationssystem zu haben. Aus der Stärke und Richtung einiger Explosionen konnte er folgern, dass das Gebiet von Laserkanonen unter Beschuss genommen wurde und das bedeutete, dass das Angriffsschiff der Republik sich letzten Endes doch noch eingemischt hatte. Vielleicht setzten sie sogar noch weitere Truppen ab.

Aber das konnte warten. Die wirklich schlechten Neuigkeiten waren, dass es bereits jemand geschafft hatte, hereinzukommen. Und nicht durch den Vordereingang. Durch die Kanalisation konnten sie nicht eingedrungen sein. Sie *dürften* überhaupt nicht hier sein. Aber es wurde geschossen und die Droiden meldeten Verluste.

Republik Commandos befanden sich innerhalb der Anlage.

Hokan hatte nie geglaubt, er sei unfehlbar, sich aber doch immerhin für außergewöhnlich kompetent gehalten. Er hatte die Einrichtung abgeriegelt und doch hatten sie einen Weg hinein gefunden. Sein erster Gedanke war, dass die Gier nach einem Versuchsobjekt Uthan dazu getrieben hatte, sie hinein zu locken, um einen zu fangen, aber das war absurd: Sie hatte weder die Mittel, noch die Gelegenheit dazu das Sicherheitssystem zu umgehen.

Das Nanovirus lag außerhalb Hokans Reichweite, hinter Schotten, die sich keinen Millimeter bewegen ließen. Droiden feuerten geduldig mit ihren Blastern auf die Metalllegierung. Aber wie sein vorangegangener Test bereits bestätigt hatte, erzielte das keinerlei Wirkung, außer den versiegelten Korridor auf tropische Temperaturen aufzuheizen.

„Wissen wir, ob alle Schotte unten sind?", fragte er einen Droiden. Seine Komlink-Verbindung zu seinen Kameraden machte ihn sehr viel nützlicher als Hurati. „Alle?" Hokan versuchte herauszubekommen, ob er auf irgendeinem Weg zu Uthan oder dem Nanovirus gelangen konnte. Die Kontrollkonsole im Büro neben dem Hauptkorridor zeigte nur noch rote Lichter, aber er konnte es nicht glauben.

„Alle. Droiden eingesperrt in den Sektionen Vier, Fünf, Sieben und Zwölf."

Es war, als würde man mitten in einer Schlägerei von seinem Gegner weggezerrt werden. Der Feind konnte nicht an ihn heran, er aber auch nicht an den Feind. Wenn die Türen der Eindämmungskammer offen waren, dann waren sowohl das Nanovirus als auch Uthan auf der Seite der Barriere, auf der sich auch die Commandos befanden. Wenn sie es geschafft hatten, hereinzukommen, dann würden sie wahrscheinlich auch auf demselben Weg wieder herauskommen.

Die Frontmauer erzitterte.

Selbst wenn ein paar Droiden den Angriff auf die Villa überlebt hatten, wie hätte ihm diese Verstärkung weiterhelfen können?

Hokan wandte sich an Hurati. „Können Sie ins System gelangen und die Sicherheitskontrollen umgehen?"

„Ich werde mein Bestes tun, Sir." Huratis Gesichts zeigte, dass er seine Zweifel hatte, aber er wäre lieber gestorben, als es nicht wenigstens zu versuchen. Er zog sich mit Hokan in das Büro zurück und sie durchwühlten die Schränke und Schubladen nach einer Betriebsanleitung, Werkzeug, oder irgendetwas, das sie verwenden könnten, um die Schotte zu öffnen. In einem der Schränke fand Hokan ein Brecheisen. Aber seine Kanten waren zu dick, um es in dem hauchdünnen Spalt ansetzen zu können, der zwischen den beiden Sektionen der Vordertür und dem unteren Ende des Schotts lag. Wütend warf er es auf den Boden und es klapperte über die Fliesen.

Diese Türen brauchten nur einen richtig explosiven Tritt. Aber dazu fehlte ihm die Munition.

Hurati entfernte die Abdeckung des Alarms und fing mit seiner Messerspitze an, versuchsweise in dem Gewirr aus Schaltkreisen und Knöpfen herumzustochern. Hokan zog das Lichtschwert und schlug nach dem Schott, mehr aus Frustration als in Erwartung eines Erfolges.

Wzzzmmm.

Die Luft nahm einen merkwürdigen Geruch von beißender Intensität an. Er starrte auf die eben noch glatte Oberfläche des Schotts. Es wies eine deutliche Delle auf.

Er schlug noch einmal zu, diesmal langsamer und kontrollierter.

Er drückte sein Gesicht dicht an das abkühlende Metall und spähte mit einem Auge über die Oberfläche. Ja, die Legierung hatte sich verzogen.

Aber bei diesem Tempo würde er Stunden brauchen, um sich hindurch zu schneiden. Und Zeit war ein Luxus, den er sich nicht leisten konnte.

Etwas knallte mit voller Wucht in die Wand des Korridors.

Darman hatte den Schuss der Splitterpistole nicht einmal gehört. Aus diesem Winkel stellte das Verpinenprojektil eigentlich keine Gefahr dar und er nahm an, dass sie es gemerkt hätten, wenn es so wäre.

„Wow, was 'ne Delle“, staunte Atin. „Ich glaube nicht, dass die gute Frau Doktor einfach so mitkommen wird.“

„Niner, empfangt ihr das?“, fragte Darman. „Haben sie gefunden. Einfach so.“

Ein leichtes Geräusch von Bewegung drang durch seinen Hörer. Er stellte den Videokanal ab. Niner hörte sich beinahe entspannt an. „Das erste Mal, dass wir ein bisschen Glück haben.“

„Ja, aber sie hat eine Splitterpistole bei sich.“

„Das sind zerbrechliche Waffen, die nicht viel aushalten. Erschreckt sie einfach ein bisschen.“

„Da hätte ich schon was auf Lager.“

„Wenn ihr Hilfe braucht – wir werden einige Schwierigkeiten haben, reinzukommen. Ich nehme an, *alle* Sicherheitstore sind geschlossen.“

„Alles ruhig da draußen?“

„Die *Majestic* hat sich ein bisschen zu sehr aufs Ziel eingeschossen, als dass es gemütlich wäre, aber ansonsten ja. Wir wollen nicht die ganze Anlage hochjagen, solange ihr drin seid.“

„Könnt ihr zurückgehen, um die andere Ramme zu holen und versuchen, den Eingang aufzubrechen?“

„Sollten wir das?“

„Wir versuchen, Uthan durch die Kanalisation rauszubringen. Wenn das nicht klappt, wäre das Plan D.“

„Kopf hoch, wir haben immer noch die Pläne E bis Z", meldete sich Fis Stimme.

„Eines Tages bekommst du Eine von mir geschmiert, Fi", antwortete Darman.

Atin hob die Hand, damit er aufhörte zu reden. Darman hörte das Murmeln einer geflüsterten Unterhaltung, dann knallte das Tor runter und das Schloss krachte zu. Es war also keine automatische Sicherheitstür. Und Uthan war auch nicht allein.

„Sie kennt mich wohl noch nicht gut genug", meinte Darman und wickelte ein paar Zentimeter Thermal-Tape ab. Er spähte mit der Sonde um die Ecke, schließlich wollte er nicht ausprobieren wie seine Rüstung auf die Splitterpistole reagierte. „Da brauchst du schon eine Menge mehr, um mich auszusperren, Süße."

Er presste sich an die Wand und hatte die Tür beinahe erreicht, als sie sich öffnete und er zwei Trandoshanern gegenüberstand. Sie schienen ebenso überrascht wie er. Vielleicht war es die Rüstung, die diesen Effekt hervorrief.

Es gab keinen Ausweg.

Es gab Zeiten, in denen man seinen Blaster ziehen konnte, und Zeiten, in denen man es besser bleiben ließ. Dezes nutzen auf kurze Distanz nicht viel, es sei denn, man setzte sie als Knüppel ein. Darman landete einen gezielten Haken, noch bevor er darüber nachdenken konnte, was er mit dem Sprengstoff in seiner Hand tun sollte. Selbst durch den gepanzerten Handschuh fühlte es sich noch an, als würde er einem Steinblock ins Gesicht schlagen. Der Trandoshaner wankte zwei Schritte zurück. Dann ging sein Kamerad mit einer Klinge auf Darman los. Die Zeit schien für eine Sekunde still zu stehen, als der Trandoshaner verwirrt auf sein Messer und dann auf Darmans Rüstung schaute.

„Atin, könntest du mir hier mal zur Hand gehen?", fragte Darman ruhig und trat mit ausgefahrener Vibroklinge einen Schritt zurück.

„Was geht – oh."

„Genau. *Oh.*"

Das Schöne an montierten Vibroklingen war, dass sie einem niemand aus der Hand schlagen konnte. Der Trando schien über genau diese Möglichkeit nachzudenken, bevor er einen Riesensatz machte und die Klinge seiner Waffe an Darmans Armplatte abglitt.

Darman rammte seinen Kopf gegen den Trando, stieß ihn gegen eine Wand und drückte ihn dagegen, während er versuchte, seine Vibroklinge in weiches Gewebe zu stechen. Er versuchte es an der Kehle – große Blutgefäße, schnelle Wirkung – aber der Trando umklammerte eisern sein Handgelenk. Darman musste seine ganze Kraft aufbringen, um die Klinge seines Feindes von seiner eigenen Kehle fernzuhalten. Sie steckten in einer tödlichen Umarmung fest.

Sein Anzug war stichfest, oder nicht? Er konnte Atin nicht sehen. Er musste sich auf seine eigene Zwangslage konzentrieren und so schnell schien er mit dem Trando nicht weiterzukommen. Es war Zeit für eine jener Kneipenschlägerei-Taktiken, die Skirata ihnen beigebracht hatte. Darman schrammte mit seinem Stiefel am Schienbein des Trandos hinunter und trat ihm hart auf den Rist. Für einen Sekundenbruchteil lockerte sich der Griff seines Gegners und er versenkte seine Vibroklinge bis zum Anschlag, dann noch mal und noch mal, ohne überhaupt zu wissen was er traf, aber der Trandoshaner kreischte und er hörte, wie das Kreischen leiser wurde.

Skirata hatte Recht. Jemanden zu erstechen war eine langsame Art ihn zu töten. Er drückte seinen Unterarm gegen den Hals des Trandos und presste ihn so gegen die Wand, während er langsam daran hinunter glitt. Darman begleitete ihn auf diesem Weg zum Boden und kniete sich schließlich auf seine Brust, um sicherzugehen, dass er sich nicht rührte, während er ihm die Klinge in Unterkiefer und Luftröhre stach.

Darman wartete, bis er aufgehört hatte zu zucken und rappelte sich dann hoch, nur um Atin zu sehen, der über dem anderen Trandoshaner stand und immer noch fluchte. Jede Menge Blut war zu sehen, aber es schien nicht Atin zu gehören.

„Auf diese Störung hätte ich auch verzichten können", meinte Darman.

„Bringt einen ganz aus der Konzentration", entgegnete Atin. „Wo waren wir?"

„Dabei, meinen Generalschlüssel zu benutzen." Darman hob die Bandladung auf, wischte sie an seinem Ärmel ab und brachte sie zusammen mit dem Detonator über dem Schloss an. Dann wichen sie rasch zur Seite und Atin zog den trandoshanischen Phalanxblaster, den er auf keinen Fall hatte zurücklassen wollen.

„Denk dran, Atin: Lebend, ja?"

„Sie hat Gesellschaft."

„Dann achte drauf, ob du ihn auch wirklich benutzen musst. Wenn sie sie in Stücken haben wollten, hätten sie das gesagt." Darman zog eine Betäubungsgranate und einen Mini-EMP: Vielleicht hatte sie auch Droiden da drinnen. Er spielte mit den beiden Kugeln in seiner Hand. „Okay, ich sprenge das Schloss und schmeiß die hier rein. Sie sind auf fünf Sekunden eingestellt. Ich schnappe mir Uthan und du erschießt alles, was sich sonst noch bewegt."

„Verstanden."

„Deckung."

Wump. Die Tür explodierte und erzeugte einen Regen aus Kuvasplittern. Darman beugte sich kurz vor, um die Überraschungen hineinzuwerfen. Das blendende Licht von dreihunderttausend Kerzen und hundertsechzig Dezibel puren Lärms flutete für zwei Sekunden den Raum und noch bevor Darman wusste was er tat, war er drinnen und drückte Uthan zu Boden, während Atin den Raum mit seinem Phalanxblaster aufheizte.

Als sich der Rauch und der Staub legten, hatte Darman Uthan bereits Gelenkfesseln angelegt. Er konnte sich nicht wirklich daran erinnern, es getan zu haben, aber so arbeitete Adrenalin nun mal. Irgendwie hatte er einen Kampf erwartet, aber Uthan gab nur ein unzusammenhängendes Stöhnen von sich. Er hatte sich an Etains Zähigkeit gewöhnt. Uthan war ein ganz normaler Mensch, untrainiert, außer Form und – abgesehen von ihrem Intellekt – nichts Besonderes.

Darman hob die Splitterkanone auf und zielte auf die Wand. Sie gab ein schwaches Sirren von sich und klemmte. Niner hatte Recht. Die Dinger waren keineswegs stoßfest, aber vielleicht hatte auch der Mini-EMP kurzzeitig die Elektronik gebraten.

„Hier Darman. Wir haben Uthan, wiederhole, wir haben Uthan."

Fis Freudenschrei gellte in seinen Ohren. Niner unterbrach ihn. „Sind wir dann fertig?"

„Lass uns mal sehen, ob wir irgendetwas vergessen haben. Atin?" Er blickte über die Schulter. Atin wiegte seinen Phalanxblaster und starrte auf die Leichen auf dem Boden. Eine mittelprächtige Sauerei, wie Fi sagen würde.

Drei der Toten waren Trandoshaner, der vierte war eine junge, rothaarige Frau, die nicht mehr besonders hübsch aussah. Eigentlich war sie überhaupt nicht mehr zu erkennen. Darman fragte sich kurz, ob das Mädchen Uthans Tochter war, dann kam ihm schon der nächste Gedanke.

„Wie viele Mitarbeiter haben Sie noch hier, Ma'am?" Er nahm seinen Helm ab und rollte sie herum, sodass sie sich in die Augen sahen. „Wie viele?"

Uthan schien ihre Haltung zurückzugewinnen. „Ihr habt meine Assistentin umgebracht."

„Sie hatte einen Blaster", sagte Atin wie zu sich selbst.

Darman schüttelte sie. „Ma'am, ich werde schon bald jede Menge Sprengstoff unter dieser Einrichtung zünden und Ihr Stab, wenn Sie überhaupt noch einen haben sollten, wird sowieso tot sein."

Sie starrte ihm ins Gesicht und schien völlig von seinem Anblick gebannt zu sein. „Bist du wirklich ein Klon?"

„Ich würde gerne behaupten, der einzig Wahre, aber Sie wissen, dass dem nicht so ist."

„Erstaunlich", hauchte sie.

„Ihr Stab?"

„Noch vier. Aber sie sind nur Wissenschaftler. Sie sind Zivilisten."

Darman öffnete den Mund und abermals meldete sich Kal Skiratas gebieterische Stimme. „Nicht alle Soldaten tragen Uniformen, Ma'am. Höchste Zeit, dass diese Wissenschaftler die Verantwortung für ihre Rolle in diesem Krieg übernehmen."

Ja, das hier war persönlich. Noch persönlicher als ein Virus, der nur darauf abzielte, dich und deine Brüder zu töten, konnte der Krieg kaum werden. „Darman hier. Sarge, die Mitglieder von Uthans Stab sind noch irgendwo im Gebäude. Was sollen wir tun? Sie auch festnehmen?"

„Ich frage bei der *Majestic* nach. Warte kurz." Die Verbindung zu Niner brach kurz ab, dann knisterte sie wieder los. „Nein, nicht erforderlich. Schafft sie in Sicherheit und lasst uns wissen, wann ihr zündet."

„Diese Leute haben nur Befehlen gehorcht!", protestierte Uthan.

„Das tue ich auch", entgegnete Darman. Dann fesselte und knebelte er sie mit dem Rest der geretteten Fallschirmleine und stülpte ihr ein Stück Stoff über den Kopf. Er setzte seinen Helm wieder auf und legte Uthan über seine Schulter. Es würde ein hartes Stückchen Arbeit werden, sie durch diese Tunnel zu zerren. Atin folgte ihm.

Sie schlüpften wieder hinunter in die Röhre. Darman hoffte, sie würden auch ohne Jinart den Weg zurück an die Oberfläche finden.

Hokan brannte der Schweiß in den Augen. Er zog das Lichtschwert zurück und untersuchte die Einbuchtung in dem Schott.

Sie war nicht tief genug und es ging auch nicht schnell genug voran, das wusste er. Es war ein reiner Zeitvertreib. Hurati konnte er nicht viel helfen, also ließ er seine Wut an dem Metall aus. Aber alles was er bewirkte war, dass die schale Luft noch heißer und stickiger wurde.

Dann hörte er das Zischen von Luft und fragte sich schon, ob sich die Versiegelung der Tür öffnete, aber dem war nicht so.

Es war Hurati.

Hokan rannte die paar Schritte zum Büro hinunter. Er fürchtete, der junge Captain hätte sich selbst einen elektrischen Schlag versetzt und ob er es nun zugeben wollte oder nicht, er sorgte sich um den Mann. Aber Hurati war wohlauf. Er lehnte über dem Schreibtisch, stütze sich mit den Armen ab und ließ den Kopf hängen. Seine Schultern zitterten leicht. Dann blickte er auf und auf seinem Gesicht lag ein breites, verschwitztes Grinsen. Ein Schweißtropfen rann ihm auf die Nasenspitze und blieb dort hängen, bevor er ihn mit dem Finger wegwischte.

„Sehen Sie auf die Kontrolltafel, Sir."

Hokan fuhr herum und sah auf die Tafel. Das unveränderliche Muster aus roten Lichtern war zu einem Muster aus Rot und Grün geworden.

„Schotten Zwei, Sechs und Neun, Sir", meldete er. „Jetzt kann ich mich an den Rest machen. Ich musste jede Sequenz durchprobieren. Das sind eine Menge Kombinationen." Er schüttelte den Kopf und machte sich wieder daran, mit seinem Messer vorsichtig in der Schalttafel zu stochern. „Allerdings werden sie offen bleiben."

„Immer noch besser als zu."

Hokan sah zu, wie die Lichter eins nach dem anderen von Rot auf Grün schalteten und dann wehte ihm eine kühle Brise ins Gesicht.

Die Vordertür hatte sich geöffnet.

Hokan wartete darauf, dass eine Rakete oder Blasterfeuer hindurch jagen würde, aber alles was hereinkam, war die stille, erfrischende und nach Feuer riechende Nachtluft.

„Hurati", sagte er. „Selbst wenn Sie mein eigener Sohn wären, könnte ich Sie im Moment nicht inniger lieben." Er zog seinen Blaster und rannte den Korridor entlang, vorbei an den Droiden, über zerborstene Metallplatten und die Leiche eines Umbaraners und schließlich in den Raum, in dem er Uthan mit ihren trandoshanischen Wachen gelassen hatte.

Er hatte beinahe schon erwartet, sie neben ihnen tot am Boden liegend vorzufinden. Fast hatte er es sogar gehofft, denn es hätte bedeutet, dass die Republik nicht an ihr Fachwissen gekommen wäre. Aber sie war fort. Er hob die Splitterpistole auf und probierte sie aus. Sie sirrte kurz und tickte dann nur noch. Entweder hatte Uthan es nicht geschafft sie abzufeuern, oder sie hatten EMP-Granaten verwendet.

Hokan bahnte sich den Weg hinunter zum Durchgang zur Eindämmungskammer. Unterwegs hielt er ein paar Mal an, um Stauräume und Lagerregale auf Fallen hin zu überprüfen. Als er eine der Türen öffnete, hörte er ein Wimmern in der Dunkelheit. Er machte das Licht an.

Die verbliebenen Mitglieder von Uthans Forschungsteam – drei junge Männer und eine ältere Frau – kauerten in einer Ecke. Sie starrten Hokan starr vor Angst an.

„Bleibt hier", sagte er. „Ihr seid vielleicht alles, was von dem Virus-Programm übrig ist. Bewegt euch nicht vom Fleck." Die Chance, dass sie das taten war äußerst gering.

Als Hokan die zentrale Kammer erreichte, war das einzige Anzeichen dafür, dass etwas Unvorhergesehenes geschehen war der verborgene Abfluss in der Mitte des Raumes, der jetzt nur noch ein verkohltes, gähnendes Loch war.

Er betrachtete die Wände, die Regale und die Schränke. *Ein Fehler.* Er hatte einen Fehler gemacht. Was für ein furchtbares Versehen. Er hatte sich nicht die Zeit genommen nachzusehen, wie die Virusbehälter aussahen, oder wie viele vorhanden waren. Durch die durchsichtigen Türen der Vitrine konnte er Lücken in den Regalen erkennen, aber als er die Hand auf den Knauf legte, war sie noch immer verschlossen.

Er rannte den Korridor wieder hinauf und schnappte sich einen der jungen Männer aus Uthans Team. „Wissen Sie, wie das Nanovirus aussieht?"

Der Junge blinzelte. „Seine Struktur basiert auf –"

„Idiot." Hokan zeigte wütend auf sein eigenes Auge: *Sehen*. „Wie sieht der Behälter aus? Wie viele sind es. Komm schon, denk nach!"

Er riss den Wissenschaftler hoch und zerrte ihn den Korridor entlang in die Eindämmungskammer.

„Zeig's mir."

Der Junge deutete auf eine unscheinbare Vitrine. „Da drin sind vierzehn legierte Metallröhrchen, in einem luftdichten Behälter."

„Mach auf und sieh nach."

„Ich kann nicht. Uthan hat alle Sicherheitsschlüssel und Codes."

„Wäre es vorstellbar, dass der Feind ihn geöffnet und einfach wieder verschlossen hat?"

„Normalerweise würde ich sagen, das ist unmöglich, aber ich kann mich auch daran erinnern, dass ich gedacht habe, niemand könnte in dieses Gebäude eindringen."

Das Loch an der Stelle wo der Abfluss gewesen war, bestand aus gezackten, verschmorten Fransen, zerbrochenen Fliesen und verbogenem Metall. Hokan blickte in die Finsternis hinunter und konnte Trümmer erkennen.

Für einen Augenblick dachte er darüber nach, ob er es tatsächlich mit menschlichen Wesen zu tun hatte und nicht mit einer bizarren, unbekannten Lebensform. Er wusste, wohin sie verschwunden waren. Jetzt würde er sie jagen müssen. Sie durften Uthan und alles, was noch von dem Nanovirus-Projekt übrig war auf keinen Fall vom Planeten schaffen.

Wenn bereits eine Handvoll Klonsoldaten so etwas anstellen konnte, hatte er beinahe Angst vor der Vorstellung, was Millionen von ihnen tun konnten.

18.

In einer Schlacht ist niemand allwissend, Gentlemen. Das ist es, was wir die Nebel des Krieges nennen. Ihr könnt entweder rumsitzen und darüber grübeln, was wirklich ist und was nicht, oder ihr könnt begreifen, dass der Feind ebenso ahnungslos ist und eine Runde Psychologie abfeuern. Eine wahrhaft große Armee ist eine, die nur mit dem Säbel rasseln muss, um einen Krieg zu gewinnen.

– Sergeant Kal Skirata

„Omega an *Majestic*. *Kommen, kommen, kommen*. Feuer einstellen."

Niner wartete ein paar Minuten bevor er sich bewegte. Im Nordwesten der Anlage hatten Bäume gestanden, die jetzt nicht mehr da waren. Sich auf die Genauigkeit der Artillerieunterstützung zu verlassen war lebensgefährlich. Er robbte vorwärts und stützte sich auf die Ellenbogen, um die Umgebung zu überblicken. Erst über die Fernsicht seines Visors, dann durch das Visier des DC-17.

Es bewegte sich nichts, aber es hätte sich sowieso niemand, der halbwegs bei Verstand war, in den hell erleuchteten Eingang gewagt.

Die Anlage war jetzt vollständig ihrer hölzernen Bauernhaus-Verkleidung entledigt und die Metalltüren standen weit offen. Für ein paar Sekunden hoffte Niner, Darman und Atin zu sehen, die in den Hof hinaustraten und Kal Skirata zu hören, der lauthals *Aus, aus, aus* rief – Manöver zu Ende. Aber das hier war kein Manöver und die Nacht war noch nicht vorbei. Noch lange nicht.

Hinter ihm zielte Fi im Scharfschützenmodus auf den Eingang, bereit alles auszuknipsen, das wahnsinnig genug war, den Kopf hinaus zu strecken. Niner war sich nicht sicher, ob Fi zögern und nachdenken würde, bevor er jemanden erschoss, der mit erhobenen Händen heraus kam.

„Dar, Atin, könnt ihr eure Position durchgeben?"

Niner wartete.

„Irgendwo in stockdunklem Gestank, mit einer halb bewusstlosen Frau im Schlepptau", antwortete Atin.

„Hört sich an, wie Happy Hour im Outlander", scherzte Niner, obwohl er noch nie einen Nachtclub von innen gesehen hatte und wahrscheinlich auch nie Gelegenheit dazu haben würde. Eine Anmerkung, die seinem Unterbewusstsein entsprang. „Ist Uthan verletzt?"

„Dar hat die Schnauze voll von ihr gehabt und sie betäubt."

„Wie lange noch, bis ihr zünden könnt?"

Gedämpfte Geräusche drangen in Niners Helm. Es hörte sich an als hätten Darman und Atin ihre Helme abgenommen, um einen Schluck zu trinken. Eine Frau machte unzusammenhängende Geräusche und Niner konnte deutlich Darmans Stimme hören: „Halt's Maul, ja?" Es brauchte keinen Arzt, um zu bestimmen, wie gestresst Darman war.

Atin war zurück am Kom. „Bei diesem Tempo, eine halbe Stunde."

„Fi, wie schnell könntest du im Moment einen Klick zurücklegen?"

„Unbeladen und entsprechend motiviert? In etwa drei Minuten."

Jetzt bereitete ihnen auch noch das Timing Probleme. Sie mussten dafür sorgen, dass jeder, der sich noch in der Anlage aufhielt auch dort blieb, bis Darman eine Position erreicht hatte, von der aus er die Implosionsladungen zünden konnte. Niner fragte sich, wie lange die *Majestic* noch warten würde und wie lange es dauern könnte, bis sie Besuch bekamen. Er beschloss, nachzufragen.

„*Majestic*, hier Omega. Wie steht's mit dem Techno-Schlachtschiff?"

„Hat Schlagseite backbord und raucht ein bisschen, Omega."

„Ihr hattet zu tun."

„Wenn wir noch mehr zu tun bekommen, lassen wir's euch wissen. Wir schicken jetzt das Kanonenboot los. Es wird auf euch warten, wenn ihr den Abzugspunkt erreicht."

Niner kroch zurück zu Fi und stupste ihn an. „Du kannst dich jetzt mit Etain zum AP aufmachen. Ich halte inzwischen diese Position."

„Nein."

„Kann ich dir einen Befehl geben?"

„Ich mag dich ja Sarge nennen, aber im Moment ignoriere ich dich einfach."

Auf der anderen Seite von Fi erschien Etain mit Jinart. „Was ist los?"

„Das Kanonenboot ist unterwegs. Ich schlage vor, Sie und Fi gehen los, um es am Abzugspunkt zu treffen."

„Wo ist Darman?"

„Noch ungefähr fünfzig Meter den Tunnel runter. Hat schwer zu schleppen."

„Immer noch der schnellste Weg durch den Bau", sagte Jinart. „Es sei denn, wir würden sie ausgraben."

„Ohne richtiges Werkzeug oder Sprengstoff dauert es zu lange, bis wir uns durch fünf Meter Erde gegraben haben." Niner wandte sich an Etain. „Gibt es irgendetwas, das Sie unternehmen können, Ma'am?"

Etain wischte sich die Haare aus dem Gesicht. „Wenn Jinart den Punkt finden kann, an dem der Tunnel am dichtesten unter der Oberfläche verläuft, könnte ich versuchen, die Erde zu teilen. Wenn ihr mir erklärt, was geschehen soll, kann ich es mir vorstellen. Je genauer ich es mir vorstellen kann, desto besser stehen die Chancen, dass ich die Macht wirken lassen kann. Ich muss in meinem Kopf *sehen*, was geschieht."

„Ich kann ihre Position ausfindig machen", sagte Jinart.

„Nehmen Sie unbedingt Ihr Lichtschwert mit", sagte Fi. „Aber benutzen Sie es nur, wenn Sie hiermit nicht treffen." Er reichte ihr seinen Blaster.

Etain steckte ihn in ihren Gürtel. „Überredet."

Jinart war schnell. Etain hatte Probleme mit ihr mitzuhalten, während sie auf allen Vieren und mit der Schnauze im Gras schnüffelnd umher rannte. Das rhythmische Schnüffeln des Gurlanins stand in krassem Gegensatz zu Etains keuchendem Atem.

Sie bewegten sich im Zickzack über das Feld im Osten der Anlage und versuchten genau jenen Arm der Tunnels zu finden, den Darman und Atin genommen hatten. Etain konnte Darman jetzt spüren. Sie waren ganz nah.

„Folgst du deinem Geruch?", fragte Etain außer Atem.

„Nein, ich lausche nach Echos."

„Mit deiner Nase?"

„Wo ich meine Ohren habe, ist meine Sache." Jinart hielt abrupt an, drückte ihre Schnauze in den Boden und schnaubte ein paar Mal kräftig. „Hier. Grabe genau hier."

„Ich hoffe, sie wissen, dass wir genau über ihnen sind."

„Das sind wir nicht. Sie sind noch ungefähr zehn Meter weiter hinten im Tunnel. Wenn du dort gräbst, wo sie sind, würdest du sie vielleicht völlig zuschütten."

Etain war sich nicht sicher, ob Jinart einen generellen Kommentar über Rettungsmaßnahmen machte, oder ob er auf ihre Fähigkeiten abzielte. Aber es war ihr auch egal. Darman war dort unten und er brauchte ihre Hilfe. Atin war zwar auch dort unten, aber sie wurde von dem Gedanken an Darman getrieben, weil ... weil er ein *Freund* war.

Sie konnte sich ausmalen, wie er ihr den Ratschlag gab, dass Sentimentalität ein Luxus war, den sich ein Commander nicht leisten konnte.

„Also los", sagte sie, mehr zu sich selbst als zu Jinart.

Etain kniete sich neben den Weg, den der Tunnel unter der Erde einschlug und legte ihre Hände flach auf den Boden. Als sie ihre Augen schloss, stellte sie sich den Bau vor und sah die unebenen Wände mit Baumwurzeln, die wie knotige Seile aus ihnen hervorstachen, vor sich. Sie sah kleine Steine und Flöze gelblichen Lehms.

Mit wachsender Konzentration sah sie dünnere Wurzeln und dann die einzelnen Mineralkristalle und Adern organischen Materials. Sie fühlte, wie sich ihr Atem verlangsamte und sich änderte, so als würden ihre Lungen nicht arbeiten, sondern vielmehr, als ob die

Luft von außen in ihren Körper und wieder hinaus drängen würde. Hinein und hinaus, langsam und rhythmisch.

Schließlich sah sie den freien Raum um jedes mikroskopisch kleine Körnchen. Er war nicht leer. Er war unsichtbar, aber nicht hohl. Etain spürte es. Sie kontrollierte ihn auf subatomarer Ebene. Sie spürte den Druck in ihrem ganzen Körper.

Alles was sie jetzt noch zu tun hatte war, ihn zu formen.

Sie stellte sich vor, wie der Raum an den Seiten des Tunnels dünner und enger wurde und die Wände zusammenpresste, sodass sie gegen einen Einsturz gestärkt waren. Über ihr – sie fühlte sich jetzt, als läge sie auf dem Rücken mit Blick nach oben – sah sie, wie der Raum sich ausdehnte.

Die Körnchen bewegten sich weiter auseinander. Freier Raum nahm ihren Platz ein und dieser freie Raum bewegte sich aufwärts und hob sie an. Und dann war da nur noch freier Raum.

Etain fühlte etwas Kaltes und Feuchtes an ihren Händen und öffnete die Augen. Sie kniete in feiner, krümeliger Erde, die aussah, als hätte sie ein geduldiger Gärtner durchgesiebt, um Samen einzupflanzen.

Sie schaute hinunter in einen offenen Graben. Zu beiden Seiten lag ein niedriger Wall mit Aushub, so sauber und regelmäßig, als hätte ein Bagger die Arbeit erledigt.

„Das", meldete sich Jinarts Stimme neben ihr, „war wirklich außergewöhnlich." Die Stimme des Gurlanins klang beinahe ehrfurchtsvoll. „*Wirklich* außergewöhnlich."

Etain lehnte sich zurück. Statt der Erschöpfung, die sie normalerweise verspürte, nachdem sie die Macht dazu benutzt hatte, Objekte zu bewegen, fühlte sie sich erfrischt. Jinart glitt hinunter in den Graben und verschwand. Kurz darauf tauchte ein vertrauter, blau leuchtender, T-förmiger Visor aus der Dunkelheit des Grabens auf.

„Sie könnten jederzeit eine Karriere im Bauwesen anstreben, Commander", sagte Darman.

Er kletterte aus dem Graben und ohne nachzudenken, warf Etain ihre Arme um ihn. Ihr Blaster klapperte an den Platten seiner Rüstung. Es war komisch, etwas zu umarmen, das sich wie ein Droide anfühlte, aber sie war einfach zu überwältigt von der Erleichterung darüber, dass sie es geschafft hatten. Dann ließ sie ihn los und trat, auf einmal peinlich berührt, zurück.

„Ja, ich bin in einer Kloake gewesen", sagte er verschämt. „'Tschuldigung."

Atins Stimme meldete sich aus dem Graben. „Dar, willst du noch die ganze Nacht für den Commander Model stehen, oder hilfst du mir vielleicht auch mal hier unten?"

„Als ob ich das vergessen könnte", antwortete Darman.

Nach einigem Schnauben und Fluchen schafften es die beiden Commandos einen sorgfältig verschnürten Körper auf die Kante des Grabens zu hieven. Etain zog die Kapuze weg und starrte in die halb geöffneten Augen von Dr. Uthan. Ihr Bewusstsein schien immer nur für kurze Zeit aufzuflackern.

„Wie viel haben Sie ihr gegeben?", fragte Etain.

„Genug, um sie ruhig zu stellen", antwortete Darman.

Etain hoffte, die Frau würde sich nicht übergeben und ersticken. Das war immer ein Risiko bei schweren Beruhigungsmitteln. Sie waren sicher nicht so weit gekommen, um sie jetzt zu verlieren. Atin beugte sich vor und Darman lud ihm Uthan auf den Rücken.

„Alle zehn Minuten wechseln wir uns ab", meinte Atin. „Und ich zähl mit."

„Ich hoffe, sie ist die Mühe wert", sagte Etain.

„Das hoffe ich auch", fügte Jinart an. „Ihr müsst jetzt euren eigenen Weg finden. Ich habe getan, was ich konnte. Vergesst uns nicht, Jedi. Vergesst nicht, was wir für euch getan haben und dass wir eure Hilfe dabei erwarten, unsere Welt zurückzufordern. Haltet euer Versprechen in Ehren."

Jinart musterte die Padawan von oben bis unten, als würde sie sie abmessen, dann verloren sich die Umrisse des Gurlanins und es wurde wieder zu einer schwarzen Flüssigkeit, die im Unterholz verschwand.

„Und ich hätte sie beinahe erschossen", sagte Darman kopfschüttelnd. Dann machten sie sich auf zum Abzugspunkt, querfeldein durch eine Landschaft, die bemerkenswert frei von Gdans war.

Ghez Hokan postierte die jungen Wissenschaftler neben der Tür und winkte Hurati heran.

„Auf mein Zeichen", sagte er. „Lichter aus."

„Sir, was sollen wir machen, wenn die Schlitten zerstört worden sind?"

Hokan hielt das für eine reichlich dumme Frage für einen Offizier, aber vielleicht dachte er ja auch darüber nach, wie weit untrainierte Zivilisten wohl zu Fuß kämen, bis sie dem Feind in die Hände fielen.

„Lauft", sagte er. „Lauft einfach."

Er wandte sich den vier Biologen zu, in der Hoffnung, die Angst würde ihnen Beine machen, wie es oft der Fall war. „Wie heißt du?", fragte er die Frau.

„Cheva", antwortete sie.

„Also, Cheva, wenn die Lichter ausgehen, hältst du dich an mich und rennst wie verrückt los, verstanden?"

„Ja."

„Und wenn der Captain oder ich *runter* rufen, dann werft ihr euch flach hin. Klar?"

„Auf jeden Fall."

„Hurati, Sie übernehmen das Ende. Verlieren Sie mir keinen von denen."

Hokan erwartete weiteres Laserbombardement. Draußen war es ruhig, aber er spürte, dass es wieder losgehen würde, sobald sie sich hinaus wagten. Er konnte die Einrichtung unmöglich verteidigen, solange die Türen offen standen. Da draußen war noch mindestens eine Schwadron feindlicher Commandos. Seine letzte Chance bestand darin, mit den verbleibenden Mitgliedern von Uthans Team zu fliehen und sie irgendwo zu verstecken. Dann würde er nach Uthan sehen.

Wie dem auch sei, er würde von dem Nanovirus-Programm retten, was zu retten war. Weiter hatte er nicht geplant.

„Bereit, Hurati?"

„Bereit, Sir."

Hokan setzte seinen mandalorianischen Helm auf, nicht nur als Schutz, sondern auch zur Beruhigung.

„Licht aus!"

19.

KO *Majestic* an Oberkommando Coruscant
Erwarten LAAT/i Rückkehr von Qiilura. Haben zwei Schlachtschiffe entdeckt, die zu Qiiluras Unterstützung aus dem Tingel Arm eintreffen. *Vengeance* nähert sich, um unsere Flanke zu decken.

„Wir haben den einen Klick fast hinter uns", meldete sich Darmans Stimme. „Bereit, wenn ihr es seid."

Niner hielt seinen Handschuh an die linke Seite seines Helms. Langsam befürchtete er, es würde ein nervöser Tick werden. „Gut. Wir sehen uns beim AP."

„Gebt uns noch ein paar Minuten."

Fi machte die lässige Daumen-hoch-Geste und schob seine Schulterplatte zurecht. Fünf Minuten fühlten sich jetzt wie eine Ewigkeit an.

„Whoa, was ist denn hier los?", fragte Niner. „Dar, warte mal einen Moment."

Die Lichter der Eingangstür waren erloschen und sein Nachtsichtvisor hatte sich eingeschaltet.

Er glaubte Darman oder Atin zu sehen. Wieder eine dieser sonderbaren Reminiszenzen, jetzt da die Aufputscher nachließen. Aber dann erkannte er, dass der T-förmige Visor, der aus dem Eingang kam, Hokan gehörte. Er eröffnete das Feuer. Das kurze Zögern hatte ihn eine halbe Sekunde gekostet, eine Ewigkeit, und er konnte niemanden sehen, der getroffen war.

Fi entfesselte einen Regen aus Plasmaschüssen, dann warteten sie wieder ab. Nichts. Dann wieder huschende Bewegungen und eine

Stimme, die rief: „Runter!". Aber die drei Gestalten warfen sich nicht auf den Boden, zumindest nicht, bis sie von den Plasmaentladungen getroffen, dazu gezwungen wurden.

Es trat wieder Stille ein. Niner hielt inne. Während er und Fi sich langsam vorwärts bewegten, um die Lage zu prüfen, erhob sich jemand von dem, mit kleinen Kratern übersäten Boden und rannte auf die andere Seite des Gebäudes.

Niner und Fi feuerten wieder mehrere Salven ab, aber es war keine Bewegung mehr auszumachen.

„Wenn da noch mehr in der Eingangshalle sind, könnte ich doch ein paar Panzerbrecher reinwerfen, oder Sarge? Ich hab keine Lust, wegzumachen und dabei eine Horde Droiden am Hintern zu haben."

Standardgranaten würden die Detonatoren nicht zur Explosion bringen, dachte Niner. „Wirf sechs rein", sagte er. „Und dann stell den E-Netz auf Selbstzerstörung."

Fi legte mit dem Granatwerfer seines Blasters an, wobei er sich leicht auf das Stativ des E-Netz stützte. Niner hörte das hohe Kreischen eines startenden Repulsorlift-Antriebs, aber dann wurde es übertönt von dem *Wump-wump-wump* der ersten drei Granaten, die abgefeuert wurden und explodierten.

Aus dem Eingang der Anlage drangen dichter, schwarzer Rauch und Flammen.

„Manöver beendet", sagte Niner und sie rannten los. Sie rannten über zerfurchte Felder, sprangen durch Hecken und befanden sich im Schutz der Bäume, bevor Niner über sein Komlink den Sprengbefehl an Darman durchgab.

Der weiße Blitz erhellte für ein, zwei Sekunden den Weg vor ihnen, bevor die Druckwelle Niner mit voller Wucht im Rücken traf. Er wurde nach vorn geworfen. Sein Mund wurde gegen die Innenseite seines Visors geschmettert und er schmeckte Blut. Als er den Kopf herumdrehte und versuchte aufzustehen, sah er Fi, der ebenfalls auf den Boden geworfen worden war und mit eingezogenem Kopf dalag.

„Nein, Sarge", sagte Fi, anscheinend immer noch vom Leben angetan. „*Jetzt* ist das Manöver beendet."

Ghez Hokan fand sich auf dem Boden liegend wieder. Sein Düsenschlitten lag auf die Seite geworfen, aber mit immer noch laufendem Antrieb neben ihm. Die Explosion klingelte in seinen Ohren. Er erstarrte, den Kopf geduckt und wartete auf Schüsse, aber es blieb still.

Er rappelte sich auf und schaffte es, den Schlitten wieder aufzurichten. Eine Leitschaufel war leicht verbogen, aber sie funktionierte noch. Er klopfte sich den Staub ab und schwang sich wieder auf den Fahrersitz.

Er sah, wie sich seine Hände um die Handgriffe legten. Der braune Handschuh seiner linken Hand sah schwarz aus und er war feucht. Cheva hatte sich an ihn geklammert. Sie war gerannt, wie er es ihr gesagt hatte und als sie getroffen wurde, hatte sich ihr Blut auf seinem Anzug verteilt. So nahe war er dem Gefühl des Mitleids seit Jahren nicht mehr gekommen.

Genug davon. Du wirst weich, Junge. Konzentrier dich.

„Sir." Es war schwer, eine Stimme an einem einzigen Ruf zu erkennen. Hokan drehte sich um und sah nach, aber eigentlich konnte es nur einen Mann geben, der es geschafft hatte, bei ihm zu bleiben. „Sir!"

Hurati fuhr von hinten auf ihn zu und bremste seinen Schlitten neben Hokans. Er hatte keinen Beifahrer dabei. Fragen erübrigten sich.

„Es tut mir Leid, Sir", erzählte Hurati. „Sie sind einfach stehen geblieben als die Schießerei anfing. Sie haben sich nicht einmal auf den Boden geworfen."

„Zivilisten neigen zu solchen Dummheiten", sagte Hokan erschöpft.

„Diese Explosion, das war die Anlage. Der Farbe nach zu urteilen, war es eine ultraheiße Implosion. Keine Laserkanone."

„Macht das einen Unterschied?"

„Nichts kann das überlebt haben, nicht einmal innerhalb eines schockfesten Behälters. Wenn es noch irgendwelche Proben des Virus' gab, dann sind sie jetzt zerstört."

Die Separatisten hatten also kein Nanovirus mehr in Händen und auch keine Wissenschaftler mit ausreichendem Wissensstand über das Programm. Das machte es unumgänglich, Uthan zurückzuholen.

Dem Explosionsradius der Implosionsladung nach zu urteilen, hatten sie empfindliche, ferngezündete Detonatoren verwendet. Hokan war erleichtert, dass er noch ein paar EMP-Granaten in seiner Satteltasche hatte.

„Wir müssen sie finden", sagte Hokan.

Er konnte jetzt nicht einmal mehr ihren Weg durch das Kanalisationssystem verfolgen. Wo sollte er anfangen? Der Feind würde Qiilura verlassen müssen. Irgendwo mussten sie ein Schiff haben. Laut der Nachrichtenversorgung von Geonosis, würden in diesem Fall Kanonenboote eintreffen, um sie abzuziehen und die Verwundeten zu evakuieren.

Es war ein ruhiger, rückständiger und ländlicher Planet. Motoren und Antriebe konnte man kilometerweit hören, besonders bei Nacht.

Hokan stellte seinen Schlitten ab und wartete mit gespitzten Ohren.

Etain konnte es fühlen, lange bevor sie es sehen oder hören konnte.

Sie war nicht in der Lage, Droiden aufzuspüren, so dachte sie zumindest, aber sie spürte, dass etwas *Großes* die Macht erschütterte. Und es näherte sich. Sie war sich nicht sicher, ob es mechanisch oder organisch war. Außer einer leichten Beklemmung verströmte es keinerlei Gefühl der Bedrohung.

Dann hörte sie die rauschende Luft und das gleichmäßige Brummen eines Schiffsantriebs. Sie hielt inne und reckte den Hals. Atin und Darman hatten ebenfalls angehalten.

„Oh, wie ich dieses Geräusch liebe", sagte Darman.

„Was ist das?"

„Das ist das Geräusch, das uns an einem Stück aus diesem Dreck rausbringt. Eine *Latte*. Ein Kanonenboot."

Das Geräusch war praktisch genau über ihnen. Als Etain in den

Nachthimmel hinaufsah, konnte sie einen Umriss vor den Sternen erkennen. Das Schiff hatte keinerlei Positionslichter. Es kippte leicht und der Klang seines Antriebs änderte sich ein wenig und Darman bewegte sich, als würde jemand mit ihm sprechen. Er gestikulierte und nickte. Dann winkte er. Das Kanonenboot nahm wieder Geschwindigkeit auf und stieg etwas höher, bevor es davon schoss.

„Sie haben uns über unsere Komlink-Transponder aufgespürt", erklärte Darman. „Der gute Niner. Ein Segen, dass er Teklet ausgelöscht hat."

Atin riss seine Schultern hoch, um Uthans Gewicht zu verlagern. „Ihre Kutsche, Prinzessin", sagte er zu ihr in einem sehr viel fröhlicheren Ton, als Etain es von ihm gewohnt war. In der Macht fühlte sich seine Präsenz beinahe geheilt an, aber nur beinahe. „Möchtet Ihr vorne sitzen?"

Uthan hatte sich weit genug von der Betäubung erholt, um sich in ihren Fesseln zu winden. Etain hatte noch nie eine Person gesehen, die allein durch die Verrenkung ihres Körpers solche Wut ausdrücken konnte wie diese Wissenschaftlerin. Sie beneidete den Soldaten, der sie losbinden musste nicht im Geringsten.

„Du bist dran, Dar", sagte Atin.

„Okay." Er schien sowohl erleichtert, als auch gereizt. Etain konnte es fühlen. Es war beinahe vorbei: Sie hatten es geschafft. Sie hätte ihn gerne gefragt, was er tun würde, wenn er zurück in der Basis war, vermutete aber, dass es eine Menge Schlaf beinhalten würde, eine heiße Dusche und viel zu essen. Er hatte bescheidene Träume und sie fand, daran konnte man sich ein Beispiel nehmen, selbst als Padawan.

Sie hoffte nur, dass sie ein fähiger Offizier werden könnte. Sie wünschte sich Darmans Respekt.

„Komm schon, Dar", sagte Atin gereizt. „Uthan wiegt langsam eine Tonne. Du bist dran."

„Versuch's mal so", sagte Etain und half mit der Macht nach. Atin drehte den Kopf, um zu sehen, was das Gewicht auf seinem Rücken so verringerte. Darman hatte ihn fast eingeholt.

Krach. Atin fiel nach vorn.

Etain dachte, er sei bloß gestolpert, aber Darman hatte sich ebenfalls flach auf den Boden geworfen, also folgte sie seinem Beispiel. Er legte sich mit erhobenem Gewehr über Atin. Atin schrie nicht, aber sie hörte ein rhythmisches *Ah-ah-ah*, als würde er versuchen, Luft zu holen. Uthan lag als Bündel im Gras.

„Mann getroffen", sagte Darman unnatürlich ruhig. Etain konnte ihn deutlich hören: Sein Komlink lief noch über Lautsprecher. „Sarge, Atin wurde getroffen."

Was immer Niner auch antwortete, Etain hörte es nicht. Darman feuerte schnell hintereinander und sie sah leuchtende Blitze über ihren Kopf hinweg sausen.

Warum hatte sie niemanden hinter sich gespürt? Weil sie abgelenkt war. *Es war ihre Schuld*. Wenn Atin starb, würde sie seinen Tod ihr Leben lang auf dem Gewissen haben.

Das Feuer hörte auf. Es hatte dreißig Sekunden angehalten und irgendwie war die Welt wieder in ihren vorigen Zustand zurückgekehrt. Bis auf Atin.

Offensichtlich sah Darman etwas durch das Visier seines Gewehrs, das Etain nicht sehen konnte. Sie sah ihn aufstehen, nach vorn rennen und auf ein Objekt am Boden zielen. Er schaltete seinen Helmscheinwerfer ein.

„Einer von Hokans Offizieren", sagte Darman. „Ein Captain."

„Ist er tot?"

Ein Schuss fiel. „Jetzt schon", sagte Darman.

Diesmal war Etain nicht so entsetzt wie damals, als er den verwundeten Umbaraner erschossen hatte. Sie war nur noch von der Sorge um Atin erfüllt. Ihre Sichtweise hatte sich radikal verändert.

Atin war besorgniserregend still. Als Darman ihn behutsam auf die Seite drehte, klaffte ungefähr zwanzig Zentimeter unter seiner rechten Achsel ein Loch in seiner Panzerplatte. Blut quoll daraus hervor. Darman zog einen kleinen grauen, rechteckigen Behälter aus seinem Gürtel und leerte den Inhalt auf den Boden. Er stopfte etwas, das aussah, wie ein Feldverband in das gähnende Loch und klebte es zu.

„Geht weiter", sagte Atin mit zitternder Stimme. „Macht schon. Lasst mich hier."

„Markier mir jetzt nicht den Helden oder ich verpass dir Eine."

„Ich mein's ernst. Schafft Uthan hier weg."

„Atin, halt die Klappe, ja? Ich lasse niemanden irgendwo zurück." Darman arbeitete mit der Präzision eines Mannes, der wiederholt in erster Hilfe im Feld gedrillt worden war. Er nickte Etain zu. Sie nahm Atins Hand und drückte sie fest. „Jetzt wissen wir wenigstens, was ein Verpinen-Projektil mit Katarn-Rüstungen anstellt ... ganz ruhig, Bruder. Ich bin bei dir." Er entfernte eine von Atins Hüftplatten, zog einen Teil des Anzugs zurück und legte die Haut frei. Er hielt zwei kurze Einwegspritzen in der Hand. „Das tut jetzt ein bisschen weh, okay? Ganz ruhig."

Darman stach beide Nadeln rasch hintereinander in Atins Hüfte. Dann kritzelte er etwas mit einem Marker auf Atins Helm und legte die Hüftplatte wieder an.

Etain starrte auf die Buchstaben B und Z, die jetzt auf der Stirn des Helms standen.

„B für das Mittel zur Regulierung des Blutverlusts", erklärte Darman. Er legte Atin wieder auf den Rücken. „Und Z für das Beruhigungsmittel, Z, weil zwei Bs sonst auch die doppelte Menge bedeuten könnten. Ist für die Sanitäter. Damit sie wissen, was ich ihm verabreicht habe, für den Fall, dass sie ihn nicht scannen. Ich weiß, das sieht jetzt etwas merkwürdig aus, aber vertrauen Sie mir ..."

Atin lag flach auf dem Rücken und atmete schwer. Darman legte sich auf ihn, den Rücken auf seine Brust, schlüpfte dann mit den Armen in Atins Gurtzeug und rollte dann wieder herum, so, dass er unter ihm lag. Dann drückte er sich mit seinen Armen hoch, ging in Kniebeuge und stand dann mit Atin auf seinem Rücken auf. Er schwankte ein wenig, aber er behielt das Gleichgewicht.

„Der einfachste Weg, einen schweren Mann zu tragen", sagte Darman und seine Stimme klang angestrengt.

„Das hätte ich für Sie machen können", sagte Etain. „Sie müssten doch inzwischen wissen, wozu ich im Stande bin."

„Ja, aber er ist mein Bruder. Außerdem müssen Sie Doktor Uthan tragen."

Etain spürte einen kurzen Stich der Schuld, weil sie nicht nach ihr gesehen hatte. Aber die Wissenschaftlerin lag noch immer gefesselt da, still und zweifellos verwirrt. Etain beugte sich über sie.

„Kommen Sie, Doktor", sagte sie und wollte sie hochziehen, aber ihre Hände griffen in etwas Kaltes und Nasses. Der gezackte Splitter einer hellgrauen Kunststofflegierung ragte aus dem Fleisch unterhalb ihrer Rippen. Es war Schrapnell von Atins Rüstung. Doktor Uthan blutete stark.

„Oh nein. Bitte nicht. Darman, *schauen Sie*."

„*Fierfek*, nach dieser ganzen verdammten –"

„Nein, sie lebt noch."

„Schaffen wir sie einfach zum Abzugspunkt. Hoffentlich haben sie einen Arzt an Bord."

Die Enttäuschung kam plötzlich und war niederschmetternd. Etain spürte sie. Am liebsten hätte sie alles hingeworfen, so überwältigt war sie von der Ungerechtigkeit des Ganzen. Aber Darman blieb unbeirrt, also beschloss sie, durchzuhalten. Seine absolute Disziplin war unerschütterlich. In wenigen Tagen hatte sie mehr von ihm gelernt, als sie von Meister Fulier jemals hätte lernen können. Dem Tod so oft von der Schippe zu springen, hämmerte einem die Lektionen buchstäblich in den Verstand.

Etain begriff auch, dass sie jetzt auf eine Weise miteinander verbunden waren, die ihr in den kommenden Jahren großen Schmerz bereiten würde. Es war schlimmer, als sich zu verlieben. Es war eine völlig andere Ebene der Verbundenheit: Es war ein gemeinsames Trauma. Meister Fulier hatte gesagt, Liebe könne vergehen, aber Etain wusste, dass *das hier* niemals vergehen würde, denn die Geschichte ließ sich nicht ändern.

Sie hievte Uthan an den Armen auf ihren Rücken und zog sie höher, bis sie sie bequem auf den Schultern hatte.

„Beeilen wir uns, Darman", sagte sie und erkannte ihre eigene Stimme kaum. Für einen Augenblick hörte sie sich überhaupt nicht wie eine Jedi an.

Hokan lief noch immer frei herum. Niner wusste es. Er hatte ihn – oder zumindest jemanden in seiner Rüstung – aus der Anlage kommen sehen. Der Offizier, den Fi erschossen hatte, war nur ein junger Captain gewesen. Hokan tat anscheinend genau das, was der tote Captain hatte tun wollen und folgte ihnen zu dem Kanonenboot. Ihre Rettung würde sich vielleicht auch als ihr Untergang erweisen.

„Noch knapp einen Klick", sagte Fi. „Irgendwas von Atin?"

„Hast du denn nicht auf Langstrecke gestellt?"

„Nein. Wär mehr Ablenkung als ich ich im Moment ertragen könnte."

Niner begann zu verstehen, wie Fi mit all dem fertig wurde: Der Mann schaltete einfach ab, buchstäblich. Er fragte sich, wer ihm das wohl beigebracht hatte. Skirata sicher nicht. Kal Skirata *fühlte* die Dinge und manchmal nur allzu deutlich.

„Ich hoffe, wir bekommen einen Stadteinsatz nach dieser Geschichte", sagte Niner. *Denk positiv. Schau nach vorn.* „Eine schöne, laute, konfuse Großstadt mit vielen Verstecken und fließendem Wasser. Überwachung. Datenabgleich. So wie's sein soll."

„Nee, Dschungel."

„Du bist ja krank."

„Dschungel ist auch wie Stadt. Ist viel los."

„Du machst dir Sorgen um Atin."

„Seien Sie ruhig Sarge. Ich mach mir nur um mich Sorgen, alles klar?"

„Natürlich."

„Warum haben wir auch nicht einfach die ganze Gegend aus dem Orbit geplättet?"

„Zu wenig Info. Das Virus hätte an vielen verschiedenen Orten versteckt sein können. Wir hätten vielleicht ein Versteck verpasst und es erst gemerkt, wenn es zu spät gewesen wäre."

„Grade, als wir anfingen, ein gutes Team abzugeben."

„Er ist noch am Leben, Fi." Niner begann rückwärts zu gehen, als würde er das Ende eines Zugs bilden. „Er ist noch am Leben. Jedi können heilen. Darman hat für erste Hilfe gesorgt und –"

Niner stellte nur ungern das Ende einer Patrouille, besonders bei Nacht. Und er mochte es noch weniger, wenn der erste Mann brüllte: „Runter!"

Er warf sich flach ins Gras und sah nach, worauf Fi mit seinem Deze zielte.

„Schlitten", sagte Fi. „Rate mal, wer. Da vorn, von rechts nach links. Das muss Hokan sein."

„Kannst du ihn erwischen?"

„Ich hab klares Schussfeld, wenn er an den Bäumen vorbei flitzt."

„Dann trödel nicht rum."

Niner zählte die Sekunden und folgte dem Düsenschlitten mit seinem Blastervisier. Hinter der Kuvaraallee erzeugte der Schlitten einen Stroboskopeffekt. Ein Energieblitz blendete seine Nachtsicht und der Fahrer wurde in einer Rauchwolke von seinem Gefährt geworfen.

„Ja, so geht das!", rief Niner.

Sie warteten die obligatorischen paar Sekunden, um sicher zu gehen, ob es Hokan wirklich erwischt hatte. Es war keinerlei Bewegung zu erkennen. Im Gras konnte Niner das Glitzern von Gdanaugen sehen. Wenigstens gab es ein paar Wesen, die dachten, die Kämpfe wären vorbei und es wäre sicher, wieder herauszukommen.

Niner stand bereits wieder und Fi hatte sich auf ein Knie erhoben, als sich Hokan wie ein Gespenst aus dem Gras erhob. Er schwankte ein paar Schritte vor und hob seine Waffe.

Niner hörte ihn nicht schießen, aber er hörte das Projektil neben sich vorbei pfeifen und mit einem lauten *Krach* irgendwo einschlagen. Die Splitterpistolen der Verpinen waren lautlos und zielgenau. Wäre Hokan nicht von Fis Treffer angeschlagen gewesen, würde Niner jetzt genauso ein Loch wie Atin tragen. „Sarge, wenn ich ihn umlege, kann ich dann seine Rüstung haben?", fragte Fi.

„Darfst sie ihm persönlich abnehmen."

„Genau die Motivation, die ich brauchte. Danke."

„Siehst du ihn noch?"

„Nein ..."

Eine Blastersalve schlug einen Meter vor Fi ins Gras und ließ Funken sprühen. Ihr Feind war keine kopflose Büchse oder ein dummer Weequay. Das war ein Mandalorianer, ein geborener Kämpfer und selbst verwundet noch höchst gefährlich.

Er war ihnen sehr ähnlich.

„Glaubst du, das Kanonenboot wird auf uns warten?", fragte Fi.

„Wenn sie erst einmal Uthan haben, nicht."

„Fierfek." Fi nahm den Granatwerfer und zielte. „Vielleicht hätten wir den E-Netz doch nicht wegschmeißen sollen." Die Nacht wurde von der Explosion erhellt. Fi streckte den Kopf ein Stückchen hoch und sofort zischte Blasterfeuer zurück, einen Meter weiter vom Ziel entfernt als zuvor. „Du gehst von rechts an ihn ran, während ich ihn auf Trab halte."

Niner rutschte auf Ellbogen und Knien vor, den Deze in die Armbeuge gelegt. Er war ungefähr zehn Meter weit gekommen, als er ein brutzelndes Geräusch hörte und ein Blasterschuss die Ähren des Grases über seinem Kopf abrasierte.

Wäre diese Splitterpistole nicht gewesen, hätten sie es ein ganzes Stückchen einfacher gehabt.

Die *Majestic* würde nicht mehr lange warten. Die Aufputscher waren inzwischen völlig abgeklungen und Niner spürte die Wirkung vom tagelangen Marschieren, zu wenig Schlaf und zu viel Lärm. In diesem Moment schwor er sich etwas: Wenn er und Fi es nicht schaffen sollten, Qiilura zu verlassen, dann Hokan auch nicht.

Mandalorianer oder nicht, Hokan war auch nur ein Mensch und ihm standen zwei Männer gegenüber, die sich mit ihm messen konnten. Niner unterschätzte ihn nicht, aber das Endresultat stand so gut wie fest: Früher oder später wären seine Energiezellen leer. Die Zeit war immer noch nicht auf ihrer Seite.

„Gar nicht gut", sagte Niner. „Darman, Niner hier. Wie ist eure Position?"

Er hörte sich an, als wäre er außer Atem. „Wir kommen langsam voran, Sarge. Ungefähr zehn Minuten vom AP."

„Frag sie, ob sie den Zähler laufen lassen können, ja? Wir sagen nur noch rasch Hokan Lebewohl."

„Ich lade Atin ab und –"

„Negativ, Dar. Wenn wir erst seine Rüstung geknackt haben, erledigen wir das. Bleib auf Empfang."

Fi robbte vor und suchte ein klares Schussfeld. Niner, der langsam die Geduld verlor, sah sich nach einer Deckung um, in dessen Schutz er eine Position seitlich von Hokan erreichen konnte. Dann sah er im Augenwinkel den Blitz eines abgefeuerten Schusses, aber er hörte nichts außer Fi, der anfing irgendetwas über sein Komlink durchzugeben und dann ein ganz kurzes, spitzes Kreischen.

Dann war alles still und er sah nichts mehr.

Für einen Augenblick dachte Niner, er wäre getroffen worden. Er konnte Fi nicht hören und auf seinem HUD keine Daten mehr sehen. Das grüne Bild seines Nachtsichtvisors von dem Feld und den Bäumen dahinter war verschwunden. Aber er konnte seine Ellbogen spüren, die sich in die Erde drückten und auch den Deze in seiner Hand. Keine Schmerzen – aber wenn man schwer genug verwundet war, konnte es passieren, dass man überhaupt nichts spürte.

Er brauchte mehrere qualvolle Sekunden, bis er begriff, dass seine Helmsysteme völlig tot waren. Er spürte Hitze in seinem Gesicht. Er bekam keine Luft.

Er zog den Helm vom Kopf und spähte durch das Visier seines DC-17. Das Nachtsichtvisier verdeutlichte die Lage; Fi hatte ebenfalls den Helm abgenommen und drückte mit einer Hand verzweifelt auf die Tasten darin.

EMP-Granate, dachte Niner. *Hokan hat uns wie Droiden lahm gelegt.*

Elektromagnetische Pulse wurden gegen Droiden eingesetzt. Aber sie waren ebenso wirksam gegen die empfindliche Elektronik, auf die sich Feuchte verließen. Die verstärkten Katarn-Helme, dreimal so teuer wie die gängige Version, waren vollgestopft mit hochentwickelten Prototyp-Systemen, *verwundbare* Systeme.

Niner kroch langsam und vorsichtig zu Fi hinüber. Eine Blastersalve schnitt durch die Luft. Er legte sich flach hin, mit dem Gesicht zu Fi.

„Er hat unsere Helme gebraten", flüsterte Fi. „Testen die die Dinger denn nicht richtig?"

„Ich wette, irgend so ein Zivi dachte, niemand würde EMPs gegen Feuchte einsetzen."

„Toll, vielleicht statte ich dem mal einen Besuch ab, wenn wir zurück sind."

„Sie sollten wieder anspringen."

„Und wann?"

„Keine Ahnung. Aber die Dezes funktionieren noch."

„Dazu müsste er erst einmal den Kopf rausstrecken."

„Mit einer von Dars Blitzbomben ging's."

„Die passen eh nicht in den Deze."

„Siehst du ihn überhaupt?"

„Nein … nein, warte. Da ist er."

Niner musste ein paar Mal hin und her schwenken, bevor er Hokan durch sein Visier sah. „Hast du noch ein paar von den IEVs griffbereit?"

„Sechs."

„Wie weit kannst du werfen?"

„Weit genug."

„So weit du kannst. Streu sie schön um ihn herum."

Niner sorgte für Sperrfeuer, während Fi auf und ab sprang und dabei jedes Mal eine der kleinen, selbstgebastelten Bomben warf. Niner nahm den Zünder.

„Wenn ich hier drauf drücke, rennst du in diese Richtung und versuchst, ihn von der Seite zu erwischen."

Fi rollte zur Seite und stützte sich auf einen Arm, um schnell losrennen zu können. Niner drückte den Zünder und Fi sprang auf.

Nichts passierte. Eine Blastersalve versengte das Gras zwischen ihnen und Fi warf sich wieder hin.

„Wir müssen wirklich mal ein Wörtchen mit der Versorgung reden, wegen der Widerstandskraft unserer Elektronik.", stellte Fi trocken fest.

„Ich fürchte, wir sind wieder auf das gute alte Soldatentum angewiesen."

„Mir sind leider grade die Bajonette ausgegangen."

„Sergeant Skirata hätte sicher eine Idee."

„Hast du seine Nummer dabei?"

„Ich werde einfach schreien."

„Was?"

„Lach nicht. Der Mann ist durchgedreht. Wenn er hört, dass ich verwundet bin, wird er nicht widerstehen können herüber zu kommen, um mir die Kehle aufzuschlitzen.

„Und dann schmeiß ich eine Überraschungsparty für ihn?"

„Solange du vorher nicht noch stundenlang Kuchen backen musst."

„Okay, Alter. Dann mach mal."

Niner fiel auf einmal ein, dass er gar nicht wusste wie man schrie. Allerdings hatte er schon genug furchtbar verwundete Männer gehört, um es zu probieren.

Er warf den Kopf zurück legte los.

20.

Ich weiß nicht mehr, wer die Guten sind. Aber ich weiß, was der Feind ist. Es ist der Verrat von Prinzipien. Verliert man seine Prinzipien, verliert man auch den Krieg. Und das oberste Prinzip ist, auf seine Kameraden aufzupassen.

– Kal Skirata

Das Kanonenboot war das schönste Schiff, das Darman je gesehen hatte.

Es kam in Sichtweite, gerade als er aus einem Gebüsch in ein frisch gepflügtes Feld stakste. Die Kuppeln des Cockpits schimmerten wie ein Holo von Cloud City und seine Geschütztürme hatten die Symmetrie der erlesensten Architektur Naboos. Er liebte sogar den Rost und die kleinen Dellen auf seinen Flügeln.

„Sieh dir das an, Atin", sagte er. „Die reine Kunst ... Atin?"

„... ja."

„Fast da."

„... ah."

Weiße Rüstungen kamen auf sie zu gerannt, gefolgt von einem Gran in Sanitätsuniform. Er ließ Atin von seinem Rücken gleiten und bemühte sich, die Arme aus dem Gurtzeug zu bekommen. Dann folgte er der Trage und versuchte mit dem Arzt zu sprechen.

„Verpinen-Projektil, rechts unter der Brust", sagte er. „Beruhigungsmittel, fünf ccm –"

„Ich seh schon", sagte der Gran. „Gute Arbeit, Soldat. Gehen Sie jetzt an Bord."

Als er sich umsah, hatte Etain Uthan an die Soldaten übergeben und ging auf das Kanonenboot zu, wobei sie alle paar Schritte anhielt und über ihre Schulter blickte. General Arligan Zey trat aus dem Truppenladeraum und nickte ihr leicht zu. Sie verlangsamte ihren Schritt und hielt an, um die Verbeugung zu erwidern.

Unter den gegebenen Umständen kam Darman diese Begrüßung erstaunlich formell vor. Hinter dem Bild gespielter Jedi-Etikette spulte sich ein Albtraum ab, während Ärzte zugleich an Atin und an Uthan arbeiteten. Kleidung zerschnitten, Transfusionsschläuche aufhängten und nach mehr Verbandstoff riefen. Es war, als würde er zwei Parallelwelten betrachten, die sich gegenseitig überhaupt nicht wahrnahmen.

Zey schaute Darman nicht an, aber der ARC-Trooper der mit dem General aus dem Schiff gesprungen war, nahm seinen Helm ab und starrte ihn still an. Etwas Schwarzes bewegte sich im Schatten des Schiffes und bewegte sich dann langsam vor, um mit einer langen, glänzenden Schnauze die Luft zu beschnüffeln.

Es war Valaqil. Er war heimgekehrt. Darman konnte nicht sagen, dass er das Gurlanin erkannte, denn es war nicht von Jinart zu unterscheiden. Er nahm es jedoch an.

„Soldat Atin sammelt immer noch Narben, wie ich sehe", sagte Valaqil. „Und meine Gemahlin kann es kaum erwarten mich zu sehen. Ich muss gehen."

„Jinart?" Darman zuckte verlegen mit den Schultern. „Sie war uns eine außergewöhnliche Hilfe, Sir. Man könnte sagen, ein fünftes – ein sechstes Mitglied der Schwadron."

„Ich bin sicher, sie wird mir alle Einzelheiten über das, was sie in den letzten Tagen so aufgebracht hat, erzählen."

Und damit war er verschwunden, quer über das Feld und ins Buschwerk. Darman hoffte, die Republik würde die Gurlanins nicht enttäuschen. Sie hatten ihr ebenso gut gedient wie Soldaten.

„Du hast dich bemerkenswert gut geschlagen, Padawan", sagte Zey. „Insbesondere, ohne die Anleitung eines Meisters. Wirklich außergewöhnlich. Damit bist du deinen Prüfungen ein ganzes Stück näher gekommen, so weit es den Rat betrifft. Vorausgesetzt natürlich, die Aufsicht durch einen Meister bleibt bestehen."

Darman erwartete, dass Freude oder Verlegenheit oder eine vergleichbare positive Reaktion Etains Gesichtsausdruck aufhellen würde. Er wusste, sie glaubte nicht das Zeug zu einem Jedi-Ritter zu haben und manchmal nicht einmal zu einem Padawan. Und er wusste, dass es auch die eine Sache war, für die sie lebte.

Aber die Aussicht auf den Aufstieg schien sie nicht im Geringsten zu berühren. Sie schien nicht einmal gehört zu haben, was Zey gesagt hatte.

„Meister, wo sind Niner und Fi?", fragte Etain.

Zey sah verwirrt aus. „Wer?"

„Entschuldigt Meister. Die zwei anderen Männer der Omega Squad."

Darman spürte, wie der musternde Blick des ARCs noch schärfer wurde. Bisher hatte er nur ein paar Mal ARCs gesehen und sie machten ihm mehr Angst, als es irgendjemand anders hätte tun können, der auf seiner Seite sein sollte. Zey schüttelte den Kopf. „Ihr seid die Ersten, die es hierher geschafft haben."

„Sie werden hier sein, Sir", sagte Darman. Er schaltete sein Helm zu Helm-Komlink ein. Wenn der ARC mithörte – sei's drum. „Sarge? Fi? Ihr müsst langsam Tempo machen."

In seinem Kopfhörer war kein Geräusch zu hören, nicht einmal statisches Rauschen. Er schaltete auf eine andere Frequenz, empfing aber immer noch nichts. „Niner, Fi, empfangt ihr mich?" Er schaltete sein HUD auf Diagnosemodus: Sein Helm funktionierte einwandfrei. Plötzlich sah er sich wieder in der Höhle auf Geonosis, hinter dem abkühlenden, knisternden E-Netz stehend, beim Versuch, Taler, Vin und Jay zu erreichen. Die biometrischen Daten ihrer Anzüge waren von seinem HUD verschwunden.

Nein, nicht noch einmal. Nicht noch einmal, bitte …

„Ma'am, ich bekomme keine Antwort."

„Was heißt das?"

Er brachte es kaum über die Lippen. „Ihre Helme sind ausgeschaltet. Ich glaube nicht, dass sie es geschafft haben."

„Sie sind tot?", fragte Zey.

„Sie sind *nicht tot*", sagte Etain bestimmt.

„Ma'am, ich bekomme sie einfach nicht rein."

„Das ist mir egal. Sie sind noch am Leben, ich weiß es."

„Du musst jetzt gehen", sagte Zey. „Wenn du dich jetzt nicht auf den Weg machst, könntest du direkt in einen Kampf mit Schiffen der Handelsföderation fliegen. Wir haben jede Menge Aufmerksamkeit auf uns gezogen." Der General wandte sich an die beiden Ärzte, die Uthan versorgten. „Wird sie überleben?"

„Sie ist in einem üblen Zustand, Sir. Wir müssen sie fortbringen."

„Versucht alles, um sie am Leben zu erhalten. Macht alles startklar. Etain –"

„Meister, es sind noch zwei Männer da draußen."

„Sie sind tot."

„Nein, ich kann sie fühlen. Ich kenne sie, Sir! Ich weiß, wo sie sind. Sie sind nicht einmal verletzt. Wir *müssen* auf sie warten."

„Wir müssen aber auch Uthan und euch beide von hier fortbringen."

„Aber das Virus wurde zerstört. War es nicht das, worauf es ankam? Ihr könnt sie jetzt nicht im Stich lassen."

Darman konnte sehen, dass sie den Punkt erreicht hatte, an dem sie entweder zusammenbrechen, oder etwas Radikales tun würde. Ihr Gesicht hatte sich verengt und ihre Pupillen waren geweitet. Er hatte diesen Ausdruck in den letzten Tagen häufiger gesehen und er machte ihm Angst.

Die Antriebe des Kanonenbootes hämmerten los. Etain hatte noch immer einen Fuß auf der Plattform und einen fest auf Qiiluras Boden.

Sie schluckte schwer. *Oh,* dachte Darman. *Verkneifen Sie sich's, Ma'am. Gehen Sie gar nicht drauf ein.* Aber er konnte spüren, was sie fühlte. All der Schweiß, die Angst und der Schmerz für nichts? All das, wo sie doch einfach die Anlage bombardieren und nach Hause hätten fliegen können? All das – und Atin kämpfte um sein Leben und Niner und Fi waren entweder tot oder verschollen.

„Ich werde *nicht* ohne sie gehen", sagte Etain. „Ich bedaure, dass ich Euch nicht gehorchen kann, Meister, aber ich muss."

Zey war sichtlich verärgert. „Du gefährdest diese Mission."

„Wir brauchen diese Männer. Sie sind *nicht* entbehrlich."

„Wir *alle* sind entbehrlich."

„Wenn das so ist, Sir, dann bin ich auch entbehrlich." Sie senkte ihren Kopf ein wenig und sah Zey eher herausfordernd denn eingeschüchtert an. „Die Pflicht eines Offiziers ist das Wohlergehen seiner Männer."

„Wie ich sehe, hat Meister Fulier dich zu wenig über Gehorsam und zu viel über Sentimentalität gelehrt –"

Darman wagte es, zu unterbrechen. Zwei Jedi im Streit zu sehen, war ihm unerträglich. Es war einfach schrecklich peinlich. „Hören Sie, Ma'am. Ich werde bleiben", sagte er. „Gehen Sie mit Atin. Geben Sie auf ihn Acht."

Trotz Skiratas andauernder Beteuerung, dass ihr Leben einen Sinn hatte, fügte sich Darman in die Hierarchie der Entbehrlichkeit: In der Großen Armee war das nicht nur natürlich, es war sogar notwendig und unvermeidbar. Sein Leben war mehr wert, als das eines Klontroopers; das Leben eines ARCs war mehr wert als seines. Aber der Spiegel, der ihm Etains Loyalität und Sorge vorhielt, hatte ihn dazu gebracht, sich selbst als Menschen zu sehen. Ja, Niner und Fi verdienten Besseres. Das taten sie alle.

Zey ignorierte Darman. „Du musst gehen. Weitere Schiffe der Separatisten sind unterwegs. Ich weiß, welchen Schmerz du verspürst, aber –"

Etain sprang mit einem Satz in den Truppenladeraum. Für einen Augenblick dachte Darman, sie hätte ihre Meinung geändert, aber das war nicht Etains Art. Sie zog ihr Lichtschwert und hielt die glühende Klinge nur eine Handbreit von der Energieleitung entfernt, die zum Flugwerk führte. Mit einer Bewegung hätte sie das Boot lahm legen können. Zeys Kiefer spannten sich an. Niemand bewegte sich, außer dem Gran-Arzt, der sich um Atin kümmerte und dem ganzen Drama keine Beachtung schenkte. Eine Eigenschaft, die, wie Darman annahm, durch die Arbeit auf dem Schlachtfeld geschult worden war.

„Meister", sagte Etain, „entweder verlässt die *vollständige* Omega Squad Qiilura, oder es geht *niemand*."

„Was für eine törichte Tat, Etain." Seine Stimme war sehr ruhig. „Du musst die Notwendigkeit dieser Sache begreifen."

„Nein, Meister, das muss ich nicht."

Er wird irgend so einen Jedi-Kram mit ihr anstellen, dachte Darman. *Nein, nein, bitte ...* Er konnte den Gesichtsausdruck des ARCs nicht sehen, aber er nahm an, dass er ziemlich verwundert zusah.

„Etain, genau deshalb musst du jeglichen Bindungen widerstehen."

Oh, da kennt er sie schlecht, dachte Darman. *Wenn er doch nur –*

Ihr Lichtschwert konnte immer noch jederzeit die Leitung durchtrennen. „Als Jedi sagen wir, wir würden jegliches Leben ehren. Aber sind wir auch bereit diesen Glauben zu *leben*? Sind die Leben dieser Soldaten weniger wert, weil wir sie erschaffen haben? Weil wir *mehr von ihnen kaufen* können, wenn diese hier zerstört sind?"

„Es sind Soldaten, Etain. Soldaten sterben."

„Nein, Meister. Es sind Menschen. Und sie haben tapfer gekämpft und sie unterstehen *meiner* Verantwortung und ich würde lieber sterben, als in dem Wissen zu leben, dass ich sie im Stich gelassen habe."

Es war so still, dass die Zeit stehen geblieben zu sein schien.

Zey und Etain waren in einem wortlosen Streit gefangen. Dann schloss Zey die Augen.

„Ich spüre, dass deine Bestimmtheit ihre Wurzeln in der Macht hat", sagte er. Ein Seufzen klang in seiner Stimme mit. „Wie ist Ihr Name – *Darman*? Ihr habt also Namen. Darman, tun Sie, was sie sagt. Sie legt mehr Wert darauf ihre Leben zu retten, als ein Jedi-Ritter zu werden."

Etain wollte Darman folgen. „Bleiben Sie hier, Ma'am. Bitte."

„Nein", sagte sie. „Ich werde euch nicht allein lassen. *Keinen* von euch." Sie hielt jetzt ihr Lichtschwert als wäre es ein Teil von ihr und nicht etwas, von dem sie fürchtete, es könne sie beißen. „Ich weiß, es ist grober Ungehorsam Meister, aber ich glaube nicht, dass ich schon dazu bereit bin, ein Jedi-Ritter zu werden."

„Da hast du absolut Recht", entgegnete Zey gelassen. „Und wir brauchen diese Männer."

Darman folgte ihr, blickte aber noch einmal zurück zu dem General.

Es sah aus als würde er lächeln und Darman hätte schwören können, dass er stolz aussah.

Ghez Hokan hatte beinahe alle seine Magazine leer geschossen. Jetzt hatte er nur noch seine Vibroklinge, das Lichtschwert und zwei Projektile in der Splitterpistole. Er presste seinen Handschuh gegen seine Hüfte und prüfte, ob die Wunde noch nässte.

Er spürte keinen Schmerz, aber sein Handschuh wurde feucht: Der Blasterschuss war glatt durch die Haut gegangen und obwohl Nerven, Fett und Blutgefäße sauber versengt waren, trat noch Flüssigkeit aus der Wunde.

Er fragte sich, welche Verletzung einen Commando so schreien ließ. Ein kreischendes Schluchzen, das verstummte und wieder losbrach.

Hokan konnte den Kameraden des Mannes nirgends sehen. Er wusste, dass noch jemand da sein musste, denn er war von zwei Positionen aus getroffen worden. Vielleicht war der andere tot. Er lauschte ein wenig länger. Er hatte schon viele Männer in Todesqualen schreien hören. Welcher Spezies sie auch angehört haben mochten und egal wie alt sie waren, fast immer riefen sie nach ihrer Mutter.

So weit er wusste, hatten Klonsoldaten keine Mütter. Wahrscheinlich schrie dieser deshalb nach seinem Sergeant. Der Sergeant hieß Kal oder so. Es war schwer zu verstehen.

Aus irgendeinem Grund war es deshalb unerträglich. Auf einmal konnte Hokan keine Verachtung mehr für diese Schwäche aufbringen. Wie sehr er die Republik und diese verabscheuungswürdigen Jedi auch verachtete, das hier war ein mandalorianischer Krieger, verbraucht und ausrangiert.

Er würde ihm den Gnadenstoß versetzen. Soviel Anstand musste sein. Ein Verwundeter konnte zwar das Feuer erwidern, aber er würde es bestimmt nicht lasch angehen. Er beendete einfach nur den Kampf.

Hokan kniete sich hin und sah sich um. Die Luft war rein. Trotzdem kroch er mit eingezogenem Kopf in die Richtung der Schreie.

Sie waren jetzt leiser, eine Reihe gurgelnder Schluchzer.

„Sarge ... lassen Sie mich nicht allein ... Sergeant Kal! *Sarge!* Ahhh, es tut so weh, so weh ..."

Wie konnte die Republik es nur wagen, Jango Fett zu benutzen, um so eine Ausgeburt zu erschaffen!? Wie hatte Fett das zulassen können? Hokan kroch näher. Er konnte jetzt den Körper im Gras liegen sehen. Er sah die hellgraue, mit Schmutz verschmierte, metallische Rüstung, die der seinen sehr ähnlich war, nur sperriger und komplexer.

Und dann war er nahe genug, um das Gesicht mit dem aufgerissenen Mund zu sehen. Der Mann hatte seine Arme eng um seine Brust geschlossen. Er schluchzte.

Es war Jango Fett, wie er vor vielen Jahren ausgesehen hatte.

Hokan zog sich hoch und kniete voller Verblüffung ein paar Meter neben dem Commando.

„Es tut mir Leid, mein Bruder", sagte er. Das Lichtschwert wäre schnell gewesen, aber es war eine Schande, einen Mandalorianer mit der Waffe eines Jedi zu töten. Das wäre Jangos Schicksal auf Geonosis zu nahe gekommen. Hokan zückte stattdessen seine Vibroklinge. „Es ist nicht deine Schuld. Man hat dich so geschaffen."

Der Commando öffnete die Augen und fixierte einen Punkt hinter ihm, wie es Hokan schon bei vielen sterbenden Männern gesehen hatte. In ihren letzten Momenten schienen sie alle Geister zu sehen.

Erst dann bemerkte Hokan das Geräusch eines Lichtschwertes. Aber da war es schon zu spät.

* * *

„Das war ja reichlich knapp", sagte Niner.

Es war das einzige Mal, dass Darman ihn richtig geschockt sah. Er wischte sich mit dem Handschuh das Gesicht ab.

„Und Fi, wo hast du gesteckt? Recht wenig Dank auch. Ich hätte filetiert werden können. Du solltest ihn doch aufschlitzen."

Fi durchsuchte die Jacke des enthaupteten Hokan. „Ach, ich hab Dar und Etain hinter ihm gesehen und wusste, dass alles gut geht." Er hielt kurz inne und suchte dann noch ungeduldiger. „Bitte sehr, Ma'am. Ich denke, Sie sollten das hier haben." Damit reichte Fi Etain einen kurzen Zylinder. Es war Meister Kast Fuliers Lichtschwert. Ehrensache, es zurückzugeben. „Die eignen sich gut gegen mandalorianische Rüstungen, nicht wahr?"

Etain schien nicht im Entferntesten zu triumphieren. Sie nahm den Griff und drehte ihn in ihrer Hand bevor sie ihn in die Tasche steckte. Darman fragte sich, wann sie wohl ihr eigenes Lichtschwert ausschalten würde. Sie hielt es immer noch in der einen Hand und seine blaue Klinge schimmerte und summte, während sie zitterte. Sie schien entrückt. Darman hoffte, Fi würde nicht seinen üblichen Kommentar darüber abgeben, was für eine saubere Sache es wäre, jemanden mit einem Lichtschwert zu töten, keine Gedärme, keine Sauerei. Aber dieses Mal behielt er seinen Galgenhumor für sich und ging einfach nur ein paar Schritte weiter, um den original mandalorianischen Helm aufzuheben, der nun ihm gehören sollte.

„Wollen Sie das jetzt nicht besser weglegen, Ma'am?", fragte Darman sanft. „Wir sind hier fertig."

Niner stand auf und salutierte vor ihr in bester Parademanier. „Danke, Commander. Es macht Ihnen doch nichts aus, wenn ich Sie jetzt so nenne, oder?"

Sie schien in die Wirklichkeit zurückzukehren. Das blaue Licht erlosch.

„Es wäre mir eine Ehre", sagte sie.

Darman machte einen Rückruf über das Komlink. General Zey hatte sein Wort gehalten. Das Kanonenboot wartete immer noch. Sie brachen als Kolonne auf und steigerten ihr Tempo, bis sie im Dauerlauf die Felder durchquerten.

Das Kanonenboot war von einem Ring aus aufgewirbeltem Sand umgeben. Sein Antrieb hatte so lange im Leerlauf gestanden, dass die Hitze des Fallstroms die obere Schicht des Erdbodens gebacken hatte.

Etain war es egal, ob das Schiff schon gestartet war oder nicht. Sie hatte ihre Schwadron nicht im Stich gelassen. Alles andere war nebensächlich. Sie wusste, dass es nur ein fingierter Köder gewesen war, aber trotzdem würden sie Niners Schreie auf ewig verfolgen. Er musste es zumindest schon ein Mal im Leben gehört haben, sonst hätte er es nicht so erschreckend gut nachahmen können. Sie fühlte sich unwohl und nicht etwa, weil sie Ghez Hokan getötet hatte und das erfüllte sie mit Scham.

Sie verstand jetzt nur allzu gut, warum den Jedi Abhängigkeiten untersagt waren.

Der ARC-Trooper hatte die Arme hinter dem Rücken verschränkt und schritt langsam und mit gesenktem Kopf ein Quadrat im Sand ab. Etain nahm nicht an, dass er in Gedanken versunken war. Wahrscheinlich lauschte er dem Kom-Verkehr in dem abgeschiedenen Reich seines Helmes.

General Zey saß geduldig auf der Plattform des Schiffes. „Bist du jetzt fertig?"

Sie hielt ihm Meister Fuliers Lichtschwert hin. „Omega Squad hat es gefunden. Ich dachte, ich sollte es Euch zurückgeben."

„Ich weiß, was du durchmachst, Padawan."

„Aber das ist mir kein Trost, Meister."

„Die Sorge für diejenigen, die unter deinem Kommando stehen, ist essenziell. Aber es bringt auch seinen Schmerz mit sich, wenn man sich zu sehr mit seinen Truppen identifiziert." Es hörte sich wirklich so an, als kenne Zey das Dilemma nur allzu gut. „Im Krieg gibt es immer Verluste."

„Ich weiß. Aber ich kenne sie jetzt auch als Individuen und das kann ich nicht ändern. Kein Klonsoldat, weder Commando, noch ARC-Trooper wird für mich jemals wieder eine anonyme Einheit sein. Ich werde mich immer fragen, wer sich hinter diesem Visor verbirgt. Wie kann ich ein wahrer Jedi sein und sie *nicht* als lebendige Wesen respektieren, mit allem, was das mit sich bringt?"

Zey betrachtete auffällig bedacht seine Hände. „Jeder gute Commander in der Geschichte musste sich dieser Frage stellen. Und das wirst du auch."

„Wenn ich ein Commander bin, dann kann ich sie vielleicht auf ihrer nächsten Mission begleiten?"

„Das halte ich für keine besonders gute Idee."

„Und was soll *ich* jetzt tun? Wie soll ich nach all dem meinen alltäglichen Pflichten nachkommen?"

„Es *gibt* keine alltäglichen Pflichten mehr, jetzt da wir im Krieg sind. Ich werde nicht fortgehen. Ich bin gekommen, um hier meine Arbeit zu verrichten."

„Eure Arbeit?"

„Was wird aus unseren Verbündeten – den Gurlanins – wenn wir sie jetzt allein lassen, mit feindlichen Streitkräften in der Region? Ich bin hier, um mit ihnen zusammenzuarbeiten und zu versuchen, Qiilura so ungemütlich wie möglich für die Separatisten zu machen."

„Ich bin froh, dass wir unsere Verpflichtung in Ehren halten, Meister."

„Du kennst dieses Land jetzt besser, als jeder andere. Du wärst mir hier ein wertvoller Zugewinn."

„Wann werden Euch denn weitere Truppen zur Seite stehen?"

„Ich fürchte, wir werden fürs Erste verdeckt arbeiten müssen. Wir müssten *verschwinden.*"

Wir. Etain konnte sich nichts Schlimmeres vorstellen, als auf Qiilura zu bleiben, mit schrecklichen Erinnerungen und einer ungewissen Zukunft. Ihre einzigen Freunde waren eine Schwadron Commandos, die innerhalb weniger Tage auf eine neue Mission entsandt werden würden. Sie würde mit einem Meister zusammenarbeiten müssen, den sie nicht kannte. Sie war wieder allein und hatte Angst.

„Etain, du hast Pflichten", sagte Zey ruhig. „Wir alle haben sie. Es ist leicht über sie zu sprechen, aber sie zu leben ist schwer." Sie wusste, was er dachte, er musste es gar nicht hinzufügen: Sie musste sich von dem Objekt ihrer verzweifelten Beziehung zu diesem Krieg lösen. Sie musste ihre Schwadron ziehen lassen.

Es unterschied sich nicht von dem, was Soldaten jeden Tag abverlangt wurde.

„Ich – ich würde gern eine nützliche Rolle in der Zukunft von Qiilura übernehmen, Meister." Sie hoffte, Darman würde nicht denken, dass sie ihm einfach den Rücken kehrte und dass er nach all dem nur ein hochgejubelter Droide für sie war, ein Mittel zum Zweck, dessen man sich nach der Schlacht entledigt. „Aber es wäre doch tröstlich für mich, eines Tages zu erfahren, wie es der Omega Squad geht."

„Ich verstehe", sagte Zey. „Aber die Wahl liegt bei dir. Du kannst mit der Omega Squad gehen, oder du kannst bleiben. Du könntest sogar verlangen, dass ein Mitglied der Schwadron hier bleibt."

Ein Mitglied der Schwadron. Vielleicht dachte er, sie wäre bloß ein Mädchen, das sich zu sehr an einen jungen Mann gehängt hatte, während keiner von beiden die Möglichkeit hatte, die Beziehung zu vertiefen. Er stellte sie auf die Probe, forderte von ihr, eine Entscheidung zu treffen, die eines Jedi würdig war. Ja, sie war Darman sehr nahe gekommen: Er war ihre Rettung gewesen. Aber auf eine unerklärliche, grundlegende Weise sorgte sie sich um sie alle.

„Ich glaube nicht, dass es eine Schwäche ist, sich um seine Truppen zu sorgen", sagte sie. „Der Tag, an dem wir aufhören uns zu sorgen, ist der Tag, an dem wir der Macht den Rücken kehren."

Ihre Fingernägel drückten sich in ihre Handflächen. Aber Zey hatte Recht. Und es würde weh tun. Sie saß still neben Zey auf der Plattform, hatte die Augen geschlossen und versuchte, die Fassung zu wahren.

Der ARC-Trooper riss plötzlich den Kopf hoch. „General, wir müssen jetzt *unbedingt* starten."

„General Zey", sagte Niner und hielt seine Hand an die Schläfe. „Es tut mir Leid, dass wir Sie aufgehalten haben. Sind wir startklar?"

„Wir haben keine Zeit für eine Missionserörterung, aber vielleicht möchten Sie noch einen Augenblick mit Ihrem Commander sprechen", entgegnete Zey und gab dem ARC-Trooper ein Zeichen, ihm zu folgen. Es war eine wohlwollende Geste. Etain sah zu wie er zum Heck des Schiffes ging, um ihnen etwas Privatsphäre zu lassen und so lange die Entladung der Ausrüstung überwachte. Sie überlegte, ob sie auch Zeys Sternjäger irgendwo bereit gestellt hatten.

Darüber würde sie sich später Gedanken machen. Sie winkte die Commandos zu sich.

„Was passiert jetzt mit euch?“, fragte sie.

„Die nächste Mission. Wurden wir Ihnen unterstellt?“

Sie fragte sich, ob eine Lüge angebracht wäre. Dann sah sie zu Darman. „Nicht wirklich“, sagte sie. „Ich bleibe hier mit General Zey.“

Darman und Niner wandten beide ihren Blick ab, starrten auf den Boden und nickten zustimmend. Fi zog die Brauen hoch. „Ich werde Sie wirklich vermissen, Commander. Gerade als wir uns zusammengerauft hatten. Typisch Armee, was?“ Er klopfte Niner auf den Rückenpanzer und schob ihn ein wenig in Richtung des Kanonenbootes. „Beweg dich schon, Sarge.“

„Ich hoffe, Ihnen eines Tages wieder dienen zu dürfen, Commander“, sagte Niner und salutierte. „Und denken Sie niemals, dass Sie diesen Rang nicht verdient hätten, ja?“

Etain wünschte, sie hätten sie nicht mit Darman allein gelassen. Sie wünschte sich einen schnellen Abschied, ohne Zeit für überflüssige Gedanken und dumme, gefühlsduselige Bemerkungen.

„Ich habe beschlossen, zu bleiben“, sagte sie. „Ich wäre gerne ein Teil des Teams geblieben, aber ich bin nicht der Offizier, den ihr braucht.“

Darman sagte nichts. Natürlich: Wie hätte er es auch jemals lernen sollen? Abschied von einem Freund zu nehmen? Sein gesamtes, kurzes Leben hatte er unter den seinen verbracht, versunken in realer und virtueller Kriegsführung. In diesem Moment wurde er wieder zu einem zehnjährigen Kind. Seine Verlegenheit und Verwirrung waren beinahe greifbar.

„Sie könnten hier bleiben, bei mir und General Zey“, sagte sie. *Und ich wüsste, du wärst in Sicherheit.* „Diese Wahl bleibt Ihnen.“

Er war jetzt wirklich ein Kind. Seine Augen waren starr auf den Boden gerichtet und er legte immerzu denselben Schalter an seinem Gewehr um, vor und zurück, immer wieder.

„Nur ich, Ma'am?“

Sie spürte, wie sie ihn auf die Probe stellte. „Ja.“

Der Antrieb des Kanonenbootes hob zu einem hohen Jaulen an. Der Pilot hatte es mehr als eilig, wegzukommen.

„Es tut mir Leid, Commander", sagte Darman schließlich. Für einen Moment schien er wirklich über das Angebot nachzudenken. „Ich habe einen Job zu erledigen."

„Ich kann nicht so tun, als würde ich Sie nicht vermissen", sagte Etain.

Darmans Blick blieb starr. „Mir bleiben noch ungefähr zehn Jahre. Aber ich werde bei meinen Brüdern sein und das tun, was ich am besten kann. Ich kenne nichts anderes – es ist, als kehrte ich Heim, wirklich." Er senkte den Kopf, setzte seinen Helm auf und wurde wieder einer der Gesichtslosen. „Passen Sie auf sich auf, Commander."

„Sie auch", antwortete sie und sah ihm nach, während er zur Plattform lief, Fis ausgestreckten Arm ergriff und an Bord gezogen wurde.

Die Antriebe kreischten auf und das Kanonenboot erzitterte.

Etain drehte sich um und lief geduckt davon, um dem Fallstrom zu entgehen. Dann wurde sie schneller und rannte geduckt weiter, bis sie an einen Baum kam und sich in dessen Windschatten an den Stamm lehnte.

Jetzt ließ sie ihren Tränen freien Lauf.

Alles, was sie war und alles, was sie in Zukunft sein würde, verdankte sie einem Klonsoldaten, der so viel Vertrauen in sie gelegt hatte, dass sie zu jenem Jedi geworden war, den er in ihr gesehen hatte. Sie konnte die Macht jetzt auf eine Weise kontrollieren, wie sie es an Fuliers Seite niemals geschafft hätte.

Sie dachte an diesen Blick des absoluten Vertrauens. Sie dachte an seine stoische Hinnahme seiner Pflichten und an die Tatsache, dass sein Leben kurz aber glorreich sein würde, egal was kommen mochte. Nie hatte er sich auch nur für eine Sekunde zu Selbstmitleid hinreißen lassen. Von ihm hatte sie die wichtigste aller Lektionen gelernt.

Sie wischte sich mit dem Handrücken die Tränen von der Wange und hoffte, Meister Zey würde nicht zusehen.

Etain wusste nicht ob sie Darman oder Omega Squad jemals wiedersehen würde. Aber sie wusste, dass in den Tagen, die da kommen mochten, kein Klonsoldat oder Commando oder ARC, den sie vielleicht in die Schlacht schicken musste, anonym oder bedeutungslos oder gar entbehrlich sein würde. Hinter dem grimmigen Helm verbarg sich ein Mann, ein menschliches Wesen wie sie, nur eben eines, das nicht die Freiheit und die lange Lebenszeit kannte, die ihr vergönnt waren.

Etain Tur-Mukan stand auf, ging zurück auf die Lichtung am Rande des Feldes und sah zu, wie das Kanonenboot in den klaren Morgenhimmel entschwand.